## 读客彩条外国文学文库

外国文学读彩条,大师经典任你挑。

街とその不確かな壁

# 小城与不确定性的墙

[日]村上春树 著　　施小炜 译

图书在版编目（CIP）数据

小城与不确定性的墙 /（日）村上春树著；施小炜译. — 南京：江苏凤凰文艺出版社，2024.10（2024.11重印）.
ISBN 978-7-5594-8935-7

Ⅰ. I313. 45

中国国家版本馆CIP数据核字第2024TC5671号

MACHI TO SONO FUTASHIKANA KABE
by Haruki Murakami
Copyright © 2023 Harukimurakami Archival Labyrinth
All rights reserved.
Originally published in Japan by SHINCHOSHA Publishing Co., Ltd.
Chinese (in simplified character only) translation rights arranged with Harukimurakami Archival Labyrinth, Japan
through THE SAKAI AGENCY and BARDON CHINESE CREATIVE AGENCY LIMITED.

中文版权 © 2024 读客文化股份有限公司
经授权，读客文化股份有限公司拥有本书的中文（简体）版权
图字：10-2024-303号

# 小城与不确定性的墙

[日] 村上春树 著　　施小炜 译

| 责任编辑 | 丁小卉 |
| --- | --- |
| 特约编辑 | 张　齐　　毛雅葳 |
| 封面设计 | Orosz István　　陈艳丽 |
| 责任印制 | 杨　丹 |
| 出版发行 | 江苏凤凰文艺出版社 |
| | 南京市中央路165号，邮编：210009 |
| 网　　址 | http://www.jswenyi.com |
| 印　　刷 | 三河市中晟雅豪印务有限公司 |
| 开　　本 | 880毫米×1230毫米 1/32 |
| 印　　张 | 16 |
| 字　　数 | 375千字 |
| 版　　次 | 2024年10月第1版 |
| 印　　次 | 2024年11月第4次印刷 |
| 标准书号 | ISBN 978-7-5594-8935-7 |
| 定　　价 | 89.90元 |

江苏凤凰文艺出版社图书凡印刷、装订错误，可向出版社调换，联系电话：010-87681002。

街とその不確かな壁

在那里圣河奥尔夫滔滔流过，

穿越无数深不可测的洞窟，

泻入一片暗无天日的大海[1]。

——塞缪尔·泰勒·柯勒律治《忽必烈汗》

Where Alph, the sacred river, ran

Through caverns measureless to man

Down to a sunless sea.

——Samuel Taylor Coleridge "Kubla Khan"

---

[1] 此处为本书译者自日语译文转译。本诗完整题目为《忽必烈汗：或曰，梦中幻象，断章》(*Kubla Khan; Or, A Vision in a Dream. A Fragment*)，初版发行于1816年。——编者注（书中注释如无特别说明，均为编者注）

# 目录

第一部 001

第二部 137

第三部 453

后记 497

参考文献 501

编者按：为区别角色，作者在原著不同小节的主人公自述中，采用两种自称。分别是常见于青年男子对同辈及晚辈的自称"ぼく"（boku），以及较为正式的通用自称"私"（watashi），二者中文均译作"我"。为便于读者区分，本版（简体中文版）在原著采用"ぼく"（boku）表记的各小节标题处，辅以门影设计元素标记，不再于文中逐一加注。文中着重号均为作者所加。

是你把那座小城告诉了我。

那个夏日的黄昏，我们嗅着甜甜的草香，沿河溯流而上。我们好几次越过拦沙坝下的小瀑布，时不时停下脚步，望着水坑里游动的银色小鱼。我们俩打刚才起就赤裸着双足，澄澈的河水清凉地冲洗着脚踝，河底的细沙包裹着我们俩的双脚，就像睡梦中柔软的云絮。我十七岁，你小我一岁。

你肩背黄色塑料挎包，两脚随意踹在红色低跟凉鞋里，先我不远，不停地从一片沙洲走向另一片沙洲，湿漉漉的小腿上粘着湿漉漉的草叶，成了漂亮的绿色标点。我则将白色的旧运动鞋提溜在两只手中。

你似乎走累了，漫然坐在夏草丛里，一言不发，仰望天空。两只小鸟敏捷地比翼横飞过上空，锐声啼鸣。沉默中，暮霭那青苍的前兆开始围裹起我们俩。我在你身旁坐下，不知何故便有点儿神思恍惚。就像有几千根肉眼看不见的丝线，将你的身体和我的心仔细缠缚在了一起。你眼睑的瞬息颤动，嘴唇的细微战栗，都摇撼着我的心灵。

在这种时候，你也罢，我也罢，都没有名字。十七岁与十六岁的夏日黄昏，河畔青草上五彩缤纷的思绪——有的，仅此而已。星星大概很快就要开始在我们的头顶上闪烁了，然而星星也没有名字。在不具姓名的世界里，我们并肩坐在河畔的青草上。

"小城四周被高墙包围着。"你开口说道。你从沉默的深处找寻来语言，就像只身潜入深海采集珍珠的人。"小城不算太大，不过也没小到一切都一览无余的程度。"

你提及那座小城，这是第二次。就这样，小城有了环围四周的高墙。

随着你继续讲述，小城有了一条美丽的河流与三座石桥（东桥、老桥、西桥），有了图书馆和望楼，有了被遗弃的浇铸工厂和朴素的公共住宅。在夏日临近黄昏的淡淡烟光中，我和你并肩眺望着那座小城，有时是从遥远的山丘上眯缝着双目，有时是在触手可及的近处大睁着两眼。

"真实的我居住生活的地方，其实是在被高墙环围着的那座小城里面。"你说。

"那，此刻在我眼前的你，并不是真实的你？"理所当然地，我这么问道。

"嗯，此时此地的我，不是真实的我，不过是替身而已，就像是移动的影子。"

我琢磨着这番话。就像是移动的影子？不过，想法暂且保留。

"那，真实的你在那座小城里是做什么的？"

"在图书馆里工作。"你静静地答道，"工作时间从傍晚五点左右到夜里十点左右。"

"左右？"

"在那里，所有的时间都是马马虎虎的。虽然中央广场上有一座很高的大钟楼，但没有指针。"

我想象着没有指针的大钟楼："那，图书馆是谁都可以进去的吗？"

"不是，不是谁都可以自由进去的。要有特别资格才能进去。不过你可以进去，因为你有资格。"

"特别资格——那是什么样的资格？"

你安静地微笑，却不回答问题。

"不过，只要去了那儿，我就能见到真实的你了吧？"

"要是你能找到那座小城的话。而且如果……"

说到这里，你突然闭口，脸颊淡淡泛红。不过我能听得出你没有说出声来的那句话。

而且如果你当真追求真实的我的话……这就是你当时没说出口的话。我悄悄将手臂伸向你的肩头。你穿着淡绿色的无袖连衣裙，你的脸颊贴在我的肩上。然而那个夏日黄昏我搂着其肩头的，并不是真实的你。正如你说的，那不过是你的替身，你的影子。

真实的你，人在被高墙环围的小城里。那里有美丽的河心洲，洲上河柳葳蕤；有几座小丘；到处都是安静的长着独角的野兽。人们住在老旧的公共住宅里，过着朴素却并无不便的生活。独角兽们喜欢吃街头生长的树叶和果实，但是在冰天雪地的漫长冬季里，许多独角兽会因为严寒与饥饿而丧命。

我是多么强烈地盼望去那座小城，在那儿见到真实的你啊！

"小城被围在高墙里面，要进去很难。"你说，"要出去就更难啦。"

"要怎么做才能进去呢？"

"只要心中向往就行。不过，要诚心诚意向往什么，可没那么简单。也许要花上很长时间，这期间你也许得抛弃好多东西，好多对你来说很重要的东西。不过不要灰心。不管你花多少时间，小城都不会消失的。"

我想象着在那小城中遇见真实的你时的情景，脑中浮现出城外丰茂美丽的广阔苹果林、架在河上的三座石桥和不见身影的夜啼鸟的声音，还有真实的你所供职的、古老的小图书馆。

"那里为你准备好了地方，一直虚位以待。"

"为我准备好了地方？"

"对。小城里只有一个位置空着，你会被安置在那里。"

那是一个什么样的位置呢？

"你会当个'读梦人'的。"你压低嗓门说道，仿佛在透露一个重大机密。

听到此话，我不禁失笑："呵呵，我可是连自己做的梦都想不起来的。我这种人要当'读梦人'，只怕太难了吧。"

"不对，'读梦人'不需要自己做梦，只要待在图书馆的书库里，解读那里收藏的许许多多的'旧梦'就行啦。可这份工作不是人人都能胜任的。"

"但是我能胜任，是吗？"

你点头："对，你能胜任这份工作。你拥有这种资格。而且身处那里的我会协助你工作，每天夜里守在你身边。"

"我是'读梦人'，每天夜里在小城图书馆书库里读许许多多的'旧梦'。并且我身边一直有你陪伴，有真实的你陪伴。"我发出声来，复述被告知的事实。

我的臂弯里，穿着绿色连衣裙的你裸肩微微摇晃，随即又僵住："对呀。不过有一点我要你记住：就算我在那座小城遇到了你，你的事情我也是一丁点儿都不会记得的。"

为什么？

"你不明白为什么吗？"

我当然明白。是的，此刻我轻轻地搂着其肩膀的，不过是你的替身而已。真实的你住在那座小城里，那座四周被高墙环围着的、位于迢迢远方像谜一般的小城里。

尽管如此，手掌中的你的肩膀滑腻温润，我只能认为那是真实的你的肩膀。

在这个现实的世界里，我与你分住两处。虽然相距不是太远，却也不是近得说见立马就能相见。换乘两次电车，花上一个半小时，就能到达你住的地方。而且我们两人住的地方都没有高墙环绕，所以我们当然可以自由来往。

我住在靠近海边的宁静的郊外住宅区，你住在远为繁华的大城市中心部。在那个夏季，我是高三生，你是高二生。我就读于本地的公立高中，你在你那座城市的私立女校念书。出于种种缘故，我和你实际见面的次数，一个月也就一两次。差不多是一来一往，这次我去你居住的城市，下次你来我所住的地方。我到你的城市去时，我们不是去你家附近的小公园，就是去公共植物园。进植物园要买门票，不过温室边上有一家永远顾客稀疏的咖啡馆,那儿是我们俩情有独钟的去处。在那里,我们可以叫上一杯咖啡和一份苹果蛋挞(小小的奢侈),静静地沉浸于二人世界的交谈之中。

你到我的小城来时,我们俩差不多总是去河畔或者海滨散步。地处都市中心的你家附近既没有河流经过,当然也不会有海,所以每次来到我的小城,你首先就想看看河流,看看大海。那里有充沛的自然水——你对此心驰神往。

"不知怎么的,看到水,我就觉得心安。"你说,"我喜欢听水发出的声音。"

因为某个契机,我在去年秋天认识了你,开始亲密交往以来,已有八个月了。我们相见时,尽可能在无人看见的地方拥抱,偷偷地亲吻。不过,关系并没有更进一步。时间上缺乏那般余裕,便是原因之一。还有个非常现实的缘由,那就是找不到缔结更加深入、更加亲密关系的合适场所。但其实,我们俩更热衷于二人之间的交谈,总是惜时如金地埋头于交谈,这作为理由恐怕也很重大。你我二人此前都不曾遇到过能够如此自由且如此自然地赤诚相见、无话不谈的对手。能够遇上这样的对象,让人觉得简直近乎奇迹。所以每个月那一到两次的见面时光,我们甚至会忘记时间的流逝,只顾畅谈不已。不管说了多长多久,话题仍然无穷无尽,等到离别的时刻来临,站在车站检票口道别时,我总觉得还有许多重要的事情忘记说了。

当然,我并非没有身体上的欲望。十七岁的健康男子,面对着拥有美丽的胸部隆起的十六岁女子,何况在伸手搂住那柔软的身体时,不可能不为性欲所驱动。但是我本能地感觉到,这种事情不妨留待将来。眼下我所需要的,就是每月与你见一两次面,久久地一起散步,海阔天空地直抒己见；亲密地相互交流信息，更加深入地了解彼此；还有就是躲进树阴里拥抱、亲吻——对于这样美好的时光，我不想把其他要素慌张匆忙地带入进来。那样做的话，说不定会让已有的某种宝贵的东西受损，再也无法回归到从前的状态。身体性的东西姑且留待将来吧，我这么想，或者说直觉这么忠告我。

然而，我们俩额头相抵，究竟说了些什么话呢？事到如今，我已然回忆不起来了。大概是由于说得太多太多，以至于无法特别确定一个个的话题了。然而自从你谈到被高墙环围的那座特别的小城之后，它便占据了你我交谈的主要部分。

主要是你叙说那座小城的缘起，我对此提出实质性的质疑，你再予以答复。以这种形式，小城的具体细节被确定并记录了下来。那座小城原本就是你编织出来的，抑或说是从前就存在于你内心的东西。不过将它逐渐幻化成肉眼可以看见、语言可以描述的东西，我想我也出了不少力。你说，而我把它写下来。就如同古代的那些哲学家、宗教学家一样，他们每人身后都有着一帮忠实的记录员，或者称之为忠实的使徒。我作为能干的书记员，或曰忠实的使徒，为了记录下这些，甚至还准备了小小的专用笔记本。那个夏季，我们俩完全沉浸于这项协同作业中。

# 3

秋天，独角兽们为了迎接即将到来的严寒季节，身体会覆盖上闪闪发光的金毛。长在额头上的独角又尖又白。它们在冷冽的河水里洗濯蹄子,伸长脖子吞食红色的果实,啃啮金雀花的叶子。

那是个美丽的季节。

站在沿着城墙建造的望楼上,我等待着黄昏的角笛。太阳快要落山时,角笛会被吹响,一声长音,三声短音。这是规矩。柔和的角笛声滑过日暮迟迟的石板路。角笛声恐怕是数百年间(或许岁月更为悠久也未可知)一成不变地反反复复直至今日的吧。家家户户石壁的缝隙里,沿着广场栅栏直立成排的石像上,都渗透着那角笛的音色。

当角笛声响遍小城时,独角兽们便面向着太古的记忆,仰起头来。有的停止啃啮树叶,有的停止用蹄子咚咚地敲击路面,有的从最后一抹暖阳里的午睡中醒来,各自朝着同一角度抬起头来。

一切都在一瞬间如同雕像一般凝固了。要说还有东西在动的话,那就是在风中摇曳的、它们那柔软的金毛,仅此而已。然而,它们究竟是在看什么呢?独角兽们纹丝不动,将脖子扭向同一个方向,凝望着天空,倾耳聆听着角笛的回响。

当角笛的最后一缕余音被吸入空中、化为乌有时,它们站起身,收齐前蹄,或是挺直腰身调整姿势,几乎是同时开始迈步。短暂的咒缚得以解除,一时间,小城的道路沦入独角兽们蹄声的支配之下。

独角兽队伍沿着弯弯曲曲的石板路前行。既无一头领头,也无一头引路,独角兽们低垂双目,肩部微微地左右摇摆,顺着沉默的河流只管往下走去。然而在一头头独角兽之间,似乎还是有难以抹去的致密纽带连接起了彼此。

观察多次之后,便会明白独角兽们行走的路径和速度似乎都是被严密规定好的。它们随时随地把伙伴吸纳入群里,走过平缓的弧形老桥,一直走到有着一座锐利尖塔的广场(那里的大钟楼果然如你所言,时针和分针都消失不见了）。在那里，它们又将走下河心洲啮食青草的小集团吸纳入群。它们顺着河滨道路朝着上游前进，穿过向北延伸、业已干涸的运河边的工厂区，再把在森林中寻觅果实的一个小群收容进来；然后掉头向西，钻过浇铸工厂带屋顶的长廊，走上北边小丘顺坡而上的长长台阶。

环围着小城的墙只有一座门。开门关门，是守门人的职责。那是一座沉重、坚固的门，纵横交错地钉着厚铁板。然而守门人却轻轻松松地开关自如。除他以外，任何人都不被允许触碰那座门。

守门人是一个异常健壮、极其忠于职守的大汉。他尖尖的脑袋瓜剃得干干净净，脸也刮得滑溜溜的。他每天早上都要烧上一大锅开水，用一把又大又快的剃刀一丝不苟地剃头，刮脸。年龄根本看不出来。早晨和傍晚吹角笛召集独角兽，也是他的职责之一。他会爬上门卫室前约莫两米高的望楼，朝着天空吹响角笛。究竟是从这个粗鲁甚至野鄙的汉子身上的什么地方，生出那般柔美的妙音来的？每当听到角笛声时，我都觉得不可思议。

黄昏时分，当独角兽们一头不剩地走到墙外之后，他便又一次关起沉重的门，最后再锁上一把大锁。咔嚓一声，大锁发出又干又冷的闷响。

北门外是为独角兽们准备的地方。独角兽们在那里睡觉，交尾，生子。那里有森林，有草丛，还有小河潺潺流淌。而且那个地方也同样环绕着墙。虽然只是一米多高的矮墙，但独角兽们不知何故无法翻越那道墙，或者说它们无意翻越。

门两侧的墙上，建有六座望楼。沿着古老的木制螺旋楼梯，谁都可以爬上去。从望楼上望去，独角兽们的栖息处一览无遗。然而平常谁也不会爬上那种地方去。小城的居民似乎对独角兽的生活毫不关心。

不过在春天的第一个星期，人们会主动爬上望楼，去观看独角兽们激烈争斗的身姿。独角兽们在这个时期，会变得由其平素的形象无法推想的狂暴。牡兽们为了牝兽，忘却进食，拼尽死力搏斗。它们低声嘶吼，企图用尖利的独角戳穿竞争对手的喉咙或腹部。

唯有交尾期的这一周，独角兽们不会进入小城。为了不让危险波及城内的人们，守门人会将门紧紧关闭（因此这期间一早一晚的角笛他也不吹了）。为数不少的独角兽在争斗中身负重伤，有的甚至会一命呜呼。于是从洒满大地的赤血之中，诞生出新的秩序和新的生命。就如同柳树的绿枝在初春时一齐绽放出嫩芽一样。

独角兽们生活在它们自己的周期与秩序里，对此我们无从窥知。一切都井井有条地循环不息，秩序由它们自己的血来偿赎。当那狂暴的一周过去，四月温柔的雨水将血迹洗净时，独角兽们将重新恢复原先那安谧温和的模样。

不过我自己并未目击过这般光景。我只是从你口中听到了这样的故事。

秋天的独角兽们蹲坐在各自的场所，金色的兽毛在夕阳中熠熠生辉，不声不响地等待着角笛的回响被吸入苍穹之中。它们的数量恐怕不下一千。

就这样，小城的一天行将结束。时光流逝，季节变换。然而时光和季节终归只是一场虚幻而已，小城本来的时间存在于别处。

我也好,你也好,都不会造访对方的家,既不与对方的家人见面,也不把自己的朋友介绍给对方。总之我们俩不想受到任何人——这个世界上的任何一个人——的干扰。只要你我二人能够共度光阴,我们就十分满足了,不想再添进别的东西。而且,哪怕仅仅是从物理的观点来看,其间也并无添加其他东西的余地。就像前面说过的,我们俩之间要说的话堆积如山,而两人共处的时间却有限。

你几乎从来不谈自己的家人。关于你的家庭,我所知道的,只有几个零碎的事实。你的父亲原本是地方公务员,在你十一岁时因为出了事而被迫辞职,如今在补习学校做事务员。至于出了什么事,我并不知晓。不过,似乎是你不愿意提及的那类事件。你的亲生母亲在你三岁时死于内脏器官的癌症,你对她几乎毫无记忆,连面容都想不起来。你五岁时父亲再婚,翌年妹妹出生。所以现在的母亲对你而言只是继母,可是你曾经仅仅说过那么一次:相比于父亲,你对母亲"也许更感到一点儿亲密",就像在书页的一角用小字写下的、可有可无的注释。至于小你六岁的妹妹,除了"妹妹对猫毛过敏,所以我家不养猫",我没有得到过任何信息。

幼年时,你打心底自然而然地对其抱有亲近感的,只有你的外祖母。你只要一有机会就会乘坐电车,到住在邻区的外祖母家去;学校放假时,你还会一连留宿好几天。外祖母无条件地爱着你,从微薄的收入中拿钱给你买些小东西。可是每次看到你要去外祖母家时,继母脸上都会浮现出颇似不满的表情,于是尽管未曾被说三道四,你还是渐渐地不再多与外祖母往来了。而那位外祖母也在几年前因为心脏病突然去世了。

你零零星星地把这些事情一点儿一点儿地告诉我，就仿佛从旧大衣口袋里把一些残缺不全的东西一点儿一点儿地掏出来一样。

还有一件事我至今记忆犹新——你在对我谈及家人的话题时，不知为何总是直直地盯着自己的手心。仿佛为了确认说话的条理，仔细地解读那上面的手相（或别的什么）是不可或缺的一般。

而说到我这边，关于我的家庭，我几乎找不到什么值得告诉你的。我的父母就是普普通通的父母。父亲在制药公司工作，母亲是家庭主妇。他们像千篇一律的普通父母一样行事，像千篇一律的普通父母一样说话。我家养着一只年老的黑猫。至于学校生活，也没有什么事情值得一提。我的成绩不算差，但也没有优秀到备受瞩目的程度。在学校，我最为逍遥自在的地方是图书室。我喜欢在那里独自一人读书，在空想中消磨时间。我想读的书，大部分是在学校图书室里读完的。

我清楚地记得与你第一次相遇时的情形。地点是在"高中作文大赛"的颁奖仪式上，前五名获奖者被邀请到场。我和你分别名列第三和第四，比邻而坐。季节是秋天，我那时是高二，你还是高一年级学生。仪式无聊乏味，我们俩一得空就低声聊上几句。你一身校服，上着藏青色金属纽扣西服上衣，下穿配套的藏青色百褶裙，配着带丝带的白色衬衣，白袜子搭黑色一脚蹬皮鞋。白袜子白得醒目，黑皮鞋擦得纤尘不染。好像有七个热心的小矮人一起上阵，在天明之前为你仔细擦过一般。

我并不擅长作文。读书倒是自小就一直喜爱的，一得闲就捧着一本书，但我一直认为自己不具备写作才能。然而全班同学在国语课上都被强制写了篇文章参加作文大赛，其中我写的文章被选中送到评审委员会,并进入最后一轮,而且出乎意料地还名列前茅得了奖。老实说,我不明白自己写的文章有什么地方那么优秀。重读一遍,我仍然觉得平平常常,并无可取之处。可是既然几位评审员一读之后认为可以给个奖,那大概还是有几分可观吧。女级任老师为我的获奖而喜出望外。有生以来,老师为了我的所作所为而表现出如此的善意,这种事此前还一次都不曾有过。于是我决定废话少说,千恩万谢地去把奖领来。

作文大赛每年秋天由各地区联合举办,每一年都会出一个不同的主题,那一次的主题是"我的朋友"。遗憾的是,要花上两千字去描述的"朋友",我却连一个也想不出来,于是就写了我家里养的猫咪。我写了我和那只年老的猫咪如何交往、如何共同生活、如何交流——当然是有限度地——彼此的感情。关于那只猫咪我有许多话要说,因为那是一只非常聪明而又有个性的猫咪。恐怕评审员里有几位爱猫人士吧。因为爱猫的人大抵对其他爱猫的人自然而然会抱有好感。

你写的是你的外祖母,写了一个孤独老妇和一个孤独少女之间的心灵交流,写了其间催生出的渺小,然而毫无虚诈的价值观。那是一篇充满魅力、动人心弦的文章,比我写的玩意儿要好上好多倍。为什么我写的是第三,而你的却是第四呢?我无法理解。我诚恳地对你这么说道。你莞尔一笑,说:"我倒是正相反,觉得你写的比我写的要好上好几倍。"你又添上一句:"真的,没说假话。"

"你家的猫咪,好像乖巧得很嘛!"

"嗯,是只很聪明的猫咪。"我说。

你微笑。

"你养猫吗?"我问道。

你摇头:"我妹妹对猫毛过敏。"

这是我所获得的、关于你的第一条小小的个人信息。她妹妹对猫毛过敏啊。

你是一个非常美丽的少女。至少在我的眼里是这样。娇小，相对而言该算偏圆的脸，手指纤细悦目；短发，修剪整齐的刘海垂在额前，就像经过仔细推敲画下的阴影；鼻子笔直小巧，眼睛很大。按照一般的五官标准，也许人们会说鼻子与眼睛比例有失均衡，可我的心不知何故却被这失衡所深深吸引。你淡红的嘴唇小而薄，总是规规矩矩地紧闭着，仿佛里面隐藏着好几个重大秘密。

我们五个获奖者依次登台，毕恭毕敬地接过奖状和纪念章。获得第一名的高个儿女孩作简短的获奖致辞。副奖是一支钢笔（因为钢笔制造商是大赛的赞助人。自那以来，那支钢笔我爱惜着使用了多年）。那个冗长无聊的颁奖仪式快要结束时，我用圆珠笔在手账的记事页上写下自己的名字和地址，扯下来偷偷地递给你。

"可以的话，以后能不能给我写信？"我声音干涩地问你。

我平素从不这般大胆行事，生来就是怕生怯场的性格（并且当然也是个胆小鬼）。但是一想到此地一别，也许就再也见不到你了，我便觉得这事大错特错、太不公平，于是鼓足勇气，断然做出这样的举动。

你略微露出惊讶的表情，接过那张纸片，整整齐齐地叠成四折，放进西服上装的胸袋里。就在那描绘出柔和的神秘弧线的胸部隆起之上。然后你伸手拢拢刘海，脸颊微微泛红。

"我想读到更多你写的文章。"我说，就像开错了别人房门的人在做笨拙的辩解一般。

"我也很想读到你写的信。"你说完，还连连点头，仿佛是鼓励我一般。

你的信一个星期后送到了我手里。很美的信。我至少重读过二十次。然后我坐在桌前，用作为副奖领来的那支新钢笔，写了一封长长的回信。就这样，我们开始通信，开始了你我二人的交往。

我们俩是恋人关系吗？可以随随便便地如此相称吗？我不晓得。然而至少在那一段时期，在将近一年期间，你我二人的心结为一体，不掺杂任何杂质。而且很快地，我们建立起并分享了只属于你我二人的、特别的秘密世界——那个被高墙环围着的奇妙的小城。

# 5

我推开那幢建筑的门，是在进入小城三天之后的黄昏时分。

那是一座毫无特征的石造老建筑，坐落在沿着河滨道路向东稍走片刻、越过面朝老桥的中央广场的地方。入口处没有悬挂任何标志，不知情者不会晓得那就是图书馆。只有一块刻着数字"16"的铜牌，冷漠地钉在那里。铜牌已然变色，字迹模糊难辨。

沉重的木门发出深沉的吱呀声朝内开启，后面有一间昏暗的正方形房间，阒无一人。天花板很高，壁灯的亮度微弱，空气中散发着干了的人的汗味。似乎一切事物都变得朦朦胧胧，被分解成分子、囫囵地吞吸进某个地方去——就是那样一种昏暗。一走在磨薄了的杉木地板上，便此起彼伏地响起了尖锐的声音。房内有两扇竖窗，没有摆放任何家具。

房间正面走到底有一扇门。是朴素的木门，在约莫人脸高的地方开着一扇磨砂玻璃小窗，那里也有个数字"16"，是用古老的花体字写在上面的。磨砂玻璃里面透着淡淡的亮光。我轻轻敲了两下门，没有等来回音,也听不到脚步声。稍微过一会儿,我调整好呼吸,扭动变了色的铜把手,静静地推开了门。门响起了吱呀声,仿佛是在向四周发送警告:"有人来啦!"

门后面有一间五米见方的、同样是正方形的房间。天花板没有刚才那个房间高。而且这里也阒无一人。窗户是连一扇也没有,四周环绕着灰泥墙。没有图画,没有照片,没有海报,没有挂历,当然也没有挂钟,只有平板单调的裸墙。有一把粗糙的木头长椅、两把小椅子、一张桌子,还有木制衣帽架。衣帽架上没挂衣物。房间正中放着一只锈迹斑斑的老式柴火炉,炉火熊熊燃烧,上面有一只黑色大水壶正冒着热气。尽头好像是一个借书登记台,长台上一本登记簿还摊开在那里。看来是谁正在操作时,突然来了急事离开了。恐怕有人(恐怕是图书馆馆员)不久之后就会回到这个房间里来。

长台后面有一扇暗色调的门,想必是通往书库的。假定如此,那么这里果然就是"图书馆"了。尽管连一本书也看不到,但这里残留着图书馆的氛围。大也罢小也罢,旧也罢新也罢,全世界的图书馆都拥有的那种特别的氛围。

我脱下笨重的外套,挂在衣帽架上,在硬邦邦的木头长椅上坐下,借着炉温烤着手,等待有人现身。周围阒寂无声,如同待在深深的水底一般沉默。我试着咳嗽了一声,听上去却不像咳嗽声。

你打开与书库相通的门,从里面现出身姿,是在约莫十五分钟之后(我猜大概是这么长时间。因为没有手表,所以我不知道确切的时长)。你看到坐在长椅上的我,刹那间猛然僵住身子,瞪大了眼睛,然后慢慢地喘了口气,说:"对不起,让您久等了。我不知道有人来了。"

我找不到合适的话，只是默默地连连点头。你的声音听上去不像你的声音，与我记忆中的你的声音迥异。或许在这个房间里，一切声音都会发出不同平日的回响也未可知。

这时候水壶盖子突然咔嗒咔嗒地响了起来，像刚睡醒来的动物一般微微哆嗦着。

"请问有何贵干？"你问。

我要找的是"旧梦"。

"'旧梦'吗？"然后你小而薄的嘴唇抿成一条直线，看着我。当然，你不记得我。

"不过您也知道，"你说道，"能够接触'旧梦'的，只限于'读梦人'。"

我沉默着取下深绿色的眼镜，抬起眼睑让你查看。不会被看错，那是"读梦人"的眼睛，是不能走进白昼炫目的阳光里去的。

"明白了。您有那资格。"你说着，微微低垂双目。大概是我眼睛的模样扰乱了你的心。不过没办法。为了进入这座小城，我不得不让眼睛变质，变成这个模样。

"今天就开始工作吗？"你问道。

我点点头："我还不知道自己能不能顺利读梦，得一点点习惯起来。"

房间里寂然无声。水壶此刻也再度保持着沉默。你跟我打了声招呼，利索地着手处理做了一半的登记作业。我坐在长椅上，望着这样的一个你。在外表上，你没有丝毫变化。一模一样，就是那个夏日黄昏时分的样子。我回忆起你穿的那双鲜红的凉鞋，还有近处草丛中突然飞起的蚂蚱。

"我是不是在哪儿见过你呀？"我不禁问出声来。尽管我明明知道这么问徒劳无益。

你从登记簿上抬起眼睛，左手仍旧拿着铅笔（对，你是左撇子。不管是在这座小城，还是在别的城市），端详着我的脸，摇摇头。

"不，我想我没见过您。"你回答。你之所以彬彬有礼地遣词用字，恐怕是因为你仍然是十六岁，而我已经不再是十七岁了。对你来说，我现在已经是个年长得多的男性。虽说是无可奈何，可时光的流逝还是刺痛了我的心。

将做了一半的登记作业做完后，你合上登记簿，把它收放进背后的橱子里，为我调制药草茶。你拿起炉子上的水壶，小心翼翼地将热水与磨碎的药草调匀，冲成浓绿色的茶，然后倒进大陶杯里，放在我面前。这是专为"读梦人"准备的特殊饮料，而冲调这种茶，是你的工作之一。

我慢悠悠地喝着这药草茶。药草茶有一种黏糊糊的独特苦味，绝不是容易下咽的东西，然而其中的养分可以疗治我受伤未愈的双眼，镇定我的心灵，是对症良药。你坐在桌子对面，瞧着我这副样子，恐怕是在担心自己冲调的药草茶无法中我的意。我对着你微微点头，仿佛在说：没问题！于是你嘴角也浮现出宽心的微笑。令人怀念的微笑。我很久没有看到这种微笑了。

房间里暖和而安静。哪怕没有钟表，时间照样在无声中流逝，就像无声无息地走在院墙上的纤瘦的猫咪。

我们并没有那么频繁地书来信往,差不多是每两周一次。然而一封封却都是洋洋洒洒的长信。而且总体而言,我感觉你写的信好像比我写的信要长一些。当然,篇幅的长短在你我的书信往来中,并不具有太大的意义。

你写的信,每一封至今都完好地保存在我手头,而我写的信并不曾一一留存副本,所以我无法回忆出自己在信中具体都写了些什么内容。不过,我应该没写过什么了不起的内容,主要是记录些每天的生活、身边的琐事,也写读过的书、听过的音乐、看过的电影,还写学校发生的事件。我加入了游泳部(仅仅是出于不得已的原因而加入了这个部,完全不能说是勤奋的选手),记得也写过训练的事情。只要想到"是写给她",不管什么话题都自然而然地便能落笔成文。自己的所思所想可以得心应手地和盘托出,简直令人诧异。如此一气呵成地下笔成章,有生以来还是头一回。前头也已说过,直至此前我一直认为自己是不擅长作文的。肯定是你把我的这种能力从身体深处巧妙地诱导了出来。你对我文中所含的小小幽默总是很喜欢。"那可是我的生活里最缺少的东西呀!"你说过。

"就像维生素之类?"我说。

"对,就像维生素之类。"你重重地点头,说道。

我对你一往情深,睁着眼睛的时候大致总是在想着你,恐怕在睡梦中也一样。然而在信里我却尽量克制自己,不去直截了当地向你倾诉这种思念。我甚至还在心里暗自决定,尽可能只写那些实际而具体的事情。大概当时的我很想紧紧抓住自己伸手可以触摸到的世界吧——可能的话再往里面添上几分幽默。这是因为我觉得，一旦开始谈情论爱，就意味着要直言不讳地写出自己内心的变化，自己就会被不断地赶上绝路。

你的信却与我恰恰相反，相比身畔的具体事物，更多是写内心的所思所想。再不就是做过的梦啦，短小的虚构故事啦，等等。尤其有几个梦深深地留在了我的印象里。你频繁地做一些长梦，甚至还能鲜明地回忆出具体细节，简直就像回忆实际发生过的事情一般。这对我来说是难以置信的事。我自己几乎不做梦，即使做了也几乎回忆不出内容。早晨醒来时，那些梦立刻全都烟消云散，不知飘落到哪里去了。即便也有因为梦境过于鲜明而在半夜里猛然惊醒的情况（极少），但我立马便又睡着了去，第二天早晨醒来时什么都不记得了。

我这么一说，你便说道："我吧，在枕头边放着笔记本和铅笔呢，一睁开眼来，马上就把昨天夜里做的梦记录下来，哪怕是再忙，时间再紧迫。尤其是在做了个栩栩如生的梦，大半夜里醒来时，不管有多困，我也要尽可能详细地当场把内容记下来。这样的梦大多是重要的梦，会告诉我许多重要的事情。"

"许多重要的事情？"我问道。

"我所不知道的、关于我自己的事情。"你回答。

梦对你而言，与现实世界里实际发生的事情几乎处在同一水平，不是会被轻易忘却、消失不见的东西。梦就像是向你传递很多东西的、珍贵的心灵水源一般的东西。

"这都是训练的成果。只要努力，你也肯定能记住做过的梦，甚至连细节都能想得起来。你试试看。我好想知道你都做些什么样的梦。"

"好呀，我试试看。"我说。

不过，尽管也努力了一番（虽说不至于在枕边放上笔记本和铅笔），可我对自己做的梦却怎么也提不起兴趣来。我做的梦太过于散漫，缺乏连续性，基本上都是难以理解的东西。梦中说的话含混不清，梦中入目的场景几乎看不出有什么脉络。而且有的时候会有些不可为外人道的、甚欠稳妥的内容。与其纠缠于这种东西，我更愿意洗耳倾听你讲述那些五光十色的长梦。

偶尔，你的梦中也会有我登场。听到此事，我感到特别开心。因为姑且不论是以何种方式，我毕竟算是进入了你内心的想象世界。而且你也为我出现在你自己的梦里而喜形于色。虽然在你的梦中，我多半不具备什么重要意义，仅仅是扮演类似在戏剧里跑龙套那样的角色。

你就不做那种难以对我启齿的赤裸裸的梦——就像我常常会做的那种（有时不期而然地还会弄脏了内裤的）梦吗？你对自己做的梦全部都是如实相告、和盘托出的吗？这是我在倾听你讲述梦境时，总会冒出来的想法。

你看上去似乎不藏不掖，直言不讳，然而实情如何却无人知晓。我以为，在这个世界上没有人不在内心隐藏着秘密。人若要在这个世界上活下去，这是必不可少的。

难道不是这样吗？

# 7

"假如这个世界上存在着完美的东西，那就是这道墙啦。谁都无法翻越这道墙。谁都无法摧毁这道墙。"守门人斩钉截铁地说道。

一见之下，那道墙就是一道旧砖墙，看似平凡无奇。好像下次再来个台风啊，地震啊之类，它立马就会轰然坍塌。这种东西怎么称得上完美呢？我刚这么一说，守门人立刻露出一副自家亲人遭遇恶语相加一般的表情，然后扭着我的肘臂，把我拖到了墙边。

"你给我在跟前看好喽。砖和砖之间没有接缝吧？而且每一块砖的形状都不一样。还有，每块砖都砌得严丝合缝，连一根头发丝儿粗的缝隙都没有。"

果不其然。

"你拿这把刀在砖上划划看。"守门人从上装口袋里掏出工具刀，咔嗒一声拉开来，递给我。这刀乍看又旧又破，刀刃却经过精心研磨。"一准儿连条划痕都不会留下。"

果如其言，刀口嘎吱嘎吱地发出干涩的响声，砖上却连一条白色划痕也没留下。

"明白了吗？风暴也好，地震也好，大炮也好，甭管啥玩意儿，都休想毁掉这道墙，也伤不了它。以前不行，以后怕也不行吧。"

他摆出仿佛是拍纪念照的姿势，以手扶墙，昂首挺胸，满脸得意地望着我。

不对，这个世界上不可能有什么完美的东西。我在心里小声自语。只要是有形的东西，无论是什么，必定会有弱点，会有死角。不过我不会说出声来。

"这墙是什么人建造出来的呢？"我问道。

"不是任何人建造的。"这是守门人坚定不移的见解，"打一开始就在这儿的啦。"

到第一个星期终了为止，我把你挑选的几个"旧梦"拿在手里，尝试着解读，然而这些"旧梦"却没有告诉我任何有意义的事。我耳朵里听到的，只是含含糊糊难以捉摸的低语；我眼睛里看到的，只是一连串零零碎碎的失焦画面。就像观看倒过来播放的胶片或倾听由断片胡乱拼接而成的录音磁带。

在图书馆的书库里，取代书籍的，是成行排列着的无数的"旧梦"。看来长年累月无人触碰，每一个表面上都薄薄地落着一层白色的尘埃。"旧梦"呈卵形，大小、色调都彼此各异。就像形形色色的动物们产下的蛋。不过确切地说，它们并非卵形。拿在手中近距离观察，便可知道下半部分与上半部分相比更为向外凸出。在重量上也比例失衡。然而正由于失衡反而重心稳定，无须支撑也不会从书架上掉落下来。

"旧梦"有着像大理石一样的硬质表面，又光又滑。然而它们又没有大理石的厚重。那是由何种材质做成的？具有何等程度的强度？我不得而知。掉在地板上会不会摔碎呢？无论如何，它们理应得到慎之又慎的对待，如同珍稀动物的蛋一样。

图书馆里没有放一本书——连一本也没有。大概这里曾经也放满了成排的书籍，小城的人们为了求知和寻乐而前来此地，就像普通的城市图书馆那样。这种氛围余香犹在，飘溢在四周。然而好像不知从何时起，所有的书籍都被从书架上取走，然后"旧梦"便被摆了上来。

"读梦人"好像除了我就别无他人了。至少似乎在眼下，我就是这座小城里唯一的"读梦人"。在我之前是否有过别的"读梦人"呢？大概有过。关于"读梦人"的规则和程序制定得如此细致，并且得以保持至今，看来应当是有过的。

你在图书馆的职责，就是维护陈列于此的"旧梦"，妥当地进行管理。挑选应读的梦，在登记簿上留下"已读"的记录。傍晚前打开图书馆的门，点灯，寒冷的季节则给炉子生火。为此，还得准备好菜籽油和木柴，不令其断货。然后还要为"读梦人"——为我——准备好浓绿色的药草茶。它能够疗愈我的眼睛，镇定我的心灵。

你用一大块白布头小心翼翼拭去积在"旧梦"上的白色尘埃，放在我面前的桌子上。我取下绿色的眼镜，将双手放在"旧梦"的表面上，用手掌罩住它。约莫五分钟过后，"旧梦"渐渐地从沉睡中醒来，表面上开始淡淡地发亮，于是便有舒适而自然的暖意传到两只手掌里来。接着它们开始编织它们的梦。仿佛春蚕吐丝，起初是怯生生的，随后带着相应的热情。它们有话要说。为了这个破壳而出的机会，它们大概已经在书架上耐心等待很久了。

然而它们的声音太过于细弱，我无法完完全全地听清它们的话。它们播放的图像轮廓不全，随即便转淡、溃灭，消失在空气里。这也许并不怪它们，而是我的新眼睛尚未能很好地发挥功能，也许该怪我作为"读梦人"的理解能力尚欠完善。

于是到了图书馆关门的时间。尽管哪里都没有钟表，可是只要时间将到，你自然而然地就会知道。

"怎么样？工作进展顺利吗？"

"一点点吧。"我答道，"不过，才读一个就感到累。说不定是方法不对头。"

"不用担心。"你说着，拧动把手，关上炉子的进气口，把灯一盏盏地吹灭，坐到桌子对面，与我正面相对（被你这么直勾勾地端详着，我就会惴惴不安），说道："不必赶时间，这里有的是时间。"

遵循规定的流程，你按部就班地关闭图书馆，眼神庄重，不急不躁，从容不迫。据我观察，整个操作从未出现顺序颠倒。不就是关个图书馆的门吗，有必要那么一丝不苟？看着你的操作，我心生疑问。在这座寂静安宁的小城，究竟有谁会在深更半夜里闯进图书馆里，来偷盗、毁坏那些"旧梦"呢？

"我可不可以送你回家啊？"第三天夜里，走出屋外时，我果敢地这样问道。

你扭过头，睁大眼睛看着我的脸，黑色的瞳孔里白晃晃地映现出一颗天上的星星。对于我的提议，你似乎未能理解是什么意思。为什么非得由我送你回家呢？

"我刚来这座小城没几天，除了你，连个说话的伴儿都没有。"我解释道，"很想跟谁边走边聊聊天。还有，我想多了解了解你。"

你对此思索片刻，脸颊微微泛红。

"跟您的住处方向正好相反哪。"

"没关系。我喜欢走路。"

"可是，您想了解我什么呢？"你问。

"比如说，你住在这个小城的什么地方？和谁一起住？怎么会到图书馆来工作的？"

你沉默片刻，然后开口说话。

"我家不算很远。"你说。就这么一句。不过，这是一个事实。

你穿着一件用类似军毯的毛糙衣料做的蓝色外套，一件多处绽线的黑色圆领毛衣，下穿略显偏大的灰色裙子。每一件都像是从别人那里要来的旧衣服。然而尽管衣着看似寒酸，你却很美。和你并肩走在夜间的路上，我感到心脏一阵抽搐，甚至不能正常呼吸。就同那个十七岁的夏日黄昏一模一样。

"您说了刚来这座小城没几天。那您是从哪里来的呢？"

"一座远在东方的城市。"我暧昧地答道，"在很远、很远的地方，是一座很大的城市。"

"除了这座城，我不知道别的地方。我在这里出生，从来没走到过城墙之外。"

说这话的你声音很温柔。你脱口而出的话被高达八米左右的坚固城墙毫不懈怠地守护着。

"您干吗特地要到这里来呢？从外地来到这个小城的人，您是我遇到的第一个。"

"是啊，干吗呢？"我含糊其词。

我不能向你坦白：我来到这里，就是为了与你见面。说这话还为时太早。在那之前，我还必须学习许多关于这座小城的事实。

我们在数量既少亮度也不足的街灯下，沿着夜间的河滨道路向东走去。就像曾经和你同行时一样，二人肩并肩。河水平静的流淌声传入耳廓。能听到河对岸的树林里传来夜啼鸟短促澄澈的叫声。

你很想知道我以前居住的"远在东方的城市"是什么样子，这种好奇心让我稍稍接近了你。

"那是一座什么样的城市？"

就在不久之前我还生活在那里的那座城市，究竟是怎样一座城市呢？在那里，有许多话语错综交织，由这些话语制造出来的太多的意义比比皆是。

然而如果这样去解释的话，又能让你理解多少呢？在这座停滞不动、少言寡语的小城,你出生、长大。这是个简素、静谧,并且本自具足的地方,没有电,也没有煤气,大钟楼不带指针,图书馆里连一本书也没有。人们口中所说的话语只具备原初的意义,事物各自停留在其固有的场所,或是你目力可及的周边,坚守不移。

"在您以前居住的那座城市,人们都过着怎样的生活呢?"

我回答不好这个问题。是啊,我们在那里过着怎样一种生活呢?

你问:"可是,那里和这座小城很不一样吧?大小、构造,还有人们的生活也是。什么地方最不一样呢?"

我深吸一口夜晚的空气,寻觅正确的词汇和确切的表达。然后我说道:"在那里,人们都带着影子一起生活。"

# 8

是的,在那个世界里,人们都带着自己的影子生活。我也好,"你"也好,你我都拥有一个自己的影子。

我清楚地记得你的影子,记得在初夏空旷无人的路上,你踩我的影子,我踩你的影子的情形。那是我孩提时代经常玩的踏影游戏。记不清起因是什么了,我们俩不知不觉间玩起了这个游戏。我们的影子在初夏的路上漆黑漆黑的,又浓又密,充满了生气,被脚踩中时,甚至会觉得被踩的地方生疼。当然那不过是个天真无邪的游戏,可我们却一本正经地去踩对方的影子,仿佛那是一种会带来重大结果的行为。

然后我们俩在堤坝的背阴处并肩坐下,第一次接吻。并没有哪一方主动提议,也不曾预先设定妥当,更不存在明确的决心。自始至终都是水到渠成。两人的嘴唇注定要在那里交叠，我们仅仅是听命于心、顺势而为罢了。你闭着眼睛，我们的舌尖微微地、怯怯地互相碰触。还记得在那之后，我们俩一时间都说不出话来。我也罢，你也罢，大概都觉得万一说错了话，就会失去彼此嘴唇上残留的珍贵感触。因此，有很长一段时间，我们俩保持着沉默。过了片刻之后，我们俩又同时开口，两人的话碰撞交混在一起。我们笑了，随后嘴唇再次轻轻交叠在一起。

我手头有一块你的手帕。白色细纱布质地，很简洁，边角上绣着一朵小小的铃兰花。那是某一次你借我用的，我原本打算洗干净后再还给你，却错过了物归原主的机会。话虽这么说，其实半是我有意为之，不想还你（当然，假如你催我归还的话，我肯定会假装是一时遗忘了此事，立刻还给你的）。我时常会拿出那块手帕，在手心里久久地体味料子的感触。这种感触径直与你脉脉相通。我闭起眼睛，沉浸在与你身体相拥、嘴唇相叠的记忆之中。不管是你近在咫尺之时，还是不知所终之后，恒久不变。

你在给我的信中写到的一个梦（确切地说应该是那个梦的一部分），我记忆犹新。那是一封横写、多达八页的长信。你的信是用那支作为作文大赛副奖获得的钢笔写的，墨水的颜色总是土耳其蓝（Turquoise blue）。我们两人不约而同，都用当时的副奖钢笔写信，仿佛出自心照不宣的默契。那支钢笔——虽不是什么高级钢笔——对我们来说是珍贵的纪念，是我们的宝物，是联系二人的纽带。我用的墨水是黑色，和你头发的颜色一样漆黑。True black。

"写一写昨晚做的梦。在这个梦里，你也出来露了露脸。"你在信的开头写道。

写一写昨晚做的梦。

在这个梦里，你也出来露了露脸。抱歉啦，不是什么重要角色。终归是做梦嘛，这也是没法子的事，对吧？毕竟梦不是我自己制造出来的，而是来历不明的人冷不丁地塞过来的东西，（恐怕）光凭我的一己之力是无法随意更改内容的呀。况且，不管是在什么戏剧或电影里，配角都是非常重要的存在不是？配角举足轻重，能让戏剧、电影给人的印象为之大变。所以，虽然不是男一号，也请你暂且忍耐，争取成为奥斯卡金像奖的最佳男配角呀。

这先姑且不谈，醒来之后我的心还在扑通扑通地（下面有后来用铅笔添画的粗粗的线）乱跳。要知道在回归现实之后，有好长一段时间，我老是觉得你就在身旁。如果真在的话那可就好玩儿啦……这话当然是开玩笑。

我像平时一样，立刻拿起放在枕边的本子和铅笔头，把梦的内容逐一（不知道这两个字写得对不对）记录了下来。这一直都是我醒来之后首先要做的事情。不管是在一大清早还是在深更半夜，也不管是睡眼蒙眬还是另有急事，我都要把刚刚做过的梦详详细细地记在本子上，能想起多少算多少。我从来没有写日记的习惯（曾经试过几次，但总是坚持不了一个星期），唯有梦的记录倒是一天不缺地保存完好。这简直就像在宣称，对我来说，比起实实在在的日常生活，梦里发生的事才更具有重大意义。

不过，其实我并不是这样想的。不用说，实实在在的日常生活和梦里发生的事情，其前因后果截然不同。就好比地铁同气球的差异那样。而毫无疑问，我也同别人一样，被日常生活所束缚，苦苦厮缠在这枯燥乏味的地球表面，得过且过。无论是力大无比的巨人，还是富可敌国的财主，都摆脱不了这种重力。

只不过就我而言，只要钻进被窝里睡着了，"梦的世界"就会启动，清晰无比，差不多跟现实世界一样——不，它每每（不知何故，我很喜欢"每每"这个词）比现实还更加具有现实感。而且梦境里展现出来的，几乎全都是无法预测、令人耳目一新的事件。而结局又常常搞得人晕头转向，分不清东南西北。就好比"咦？这就是在现实生活中经历过的事情吗，还是在梦里看到的呢？"这种情形。你没有过这样的经历吗？类似无法在梦境和现实之间画出一条界线这种……恐怕，跟周围的人相比，我这个人的这种倾向要强烈得多（差不多仪表的指针都要转到刻度范围之外去了）。这或许是由于某种关系而与生俱来的。

意识到这一点，是在上了小学之后。我跟同学聊起做梦的话题，可差不多没有一个人对此表现出兴趣。没人对我的梦给予关心，而像这样把梦看得很重的人，好像除我之外再也没有了。而且其他人做的——他们告诉我的——梦，基本上都缺乏色彩，缺少悸动，还不够精彩。我不知道是什么缘故……所以渐渐地，我不再跟同学们谈论梦了。我也不跟家里人谈论梦（说实话，除非必要，我也几乎不跟家里人谈论任何其他话题）。取而代之的是，睡觉前，我把笔记本和铅笔放在了枕头旁边。从此以后这么多年，这个笔记本就成了我不可替代的灵魂知己。这一点也许无关紧要：给梦做记录，磨得又秃又短的铅笔头最合适了！不到八厘米长的家伙。前一天晚上用小刀把这样的笔不粗不细，恰到好处地削上它几支。太长的新铅笔可不行！这是为什么呢？为什么不用短铅笔头就无法好好地把梦写下来呢？仔细想想，好奇怪呀。

笔记本是唯一的朋友。这不简直就像《安妮日记》一样吗？当然，我没有躲在别人家的密室里，周围也没有被纳粹士兵团团包围着。或者应当说，至少周围的人们没有佩戴着反万字袖章。可尽管如此……

总之，接下去便有那次那个作文大赛，我在颁奖会场遇上了你。不管怎么说，这在我迄今为止的人生中，可算是最奢华的大事之一了。不是说大赛，而是说与你相遇！并且你还对我的梦感兴趣，非常热情地听我说梦。这实在是太美妙了，不是吗？可以无话不谈，想说什么就说什么，还有人认认真真地听，差不多是我有生以来第一次体验。真的。

问一下呀，"差不多"这个词我是不是用得太多啦？我自个儿觉得好像是这样。我常常会频繁地——"频繁"这两个汉字的写法我怎么都记不住——反复使用同一个词语。下次得注意啦。其实我应当反复重读自己写的文章，好好地推敲（这两个汉字也很难写）才行。可是，重读自己写的文章的话，我就会觉得这儿也不好那儿也不行，直想撕了扔掉。真的。

对啦，我是在谈自己做的梦，得接着说。我写起文章来，动不动就会跑题，一时半会儿还回不来。这也是我的弱点之一。顺便问问，"弱点"和"缺点"有什么不同？这里可以用"弱点"吗？不过，这也是无关紧要的小事吧。毕竟这俩的意思几乎（底下也用铅笔画了条线）差不多。总之言归正传，对，继续谈昨晚做的梦。

在梦里，首先，我全身赤裸。一丝不挂——好像是有这个说法吧？我以前就一直觉得这个说法相当怪异，或者说太极端，不过上上下下一打量，我身上这可不就是没挂一丝吗？当然，背后眼睛看不到的地方没准儿粘着一根线头也说不定。这种地方嘛，就无所谓啦。而且我人在一个细长型浴缸里，是西式风格的古典白色浴缸。弄不好就会长出四只可爱的猫爪来的那种。不过浴缸里没有热水。就是说，我光着身子躺在空空的浴缸里。

不过呢，再仔细一看，那并不是我的身体。如果说是我的，那两只乳房就太大了。我平时一直盼望乳房要是再大一点儿就好了，可是真有了那么大的乳房，又总觉得不自然，心里慌慌的。这感觉很奇怪，仿佛我不再是自己一般。首先是很重，而且看不到下面。乳头好像也有点儿太大。长了对这么大的乳房，跑起步来肯定要晃来晃去，太碍事。于是我就想：说不定还是从前小小的好呢。

接着我注意到自己的肚子鼓得很大。可又不是由肥胖导致的肚子变大，因为身体的其他部分都又细又瘦，只有肚子像气球一样大大地鼓着。于是我意识到自己好像怀孕了。我的肚子里有一个胎儿。瞧这鼓起的模样，有七八个月了吧。

你猜猜，于是我首先想到的是什么？

我首先想到的，是穿什么衣服。胸脯这么大，肚子也这么凸出，到底该穿什么衣服好呢？哪里有我能穿的衣服呢？诸如此类。我这不是赤身裸体来着嘛，总得弄件衣服穿上才行不是？这么一想，我就觉得十分不安。要是这么光着身子就得走到街上去，那该怎么办？

我像只鹤一样伸长脖子，一圈又一圈地环视房间内部，可哪儿都看不见有什么像件衣服的东西，连一件浴袍都没有，或许该说连一条浴巾都没有。不折不扣，真的是"一丝不见"。

这时响起了敲门声。咚咚，两声，又有力又短促。这让我惊慌失措。这副模样可是不能见客的。我脑子里一片混乱，正不知道该如何是好时，有人擅自推开房门，走了进来。

那个房间吧，虽然是间浴室，却宽敞得不像话，简直有一般人家的客厅那么大，甚至还摆着像沙发一样的东西。天花板也好高好高，还有好多窗子，阳光从那里灿烂地照射进来。根据光的亮度来看，时间大概是早晨偏晚一些。

那个人是谁？是干什么的？直到最后，我都没有弄明白。因为我看不见他的脸。那人刚一把门推开，从窗户射进来的阳光便突然增强，就像引发了光晕一般，我的眼睛什么都看不见了。我只看到一个黑黢黢的高大人影直挺挺地站在门口。不过从体型来看，那应该是个男人，一个大块头的成年男人。

于是我想，总得把身子藏起来，毕竟我是"一丝不挂"的状态嘛，况且还有个陌生男人站在那里。可是，尽管想藏起身子，可就像刚才说过的，我手头什么也没有。毛巾、脸盆、刷子，一样也没有。百般无奈下，我只好用手把肚子下面的重要部位——这么说不知是否可行——遮起来，但手无论如何也够不着那儿。原因是乳房和肚子太大，而且我的胳膊确确实实比平时短了许多。

可是那男人朝着我慢慢地走近了来，我总得做点儿什么。这时，在我的肚子里，胎儿——我猜大概是胎儿——开始乱蹬乱踹地剧烈骚动起来，简直就像三只满腔不平的鼹鼠在黑暗的洞穴里发动了叛乱。

我突然回过神来时，那里已经不是浴室了。刚才我说浴室大得像客厅一样，现在竟变成了真正的客厅，我光着身子躺在沙发上。而且不知怎么的，我的两只手的手心里各长了一只眼睛。手掌正中心变成眼睛了呀！正儿八经地还长着眼睫毛呢，还会眨眼睛。它们直勾勾地看着我，可我并不感到恐怖。那两只眼睛里留有白色的伤痕，而且在流泪，流着异常宁静且哀伤的眼泪。

写到这里时（下面就要渐入佳境，情节有趣极了，而你也将惊鸿一现，出场做了个配角呢），非常遗憾，我得出门了。有事要办，我不得不从书桌前离开一会儿。所以，这封信暂且中断，我会先把写完的部分放进信封贴上邮票，拿到车站前的邮筒投寄（是这两个字吗？唉，我为什么不愿查字典呢？）。后面的梦下次再接着写，耐心等着呀。还有，一定要给我写信哪。写一封长得读不完的信。求你啦。

然而我最终未能读到那个梦的后续。下一封信写的是毫不相干的内容（她肯定是把自己说过要接着把后续部分写完的话给忘记了吧）。所以，我在她的梦里究竟扮演了个什么样的（配角一类的）角色，我还没搞明白，此事便已翻篇了。恐怕是永远地翻篇了。

# 9

是的，在那里，人们带着影子一起生活。

而在这座小城，人们并没有影子。抛弃了影子之后才会真实感受到，它是具有实实在在的重量的。就如同在平常的生活中，我们一般感受不到地球的重力一样。

固然，舍弃影子并非轻而易举的事情。不管怎么说，与相伴多年、亲密无间的伙伴生生分离，都让人心慌意乱。来到这座小城时，我却不得不在入口处将自己的影子交给了守门人。

"随身带有影子的，不允许走进墙内。"守门人这么告诉我，"要么把影子交给我，要么放弃入城。二者择一。"

我舍弃了影子。

守门人让我站在温暖的向阳处，一把揪住我的影子。影子又惊又惧，抖个不停。

守门人冲着影子粗声粗气地说道："没事。没啥好怕的。又不是活拔手指甲。不疼，一下子就好啦。"

影子仍然稍稍表现出了抵抗之意，可哪里又敌得过膀大腰圆的守门人，立时就从我的身体被剥离开去，气力全失，瘫软在了一旁的木头长椅上。被剥离开身体的影子看上去远比想象的寒酸，好像被脱下扔掉的长靴。

守门人说道："一刀两断之后，他看上去是不是怪模怪样的？你以前还一直拿这玩意儿当宝贝对待呢。"

我含糊其词地应了一句。失去了影子的感受，我还把握不全。

"影子这玩意儿，其实啥用也没有哇。"守门人继续说道，"你记得影子曾经给过你什么了不起的帮助吗？"

我不记得，至少没能马上就想起来。

"你瞧是不？"守门人得意扬扬地说道，"就这，他还三斤重的鸭子二斤半的嘴，说三道四夸夸其谈，自己一个人啥事也干不了，废话歪理倒来得多。"

"我的影子以后会怎么样呢？"

"我们这儿会以待客之道对待他的。房间床铺都准备好咧，虽然谈不上是豪华晚宴，但一日三餐是顿顿不少的。不过，偶尔也要请他帮忙干点活儿。"

"干活儿？"我说道，"什么活儿？"

"就是一点儿杂务啦。主要是在墙外干活儿，不算啥大不了的活计。摘摘苹果，照看照看独角兽……季节不同，活儿也会有点儿不一样。"

"如果我想讨回影子呢？"

守门人眯起眼睛，直勾勾地盯着我的脸，宛似透过窗帘的缝隙查看无人的室内。然后他说道："这营生我已经干了好多年了，还从来没见过有人来讨回自己的影子的。"

我的影子老老实实地蹲在那里，瞧着我这边，仿佛在诉说着什么。

"没啥可担心的啦。"守门人像为我鼓劲似的说道,"你也会慢慢适应没有影子的生活,到时候就会忘掉自己曾经还有过影子咧。'咦,这么一说好像是有过这么回事来着',就像这样。"

影子蹲着不动,竖起耳朵听着守门人说话。我并非没有感到愧疚。虽说是身不由己,但我毕竟是打算丢弃自己的分身的。

"进出本城的关口,现在就只有这么一座门。"守门人用粗壮的手指指着那座门,说道,"一旦钻过这座门进入城里,就再也不能走出这座门了。墙不允许这么做。这是这座城的规矩。虽然不搞啥签名啦,按血手印啦这种夸张的花招,但照样是货真价实的契约。这一点,你是知道的喽?"

"我知道。"我回答。

"还有一件事。你以后是要当'读梦人'的,所以会配给你一双'读梦人'的眼睛。这也是规矩。直到眼睛的功能完全稳定,说不定你都多少会感到不便。这,你也是知道的喽?"

于是我钻进了城门,丢弃了自己的影子,领到一双"读梦人"的受伤的眼睛,缔结了一份再也不穿越这座门的心照不宣的契约。

"在那座城市(我曾经生活的城市)里,每个人都拖着影子生活。"我对你说明道。影子在有光的地方跟人(本体)共同行动,在无光的地方便悄悄藏起身子,而当黑暗的时刻到来时,便同人一起就寝。然而人和影子是不分离的,不管眼睛看得到看不到,影子始终存在。

"影子对人有什么用处吗?"你问道。

"不知道。"我回答。

"那为什么大家还不把影子扔掉呢?"

039

"不知道方法也是一个原因。不过，就算知道了方法，只怕大家也不会把影子扔掉吧。"

"那是为什么？"

"因为人们已经习惯了影子的存在。这跟有没有实际用处无关。"

当然，你无法理解这是怎么回事。

河心洲上的河柳为数稀少却枝繁叶茂，其中一棵河柳树干上，用缆绳系着一艘旧木船，流水在船的四周发出轻快的声响。

"我们在还不懂事之前，就被剥去了影子。就像婴儿要剪断脐带、幼儿要换牙一样。而剪下来的影子们都要被送到墙外去。"

"在外边的世界里，影子们只能靠自己活下去喽？"

"基本上都会被送去做养子，并不是随便扔进荒野里就不管了。"

"你的影子后来怎么样了？"

"这个嘛，我不知道。不过，应该早就死掉啦。被剥离本体的影子，就像没有根的植物，活不长的。"

"你没有再见过那个影子喽？"

"我的影子吗？"

"对。"

你不可思议似的看着我，然后说："黑暗的心被赶到了遥远的别处，随即慢慢失去生命。"

我和你并肩走在河滨道路上。风仿佛偶尔兴起似的，时不时吹过河面。你用双手拢起大衣领口。

"您的影子用不了多久也会丧命的吧。影子死了，黑暗的思绪也就随之消亡，随后静寂就会到来的。"

从你口中说出来的"静寂"这个词，听上去似乎无比寂静。

"之后墙会保护它,对吧?"

你笔直地望着我的脸:"您不就是为了这个才到这座小城来的吗?不远万里。"

职工地区就是延展在老桥东北、满目萧然的区域。曾经碧波荡漾的运河如今也已干涸,只剩下干透了的灰色泥层厚厚地堆积着。然而河水干涸后,尽管已然经过了漫长的岁月,可那里仍然残留着湿润的空气的记忆。

穿过这片杳无人迹的昏暗工厂区后,有一个职工公共住宅林立的角落。两层楼的旧木造住宅,看上去似乎随时都可能崩落下来。住在这些住宅里的人通通被称作"职工",但其实他们并不在工厂里做工。如今它已经变成了没有实际指代、仅仅是个习惯性的称呼。工厂很早以前便已停工,成排的高烟囱停止了冒烟。

房屋之间迷宫一般七弯八拐的小路上,一代又一代的人发出的形形色色的生活气息与声响,早已渗进了铺路石里。走在已被磨平了的石块上,我们的鞋底甚至踩不出脚步声来。在这迷宫里某一处,你冷不丁停下脚,扭头对我说:"谢谢您送我回家。您认识回去的路吗?"

"我觉得我大概认识。只要走到运河边,剩下的路就容易找了。"

你重新围好围巾,冲着我短促地点点头,然后迅速转过身去,步履匆匆地被那些相差无几、难以区分的晦暗木造住宅的某扇门吞吸了进去。

我从两种针锋相对的情感的夹缝中穿过,从"在这座小城里,自己已经不再是孤单一人"的念头和"尽管如此,自己仍然是孤单一人"的思绪之间穿过,缓步走回家里。我的心就这样被一劈为二。河柳的柔枝发出幽幽的细声,盈盈摇曳。

# 10

在被称作"机关宿舍地区"的区域，我被分配了一间小小的宿舍。

宿舍里配备最基本的生活用品：简单的家具和日常用品。单人床，圆形木餐桌，四把椅子，几个嵌入式置物架，小柴火炉，大致就这些。还有一个小壁橱，一间小浴室。却没有工作用的写字台，休息用的沙发。房间里没有一样可以称作装饰的东西。没有花瓶，没有画，没有饰物，连一本书都没有，当然也没有时钟。

厨房可供做简单的饭菜。如果想烧烧煮煮的话，就用厨房里的小炉子——这里没有电，也没有煤气。餐具、椅子件件都很朴素，已经用得很旧，形状、大小也参差不齐，看上去很像是从四处临时收集来的。窗户上装着百叶窗，白天把它关上，就可以遮挡阳光（对我虚弱的眼睛来说，是必不可少的设备）。入口处的门板上没有安锁。这座小城的人们，没有谁在自家门上安锁的。

这个地区从前肯定是个精致潇洒的去处吧。马路上，小孩子们嬉戏玩耍，不知何处传来钢琴声，狗狗们低吠；黄昏时分，肯定会有暖烘烘的晚餐香味从一扇扇窗口飘出来；家家户户的花坛上，美丽的应季鲜花斗色争妍。至今犹然处处遗留着这种氛围。一如地名所昭示的，住在这里的人们似乎多为在政府工作的官吏，再不就是尉级以上的军官。

我在近午时分醒来，用配发的食材做了一顿简单的饭吃。像样的饭只吃这么一顿。在这座小城，人们似乎无须多次进餐，一天吃一顿简餐便足够了。而我的身体也令人惊讶地早早便适应了这样的生活习惯。吃完饭收拾好餐具后，我便在放下了百叶窗的房间里闭门不出，让尚未痊愈的眼睛休息，度过午后的时光。时间平稳地流逝。

我坐在椅子上，将意识从这座叫作"自己"的身体牢笼中解放出来，让它在浮想的草原上纵情撒欢儿——就好比解开系在项圈上的绳索，给狗狗片刻自由一样。这期间，我便躺在草地上，无所用心，呆呆地望着白云流过蓝天（当然这只是个比喻，实际上我并没有仰望蓝天）。时间就这样平平安安地流逝。只在需要的时候，我才吹一声口哨，唤它回来（当然这也是个比喻，并不是当真吹口哨）。

当夕阳西斜，四周开始变得昏暗起来，守门人即将吹响角笛的时候，我（吹一声口哨）将意识重新唤回身体里，步出家门，走向图书馆。我迈下小丘，沿着河滨道路朝上游方向前行。图书馆在广场前方近处。在面对着老桥的广场上，没有指针的大钟楼仿佛是某种象征一般，高高耸立着。

除了我，无人会造访图书馆。因此不管什么时候，图书馆都只属于我和你。

然而我的读梦技术毫无提升的迹象。我胸中的疑问与不安与日俱增——我被任命为"读梦人"难不成是个误会？莫不是我原本就不具备读梦的能力？我该不会是在错误的地方被委以了错误的使命吧？有一次在作业间隙，我把这种不安的心情向你坦白了。

"不要担心。"你坐在桌子对面，窥探着我的眼睛，说道，"只是要再费点儿时间罢了。就这么做下去就行，不要犹豫。因为您在正确的地方，做正确的事情。"

你的声音温柔安详，充满信心，如同筑成城墙的砖块一样，坚不可摧。

读梦的间隙，我喝你为我调制的浓绿色药草茶。你耗时耗力，就像化学家面对实验时一样，神情肃然，小心翼翼地准备药草茶——用小小的擂杵、擂钵、小锅和滤布。图书馆背面的小院子里，有个种植着各种药草的小药草园，照管它也是你的职责之一。我曾经问过你那些药草的名字，可你也不知道它们叫什么。大概那些药草也和这座小城里的众多事物一样，根本就没有名字吧。

结束一天的工作，关上图书馆之后，我沿着河滨道路走向上游，送你回职工地区的公共住宅去。这成了我每日的习惯。

秋雨在我们的周围没完没了地下个不停。那是既无始也无终、宁静细密的雨。夜里没有月亮，没有星星，没有风，夜啼鸟的声音也听不到。只有河心洲上成行的河柳细细的枝头上，水珠滴滴答答地滴落下来。

我和你并肩走在这样的夜路上，几乎始终沉默不言。可是这种沉默对我来说根本不算痛苦，毋宁说我更欢迎这沉默也说不定，因为沉默能够激活记忆。你也并不介意沉默。这座小城的人们正如无须多次进餐一样，他们也无须太多的话语。

天一下雨，你就会穿上又厚又硬的黄色雨衣，戴上绿色的雨帽。我则随身带着宿舍配置的又旧又重的雨伞。你穿的雨衣，大概比你合身的尺码要大上两号，走起路来沙沙作响，宛如用双手搓揉包装纸时发出的响声。那是令人怀念的响声。我很想悄悄伸手搂住你的肩膀（就像曾经做过的那样），但在此地，这是无法实现的事情。

在职工地区的公共住宅前，你驻足不前，在微弱的灯光中盯着我的脸窥探片刻，轻蹙眉头，仿佛有重要的事情闪烁心头呼之欲出，然而最终却什么也没想起来。可能性尚未聚合成形，便被吸噬进了虚空，不知所终。

"明天见。"我说。

你默默点头。

当你的身影消失,所有的声响都渐渐远去之后,我犹然伫立在原地,在无言中回味着你在身后留下的感觉。然后在霏霏细雨中,我独自向着位于西部高丘的住处走去。

"什么都不必担心。只是要再费点儿时间罢了。"你这么说。

然而我却不是那么有信心。时间——这座小城所称的时间——果真就那么可信吗?而在这让人觉得没完没了的漫长秋季之后,接踵而来的究竟又将会是什么呢?

## 11

我乘上电车,前往你居住的城市见你。五月的星期日早晨,碧空如洗,天空中只有一片白云飘浮着,形似灵动飘逸的游鱼。

出门时我声称要去图书馆,其实我是去见你。尼龙软囊里背着充当午餐的三明治(母亲为我做的,牢牢地包着保鲜膜)和学习用具,但是我并没打算学习。离高考只剩下不到一年了,然而我却尽可能不去想它。

星期日早晨的电车里,乘客稀稀落落。我悠然地坐在座位上,沉思着"永续的"这个词。然而对一个刚刚升入高三的十七岁少年来说,要对"永续的"这个词深入思考,可不是那么容易的事,因为他所能想象到的永续性十分狭隘。他能由"永续的"这个词语浮想出来的,无非就是大海上落雨潇潇的光景。

我每次看到海上落雨的光景时，都会被某种感动所击中。这大概是因为海这东西是永劫——抑或说几乎接近永劫的漫长期间——不变的存在。海水蒸发变成云，云再化雨落下。永远的循环。海里的水就这么源源不绝地换旧更新，然而海的总体却不会改变。海永远还是那片海，既是伸手可触的实体，又是一个纯粹的绝对观念。我在眺望纷纷洒落在海面上的雨水时所感触到的（大概）就是这样一种庄严。

　　所以当我想让你我之间的心灵纽带变得更为牢固、变得更具"永劫性"时，脑子里浮现出来的，就会是雨水静静地洒落在海面上的光景。我和你坐在海滨，凝望着这样的海和雨。我们俩紧紧相偎，缩在同一把伞下，你的头轻轻地倚在我的肩上。

　　海面上波澜不惊。没有一丝像样的风在吹。细浪井然有序，无声地涌向岸边，宛如晾晒的床单飘曳在风中一般。我们俩可以永远地静坐在那里。然而，之后我们又将去往何方？又应该去往何方？我心中茫然无绪。只因为我们二人共撑同一把伞并肩坐在海边，就已经是完美无缺了。既然已经完美无缺了，我们还能再起身去往何方呢？

　　说不定这正是"永劫"的问题之一。那就是，不知道接下来该向何处去。然而，"不追求永劫"的爱又有什么价值呢？

　　然后我放弃了思考永劫，转而思考你的身体。我思考你胸前的那对隆起，思考你的裙子下面。我想象那里面的东西，想象我的手指笨拙地把你白衬衣的纽扣一粒粒解开，笨拙地把你（可能）穿着的白色内衣后背的钩扣解开。我的手缓缓地伸进你的裙子里，手触碰到你大腿柔软的内侧，然后……不，我并不愿意想这种事情，真的不愿意想。但是我不由得想。因为相比于永劫性之类的问题，这，远要容易刺激想象力。

　　不过，就在这么胡思乱想中，我身体的某一部位悄无声息地硬了起来。它就像是用大理石做成的丑陋的摆件。在紧身牛仔裤里，我那勃起的性器官很令人难堪。如不赶快让它恢复常态，只怕连起身离席都难乎其难。

我试着让下雨和大海的画面再一次浮现在大脑里。说不定这宁静的风景能够多少镇定我过分健全的性欲。我闭上眼睛，全神贯注。可是海边的意象却未能顺利地在大脑里复苏。就好像我的意志和我的性欲分别手拿着截然不同的地图，各自朝着迥然相反的方向前行。

我们约好在地铁站附近的一个小公园里见面。我们以前也曾多次在此见面。小公园里有几种供小孩子们玩耍的游乐设施，有饮水处，紫藤架下放着长椅。我坐在那长椅上等你。然而到了约好的时间，你却没有出现。这可是件稀罕事，因为迄今为止你从未迟到过一次。毋宁说，你每次都比我先来到约会的场所。甚至，我提前三十分钟赶到时，你就已经在那里等着我了。

"你总是那么早就来吗？"有一次我问过你。

"像这样一个人等着你来，比什么都开心。"你说。

"你喜爱等？"

"对呀。"

"胜过与我见面本身？"

你莞尔一笑，却不回答我的问题，只是说了一句："可是等在这里的时候，我可以想象接下来会发生什么，接下去要做什么，可能性无穷无尽。不是吗？"

也许的确如此。当真见了面，这种无穷无尽的可能性就会不可避免地被置换成唯一的现实。对你来说，那大概会很痛苦。你想要表达的意思，我能理解，然而我自己却不那么认为。毕竟可能性无非只是可能性而已。而实实在在地坐在你身边，切身感受到你身体的温暖，与你两手相握，躲在树荫下偷偷亲吻，可远远要好得多。

然而已经超过约定的时间三十分钟了，你仍然不露面。我一次又一次地看着手表，不安袭上心头。你会不会遇到了什么非同小可的事件？我的心脏发出干涩、不祥的声音。你莫不是突然病倒了，再不然是遇上了交通事故？我想象着你被救护车送往医院的情形，竖起耳朵聆听救护车的警笛声。

莫不是你察觉到了——如何觉察到的，我一无所知——我早晨在电车里沉湎于对你的性幻想，于是不愿意跟干出这种丑恶行径的我见面了呢？一想到此，我便羞耻不已，耳垂发烫。可这种事情是谁也没有办法的呀！我费尽口舌，向你说明、辩解。那就像一条大黑狗，一旦朝着一个方向跑起来，就无计可施啦，甭管你怎么拼命死拽狗绳——

比约定的时间晚了四十分钟，你终于现身，并且一言不发，在我身旁的长椅上坐下。诸如"对不起，我迟到了"之类的话，你也一句不说。我也一声不响。我们闭着嘴巴并肩静坐在那里。两个小女孩在荡秋千，比赛谁荡得更高。你仍然气喘吁吁，额头浮着细细的汗珠。你大概是跑着过来的吧。每呼吸一口气，你的胸脯便会一起一伏。

你穿着圆领白衬衣，与我在电车里想象的一样，没有饰件，是一件简单的衬衣。上面的纽扣和我刚才（在想象中）解开的一模一样。你下身穿着藏青色裙子，与我刚才想象的藏青色裙子在颜色浓淡上略有差异，但基本上式样相同。你居然穿着与我想象的——说妄想也许更为接近——几乎一模一样的衣服！对此，我惊讶，哑口无言，与此同时又不禁感到问心有愧。不过，我竭力不再胡思乱想。总而言之，你这身简朴的白衬衣配无花纹的藏青裙子的装扮,在星期日公园的长椅上美得炫目。

不过,你似乎有些异于寻常。但究竟有何异常,我却说不出来。唯独有些异于寻常这一点,我倒是一目了然。

"你有点儿不对头嘛。"我终于出声问道,"出什么事了吗?"

你仍旧不言不语,摇摇头。但我知道肯定出了什么事。我能够听到超出普通人听觉范围的、高速、纤细的振翅声。你双手放在膝上,我把自己的手轻轻地叠了上去。虽说季节已是夏天,你的手却微微发凉。我努力将一丝暖意传递到你的手上。我们久久地维持着这个姿势。你自始至终沉默不语。那不是为了搜寻恰当词句的一时性的沉默,而是为了沉默的沉默——那种其本身便已告完结的、向心性的沉默。

小女孩们还在荡秋千。金属器件发出嘎吱的摩擦声,有规律地传入我的耳朵。我心想,要是在我们眼前的是辽阔的大海,海面上落雨潇潇该多好。倘若是那样,我们俩之间的这片沉默大概会比现在更为亲密自然吧。不过眼下这样也好。就不要得寸还想进尺啦。

过了一会儿,你推开我的手,一言不发地从长椅上站起身,仿佛想起了什么大事。见此情形,我也慌忙起身。接着,你仍然不言不语,举步向前,我也紧跟其后。我们步出公园,沿着街道继续前行。从大路走进小路,然后穿过小路再次走到大街上。现在要去哪里、做什么,你都不说。这也是往常从未有过的。往常的你,总是一见面就迫不及待地对我滔滔不绝起来。你的脑袋中好像时时刻刻都装满了要对我说的话,非吐不快。然而今天自见面以来,你还没有说过一句话。

走着走着,我渐渐有些明白了——你并不是要赶到某个特定的场所去,你只是不想在同一个地方停留不动,就是想走来走去。那是以移动本身为目的的移动。我走在你身旁，与你保持步调一致。我也同样保持沉默。不过我的沉默，却是搜寻不到恰当词句的人的沉默。

这种时候，我该怎么做呢？你是我有生以来交往过的第一个女朋友，是关系亲密到差不多可以呼作恋人的第一个对象。所以，与你在一起，直面这种"异于寻常的状况"，对于自己应该如何行动为佳，我没有能力做出妥切的判断。这个世界里充满了我尚未经历过的事物，尤其是关于女性心理的知识之类，我就是个一片空白、不曾写有一个字的笔记本。所以面对异于寻常的你，我便束手无策。不过总得先静下心来才行，我是男子汉，又比你大一岁。这种东西，也许实际上并非什么了不得的差别，也许毫无意义，不过有的时候——尤其是在找不到其他可资依赖的对象的时候——这种微不足道、徒具形式的立场，说不定也能起到一点儿作用。

总之不能慌了手脚。哪怕只是表面上，也得保持镇静。于是我欲言又止，装作若无其事的样子，好像这不过是小事一桩，走在你身边，与你步调一致。

我们究竟走了多少路？我们时而站在十字路口前，等待信号灯由红变绿。这种时候我很想握住你的手，可你却将两只手插在裙子口袋里，笔直地注视着前方。

是我惹恼你了吗？是不是我做错了什么事？不对，不可能。我们两天前的晚上还通过电话，那时候你情绪极佳，声调明朗地说："我非常期待，后天就能见面了。"那之后我们俩就没再通过话。你没有理由对我生气。

得保持镇静！我对自己说。不是我激怒了你。大概是你自己身上的问题，跟我无关。等红绿灯期间，我做了好几次深呼吸。

我记得我们走了约莫有三十分钟，也许更长一些。回过神来，我们已经在原先那座小公园里了。我们在街头晕头转向地兜来绕去，最终还是回到了出发点。你径直走向紫藤架下的长椅，不声不响地坐了下去。我也在你的身旁坐下。同最初一样，我们俩不言不语，并肩坐在那油漆斑驳的木头长椅上。你敛颔，凝视着前方空中的某一处，眼睛一眨也不眨。

荡秋千的两个小女孩不见了踪影。两只秋千在五月的阳光下一动不动地低垂着。不知何故，静止、无人的秋千看上去仿佛极具内省性。

然后你将头轻轻地倚在我的肩上，仿佛突然想起我就在身边似的。我再一次把我的手放在你的小手上。我们俩的手大小相差很多，你的手之小，屡屡令我惊奇不已。我在心中感叹，这么小的手竟然能做那么多的事，比如说拧开瓶盖呀，剥橘子皮呀，等等。

继而你开始哭泣，不出声，发抖似的双肩微颤。你一定是为了不让自己哭出来，才急急忙忙一刻不停地一直走到现在的吧。我悄悄地伸手搂住你的肩膀。你的泪珠滴落在我的牛仔裤上，发出滴答声。你有时哽哽咽咽，漏出短促的呜咽声，语不成句。

我仍然保持沉默，只是守在一旁，将她的悲哀——大概是悲哀吧——统统承受下来。这，可能是我有生以来第一次经验。居然将别人的悲哀全盘收下！居然被别人将一片诚心交托给自己！

要是自己更加强大有力该多好！我心想。要是能更强有力地拥抱你，能用更强有力的语句——那种短短一句就足以化解咒缚的正确精准的语句——鼓舞你又该多好。可是现在的我还没有做足相应的准备。为此，我感到悲哀。

# 12

　　我把待在图书馆以外的空闲时间都耗在了制作小城的地图上。利用天色阴晦的下午，渐渐地，我全力投入了这项起初半是为了解闷而开始的作业。第一步是弄明白小城大致的轮廓。换言之，就是搞清环围着小城的那道墙的形状。根据"你"从前画在笔记本上的简单地图，那应该是像把人的肾脏横放过来的形状（凹进去的部分在下方）。然而是否果真如此？我打算实地进行确认。

　　这项作业比我预想的要困难。因为周围没有一个人对其准确的形状——不，甚至连粗略的形状——有所了解。对于小城的形状，你也好，守门人也好，住在附近的老人们（我结识了其中的几位，不时会与他们闲聊几句）也好，都不具备确切的知识，而且似乎也并不想搞清楚此事。而他们口中说着"大致就是这个样子喽"、画给我看的小城形状，彼此都相去甚远。有的接近正三角形，有的近乎椭圆形，还有的形状竟然类似吞下了一只巨大猎物的蛇。

　　"你干吗想了解这种事情？"守门人满脸惊愕的表情，问我道，"就算你搞明白了这座城是啥模样，又有啥用处呢？"

　　"纯粹是出于好奇心。"我解释道。我只是想获取知识而已，并不是为了有用处……然而守门人似乎无法理解"纯粹的好奇心"这个概念，这是超越了他的理解能力的事物。他的脸上浮现出警惕的神色，用一种"这小子别是图谋不轨吧"的眼光盯着我看。于是我放弃了继续打听下去的念头。

　　"我想告诉你的就是呀，"守门人说道，"当你脑袋上顶着个盘子的时候，还是甭抬头看天为好啦。"

这话具体意味着什么,当下我不甚明了。然而我明白,与其说那是哲学性的省察,毋宁说那似乎更近于实实在在的警告。

其余众人——也包括你——对我这个提问的反应,与守门人的大同小异。小城的居民对于自己生活的地方面积多大、形状如何这种问题,似乎漠不关心。而且对于居然有人会对这种事情感兴趣这一事实,他们好像颇为困惑不解。在我看来,这简直不可思议。一个人希望对自己生于斯长于斯的土地了解得更多,这难道不是自然萌生的心愿吗?

也许这座小城里原本就不存在那个叫作好奇心的东西。要不就是即便存在,也极为稀薄,或者其范围被限定得极窄吧。细细一想,说不定这也合情合理。假如有许多住在小城里的人对各种事物,比如说对城墙外的世界产生了好奇心,他(或她)很可能就会开始渴望看看墙外的世界,而这样一种冲动对小城而言并非好事。因为墙内侧的小城必须是天衣无缝、浑然一体的才行。

要想了解这座小城的形状,只能自己动脚,实地进行确认。我最终得出了这个结论。对于走路,我是丝毫不以之为苦的。走路还有助于消解我平日的运动不足。然而由于弱视这个不利因素,这项作业只能缓慢地推进。我能够长时间在户外行走的时间仅限于阴天和黄昏时分。炫目的太阳会刺痛我的双眼,很快便会令我泪流不止。然而所幸(大概应当说所幸)时间倒是多之又多,我可以随心所欲地将日子花在这项作业上。而且前边也已说过,这个秋天坏天气连绵不绝。

我戴着深绿色的眼镜,拿着几张纸片和一个短铅笔,沿着环绕小城的墙的内侧步行,将其形状逐一记录下来,还简单地写生几笔。因为没有磁针也没有卷尺(这座小城里不存在这种东西),我只能靠寻找淡淡地隐藏在云层里的太阳所在来判断大致的方位,用步数作为计算距离的基准。我决定以北门的门卫室为起点，按逆时针方向沿墙前行。

沿墙的道路一派荒凉。不少地方，道路已经荡然无存，几乎不见有人走过的形迹。它似乎曾经也是人来人往的日常道路（上面星星点点地残留着一些遗痕），如今却几乎无人走这条路了。道路基本上紧靠着墙边，但根据地形变化也会大大地向内迂回，很多地方草木丛生，阻断了道路，我只能以手将其扒开，取道前行，为此还戴上了厚手套。

墙边的土地似乎被经年累月地抛置不管，如今，墙的周边好像根本无人居住。随处可以看到一些好似人家的建筑物，却个个都近于废居了。屋顶大都因为风吹雨打而塌陷，玻璃破碎，墙壁坍塌。还有一些房子只剩下石头地基依稀可见。偶尔我也看到，有些建筑还基本保留着原形，可外墙上也密密匝匝地爬满了生命力旺盛的绿色爬山虎。然而，尽管已经是颓垣败壁，里面却也并非空无一物。走近一瞧，便可知破旧的家具与器什仍然残留于内。翻倒的桌子、生锈的器物、破裂的小桶之类映入眼帘。所有的东西都覆着厚厚的尘埃，遭到湿气侵蚀而半已腐朽。

似乎曾经有远远多于现在的人居住在这座城里，在这里营构着正常的生活。然而在某一个时点突生骤变，大部分居民弃城而去。他们慌慌忙忙的，几乎将全部家什统统丢弃在了身后。

究竟发生了什么？

战争？瘟疫？抑或是规模巨大的政治变革？人们是按照自己的意志移居去另一片土地的吗？抑或是有过类似强制流放的情况？

总而言之，某个时候发生了什么，大部分居民火急火燎地搬迁去了别处。留下来的人们便聚居在小城中心部沿河的平地和西部的高丘上，在那里相依相伴互助互济，屏声静气、寡言少语地度日。除此之外的周边的土地都被废弃，任其荒芜凋敝。

留下来的居民从来不提那个"什么"。他们并非拒绝提及,而是仿佛完整地丧失了集体记忆,不知道那个"什么"为何物。恐怕与被他们所丢弃的影子一道,那些记忆也被一并攫走了。小城的人们对于地理缺乏横向的好奇心,与之相同,他们对于历史似乎也缺乏纵向的好奇心。

在人们离去后的土地上来来往往的,就只有独角兽了。它们在临近墙边的树林里,三三两两地徘徊着。我走过小径时,独角兽们听见脚步声,猛然扭头向我看来,但并未表现出更多的兴趣,随后又继续寻找树叶和果实。不时有风吹过林中,令树枝发出枯骨般咔嗒咔嗒的响声。我走在这片空无一人的弃地上,将墙的形状记录在本子上。

墙对我的"好奇心"似乎并不介意。只要有意,墙完全可以随心所欲地妨碍我。比如说,用倒木阻塞道路,用密集生长的草木丛构筑街垒,把道路搞得面目全非,等等。凭借墙的力量,做这些区区小事只怕是易如反掌——每日在咫尺之间观察着墙,我渐渐产生了这种强烈的印象。即,这道墙便是拥有这般力量。不,与其说是印象,毋宁说更近于确信。而且,墙其实从不懈怠地在关注着我的一举一动。我感觉到了它的视线。

然而那种妨碍行为一次也不曾发生过。我并未遇到障碍,顺着沿墙道路前行,将形状逐一记录在本子上。墙好像对我的尝试毫不在意——不如说反而有点儿兴致勃勃。既然你小子愿意,那就随你所愿得啦。反正这种傻事,干了也没啥用处。

不过最终,我的这种地形调查加城墙探索仅仅两周便迎来了终结。一天夜里,我从图书馆回到家里后突发高烧,好几天卧床不起。这究竟是墙的意志,抑或是别的原因,我不知所以。

高烧持续了差不多一个星期。发烧害得我生了一身的水疱，睡眠里充斥着昏暗冗长的梦。呕吐感如同波浪，断断续续地涌来，但我仅仅是感觉不适而已，并没有实际呕吐过。牙龈钝钝地疼，我感到咀嚼力丧失殆尽，甚至提心吊胆地想，如果高烧就这么持续不退的话，只怕满口牙齿会一颗不剩地全部掉光。

我还梦到了墙。在梦中，墙是活的，时刻都在动，宛如巨大脏器的内壁。无论如何准确地记述在纸上，描绘在画里，它都会立时改变形状，让我的努力重归于无。我刚一修改文章和画面，墙就又间不容瞬地完成了变化。它分明是由坚固的砖块砌成的，怎么能够那般柔软地改变形态呢？我在睡梦中百思不得其解。然而墙就在我的眼前变幻不停，继续嘲笑着我。在墙这个压倒性的存在面前，我平日的努力毫无意义——大概墙就是在如此炫耀吧。

"我想告诉你的就是呀，"守门人装腔作势地忠告我道，"当你脑袋上顶着个盘子的时候，还是甭抬头看天为好啦。"

发高烧期间，一直陪伴我，照看我的，是住在附近的一位老人。大概是小城为我选派来的吧。虽然我不曾告诉任何人，但小城似乎清楚我发高烧卧病在床。不然那就是刚刚进入小城的"新人"人人都要体验的、预料之中的发烧，因此小城早早便做好了准备也说不定。

总之，有一天早晨，老人毫无征兆地、连声招呼也没打便当仁不让似的走进了我的房间（如前所述，这座小城里没有人锁门），然后把用冷水浸过的毛巾敷在我的额头，每隔几个小时换一次，手法娴熟地替我拭去身上的汗，不时说上几句简短的话鼓励我。见我病情稍有好转后，他便用小勺一口一口地喂我吃装在便携罐里的粥状热食，还喂我喝饮料。因为高烧烧得我意识朦胧，一开始看不清他长什么模样——在我眼中那老人的身影就是梦的一部分——在我的记忆中，他不厌其烦地照顾我，胜似亲人。他那形态好看的椭圆形头颅上杂草般地爬满了白发。他身材小巧，偏瘦，但背挺得笔直，没有多余的动作，走路时微微跛着左腿，那不整齐的脚步声特征鲜明。

在一个淫雨霏霏的日子，我终于开始恢复意识。那个下午，老人坐在窗边放着的椅子上，啜饮着用蒲公英做的咖啡代用品，告诉了我一些陈年旧事。他和这座小城的大部分居民一样，对过去发生的事几乎毫无记忆（抑或是刻意不去努力回忆），然而有些与自己个人相关的事实，尽管很不连贯，却也记得相当清晰。大概，对小城来说不算是不合时宜的记忆，小城就让它保留下来了。再怎么说，将记忆彻底清空的话，人是活不下去的。当然，没有确证可以证明事实没被改写，抑或记忆没被捏造得于小城有利。然而老人的话在我听来——至少在由于发烧而脑袋多少有些恍惚的我听来——像是实际发生过的事。

"我从前是个军人。"他说道，"是个军官。那是在我还很年轻的时候，来这座小城之前。所以这是发生在别的地方的事啦。在那里，每个人都有个影子。那时候正在打仗。我记不清楚是哪儿跟哪儿在打仗了。嗐，反正事到如今，这种事情也无所谓喽。在那里，甭管啥时候总是有哪儿正跟哪儿在打仗呢。

"有一次在前线，我猫在战壕里的时候，手榴弹碎片飞过来击中了我左腿大腿部，我就被移送到了后方。当时连麻醉药也不容易搞到手，大腿疼得不行，不过总比死要好得多啦。我还算运气好，治疗得及时，腿保住了，没截肢。我被送到后方山里边的一个温泉小镇，住在一家旅馆里养伤。那家旅馆被军方接管了，变成了负伤军官的疗养所。我每天啥事不干，整日就泡在温泉里治腿伤，请护士换药。那是一家历史悠久的老旅馆，房间里还有一个装着玻璃门的阳台。从阳台上可以俯瞰正下方美丽的溪流。我看到那个年轻女子幽灵的地方，也就是那个阳台。"

幽灵？我想问，却说不出声。然而老人那碟形天线似的大耳朵，却似乎听到了我的问题。

"是啊，没错，就是幽灵。半夜里一点多钟时，我忽然醒来，就看见阳台的椅子上坐着那个女子，白晃晃的月光照着她。一看就知道那是个幽灵。现实世界里可没有那么美丽的女性。正因为不是这个世上的存在，所以才能美到那个程度。面对着那个女子，我口不能言，浑身僵硬。这时候，我心里在这么想：为了这个女子，不管失去什么我都毫不在乎，哪怕是一条腿，哪怕是一条胳膊，甚至哪怕是性命。那种美，没法儿用语言表达。我这一生怀抱的所有梦想，这一生追求的所有美，全都体现在那个女子身上了。"

老人说完这些后，便戛然闭口，凝神谛视着窗外的雨。屋外光线晦暗，百叶窗大开着，濡湿了的路石的气味从窗缝中带着冷意悄然潜入室内。过了一会儿，他从冥想中出来，再度开始讲述：

"从那以后，每天晚上女子都会出现在我的眼前。她总是在同一时刻，坐在阳台的藤椅上，凝睇着外边，并且总是把她那完美无瑕的侧脸朝向我这边。但是我什么也做不了。面对着她，我说不出话来，连嘴部肌肉都不会动了。就像是中了定身咒，我只能呆呆地凝视着她。就这么过了一段时间，待我猛然回过神来，她不知何时已经无影无踪了。

"我旁敲侧击地跟旅馆老板打听，我住的那个房间有没有出过啥趣谈。可老板说从没听说过。他的话听上去不像是谎言，也不像有啥藏藏掖掖的。照这么说，在那个房间里看到那个女子幽灵或者说幻影的，就只有我一个人喽？为啥呢？为啥就是我这个人呢？

"不久后伤痊愈了，虽然脚多少有点儿跛，但我已经可以正常生活了。由于伤疾，我被解除军务，获准退役还乡。可是回到老家以后，我还是忘不了女子的那张脸。不管跟多么魅力十足的女人睡觉，跟多么性情温顺的女人相识，脑子里浮现出来的，全都是那个女子。简直就像走在云彩上一样。我已经彻底被那个女子、被那个幽灵附了体了。"

我仍旧意识朦胧地等待着老人继续讲下去。夹着雨的风敲击着窗户，听上去也颇像迫切的警告。

"不过有一天，我陡然想到了一个事实——其实我只见过那女子的半边脸嘛。那女子总是将左半边脸朝着我，一动也不动。能够算是动作的，就只有眨眨眼睛，还有偶尔会稍稍歪一歪脑袋了。就好比住在地球上的我们只能看到月亮的同一个侧面，而我只看到过她的这半边。"

老人说着，用手掌用力地抚搓着左脸颊。他的脸颊覆盖在用剪刀修剪得齐齐整整的白胡须下。

"我心潮翻腾，满心就想看看那女子的右半边脸。我甚至认定，如果不能亲眼看一下那半边脸的话，自己的人生就毫无意义。于是我迫不及待，抛弃了一切，赶往那个温泉小镇。仗还没打完（那是一场拖了又拖、没完没了的大战），赶到那里可不是一件容易的事，我仗着当兵时的老关系弄到了军方通行证，总算住进了那家旅馆。请相熟的老板帮忙，说就住一晚，要了从前住过的那个房间。就是那个阳台装着玻璃拉门的房间啦。然后我屏息凝神，等待着夜晚的降临。女子在同一时刻、同一地点现身了，简直就像在等待着我归来一样啊。"

说到这里，老人再次闭口不语，啜了一口冷了的代用咖啡。又是一段长长的沉默。

"那么,你看到了吗,那个女子的右半边脸?"我用不成声音的声音问道。

"嗯,当然看到了。"老人说道,"我鼓足浑身的力气解开了'定身咒',从床边站起身。非常不容易,但是我凭着一片至诚之意,总算做到了。我拉开玻璃门,走到阳台上,转到坐在椅子上的那女子的右边,并且窥探了满月的月光照耀下的她的右脸……咳,要是我没这么做就好啦。"

"你看见了什么?"

"看见了什么?唉,要是能说清楚就好啦。"老人说道,然后发出一声深似古井般的叹息。

"于是我花费漫长的岁月,一直在寻找词语,想就自己亲眼看到的东西,好歹对自己做一个解释。我翻遍了所有的书,请教过所有的贤者,可是始终没能找到我所寻求的词语。并且,因为找不到正确的词语,找不到妥帖的语句,我的苦恼变得一天更比一天深。痛苦永远伴随着我,我就像一个在沙漠深处求水的人。"

叮当一声干涩的音响,老人把咖啡杯放在了陶碟上。

"我只能说一句——那是属于人们绝对不应该看到的世界里的景象。话虽这么说,可那同时又是人人都深藏在自己内心的世界。我心里也有,你心里也有。可是尽管如此,那仍然是人们绝不应该看到的景象。正因为如此,我们大都是闭着眼度过人生的。"

老人清了清喉咙。

"明白了吗?如果看到了,人就再也回不到原来了。一旦看到了的话……你也小心为妙啊。尽量别去靠近那种东西呀。靠近了,肯定就会想看一眼。要抵拒这种诱惑,那可难得很哪。"

老人冲着我，笔直地竖起一根食指，然后再次叮咛了一句："你可得千万当心哪。"

所以你才丢弃了影子，进入这座小城的吗？我本想这么问老人，然而声音却没能发出来。

老人似乎没听到我这句无声的问话，再不就是虽然听到了，却无意作答。乘风而来吹打在窗户上的坚硬的雨声，掩埋了沉默。

## 13

"时不时地，我就会这个样子。"你用白手绢拭着眼泪，说道。那时候，你的眼泪几乎已经止住了（是泪水已经断供了吗？）。公园的紫藤架下，我们俩并肩坐在长椅上。这是那个早晨你说的第一句话。

"心变得邦邦硬。"

我仍然沉默着。该说什么、怎么说为好呢？

你说："这样一来，自己一个人就毫无办法可想了。只能死死抓住个什么，熬过这段时间。"

我努力试着理解你要传达的意思。

心变得邦邦硬？

这具体意味着怎样一种状态？我无从想象。身体变得硬邦邦的，倒可以理解。大概就是像中了定身咒那样吧。可是心又是怎样邦邦硬的呢？

"不过，这次那东西好像对付过去了吧？"我权且这么问道。

你微微点头。

061

"目前看来是。"你说,"可说不定还会来个死灰复燃。"

过了不知五分钟还是十分钟,我们在不言不语中等待"死灰复燃"。就像紧抱着家里最粗的柱子,防备随时可能余震来袭的人。你的肩膀在我的手中缓缓地上下起伏。不过,看来那东西已经不会再回来了,大概。

"接下来我们做什么?"过了一会儿之后,我问道。

今天才刚刚开始。晴空万里,一碧如洗。接下来我们可以去任何想去的地方,可以做任何想做的事情。我们没有预设任何计划。尽管有一些小小的现实制约(比如说我们身上没有足够的钱),但我们基本上是自由之身。

"我们就这样再待一会儿好不好?等我情绪稍微稳定一些。"你说,拭去最后的泪痕,将手绢叠得小小的,放在裙子的膝盖处。

"好哇。"我说,"就这么再待一会儿。"

最终,紧张从你的身上退去,仿佛潮水从海滨渐渐退落一般。隔着衣服(是白衬衣),我感受到你身上的这种变化。我为此感到高兴,觉得自己似乎也起到了一点儿微不足道的作用。

"时不时地会出现这种情况吗?"我问。

"不是那么频繁,但有时会。"

"出现这种情况时,你总是像那样到处乱走吗?"

你摇头:"并不总是。更多的是待在屋子里一动不动。一个人躲在房间里,跟家里的谁都不说话。学也不上,饭也不吃。什么都不做,就坐在地板上发呆。厉害时这种情况会持续好几天。"

"好几天一口饭都不吃吗?"我觉得这太荒唐。

她点头:"只是有时候喝点儿水。"

"是什么原因导致这种情况的呢?比如说出了什么烦人的事、心情郁闷之类。"

你摇头:"并没有什么具体的原因。我就是单纯地会变成这样子。有个什么东西好像巨浪一样,没有一点儿响声,劈头盖脸地压过来,我被它吞没,心变得邦邦硬。它什么时候来,持续多长时间,都不是我自己可以预测的。"

"这东西只怕有点儿麻烦啊。"我说。

你微笑,就像厚厚的云层间泻出一缕阳光:"是啊,的确只怕有点儿麻烦。我还从来没这么想过呢,听你这么一说,倒的确也是。"

"心变得邦邦硬?"

你就此思索道:"就是说吧,心里头有一团乱麻纠缠不清,还纠结成块解不开——就像这样。越是想解开它,它反而就越是纠结成一团。还变得铁硬铁硬,一发不可收拾。这种情况,你没有过吗?"

我好像没有经历过这种情况。我如此一说,你微微点头:"我很喜欢你这种地方。"

"是脑袋里没有一团乱麻纠缠不清的这种地方吗?"

"不是的。我是说你不分析,不忠告,只是默默地在一旁照看我。"

我之所以没说废话,是因为我全然不知该如何解释你那种"心邦邦硬"的状态,不明白对此该给予怎样的忠告、给出怎样的建议。不过如果这样便好的话,那么搂着你的肩膀一言不语,对我来说既无不便,亦无不快,毋宁说,这还值得庆幸也说不定。然而这归这,那归那,最起码的实质性提问恐怕还是需要的。

"那……今天那个巨浪样的东西,是什么时候来的呢?"

"早晨,一觉醒来时。"你答道,"东边天空渐渐亮起来的时候。

于是我就想，今天没办法见你了。其实是我的身体已经动不了了。连一根手指都动不了了。衣服扣子都扣不起来。凭这副模样，我不能跟你见面。"

我默默地聆听着你说话。

"然后我就盖着被子，躺着不动，心里盼着自己就这么消失得无影无踪。可是到了约好的时间，我又想，不能让你在公园里白等一场。于是我用尽全力爬起来，好歹总算扣好了衬衣纽扣，一路跑着赶到这里来的。心想说不定你已经不在了……连梳头的工夫都没有。你瞧，我大概脸色很难看吧？"

"哪有，很漂亮的，跟平时差不多。"我说。这是毫不掺假的想法。你全身上下处处都漂亮，跟平时一样，不，比平时更漂亮。

"不，比平时更漂亮。"我添加一句。

"你说谎。"你说。

"我没说谎。"我说。

你沉默片刻，然后说道："我从小就像这样性格孤僻，让人嫌烦。所以没有一个人喜欢我，也没有人接受我。除了已经过世的外婆，连一个人也没有。可外婆已经死了，对于死掉的人，老实说，我不懂他们。外婆说不定只是搞错了什么。"

"我是喜欢你的呀。"

"谢谢你，"你说，"你这么说，我好开心。不过，这肯定是因为你还不了解我。如果你了解了更多的情况……"

"就算是那样，我还是想更多地了解你，了解关于你的各种事情，所有事情。"

"说不定其中还有些事情，你不知道更好呢。"

"不过，如果喜欢上了谁，当然就想知道她的一切。这是很自然的想法呀。"

"然后，你会接受这些？"

"对呀。"

"真的吗？"

"当然。"

十七岁，热恋中，还是个五月里崭新的星期日，理所当然，我没有一丝犹豫。

你拿起放在裙子膝盖部的白色小手绢，又一次擦拭眼睛。我看到新的眼泪流淌在脸颊上，微微发出眼泪的气味。眼泪竟是有气味的！我心想。那是打动人心的气味，温柔，魅惑，而且当然，隐隐约约还有些悲哀。

"欸。"你说。

我沉默着，等你说下去。

"我想成为你的。"你耳语般地说道，"所有，全部，一切都成为你的。"

我喘不过气来，张口结舌。我的胸膛内有人在敲门，仿佛十万火急一般，用结实的拳头一次又一次地敲。那声音响彻空荡荡的房间里，又生硬又响亮。心脏一直蹿到了嗓子眼儿。我大大地吸了一口气，好歹要把它推回原处。

"每一寸身子都想成为你的。"你继续道，"想和你融为一体。真的。"

我更加用力地将你的肩膀搂近了来。又有人在荡秋千。金属器件的摩擦声节奏清晰地传入耳朵，听上去与其说是现实的声音，倒更像是比喻般的信号，传递着事物的另外一种形态。

"不过别着急呀。现在我的心和身体之间有点儿距离，它们没待在同一个地方。所以你得再等些时间，等到一切准备就绪。明白吗？"

"我想我明白。"我声音嘶哑地说道。

"好多事情都是要花时间的。"

我就时间的流逝思考着，一边竖起耳朵倾听秋千那节奏整齐的吱呀声。

"我时不时地会觉得自己就像是什么东西、什么人的影子。"你仿佛坦白重大秘密似的说道，"此时此地的我是没有实体的，我的实体在别的什么地方。此时此地的我看上去是我，但实际上不过是投映在地面、墙壁上的人影而已……我忍不住会这么觉得。"

五月的阳光强烈，我们坐在紫藤架下清凉的阴影中。实体在别的地方？这到底是怎么回事？

"你从没这么想过吗？"你问。

"自己不过是什么人的影子而已？"

"对。"

"我大概一次也没这么想过。"

"是呀，可能是我不对头。不过，我不能不这么想。"

"如果的确是那样，就是说，假定你不过是什么人的影子，那么，你的实体在哪儿呢？"

"我的实体——真正的我——在很远很远的小城里，过着完全另外一种生活。小城周围被高墙环围着，没有名字。墙上只有一座门，由一个强壮的守门人守卫着。在那里，我不做梦，也不流泪。"

那是你第一次提到那座小城。我当然是不知所云，无法理解。没有名字的小城?守门人?我满腹狐疑地问道:"我可以到那里去吗?到那个真正的你所在的、没有名字的小城去?"

你歪歪脑袋,抵近凝视着我的脸:"如果你真心盼望这么做的话。"

"我想听你仔细说说小城的事。那是个什么样的地方呢?"

"下次见面时再说吧。"你说,"今天我不想谈这个话题。我想聊点儿别的事。"

"行啊。咱们慢慢来。我不怕等。"

你用你的小手紧握我的手,仿佛一诺千金的标志。

## 14

热度终于退去,我可以外出走动了,推开久违了的图书馆入口的门扉时,我顿时感觉到屋子里面的空气跟从前相比,似乎变得黏糊糊的,瘀滞不动。那是湿气弥漫的阴晦黄昏。里面的房间里似乎没人,炉火也灭了。灯也没点,淡淡的暮色伴着烟霭,从肉眼看不见的缝隙中,无声地潜入了房间里。

"没有人吗?"我扬声唤道。没有回应,唯有静寂变得更深了。我的声音又硬又干,缺乏余响,听上去不像自己的声音。我伸手碰了碰放在炉子上的水壶,冰冷。炉子好像许久没生过火了。我环顾四周,再度大声喊道:"没有人吗?"仍然没有回应。房间里看不到变化,望上去跟我最后一次来时一样。然而这里的一切事物似乎都比从前显得凄冷,带着一缕荒凉的色调。

我坐在长椅上,决定等你到来,或是别的什么人现身。然而我等了好一会儿，仍然无人露面，甚至全无有人要来的意思。我找到火柴，将借书处长台上放着的小油灯点亮。于是房间变得稍微亮了一点儿。我还寻思是不是也把炉子给点上火（炉子里已经放好了木柴，随时可以生火），但是一来我不知道这种行为是否被允许，二来房间里也不算太冷，于是决定生火就算了。我拢紧大衣领口，重新裹好围巾，将手插进口袋里，静候了一段时间。

仍然连一丝动静也听不到。

会不会是在我发烧卧床不起期间，发生了什么异变？是不是图书馆的运营机制发生了变更？是不是我不能胜任"读梦人"一事被人曝光，导致我再也不能见到你了？几个凶险的臆度在我的脑海里转来转去，然而我却无法厘清思路。刚打算凝神思考，意识就变成了沉重的布袋，沉入了深不见底的深渊。

也许是我身上还有些余热尚未退尽。我坐在长椅上，背靠着墙，不知不觉沉入了睡乡。我睡了多长时间？尽管姿势极不自然，却睡得很沉。被某种响动冷不丁惊醒时，便看见你站在我的面前。你穿着同初次相见时相同的毛衣，双手抱在胸前，惴惴不安地看着我。大概在我沉睡之际是你生的火吧，只见炉子里红色的火苗摇摇曳曳地燃烧着，水壶口喷着白色的热气（如此说来，我应该是不期然地睡得极久极沉），而且油灯也换成了一盏更大更亮的。由于这温暖和明亮，并且你在这里，所以房间彻底变回了原来的图书馆，方才那种荒凉与寒冷消失得无影无踪。明白了这些，我放下了一颗悬着的心。

"我一直发高烧，没能到这里来。因为我下不了床了。"

你连着微微点头，并未对此发表意见和感想，也没有安慰的话。你是早已从别人那里得知了我发高烧一事呢，还是对此一无所知呢，我无法从你的表情上判断。再不然,那就是"即便如此也绝非不可思议"的表情也说不定。

"可是烧已经退下去了吧?"

"动一动身子,就觉得全身关节又硬又涩。不过不要紧,干活儿已经没问题了。"

"又热又浓的药草茶,大概能祛除您身上的余热。"

我慢悠悠地喝完你做的又热又浓的药草茶,身体暖了起来,脑子更清醒了些。我坐在放在书库中央的书桌前。那是用厚木头做成的旧书桌。它在这里被"读梦人"使用了多少漫长的岁月?桌上渗透了无数"旧梦"的余响。我的指尖在磨损的书桌木纹里感受着这种历史的遗韵。

书库的架子上,排列着不计其数的大量"旧梦"。架子高得直抵天花板,要取下搁在上层的"旧梦",你得使用木制的梯凳才行。你的腿从长裙下端露出来,纤细白皙,充满朝气。曲线美丽的水灵灵的小腿肚,令我不由得看得入迷。

挑选当天要读的"旧梦",把它们摆在桌子上,是你的工作。你一手拿着登记簿,核对着编号,从架子上把这些"旧梦"挑出来,放在我面前——小心翼翼地,轻轻地。有时候我花上一个晚上能读完三个梦,有时只能读完两个。有的梦需要读很长时间,也有的相对较短时间就能读完。平均算来,似乎尺寸越大花的时间就越长。然而迄今为止,我从未在一天内读完过三个以上的梦。凭我现在的能力,一天读三个就是极限了。读完了的梦,再由你动手运到更里面的房间去,而不会被放回原来的架子上。读完后的"旧梦"会被如何处理,我不得而知。

然而，就算一天不缺地每日读通三个"旧梦"，要读完书库架子上摆放得满满的"旧梦"，按照我粗略的估算，至少也需要十年。而且没有确证能够证明摆列在这里的"旧梦"就是全部库存；也没有确证能够证明"旧梦"每日没有得到补充（就你搬来给我的"旧梦"而言，从上面积着的灰尘来看，似乎是相当古老的东西）。然而这种事情多想也无益。我能够做的，就是一个一个地解读放在面前的梦——虽然我既不理解这么做的理由，也不理解这么做的目的。

我的前任们，也就是在我之前可能在这里待过的"读梦人"，也同我一样，从未得到过像样的说明，也不明白这一行为的意义，便这么日复一日、只管一味地解读"旧梦"的吗？他们完成这项任务了吗？而且，对了，他们又到什么地方去了呢？

读完一个梦，就必须休息一会儿。我双肘撑在桌子上，双手捂着脸，在这黑暗中让双眼休息，等待着疲劳得到缓解。它们说的话照旧很难听清，但大致可以推测那是某种信息。是的，它们是在试图传递某种信息——向我，或是向别的什么人。不过它们说的是我无法听懂的语言，是陌生的语法。尽管如此，一个个的梦却似乎内含着各自的喜怒哀乐，被吞吸进某个地方去了——穿过我的身体扬长而去。

随着读梦工作的一再重复，我越来越强烈地感受到这样一种"穿身而过的感触"。它们所要求的，也许并不是通常意义上的理解。我有时油然会作此想。而且穿身而过的那些东西，有时会从奇妙的角度刺激我的内部，唤醒我自己的内心久已忘却的某些兴趣。好似长年积淀在瓶底的旧灰尘，被谁一口气吹得飘飘扬扬地舞上了空中一般。

你为正在休息的我送来了热饮料。不光是药草茶，有时还有代用咖啡，以及类似可可（然而并非可可）的饮料。这座小城里提供的食物和饮料基本上都很粗陋，多数是代用品。然而味道本身倒也绝不算差。从中——该如何表达呢——可以感受到某种友好的、令人怀念的味道。人们朴素地生活着，同时又想方设法追求创意。

"您好像已经很习惯读梦工作了。"你从桌子的另一侧，仿佛鼓励我似的对我说道。

"一点儿一点儿地。"我说，"不过读完一个梦，就累得要死。好像脱力一般。"

"大概是还有余热没退干净吧。不过很快疲劳就会消除的。烧是肯定要发一次的，等余热彻底退干净了，接下去就没事了。"

这——肯定要发一次高烧这件事——恐怕是新任"读梦人"的过渡礼仪，是必经不可的过程吧。大概就这样，我会一点点地被小城接纳为其一部分，同化进体制里去的吧。我或许应该对此感到高兴，因为你对此也是感到欣喜的。

旷日持久的潮湿秋季终于宣告结束，肃杀的冬天来到了小城。好几头独角兽已经失去了性命。下了第一场像样的雪的早晨，在栖息地积了约莫五厘米厚的积雪中，几具烘托出冬日莹白的金色躯体横躺在地。年老的独角兽们，身上有虚弱之处的独角兽们，由于某些理由而被父母遗弃的年少独角兽们——最先死去的都是这样一些角色。季节对它们严格筛选。我登上望楼，远眺着这些独角兽的尸体。那是令人哀伤同时又摄人心魄的情景。早晨的太阳在云层深处懒洋洋地照耀着，阳光下，活着的独角兽们吐出的白色气息，仿佛朝雾一般，平坦地浮在空中。

天亮后不久，伴随着角笛声，守门人一如平日打开门，把独角兽放

071

入城内。在活着的独角兽离去后的栖息地上，仿佛大地长出的瘤子一般，几具尸骸残留在那里。直到眼睛开始就晨光诉苦，我一直着迷般地遥望着这番光景。

回到房间里，我明白了尽管天色始终阴沉，晨光仍然强烈得远超我的估计，刺伤了我的眼睛。我刚一合上眼睑，眼泪便夺眶而出，流下了脸颊。我放下了百叶窗，在昏暗的屋子里闭目养神，呆看着在黑暗中忽隐忽现、形状各异的种种纹样。

那位老人来到我的房间。他用冷毛巾敷在我的眼上，给我喝热汤。汤里放有蔬菜和培根样的东西（不过并非培根）。热汤让我打心底暖和了起来。

老人说道："哪怕是阴天，早晨的雪光也比你想象的要强烈得多。你的眼睛还没有完全恢复呢，干吗要跑出去哇？"

"我看独角兽去了。死了好几头。"

"是啊，冬天来了嘛。接下去还会死掉好多呢。"

"独角兽为什么会那样说死掉就死掉了呢？"

"因为太弱了呀。扛不住严寒跟饥饿。打很久以前就一直如此，万古不变哪。"

"就不会统统死绝吗？"

老人摇摇头："它们就像那样，从远古以来一直悄无声息地存活了下来，以后大概也会同样活下去的吧。冬天里会失去许多生命，但不久之后又会迎来春天的交尾期，到了夏天就会生下孩子。新的生命推开旧的生命，取而代之。"

"独角兽的尸骸怎么处理呢？"

"烧掉呀，由守门人来烧。"老人双手伸到炉子上烤火，"扔到坑里，浇上菜籽油，点上火烧。到了下午，从城里的任何地方都能看到那烟。每天持续不断。"

果然如同老人预告的那样，青烟日复一日地升腾，直抵半空。在下午的大致同一时刻，看太阳倾斜的角度，估摸是三点半吧。冬天一天天变深，凛冽的北风与偶降的飞雪仿佛执拗的狩猎者似的，朝着头上长着一只美丽独角的野兽们奔袭而来。

从早晨下起的雪停了，微阴的午后，我久违地走访了门卫室。守门人脱去了长靴，在火上烤着两只大脚。炉上水壶口喷出的热气和廉价烟斗上升起的紫烟混为一体，将室内的空气弄得沉重、凝滞。宽大的作业台上，各种尺寸的砍刀、手斧排成一列。

"嘿，眼睛还疼吗？"守门人说。

"已经好了许多了，不过有时还会疼。"

"再忍一忍啦。等你习惯这里的生活了，疼痛就会消失的。"

我点点头。

"怎么样？丢了影子的事，放下了没有啊？"

他这么一说，我陡然发现自己几乎从未想起过影子的事情。我总是在黄昏以后或是阴霾天气才出门，没有机缘对影子——对自己没有影子这件事——进行思考也是一个原因。我对此不由得感到心中有愧。毕竟我们曾经是长期二位一体、甘苦与共的存在，我居然就这么轻易地把他抛到脑后去了！

"你的影子情况蛮好的。"守门人坐在炉边，搓着疙疙瘩瘩的双手，边烤火边说道，"每天让他出来运动一小时，食欲也很了得呢！要不要来个久别重逢啊？"

"想见一见。"我回答说。

影子居住的地方位于小城与外部世界的中间地点，我不能走到外部世界去，影子也不能走进小城里来。"影围子"是失去影子的人与失去人的影子可以进行交流的唯一场所。穿过门卫室后院的栅栏门，就是"影围子"了。长方形，面积大致相当于一个篮球场。尽头是一座建筑物的砖墙，右手边是环围小城的高墙，其余两边是高高的板壁。一隅有一棵榆树，我的影子就坐在树下的椅子上。大尺码的圆领毛衣上，着了一件千疮百孔的皮风衣，一双缺乏生气的眼睛，仰视着树枝间露出的阴晦的天空。

"那里面有过夜住的房间。"守门人指着尽头的建筑说道，"尽管说不上堪比宾馆，可也是正儿八经的房间呢，干干净净的。床单也是每个星期换一次。你要不要看看是啥样子呀？"

"不必。只要能在这里聊几句话就行。"我说。

"那没问题。你们俩不妨一诉衷肠啊。不过我跟你说好了，可不许冒冒失失地跟他粘到一起去哇。要再剥离一遍的话，对你、对我可都是个大麻烦哪。"

守门人坐在栅栏门旁的圆形木椅上，擦燃火柴点起烟斗，大概是打算在那里监视我们吧。我朝着影子慢步走去。

"嘿！"我说道。

"你好。"影子望着我，有气无力地回答道。我的影子比我最后一次看到他时似乎小了一圈。

"还好吗？"我问道。

"托你的福。"这话听上去似乎夹杂着些许讽刺味。

我本打算在影子旁边坐下，又害怕万一不期而然再次粘在了一起，于是决定就站着说话。守门人说得没错，"剥离"可不是个容易干的活儿。

"一整天都待在这个'围子'里吗？"

"不，时不时地要到墙外去的。"

"做点儿什么运动吗？"

"运动嘛……"影子皱起眉头，用下巴指了指守门人的方向，"也就是那家伙让我去帮他焚烧独角兽了吧。拿着锹可着劲儿在地上挖坑，也勉强能算是运动吧。"

"焚烧独角兽冒出的烟，从我家窗口都能看得见呢。"

"可怜见的。那些家伙每天都有死掉的，像苍蝇一样接连不断地摔倒在地上。"影子说，"把那些尸体拖到坑边，扔进去，浇上菜籽油烧。"

"好讨厌的活儿。"

"不能说是令人愉快的活计。只不过，烧了也几乎没什么臭味这一点，还算是小小的补偿吧。"

"这里还有其他影子吗？除你之外。"

"不，没有其他影子啦。从一开始，这儿就只有我一个。"

我沉默了。

"我也不知道能在这儿待多久呢。"影子低声说道，"从本体上被生生硬剥下来的影子，是活不久的。在我之前待在这儿的那些影子，好像一个一个都是在这个'围子'里断了气的，就跟冬天的独角兽们一样。"

我站在那里一动不动，双手插在大衣口袋里，无言地俯视着自己的影子。吹过榆树枝头的北风,不时在头顶上发出尖锐的啸声。

影子说:"你向自己的人生索求什么,那是由你自己决定的事情。因为不管怎么说那都是你自己的人生嘛。我只不过是个附属品罢了,既没有非凡的智慧,也几乎起不到什么现实的作用。可是啊,如果我彻底消失了,肯定会导致某种程度的不便。我不想说什么自以为是的大话,可我也并不是毫无理由地就一直跟着你,和你同进同退的。"

"可我也是迫不得已呀。"我说,"我也是经过深思熟虑的。"

果真如此吗?我陡然冒出一个念头。我果真深思熟虑过吗?还是仅仅为某种力量所牵引,就像木块被潮流裹挟着,随波逐流漂到了这里而已呢?

影子微微耸肩:"归根结底,这是由你自己决定的事情嘛,我没什么好说的。可是不过呢,假如你还想回到原来那个世界里去的话,假如你还有这个想法的话,那你还是早下决心为好。现在的话,还能想点儿办法。可是,等我死了,那可就来不及喽。这一点,你可得好好记住了。"

"我记住了。"

"你自己怎么样?过得好吗?"

我歪歪脑袋:"还说不清楚。有好多东西得学。跟外边的世界相差太大了。"

影子沉默片刻,然后抬脸看着我:"那……你见到心里想的那个人了吗?"

我默默点头。

"那就好。"影子说。

风发出声响,从榆树枝条间吹过。

"不管怎么样，谢谢你特意来看我。能见到你，太好啦！"影子说着稍稍抬了抬一只戴着厚手套的手。

我和守门人穿过后院栅栏门，朝门卫室走去。

"今晚又要下雪啦。"守门人边走边对我说道，"下雪之前，我的手心铁定就会发痒。照这个痒的程度，恐怕得积这么厚的雪吧。"他用手指比画出约莫十厘米的厚度，说："这下又有好多独角兽要死掉啦。"

守门人走进门卫室，选取作业台上砍刀中的一把，拿起，眯起眼睛验看刀刃，然后手法娴熟地用磨刀石磨了起来。吱吱的尖锐摩擦声仿佛恫吓一般，响遍了屋内。

"还有人讲啥肉体是灵魂居住的神殿。"守门人说道，"这话说得也许没错。可是像我这样每天都要处理那些可怜的独角兽的尸骸的人，就会觉得肉体那玩意儿哪里是什么神殿呀，不就是个肮脏的破房子嘛。弄得连对塞在这种寒酸容器里的灵魂本身，我渐渐地也没法儿相信咧。我有时甚至会想，这玩意儿，干脆跟尸体一块儿浇上菜籽油，一把火烧掉算咧。反正是除了活着受苦，啥本事也没有的货色。你说说，我这想法错了吗？"

该如何作答才好？关于灵魂与肉体的设问，只会令我混乱不已，尤其是身处这座小城里时。

"不管咋样，对于影子说的话，不拿它当真，才是聪明的做法。"守门人拿起另一把砍刀，说道，"我也不知道他对你说了些啥，反正那帮家伙就长着一张利嘴，一心光想着活命，挖空心思乱找一大堆歪理。你可千万得当心喽。"

我走出门卫室，步上西部的高丘，返回了住处。扭头望去，只见北

077

边的天空密布着蕴含着雪意的厚厚暗云。正如守门人预言的那般，恐怕夜半就会下雪吧。在不断堆积的落雪中，会有更多的独角兽在夜里气绝死去，于是变成失去了灵魂的寒酸的"破房子"，被扔进由我的影子挖好的坑里，浇上菜籽油烧掉。

## 15

那年的整个夏天（我十七岁、你十六岁的夏天），每次一见面，你就热切地谈起那座小城。那是一个美好的夏天。我热恋着你，你热恋着我（我觉得）。我们俩一见面就互握着对方的手，在别人看不见的地方嘴唇交叠，并且两额相抵，不知厌倦地谈论那座小城。

小城外环绕着坚固的墙，高达八米。从很久以前就存在于此的墙，用特殊的硬质砖头精心砌成，墙砖至今连一块都不曾缺失。一条河缓缓地从城中蜿蜒流过，将那片土地大致均等地分成南北两大块。河上架着三座美丽的石桥。雕栏画柱的石造老桥附近，有一个大大的河心洲，那里长着葳蕤的河柳，柔韧的枝条低垂在河面上。

墙的北侧有一座门。东侧曾经也开有一座门，那座门现在被堵死了，封得严严实实。北门——小城现在唯一的出入口——由一个虎背熊腰的守门人守卫着。为了让独角兽们通过，门一早一晚各开一次。长着锋锐的独角、寡默无声的金黄色的独角兽们，早晨排着整齐的队列进城，晚上则在墙外的栖息地相依入眠。它们是传说中的野兽，只生存于这座小城周边，因为它们只吃小城里遍地生长的特殊的树叶与果实。它们虽然看上去很美丽，却缺乏强韧的生命力。独角虽然锐利，却不会伤害小城的居民。

住在墙内的人们不能走到墙外去,墙外的人们不能走进墙内来。这是原则。进城的人不能携带影子,出城的人必须携带影子。守门人也是小城居民之一,没有影子,但因职务需求,被允许在必要时走出墙外。所以他可以从墙外成片的苹果林中摘取苹果,想吃多少就吃多少,还大大方方地把多下来的分给众人。那是味道极美的苹果,守门人因此得到了很多人的感谢。独角兽们苦于慢性食物不足,总是处于饥饿状态,可它们不吃苹果。对它们来说这真是运气太差,因为栖息地周围结满了苹果,要多少有多少。

小城的人口不明——也许是没有人想知道这种事情——但为数绝不会多。居民大半集中生活在小城东北部干涸的运河沿岸的职工地区,再就是西部高丘平坦的斜坡上的机关宿舍地区。住在机关宿舍地区的人基本不会涉足职工地区,反之亦然。

关于那座小城的机制,我当然有很多疑问。

"那里通电吗?"我问。

"不,没有电。"你回答,毫不迟疑,"没有电也没有煤气。人们使用菜籽油点灯、做饭。炉子烧的是木柴。"

"自来水呢?"

"用管道从西部高丘上引来新鲜的泉水,拧开水龙头就有饮用水淌出来。还有很多水井,再加上还有一条美丽的河流过城里。所以任夏天怎么干旱,小城都不愁没水。旧时代建造的上水道和下水道都还保留完好,抽水马桶也能使用。"

"食品呢?"

"多数食品都能够自给自足。而且住在小城里的人都吃得非常少。他们顺应所处的环境，身体变得不多吃也不会有问题了。"

"进化了嘛。"我说。

"可能。"你说。

"有没有制作东西的手艺人呢？"

"没有专门制作餐具、工具和衣服的人，不过大家差不多都用自家做的凑合。人们根据需要互相交换工具，你借给我，我借给你，还把从前的老物件修修补补，珍惜着用。小城里有很多剩下来的老物件，都是离开小城的人们拿不走而留下来的东西。实在有必需的东西，有时也会从外边的世界运进来。人们肯定也在哪儿搞点儿简单的以物易物之类的活动吧。"

"菜籽油成了非常重要的燃料喽？"

"嗯。这可是不会缺货的。油菜田很多，很容易地就能提炼出大量的油。而且人们很节约，想方设法过着节俭的生活。"

"城里有没有政府之类的存在？就是那种决定各种方针、给人们分派各种任务的机关。"

"城市的规模也不算大，大家大概是根据需要，凑在一起，商量决定简单的规则吧。不过，我不太清楚这方面的事。我待在那座小城里时，还是个很小的小孩子呢。"

"小城里除了美丽的独角兽，还有别的动物吗？比如说狗呀、猫呀、牛呀、马呀。"

你摇头："这种东西，我从来没有看到过。城里除了独角兽，我猜就没有别的动物了。没有狗，没有猫，没有家畜（所以那里没有黄油，没有牛奶，没有奶酪，也没有畜肉。代用品不算）。当然，鸟不一样，因为不管有多高的墙,鸟都能自由地飞来飞去。"

"独角兽有影子吗?"

"野兽们是有影子的。其他任何东西都带着影子。不带影子的,就只有人了。"

"所以不是你的你——真正的你——现在仍然生活在那座高墙环围的小城里,对不?"

"嗯。真正的我生活在那里。以前告诉过你的,我在图书馆里得到了一份工作。"

我把你所说的小城的现状、结构,城里的各种情景,一条条地都记录在了专用笔记本里。我就这样获得了许多关于那座高墙环围的小城的知识,将其作为较为真切的存在,在心里接受了那座小城。

"你把那么多东西写下来,准备干吗呢?"你奇怪地问。对你来说,这些都是不必一一记录的事物。

"为了不再忘记呀。我要把一切都写成文字,准确记录下来,不能有错。因为那座小城是只属于你我二人所有的东西。"

如果去了那座小城,我大概就能得到真正的你。在那里,你大概就会把一切都给我的。我在那座小城得到了你,大概便再无所求了吧。你的心灵和你的身体在那里合二为一,在菜籽油灯暗淡的灯光照耀下,我会紧紧地拥抱你吧。那就是我所追求的东西。

到了秋天,你的来信突然中断了。新学期开始,九月中旬,我收到了你的最后一封信,那以后便再也没有信寄来了。我一如既往,差不多定期地给你写长信,却没有回音。怎么回事?是因为你所说的"心邦邦硬"的状态长期持续,你根本无法写信吗?

"我想成为你的。"你在公园长椅上说过,"所有,全部,一切都成为你的。"

从那以来,这些话便一直回响在我的脑海里。我明白,那不是虚言、夸张和一时起意。你一旦开口说出了什么,那就一定是你心中的真实想法,就是用特别的墨水写在特别的纸上的确凿无误的约言。

所以我并不怎么担心。等待,是件重要的事。我一边焦急地等待着你的来信,一边按照正常的节奏继续给你写信,把日常生活中发生在我身上的事情,浮现在脑海里的事情写成文章寄给你,还附上针对高墙环围下的小城的新疑问。用一如平素的钢笔和墨水,写在一如平素的信笺上。然而在你的来信已经中断了一个多月的时候,我决计往你家里打个电话试试。在那之前我从没给你打过电话。因为你曾经说过大致意为不希望我往你家里打电话的话。你说得非常婉转,却又能让我不至于理解有误。出于某种原因(我不知道系何种原因),我往你家里打电话似乎不太合适。但是,我再也无法继续默默等待你的来信了。

我打去六次电话,都没有人接。和着我的心跳,电话铃声枉然地响个不停。也许你家里一个人也没有吧。打出第七个电话时(那是晚上九点半已过),一个男人接了电话,很不高兴地低声说:"喂?"那是中年男人的声音。我报上自己的名字,说这么晚打电话万分失礼,说想跟你说话。对方一言不发便挂断了电话,就像冲着我的鼻尖咣当一下关上了大门一般。

就这样,十月过去,我十八岁了,十一月降临。秋深了,高中生活临近尾声。我变得益发不安。你身边是不是发生了什么?于是你就像烟消云散一般消失在空气里了吗?还是说,你莫不是已经把我忘得一干二净了?

不对，你不可能如此轻易地忘掉我的。就像我不会忘掉你一样——我一次又一次地说给自己听，试图说服自己。可是对于女性，对于她们的心理和生理，我究竟又拥有多少知识呢？不对，不是这种泛泛之论。对于你，我到底又知道什么呢？

细想起来，我对你的了解几乎等于一无所知。关于你，足以断言其"确凿无误"的客观事实、具体信息之类，我几乎一无所有。我手头拥有的，只有那些你自己告诉我的、有关你的少量信息。即便这些，也不过是你自己口称属实，至于究竟是否属实，我无法确认。没准儿一切都是子虚乌有也说不定。作为可能性——说到底只是作为可能性——这倒也不无可能。

说到与你相关而确凿无误、可触可知的东西，就只有你花了一整个夏天讲给我听的"高墙环围的小城"了。我把关于那座小城的信息详细记录在了一个笔记本里。那是唯有你我二人才知道的秘密小城。只要去了那里，我就能见到你——真正的你。在焦急地等待着你的来信的日子里，每当悒悒不欢时，我就会闭起眼睛，想象着河心洲的光景，想象那里葳蕤繁茂的河柳，那丰茂的绿枝迎风摇曳。并且我嗅到了独角兽们正在心无旁骛地啃食的金雀花叶子的香味，指尖还能感觉到筑起高墙的砖头那又冷又硬的表面。

秋天过去，季节移向冬季。日历只剩下最后一页，人们穿上大衣，街头一如既往地流淌着圣诞歌曲。同学们满脑子都塞满了高考的事。不过这种事情我是全无所谓。在家里也好，在学校的教室里也好，不管是坐在电车里，还是走在马路上，我心里都只想着你一个人。并且对你我二人创造出来的那座无名小城的每一个细节驰思遐想，按照我的理解更为细密地予以补充、润色。

"我吧,做好多事情都得花很长时间。"你说过。我把你这句话像念咒语一样在脑子里重复多遍,并且耐心地关注着时间的点滴流逝。我常常会盯着手表看,一天里无数次望着墙上的日历,有时甚至还翻阅历史年表。时间慢如蜗行牛步,但绝不倒退,穿过我的内心流逝而去。每一分钟就恰好流逝一分钟,每个小时就恰好流逝一小时。时间只管缓缓地前行,但它不往回走。这就是我在这个时期切身领悟到的东西。尽管这理所当然,但有些时候,理所当然的东西却有着至关重要的意义。

于是终于有一天,一封来自你的信寄到了我手中。厚厚的信封,长长的信。

# 16

从山脊上淌下来的水流,从如今已被堵得严严实实的东门旁钻过墙下,在我们面前展露出身姿,横穿小城的中央逶迤流过。就像人脑分成左右两半一样,小城被这条河大致分割成了南北两半。

河在流过西桥之后转头向左,描绘出一条徐缓的弧线,从小小的高丘之间穿过,抵达南边的高墙,然后在墙前停止了流淌,形成了一个深深的水潭,再被吞噬进位于潭底的石灰岩洞窟里去。南边的墙外,石灰岩地的荒原延绵不断,一眼望不到边。那好像是满目荒凉、无比诡谲的风景。而在那片荒原的地下,仿佛血管一般布满了无数的水路,简直就是黑暗的迷宫。

偶尔会有奇形怪状的鱼,似乎是在那种黑暗的河道中迷了路,误游了出来，被冲到了河岸上。这些鱼大多没有眼睛（再不就是只长着已然退化的小眼），在太阳下散发出令人极为不快的异味。话虽如此，其实我并未目击过这种鱼，仅仅是道听途说而已。

抛开这些令人不安的信息不谈的话，这倒也不失为一条无比优美清澈的河流。它让河畔在不同季节百花绽放，给道路奏响悦耳的水声，为独角兽们提供新鲜的饮用水。河没有名字，就叫"河"而已。就如同小城自己没有名字一样。

不断听到关于南墙近旁"水潭"的趣味盎然的传闻，我决意亲眼去看它一看。然而我对小城的地理概况还没有熟悉到足以独自一人走到那里的程度。据说要去水潭，必须翻过险峻的高丘，而那条路相当荒芜。于是我决定请你领路。"可不可以在哪个阴天的下午一起到南边的水潭去看看？"我问道。

你对我的提议思考了一会儿，薄薄的嘴唇紧紧地抿成一条直线。

"最好不要靠近水潭哪。"你说（现在你已经和我彼此相熟，说话语气变得比较亲密了），"那地方非常危险。曾经有好几个人掉下去，被吸进洞穴里去了，从此便下落不明。此外还流传着各种好可怕的故事。所以城里的大伙儿都不会靠近那一带。"

"就是站得远远地看看而已。"我说服你道，"我想看看那是个什么东西。不往水边走不就行了吗？"

你轻轻摇头："不行。甭管多么小心，那儿的水都能把人喊过去。水潭就是有这种力量。"

我怀疑那是故意散布的谣言，为的就是不让人们靠近那里。关于墙外的世界，人们偷偷议论着种种骇人的流言，但大体都是毫无根据的谎话。关于水潭的传闻（不吉利的传言）只怕也属于这类恐吓。不管怎样，那个水潭毕竟是与墙外世界相通的，假如不想把小城居民放出墙外，那么施展心理招数，不让人们靠近它，倒也不无可能。像这类骇人听闻的流言听得越多，我便越发对水潭抱有了浓厚的兴趣。最终你也不再坚持，同意与我一起做一次短短的徒步旅行（或者说长长的散步），前往水潭。

"你保证绝不走到水边去吗？"

"我不会走过去的，就在远处看。我保证。"

"我猜那条路大概荒废得厉害，弄不好都已经塌陷了。几乎没有人走那条路，我最后一次经过那里也已经是很久以前啦。"

"你不想去的话也没关系。我一个人去。"

你坚定地摇头："不，你要去的话，那我也去。"

在一个阴沉的下午，我和你在老桥畔碰头后，向着南边的水潭走去。你戴着手套，肩挎粗布做的布囊。布囊里装着水壶、面包和小块毛毯，仿佛是休息天出去野餐。我不由得想起曾经在墙外的世界里与你——或者说是与你长得一模一样的你的"分身"——约会时的情形。在那里我十七岁，你十六岁。你身穿绿色的无袖连衣裙。那是与夏天很般配的淡绿色——简直就像清凉的树荫。不过那是发生在另一个世界、另一个时间里的事。季节也不同。

道路逐渐变成上坡，岩石又多又险，可以俯瞰脚下蜿蜒的河流。茂密的树木遮挡住视线，河流隐而不见的情形多了起来。天空中铅云低垂，似乎马上就要下雨或下雪一般。不过你已经预先断言过无须担心，所以我们没有准备任何雨具。不知何故，事关天气预测时，这座小城的人们不管是谁，个个都自信十足。而且据我所知，他们的预测从未失准过。

已然冻结的、三天前下的雪，被鞋底踩出嘎吱嘎吱的响声。途中，我们与几头独角兽相遇。它们瘦瘠的头颅无力地左右摇摆，半开的口中吐着白色的气息，步履沉重地走在小径上，一边用梦游般呆滞的眼睛探寻着如今已经少之又少的树叶。它们金黄色的毛随着冬日渐深，仿佛被雪同化了一般渐渐脱色，变成了白色。

爬完陡峭的坡道，翻过南边的高丘后，便再也看不到独角兽们的身影了。"独角兽们是不能踏入自此向前的领域的。"你告诉我说。墙内的独角兽们遵循着多项细致的规则行动，那是它们的规则。这种规则是几时、如何得以确立的，无人知晓。而且其中的许多规则，其存在理由和意味十分难解。

顺着坡道向下走了一会儿，依稀可辨的小径告尽，由此向前便都是杂草丛生、似有若无、不知谁人蹚出来的荒径了。河已经从视野里消失，流水声也听不到了。我们一边留心着脚下，蹚过荒无人烟的干枯的原野，从几座废居前走过。那里似乎曾经有过一个小小的村落，但如今却只剩下些许痕迹勉强可辨。你走在前头，我跟在后面。令我上气不接下气的上坡道，你走起来却若无其事，步履轻盈。你拥有两条健康的腿和一颗年轻的心脏。我只能勉勉强强跟上你，不至于落下太远。如此走了没多久，一种未曾听惯的声音传入耳中。那声音有时候低而粗，有时候突然提高，然后又戛然停止。

"那是什么声音？"

"是水潭的水声呀。"你头也不回地答道。

然而那听上去不像水声。在我听来，那更像是疾患缠身的巨大呼吸器官发出的喘息。

"简直就像在说什么话一样。"

"是在向我们喊话呢。"你说。

"你是说,水潭拥有意识?"

"从前的人相信,水潭底下住着巨大的龙。"

你用戴着厚手套的手分开野草,默默地向前走。野草越来越高,分辨道路变得更加困难。

"跟我从前来的时候相比,路变得糟糕得多啦。"你说。

奔着奇异的水声传来的方向,我们踏着硬蹚出来的路走了约莫十分钟,穿过一片灌木丛后,视界陡然开阔起来。一片宁静、美丽的草原展现在眼前。然而更远处出现的河,与我平素在城里看到的河,却不是同一条河。那里已经没有了那条奏出悦耳水声的美丽河流。弯过最后一道弯后,河放弃了继续前行,将颜色疾速地改变成深蓝色,宛如吞下了猎物的长蛇一般大大地膨胀起来,形成一个巨大的水潭。

"别走过去啊。"你紧紧抓住我的手臂,"表面上虽然没有一丝波纹,看似平静得很,可一旦被它拽进去的话,就再也别想浮起来了。"

"有多深呢?"

"谁也不知道。因为从来没有人钻到水底再回来过。听人家说,很久很久以前,好像曾经有异教徒和战俘被扔进去过。那是在还没有造那道墙的时代啦。"

"扔下去的话,就再也浮不上来了吗?"

"水潭地下有个洞窟开着大口,落水的人会被吸进那里去,然后就淹死在地底的黑暗之中了。"你仿佛怕冷似的耸耸肩。

水潭发出的巨大呼吸声沉重地支配着四周。那呼吸声忽而变低,继而又猛然拔高，接着仿佛咳嗽般地紊乱起来，然后是一片瘆人的静寂随之而来。如此周而复始。大概是空洞吞吸进大量的水时产生的响声吧。

你在草丛间找到一根羊腿骨大小的木头，扔进水潭里。木头在水面上漂浮了约莫五秒，突然哆哆嗦嗦地微微颤抖起来，像一根竖起的手指一般直立在水面上，然后仿佛被什么东西拽了下去一般，唰地消失在了水中，这下就再也没有浮上来。只有水潭深深的呼吸声留在了后面。

"看到了吧？底下有着强大的漩涡，把一切都拽进黑暗里去。"

我们与水潭之间保持着足够的距离，在草地上铺好带来的毛毯，坐在上面，喝着水壶里的水，不言不语地啃着你放在布囊里带来的面包。隔着一段距离望过去，周边的风景十分平静。白色的雪块斑斑点点地残存在草原上，在其包围之中，是水潭那平静似镜、没有一丝波纹的水面。再往后面还有粗糙的石灰岩构成的石山，石山上耸立着南边的高墙。除去水潭断断续续地发出不规则的呼吸声外，周围悄然无声，连鸟儿们的身影都看不到。就连能够飞越高墙、来去自由的鸟儿们，说不定都有意避免飞过这座水潭的上空。

我心想，这座水潭的那一边，坐落着外边的世界。我想象自己跳入水潭的情形。那样一来，我就会被水流吞吸进去，就能够从墙下钻过，到外边的世界去。然而在那之前，先有一个位于石灰岩荒野地底的黑暗世界。只怕我无法活着钻出地面吧——如果囫囵吞枣地相信小城里传布的流言的话。

"是真的呀。"你说，仿佛读懂了我的心，"没有光，可怕的地底世界。里面住着的只有不长眼睛的鱼。"

发高烧时照看过我的腿脚不好的老人——在温泉旅馆里看到过美女

幽灵的老兵——顺路过访,将我影子的消息告诉了我。"情况似乎不太妙。"他说。

"因为有事要办,我去了趟门卫室。听说你的影子完全没有了食欲,送进嘴巴里的东西也差不多都吐了出来。这三天来,连出门干活儿都干不了啦。好像是想见见你。"

当天下午,看到焚烧独角兽的青烟袅袅升起,我走访了门卫室。不出所料,守门人到墙外去了,不在。焚烧尸体得花些时间。我走进门卫室,从后院的后门进入了"影围子"。

我的影子仰面睡在自己的房间里。房间里有一只柴火炉,却没生火。空气冷冰冰的,房间里充满了病人房间里特有的刺鼻气味。墙壁上方有一个采光的窗户,面朝着广场。油灯也没点,房间里暗黝黝的。

我坐在床边放着的小椅子上。影子仰望着天花板,缓缓地在呼吸。大概是因为发烧吧,影子嘴唇干燥,结了好几个痂。他每一呼吸,便从喉咙深处漏出低微嘶哑的声音来。我心里觉得有愧于他。至少在不久之前,他不折不扣,还是我自己的一部分。

"听说你情况不太好啊。"

"是不好呢。"影子有气无力地说道,"我想只怕撑不了多久啦。"

"哪儿不好呢?"

"也不是哪儿不好。就是大限将至啦。上次就跟你说过的,单独一个影子,是活不长久的。被剥离本体的影子可是脆弱得很哪。"

我找不到恰如其分的话语。

"我恐怕会就这样子死掉啦。然后跟独角兽们一样,被扔进坑里,浇上菜籽油之后烧掉。不过跟独角兽不一样,我的身体只怕连烟都不会冒吧。"

"要把炉子生起来吗？"我问道。

我的影子微微摇了摇头："不必了，我不冷。好像各种感觉都渐渐消失了。吃东西也没有味儿。"

"有没有什么我能帮帮你的呀？"

"你把耳朵凑过来。"

我弯下身子，把耳朵凑近影子的嘴巴。影子用嘶哑的声音私语般地小声说道："那边的板墙上有几个疖疤，对不？"

我往床对面的墙上望去，果然那里有三四个黑色的疖疤。显然是造价低廉的板墙。

"它们一直在监视着我。"

我盯着那疖疤看了一会儿。然而任我怎么看，那不过就是破旧的疖疤而已。

"监视？"

"这几个家伙到了夜里还会改变位置。"影子说道，"一到早上，位置就变了。真的。"

我走到墙跟前，一个一个地抵近观察疖疤。然而我看不出有什么异常之处。就是加工粗糙的木材上干瘪的疖疤。

"白天老实得很。可是一到晚上就开始活动了，转来转去。而且有时还会眨眼。就像人眼一样，突然睁开来。"

我用手指摸了摸其中一个疖疤。只有木材粗糙的手感而已。眨眼？

"趁我没在看着的时候，它们会赶忙眨巴下眼睛。不过，我可是一清二楚呢，那几个家伙在偷偷眨眼的事。"

"而且在监视你的情况。"

"对，在等着我咽气呢。"

我回到原来的位置，在椅子上坐下。

"你要在一个星期之内做出决断哪。"影子说道，"一个星期之内的话，我还可以跟你再合为一体，离开这座小城。合为一体的话，我大概也能恢复元气吧。趁现在的话，还来得及呢。"

"可是，我不会被允许离开这里的吧。进城时，签过契约的。"

"这我知道。按照契约，你不能从这道门出去。这么一来，就只有从南部的水潭钻出去了。河东边的入口被铁栅栏堵住了，出不去。剩下的可能性就只有水潭了。"

"南部的水潭底下有强大的漩涡，要被卷到地下河里去的。上次我去亲眼看过。不可能从那里活着钻出去哇。"

"我看那就是胡说八道。是那帮家伙为了恐吓百姓，编造出来的唬人的鬼话。我估计，从那个水潭钻到墙外去的话，应该立马就能呼吸到外边的空气了。待在这里的这段时间里，我也对小城的情况相应地做了些调查。这个门卫室里常常会有人来聊天，没想到那个守门人居然是个大嘴巴子，所以我能听到很多内情。什么地下的黑暗河道，一准儿是骗人的无稽之谈。这个地方各种谎言满天飞。说起这座小城，那可是从头到尾都充满着矛盾啊。"

我点头。也许的确如此。正如影子说的，也许这座小城谎言满天飞，也许其机制充满了矛盾。因为归根结底，这不过是我和你两人花了一个夏天编造出来的、想象中的虚拟城市。然而尽管如此，小城或许能够真实地夺人性命亦未可知。究其原因，便是这座小城已经脱离了我们的手，独自长大成形了。一旦启动起来，之后再要对这股力量进行控制或改变，我就无能为力了。任何人都无能为力。

"可是，万一他们说的是真的呢？"

"如果是那样，我们俩就只能一起淹死啦。"

我沉默。

"不过，我是坚信不疑的。"我的影子说，"我坚信那些话是胡说八道。可是我证明不了，只能请你相信我的直觉。这可不是吹牛皮说大话。影子在一定程度上是有这种能力的。"

"但是你证明不了。"

"是的，非常遗憾，我拿不出具体的证据。"

"可能的话，我不想淹死在一片黑暗之中。"

"当然，我也一样。不过让我告诉你一件事。你觉得在外边世界里的是她的影子，在这座小城里的才是本体。但，果真是这样吗？其实事实很可能正好颠倒过来呢。弄不好外边世界里的才是真正的她，在这里的倒是她的影子。如果是这样的话，你留在这个充满矛盾和谎言的世界里，又有什么意义呢？你确信吗？确信这座小城里的她才是真正的她？"

我思考着影子的话。然而越想脑子越混乱。

"不过，本体跟影子被彻底调包，这种事情可能吗？哪个是本人，哪个是影子，居然连自己都会搞错？"

"你不会，我也不会。本体终归是本体，影子终归是影子。但是说不定机缘巧合之下，也会出现事物发生逆转的情况。甚至，说不定还会有人为地调包的情况。"

我沉默着。

"我觉得，你应该再次跟我合为一体，回到墙外的世界里去。这不单单是因为我不想死在这里，同时也是为你着想。不，这可不是假话呀。知道吗？在我看来，那边才是真实的世界。在那边，人们都历尽艰辛，变老，变弱，身体衰弱而渐渐死去。这当然不是什么好玩的事。但是，世界本来不就是这个样子的吗？坦然接受这些，才是本来应有的姿态。而且，我就算力有不逮，也会跟你面对这一切。我们可不能阻止时间，死掉的人再也不可能复活，消失的东西，就永远消失了。我们只能老老实实地接受这一切。"

房间越来越暗。守门人也许马上就要回来了。

"你不觉得这里有点儿像主题公园吗？"影子说着，无力地笑了，"早晨开门，天黑关门。到处都摊铺着人工布景似的景象，甚至还有独角兽游来荡去。"

"能不能让我再考虑考虑？"我说道，"我需要时间考虑。"

"你知不知道独角兽们为什么那么容易成群地死去？"

"我不知道。"我说。

"它们承担下了许多东西，什么话也不说就死去了。恐怕它们是作为此地居民的替身死去的吧。为了让小城得以建立，为了维持小城的机制，必须有谁来承担这个使命。于是就由可怜的独角兽们来承担啦。"

房间里比方才更冷了。我身体打战，将大衣的领口合拢起来。

"当然。"影子说道，"考虑的时间是必要的啦。行啊。时间的话，这座小城里要多少有多少。不过遗憾的是，我已经没有多少余力啦。请你在一个星期之内决定怎么做吧。"

我点点头，将影子留在身后，走出门卫室，步向图书馆。途中，我与成员四头的独角兽群相遇。它们的身影在背后消失之后，我的耳朵里仍然嗒嗒地传来敲在路石上的干涩的蹄声。

## 17

你的来信，我封也不开便收进抽屉里，放了半天不去碰它。不用说，我当然是恨不得赶紧打开来看，然而我有一种预感（或者说恐惧）——这封信还是不要马上就读为好。所以我强忍着心灵的颤抖，决定在打开信封之前，先将其搁置一段时间。

将信从抽屉里取出，用剪刀小心翼翼地剪开信封，是夜间十点过后。信封里装着共为六页薄笺的信。钢笔书写的小字，墨水是你平日常用的土耳其蓝。我在书桌前闭目片刻，好歹让呼吸平静下来之后，摊开信纸，开始阅读。

你好。身体好吗？季节更移，周围的风景看上去与之前不同了，皮肤接触空气时的感觉也变了。大概我也有点儿改变了吧。不过，是什么地方改变了，我自己没法儿知道。自己看不到自己的身影。要是能把心投照在镜子里就好了。

有很长时间没能写信了。好几次动笔要写，可每次都半途而废。刚写了几行字，就扑通一下撞到墙上了。一个句子跟下一个句子怎么都连不起来。不管什么词语，都讨厌跟别的词语结合，各自朝着不同的方向散开去，而且一去就再不回来了。

这对我来说差不多是头一回的体验。因为，以前哪怕其他种种事情都进展不顺时，唯独文章总是能够拯救我。一个句子串联起下一个句子，就能用来表达自己的内心世界（当然啦，我只是说在某种程度上）。可一想到连这也已经做不到了，我真的非常失望。不对，这岂止是什么失望，这是彻底的绝望，就好像房间所有的门都被紧紧关闭，再从外边用坚固的大锁锁牢。深深的无力感……仿佛被沉入海底的沉重的铅箱。已经任谁都打不开它了，不是吗？如果写不了信的话，我就再也不能够向你传达心意了。而这，就等于不能呼吸。

已经一个多星期了，我跟谁都不说话。因为我觉得，说出口（或者打算说出口）的每一句话都和我的意图相差很远，没有一丝一毫的意义。所以我一直保持沉默。这绝不是以沉默为目的的沉默。但是我觉得，如果说话口是心非（此处用铅笔重重地画着黑线）的话，自己就会粉身碎骨，变成一堆尘土。

今天总算能像这样，拿起钢笔写文章了。不明白是什么缘故。就像厚厚的云层裂开一条缝，明亮的阳光突然照射了进来似的，我又能写文章了，此时此刻，隔了好久好久之后……好奇怪呀。这，也许就是奇迹的一个零头。所以要趁着还能抓住这个零头时，赶紧先把这封信写好。是啦，就像是跟时间赛跑（请你想象一个从即将沉没的轮船电信舱里拼命发出最后电文的、山穷水尽的通信员形象）。

出于这样的原因，文字可能会变得相当粗糙。很可能有些地方意思表述不清。但不管怎样，我要把脑袋里的东西一气呵成（不知道是不是这四个字）地写下来。因为对于下一次什么时候能再写信，我心里一点儿数也没有。到了明天（甚至十分钟之后），我又变得连一行也写不出来也说不定。所有的词语都自作主张，朝着跟我的意图毫不相干的方向四散奔逃也说不定。转过一个街角，世界就消失得无影无踪也说不定。

那么，我是什么？

这成了一个重大问题。

上次应该也跟你说过，在这里的我，不过是真正的我的替身而已，不过是真正的我的影子似的东西而已——或者不如说，我实际上就是一个"影子"。而脱离了本体的影子，是活不了很长时间的。我能一直活到现在，是相当罕见的事情，这非同一般。我三岁时被人从本体剥离，赶出墙外，在养父养母跟前被养育长大。已经故世的母亲，依然健在的父亲，都把我当作（曾经当作）亲生女儿，但那当然只是幻想而已。我不过是被风从遥远的小城吹到这里来的、某个人的影子而已。他们不知道（曾经不知道）这件事，于是相信我就是他们的亲生孩子。是有人让他们如此相信的。就是说，他们的记忆被彻底改造了。所以他们无法想象，我的内心为此（为自己不过是某个人的影子一事）一直是多么痛苦。

说老实话，在遇到你之前，我从没有对谁坦白过自己只是一个影子。因为我觉得谁都不可能理解这种事情。我大概只会被人认为是个精神病。因此能够这样与你相遇，对我来说真是一个令人喜出望外的特殊事件。这种奇迹一样的事情居然发生在我的身上，我连想都不敢想，老实说直到现在我都无法完全相信。可是这样的事确实发生了。就好比在无风的清晨，一个美丽的东西从晴朗的天上飘飘摇摇地飞落下来。

我很长时间连学也没去上。出门是一件很痛苦的事。我试了好几次，打算去上学，可是走出家门后连两个街角都没能拐过去。拐过第一个街角时我就已经非常痛苦，第二个街角就再也拐不过去了。我不知道前面会有什么东西，这让我非常害怕。不对，不对，不是这样……说老实话，因为我知道前面会有什么东西，所以才不敢拐过那个街角。

总而言之，在这种状态下，我是无论如何也不能去见你的，不能让你看到我现在这副模样。我的生命力（或者说类似生命力的东西）就好像瘪下去的气球里的空气，不断向外泄漏出去，而现在的我却无法阻止生命力的流失。我只有两只手，只有十根手指，说实在的，靠这些东西根本就无济于事。这种时候该怎么做，我自己也不知道。你说，怎么做才好呢？

不过请你相信我。我上次在公园的长椅上对你说的，全部都是真心话。

我是你的。如果你希望的话，我愿意把我的一切都给你，完完全全地，彻彻底底地。只不过眼下还没办法做到而已。请你理解。

我当时说过，我做好多事情都得花很长时间。具体的表达已经忘了，但我记得我这样说过。你还记得吗？可是，留给我的时间可能已经不太多了。所以我在噼里啪啦地拼命敲着键盘，噼里啪啦噼里啪啦……不过，也许电文没法儿发完了。也许海水马上就要冲破舱门奔涌进来了。冰冷、齁咸、充满恶意、无比致命的海水。

再见了。

如果我能再次恢复元气，阳光能再次从云层间猛地照射进来，我能用一直使用的钢笔和一直用的墨水，像这样给你写长长的信，那多好（我真心这么想。打心底，打从深深的心底）。

×××××× （你的名字）

十二月××日

然而，似乎阳光最终未能照射进来。因为，这成了你寄给我的最后一封信。

## 18

日复一日，我一直在图书馆深处读着"旧梦"。除却发高烧卧床不起的那一周，我连一天也不曾停止过工作。你也同样从不休息地来图书馆上班（这座小城没有星期，因而也没有周末这说法），协助我工作。你身穿缝补痕迹清晰可见、多少有些褪色然而却很整洁的衣服。那一身朴素无华的打扮，比任何衣装都更令你的美丽与年轻光彩夺目。你的肌肤明艳紧致，在菜籽油灯的照耀下熠熠生辉，仿佛刚刚降世的生命。

一天夜里，我做了一个奇怪的梦。不对，那不是梦，那也许是我在书库里读过的"旧梦"里的一个场景，抑或是在我病倒之后意识朦胧之际，曾是军人的那位老人在枕边讲给我听的陈年往事中的一件也说不定。说不定它牢牢地黏附在我的意识里，并且在脑海里重演了一遍也未可知。

在那个梦（一样的场景）里，我是一名军人。战争愈演愈烈时，我身穿军官制服，率领着一支巡逻队。部下约有六人，其中一人是老资格的下士。我的战队在正在进行战斗的山里从事侦察活动。季节不明，总之既不热也不冷。

一大清早，我们在山顶附近发现了一群身着白衣、正在行走着的人，人数约为三十。战队迅即摆好战斗态势，但马上便判明无此必要。那些人没有携带武器，其中还混杂有老人、女性和儿童。本来可以拦住他们讯问一番：你们是什么人？往哪儿去？干什么？但一想到反正语言不通，我便作罢了（对了，我们是在遥远的异国展开军事行动的）。

男男女女都穿着同样的白色衣服。是那种粗糙简单的衣服，仿佛是将一条白床单裹在身上再用细绳扎住一般。所有人脚上都没有穿鞋。他们像是一群宗教信徒，又像是一群从医院里逃出来的人。虽然他们不像会伤害他人，但慎重起见，我们还是决定跟在他们后面确认一下情况。

白衣人们走上陡急的坡道。没有一人开口说话。走在前头的，是一位又瘦又高的老人，白色长发披肩。众人都跟在他身后，默默地走着。很快他们到达了山顶。右手边是悬崖绝壁，众人朝着那边走过去。然后，白发老人第一个纵身跳下悬崖，没说一句话，没有一丝犹豫，仿佛理所当然一般，轻轻地张开双臂，投身跃入空中。然后其他人一个接着一个依样行事。简直就像鸟儿飞向空中，他们毫不犹豫地展开白衣的袖子，一个又一个地腾身跳入空中。女人们也好，儿童们也好，一个不剩，表情也没有丝毫变化。在一旁看着，甚至会以为这些人没准儿真的能在天上飞。

然而，他们当然不会飞。我们走到悬崖边，战战兢兢地往下窥探，只见谷底七横八竖地摊着一堆尸体。他们身上的白衣仿佛旗帜一般展开来，染满了飞散的鲜血与脑浆。谷底下，岩石露着狰狞的尖牙排好了阵势,把他们的头颅击得粉碎。我此前在战场上见到过许多悲惨的尸体,可我还是不忍直视这谷底呈现出的血淋淋的光景。而最令我们震撼的,是他们的寡默无言和毫无表情。不管是有何种内情,直面自己惨烈的死,竟能够那般冷静自若,无动于衷吗?

"为什么?"我问身旁的下士,"他们到底是什么人?为什么非这么做不可?"

下士摇摇头。"大概,是为了杀死意识吧。"他用干涩的声音答道,并用手背擦了擦嘴角,"有时候,人们会以为这样才最轻松。"

"我的影子快要死了。"一天夜里,我在图书馆对你坦白道。

我们在暖炉前,隔着桌子相对而坐。那天夜里,你同热药草茶一道,还端来了撒着白色粉末的苹果点心。苹果点心在这座小城里是很珍贵的食物。你一定是从守门人那里讨来了苹果,为我做的吧。

"恐怕坚持不了多久了。"我说,"他看上去虚弱极了。"

你听了此话,脸上浮起一小片阴云,然后说:"我很同情。可这是没有办法的事啊。黑暗的心迟早都会死去、消亡的呀。只能随它去啦。"

"你还记得自己的影子吗?"

你用纤细的指尖轻轻摩挲自己的额头,仿佛在追寻故事的情节。

"以前也说过,在我还很小的时候,影子就被剥离,打那以来我们就再也没有见过。所以我完全不理解有个自己的影子是怎样一种感觉。那个……没有了会很不方便吗?"

"我还不太清楚啊。虽然现在我和影子被强行分开了,我也并没有感到特别为难。但是如果永远失掉了影子,那恐怕还有其他重要的东西也会一起失掉吧?我有这种感觉。"

你盯着我的眼睛:"'其他重要的东西',比如什么样的?"

"我说不好。永远失掉影子具体是怎样一回事,我还把握不全呢。"

你打开暖炉门,添上几根木柴,拉了会儿风箱,烧旺炉火。

"那,你[1]的影子有没有向你要求什么?"

"他想和我重新合为一体。这样的话,影子就能恢复原先的生命力。"

"可是如果和影子再次合为一体的话,你就不能留在这个小城里了。"

"你说得对。"

头上顶着个盘子时,不能抬头仰望天空。守门人告诉过我。

"如果是这样,那你就只能放弃影子啦。"你声音轻轻地说道,"虽然很对不起影子,但你会慢慢习惯这座小城里没有影子的生活。时间长了,你就会把影子忘掉的,跟别的人一样。"

我把一小块苹果点心放入口中,品味苹果的香味。口中酸甜新鲜的滋味蔓延开去。好好吃的苹果!我在心中感叹道。细细一想,来到这座小城之后,在吃东西时感到"好吃",这大概是第一次。你的眼睛闪闪发亮,反射着炉火的光芒。不对,那大概不是反射,而是你身体里内在的光芒吧。

"你什么都不必担心。"你说,"你来到这里以后,工作完成得非常好。大家都很佩服你呢。以后肯定也会很顺利的。"

我点头。

大家都很佩服。

・・・・・・

---

[1] 该角色此前使用敬语,故前文为"您",此处角色转用平语,故为"你"。

## 19

那成了我收到的你写来的最后一封信。

我当然把那封信反反复复地读了一遍又一遍。一遍又一遍,几乎到了倒背如流的程度。我在心里想象着,在眼见就要沉没的轮船——我总是浮想起"泰坦尼克号"那种巨大的客船——的通信舱里,噼噼啪啪地拼命敲击电信装置键盘的你的身姿。你从那里向我发送最后的电文,就在冰冷的海水随时都可能冲破舱门,呼啸着奔涌进来的最后关头。

我祈祷会有奇迹发生,海水没有流进来;我祈祷船身重获复原力,在最后一瞬避免了最坏的事态。我想象着那番温馨的场景:乘客们在千钧一发之际逃脱了危机,在甲板上相拥在一起,感激涕零,为了自己的幸运而感谢上帝或别的什么。

然而只怕事态不会如此顺利。只怕奇迹也没发生,幸运也没到访,也没有欢乐的拥抱吧。因为来自你的讯息以此为终,从此便告断绝了。

我写了好多封信,继续寄给你,却没有回音,那些信也没有因为地址不明而被退回。也没有电话打来。我孤注一掷,试着往你家里打电话,然而不管拨了多少次,都只听到磁带录音播放说:"该号码是空号。"总之,电话帮不了我的忙。毕竟,假使你有话要跟我说,你肯定会主动打电话给我的。

就这样,音信完全断绝,我见不到你,也无从和你交谈。进入新年度后,二月里高考,我考进了东京的一所私立大学。当然我也可以考本地的大学,起初我也是如此打算的(这样至少可以留在你的近旁),但左思右想之后,我做出了干脆到东京去——与你之间保持物理距离——的选择。一是因为我觉得继续留在家里的话，默默等待你来联系的生活必将无边无际地延续。而在这种"默默等待"中，我恐怕会变得除了你什么都无法思考。当然，其实即便如此我也无所谓。毕竟在这个世界上，除你之外，我一无所求。

然而同时，我有一种明确的预感。如果这种生活永远持续的话，我肯定做不到正确地保持自我，其结果就是，我心里的某个重要的东西将会损毁——就是这样一种预感。这种生活必须在某个地方且先告一段落。另外，尽管有点儿大而化之，不过我心里明白，对我与你的关系而言，物理距离与精神距离相比，并不具备太重要的意义。假如你真的想要我，真的需要我的话，这么丁点儿距离一定不会成为任何障碍。于是我果断地离开生于此长于此的城市，选择到东京去。

当然我在东京也继续给你写信。然而没有回音。那一时期我寄给你的大量书信都经历了怎样的命运？那些信件究竟有没有被你读过？还是不曾开封，就被谁随手扔进了垃圾箱里？这是永远的谜。然而尽管如此，我还是继续给你写信，就用平日常用的钢笔、平日常用的墨水、平日常用的信笺。因为除了给你写信，当时的我别无所能。

在这些信里，我写下了在东京的日常生活，写下了大学的情景。我写下了大半课程无聊得远超想象，自己对周围的人提不起兴趣。我写下了夜间打工的新宿小唱片行，写下了那个充满生气而喧嚣的街区。我还写下了没有你的生活是何等枯燥无味，写下了假如此刻你就在我身旁的话，你我二人在这里可以做些什么这种令人怦然心动的计划。然而没有回音。我感到自己就好比是站在深洞边缘，冲着黑暗的洞底高谈阔论一般。但是我知道你就在那里。看不见身影，听不见声音，但是你就在那里。我心里明白。

你留给我的，只有你过去用土耳其蓝的墨水写给我的厚厚的一沓信，和我借了未还的一块纱布质地的白手绢。我一次又一次郑重地反复阅读这些信，并把手绢紧紧地攥在手心里。

身在东京的我过着十分孤独的生活。由于与你失去了接触（在无从判断这失去是一时性的还是永续性的情况下），我似乎变得无法正常地同他人相处。我身上的确以前就有这种倾向，现在则变得更为严重。从与你之外的人的交流中，我几乎找不出意义。在大学里，我从不属于任何俱乐部或同好会，也没找到可以称为朋友的对象。我的意识集中在你一个人身上，不对，大概应当说集中在你留在我心里的记忆上。

我躲在房间里闭门不出，读了许多书，还去电影院看两片连放的电影消磨时间，不时去公营游泳池游个长距离的泳，或是漫无目的地长时间散步，一直走到精疲力竭。东京是个大都市，怎么走也走不到尽头。此外我还干过别的什么吗？也许干过，不过我想不起来了。

到了暑假，我迫不及待地赶回故乡，可事态却变得更为严重。我几乎隔上一天就要赶去你居住的城市，坐在我们经常约会的公园长椅上，在紫藤架下漫无边际地想着你，追寻我们俩一同度过的时光。我心里怀着一缕希冀：也许你会飘然出现在眼前。然而，这样的美事当然不会发生。

凭借着地址和地图，我试着找寻你的家。在那个地址上建着一幢二层小楼，没有院子也没有车库，是门面很窄的老房子。然而门口挂着的名牌上，却写着与你完全不同的姓氏。你们一家已经搬到别处去了吗？如果是这样，那我写给你的信都被转寄到新地址去了吗？到所辖邮局去问一下，是不是可以得到你们一家的新地址呢？不，这大概不行吧。而且我知道，这么做不会有任何用。这么说似乎显得啰唆：如果你有什么话要对我说，那你肯定会想方设法跟我联系的。

就这样，我失去了与你相关的一切线索。看来，你似乎已经从我的世界悄然退出，没有留下一个脚印，也没有任何像样的说明。这种退出是你故意为之，还是某种不可抗力作用的结果（比如像冰冷的海水冲毁舱门，奔涌而入那种），我无从知晓。剩下来的，只有深深的沉默、鲜明的记忆和无法兑现的约言。

那是一个寂寞孤独的夏季。我沿着黑暗的台阶不断地向下走。台阶无止无尽，甚至让人疑心是不是要一直抵达地球的球心。然而我义无反顾地只管往下走。我心里明白，周围空气的密度与重力在徐徐发生变化。可是那又如何？充其量不就是空气吗？充其量不就是重力吗？

于是我变得更加孤独。

# 20

那天下午，我看到焚烧独角兽的青烟袅袅升起后，便三步并作两步走向了门卫室。没有风，青烟如一根直线向上升去，被吞吸进了厚厚的云层里。如我所料，守门人这次也不在，正在门外焚烧独角兽的尸体呢。我像上回一样，钻出无人的门卫室后门，横穿过"影围子"，与躺在床上的自己的影子再会。影子依然瘦骨嶙峋，面如土色，不时痛苦地干咳几声。

"怎么样了？下定决心了吗？"影子用嘶哑的声音，急不可待地问道。

"对不住，这决心没那么容易下啊。"

"你心上是有什么牵挂吗？"

我穷于答复，扭过脸去，将目光投向窗外。该如何向他说明呢？

我的影子长叹一声："我不知道发生过什么事。但我猜，是小城开始下手挽留你了，费尽心机。"

"可是我对小城来说真有那么重要吗？特地费尽心机来挽留我。"

"这难道不是理所当然的吗？毕竟等于是你把这座小城给炮制出来的呀。"

"可又不是我一个人炮制出来的。"我说道，"我只是在很久以前，为这项工作多少出了点儿力罢了。"

"可如果没有你热心帮忙，肯定就不可能搞出这么个周密细致的建造物来啦。是你长年累月地维持着这座小城，从不间断地把想象力作为养分喂给它。"

"的确，这座小城也许是从我们的想象中诞生出来的。可是在漫长的岁月里，小城好像已经获得了自己的意识，有了自己的目的。"

"长成了一个你已经应付不了的东西了——是这样吗？"

我点点头："这座小城已经不再是一个建筑，倒像是一个拥有生命的活物。还是个柔软、巧妙的活物呢。它会根据情况、根据需要，不断改变自己的形状。这一点是我来到这里以后，隐隐约约感觉到的。"

"可是，能够自由自在地改变形状的话，那就不是活物，倒像是细胞什么的啦。"

"也许是吧。"

会思考、会防御、会攻击的细胞。

我们沉默片刻。我再次将目光投向窗外。墙外仍然青烟升腾。看来有很多独角兽丢失了性命。

"我每天晚上在图书馆读的那些'旧梦'，到底是些什么东西？"我问影子，"那对小城来说有着什么样的意义呢？"

107

影子无力地笑了："这可就尴尬啦。你瞧，每天读梦的难道不是你吗？这种事为什么你还要问我呢？"

"可你不是待在这儿嘛，总能听到一些相关的说法吧？从守门人啊，来这儿聊天的人啊那儿。"

影子静静地摇了摇头："图书馆里收藏了好多'旧梦'，'读梦人'——就是你啦——每天都在读梦，这种事大家都知道。还有你每天晚上做完工作后都送她回家这件事……这儿毕竟是一个小地方嘛。不过你每天要读'旧梦'这件事，对小城来说意味着什么，又起着什么样的作用，其实谁都不晓得。我有这种感觉。"

"不过那肯定是一件意义重大的工作。我在这座小城里被赋予了读梦这个特殊使命，而小城好像非常希望我继续这项工作。"

影子干咳了一番，沉思片刻。我抽出插在口袋里的双手，放在膝盖上搓揉着。房间里寒气刺骨。

影子说道："上次我也跟你说过，可不可以认为存在着这种可能性，就是说在这里的她其实是影子，在墙外的她才是实体呢？我一直对这事有点儿想法，向好多到这儿来的人打听，收集了一些零零星星的信息，自己动脑筋做了点儿分析。于是我得出了这样一个假说。那就是，这里其实会不会是一个影子的国度？影子们聚集起来，躲在这个孤绝的小城里相依相伴，大气都不敢喘地打发着日子。"

"可是，如果真照你说的那样，这里是个影子的国度的话，为什么身为本体的我倒进了城里，而身为影子的你反而被关在这里等死呢？如果反过来的话，倒好理解了。"

"我觉得，这是因为这帮家伙并不知道自己其实是影子。他们以为自己是本体，而剥离下来的影子被驱逐到墙外去了。但是实际上正好相反，被驱逐到墙外去的才是本体，留在小城里的家伙恰恰就是影子——这就是我的推测。"

我试着就此思索了一番："而且被驱逐到墙外去的本体们，经过洗脑后相信自己就是影子。是这样吗？"

"完全正确。这样一种虚假的记忆被烙印在每个人的大脑里。"

我搓揉着双手，努力顺着这条逻辑线摸索向前，却在半道上迷失了方向。

"可说到底，这不过是你提出的一个假说而已。"

"是的。"影子承认，"一切都不过是我提出的假说。我无法证明。可是，我越想越觉得这样解释才更合情合理。我自己从各种角度仔仔细细地进行了验证。反正我有的是时间去思考。"

"按照你的假说，我在图书馆读的那些'旧梦'，又起着什么样的作用呢？"

"那说到底，也只是我这个假说的外延啊。"

"假说的外延也没关系，我想听听。"

影子停顿了一下，调整好呼吸，然后开口道：

"所谓'旧梦'，很可能就是为了建立这座小城而被驱逐出墙外的那些本体所留下的内心残响吧。虽说是驱逐本体，但也不可能做得那么干净彻底，无论如何都会有些什么东西残留下来。所以他们就把这些残渣收集起来，牢牢地封闭在叫作'旧梦'的特殊容器里。"

"内心残响？"

"在这里，本体还很年幼的时候就和影子被剥离开来，而本体被当作多余的东西、有害的东西，被驱逐到墙外去。这是为了让影子们能够安宁平静地生活下去。但是，就算驱逐了本体，他们的影响也不会完全消失不见。心的细小种子因为清除不尽而残留下来，它们会在影子的体内悄悄生长。小城眼疾手快，一发现就立马一刀刮掉，装进专用的容器里封起来。"

"心的种子？"

"是的。就是人所拥有的各种感情。悲哀，迷惘，嫉妒，恐惧，苦恼，绝望，疑念，憎恨，困惑，懊恼，怀疑，自我怜悯……还有梦，爱。在这座小城里，这些感情都是无用的，甚至是有害的。就好比是瘟疫的种子。"

"瘟疫的种子。"我重复影子的话道。

"是的。所以这种东西要一个不留地一刀刮下来，收在密封容器里，藏进图书馆的深处。而且普通居民被禁止接近那里。"

"那我的使命呢？"

"恐怕就是平息、化解那些灵魂——或者说内心残响——吧。这是影子们无法从事的工作。因为心与心的共鸣这东西，是具备真正感情的真正的人才会拥有的东西。"

"可是，干吗又非得平息、化解那东西呢？既然关在了密封容器里，陷入了深深的沉睡之中，那就甭去惹它，随它去不就好了吗？"

"不管封得多死，但只要它们还存在，其本身就是威胁。万一由于某种契机，它们获得了力量，一起破壳飞出来的话……这对小城来说，难道不成了潜在的恐怖吗？一旦发生这种事态，小城大概顷刻之间就会灰飞烟灭了吧。正因为这样，所以多多少少都要把它们的力量平息、化解掉。有人来倾听'旧梦'们的声音，和它们一起做梦的话，其潜在力量就会受到抚慰——他们要的大概就是这个吧。而有能力做到这些的，眼下就只有你一个人啦。"

我被抛在了两种思绪的夹缝之间。

在这座小城的图书馆里与你每天相逢、在菜籽油灯的光芒照耀下与你共同进行读梦作业时的幸福,隔着粗糙的木桌与你交谈、啜饮你为我做的药草茶时的快乐,每天夜里完成工作后步行送你回家的那一小段时间,究竟多少是真实、多少是虚构,我无从得知。然而尽管如此,这座小城却给了我这样的快乐,给了我心灵的战栗。

而另外一种,就是在那个墙外世界里与你的交流,以及它在我心中留下的实实在在的记忆。与你约会的那个街头小公园里少女们荡秋千时发出的节奏分明的吱呀声,与你一同听过的大海的涛声,一捆厚厚的信和一块纱布质地的手绢,偷偷接过的吻,这一切不容置疑,就是明明白白地在现实中发生过的事实。谁也不能将这些记忆从我心里夺走。

我应该属于哪一个世界呢?我举棋不定,左右为难。

## 21

一位少女从你的人生中消失了,无影无踪。你那时十七岁,是一个健康的男子。而她则是你吻过的第一个人。一位深深吸引了你的美丽不凡的少女。她也说她非常喜欢你,说等到了时候,就要成为你的人。这样一个姑娘,居然既无一声预告也无一句告别,甚至连个像样的解释都没有,就离你而去了。她从你站立的地表上消失了,一如字面意义的"烟消云散"。

在她的身上发生了什么?

是发生了什么紧急事态而搬迁到其他城市去了吗?(可是任怎么

说，通报一声总是可行的呀！）是走在路上时被某个从天而降的东西砸中了脑袋，导致记忆丧失了吗？还是已经不在人世了呢？（比如交通事故、被杀人魔杀害、怪病急速恶化，甚或是自杀？）是被什么人抓去监禁了起来吗？（是谁？目的何在？）还是她突然不再喜欢你了，甚至连看到你的脸、听到你的名字都觉得厌恶？（你对她说过什么不合时宜的话，做过什么无可称道的举动吗？）是某处街角的一个小型宇宙黑洞偷偷摸摸地张开大口，将偶然路过的她一口吞没了进去——就像树叶被排水口吞吸了进去一样吗？抑或是……对了，这个世界上埋伏着一切可能性，在偷偷地等待着人们。每一个转角都有意想不到的危险潜伏在那里。然而在她身上究竟发生了什么，你却无从得知。

  自己所爱的人像这样，差不多可谓蛮横无理地猝然离去，是何等苦楚，而这又是何等剧烈地刺痛、何等严重地撕裂了你的心，你的心里又流了多少血，你能够想象吗？

  而你最大的震撼，是感到自己似乎已被整个世界抛弃。自己仿佛就是个一文不值的货色。你觉得自己好像变成了毫无意义的废纸屑，变成了行尸走肉般的透明人。摊开手掌凝目细看，你发现对面的东西竟然渐渐变得清晰可见——这不是假话，而是千真万确。

  你在寻求合情合理、令人信服的解释。你需要它，胜过一切。然而谁也不会给你这解释。谁也不会告诉你应该朝哪个方向前行。谁也不会安慰你、鼓励你（哪怕有人这么做了，其实也于事无补）。你被撇在荒原上，孑然一身，极目望去，四野寸草不生。在那里，狂风始终朝着一个方向猛吹——风里包藏着刺痛肌肤的细针。你被毫不留情地从充满暖意的世界里排除了出去，孤立无助。你走投无路的思绪仿佛铅块一般堵塞在胸口。

她那边一定会有联络来的。你心怀着一线希望，苦苦地等待。也许应该说，除了等待，你没有其他事可做。然而无论你等了多久，联络都没有来。电话铃也不响，邮箱里也没有厚厚的信封躺着，门口也没有敲门声。那里有的，就只是沉默了，再就是无。就这样，"沉默"与"无"渐渐成了你的贴身友人。当然都是些倘能做到的话，你本不太想结交的角色。不过除了它们，你也找不到陪伴左右的伙伴。固然你心里始终怀着一缕希望，但是在沉重的钝器一般的沉默与无面前，希望只是形影稀薄的存在。

我就这样迎来了十八岁的生日，自从收到最后一封信以来，已经一年流逝。时间笨重地，然而同时又利落地绝尘而去。一个里程碑出现在前方，很快又被抛在了身后。继而又是下一个。

对于自己的人生状态，我怎么也无法理解。我为什么会在这里，为什么如此行事？为什么这里永远这样狂风大作？我一次又一次地追问自己。

当然，不会有回答。

# 22

在走向图书馆的途中，天开始下雪。雪花干而细小，看来得要很长时间才能融化。然而能否形成积雪，还难以判断。到达图书馆时，柴炉一如平日，红彤彤的，火势熊熊，炉上黑乎乎的大水壶喷着热气。你正在用小小的擂杵将后院摘来的药草碾碎。这是个费时费力的活儿。那坚忍均一的嘎吱嘎吱声传入耳廓。我走进屋里时，你停下手中的活儿，抬脸微微一笑。

"已经开始下雪了？"

"刚下了一点点。"我说。我脱下笨重的大衣，挂在墙边的衣物架上。

"今晚不会下得太大的。积不起来。"你说。一定会如你所言吧，一如往常那样。

你用手拂去"旧梦"上的尘埃，把它放在桌上，我开始读。我用手掌拢住它，温暖它，激活它。"旧梦"很快醒来，开始用无法听懂的语言讲述、传递信息。

"旧梦"果真就像我的影子推测的那样，是被用刀刮下来、密封保存的人们内心的残渣吗？我无法判断这一假说的正确与否。而据我所见，那只是瓶装的"混沌的小宇宙"。我们的内心居然就是如此模糊不明、缺乏连续性的东西吗？还是说，"旧梦"之所以只能发出这种零碎、混乱的信息，乃是因为它并非一颗完整无缺的心，而仅仅是由残渣拼凑而成的缘故呢？

在我梦里出现的下士用干涩的声音对我说："有时候人们会以为，杀死意识才是最为轻松的事。"

"我也许会离开这座小城。"我向你坦白道。我不能瞒着你离开这里，哪怕小城在竖耳偷听这场对话。

"什么时候？"你问，似乎并不惊讶。

我们并肩走在河滨道路上。我送你回家——如同每一个夜晚一样。雪已经停了。云层仅有一处绽裂开来，从那缝隙中可以看见几颗星星。

星星们仿佛冰豆一般,将苍白冰冷的光投向世界。

"快了吧,趁我的影子还没断气之前。"

"你决定要这样?"

"恐怕会这样吧。"我说,然而我内心还犹豫不决,"不过在此之前,我有一件事要告诉你。"

"什么事?"

"在墙外的世界里,很久以前,我遇到过你。"

你停下脚步,将绿色的围巾在脖子上重新牢牢地围好,然后注视着我的脸:"遇到过我?"

"另外一个你,就是说在墙外的你。"

"那说的是我的影子吗?"

"我猜是的吧。"

"我的影子老早就死掉了。"你说,与宣告今晚不会积雪时同样斩钉截铁。

你的影子老早就死掉了。我在心里重复着你的这句话,就像洞窟深处的回声。

我问:"影子们死了后会怎么样?"

你摇头:"不知道。我被安排在图书馆工作,只干那些规定的活儿,解锁开门,在严寒季节里生好火炉,采药草做药草茶……就这样协助你工作。"

临别时你说:"你也许不会再来图书馆了吧。可是,你要怎么离开这座小城呢?不是不能从城门离开的吗?因为进入小城时,你是签过这样的契约的。"

115

我沉默。这，现在还不能说出口来，说不定有人在偷听。

"在外边的世界遇到你时，"我说，"我爱上了你——她，一见钟情。我那时十六岁，她十五岁。她的年龄跟现在的你一样。"

"十五岁？"

"对。按照外边的世界的标准，她是十五岁。"

我们在你的住所前停下脚步，进行着没准儿是最后的交谈。虽然雪已经止住，却是个冰冷的夜晚。

"你在墙外的世界里，爱上了我的影子。在那里她十五岁。"你如此告诉自己，仿佛在重新确认，自己无法理解自己理解不了的事物。

我说："我热烈地追求她，同时也希望被她热烈地追求。可是过了一年之后，有一天她突然消失不见了。没有任何预告，也没有像样的说明。"

你再次将绿色的围巾重新围在纤细的脖子上，然后点头："那是没办法的事啊。影子总是要死的。"

"我很想再次见到她，就到这座小城来了。我觉得，到了这里说不定就能见到她。但同时，我也想见见你。这也成了我进到墙内来的理由之一。"

"见见我？"你诧异地说道，"可是，为什么？为什么想见我？我不是你爱上的那个十五岁的少女。我和她原来说不定是同一个存在，但从小就被剥离开了，一个在墙里，一个在墙外，变得毫不相干了。"

我窥探她的眼睛，仿佛探寻山间清澈的泉底，然后说："你不是她。这我心里很清楚。在这里，你梦也不做，也不会爱上谁。"

于是她消失在公共住宅的入口处。这大概将是永远的别离了吧。然而对你来说，这与平常一样，无非就是普通的分别罢了。因为在这里，一切都是永远。

## 23

二十岁前后遭遇的那个荒唐无稽的时期，我总算应付了过去。如今回想起来，自己都要击节叹赏：那种日子竟然也平安地——尽管自己并非完好无缺——度过了！

我对大学、学业全无兴趣，难得在课堂里露面，也不结交朋友。我独自一人看书，有时打打工。在打工处结识了几个男男女女，也一起喝喝酒，但没有更深的交往。但不管做什么事，我都得不到心灵的安宁。我对什么东西都提不起兴趣。那是些浑浑噩噩的日子，就好比人在厚厚的云层里，神思恍惚地一味向前走。一切都是失去了你的缘故，是热烈追求却徒劳无果的缘故。

可是有一天我幡然醒悟。醒悟的直接契机是什么，如今我已经想不起来了。不过，那就是一件微不足道、比比皆是的小事，这一点毫无疑问。比如说刚刚做好的白煮蛋的香味啦，偶然传入耳朵的一句熟悉的音乐啦，刚刚熨烫好的衬衣的手感啦……这东西刺激了意识中某个特别的部位，让我幡然醒悟。于是我想到：啊，不能再这样下去啦。

再继续像这样生活下去的话，我势必将身心俱疲，变成一个废人。就算有朝一日你回到我的身边，只怕我也无法与你融洽地相处了。这种事态必须避免。

我把自己拉回正确的轨道。上课天数不够，成绩当然也就很糟糕，

117

于是我得重修一年。不过没办法，这是必须付出的代价。我重建生活，上课从不缺席，认真做笔记（哪怕再怎么觉得无聊的课也是），有空时就去大学的游泳池游泳，维持体力与体形。我买来清洁的新衣服，减少饮酒量，规规矩矩地吃饭。

坚持这样生活，不久我便自然而然地交上了几个朋友。我对他们感兴趣、怀有好意，他们也对我感兴趣、怀有好意。这样倒也不坏。我学会了一面耐心地等待着你，一面在另一个层面过着与众人一样的正常生活的方法。

很快我有了恋人，是选修同一门课的小我一岁的女生。她性格开朗，和她交谈让人愉悦。她人很聪明，容貌也很有魅力。她在很多方面支持了我的"复归"，我对此心存感谢。不过我心里始终有所保留。我必须在心里保留着留给你的空间。

一方面确保留给某人的秘密空间，同时动用其他部分与另外的人保持恋爱关系——这种事情是否可能？在某种程度上是可能的，然而不可能永远持续下去。因此我伤害了她，其结果也伤害了自己。于是我变得更加孤独。

花了五年时间读完大学，毕业后，我在一家书籍代销公司就职，没回故乡。工作涉及面宽广，要学的东西很多。我本来是想进一家出版社到编辑一线去工作的，但每家出版社都在面试时把我刷下来了。大概是因为大学时的学业成绩不理想吧。不过书籍代销业干的也是与书相关的工作，尽管同本来的志向略有差异，却也不无干头。就这样，我作为社会人过上了还算让人满意的日子，工作也习惯了，渐渐地也被分派了担负责任的职务。

可是说到女性关系，我差不多是一再重蹈覆辙。如同别人一样，我曾经与几位女性有过交往，甚至还曾认真考虑过结婚的事，绝不是逢场作戏。然而最终，我同她们之间还是未能构筑起真正意义上的信赖关系。倘若能终成正果，当然也蛮好，但每一次都半途而废。到最后总是风波突起，我又搞砸了——"搞砸了"委实是个恰如其分的表达。

理由有二。一是因为我心里始终有你。你的存在、你的谈吐、你的身影，怎么也不会离开我的心。我时时刻刻都在意识的深处想着你。这大概是最大的原因。

然而与此同时，我内心还有一种一以贯之的恐惧。假如我无条件地爱上了一个人，而我爱的那个人有一天突然连理由也不说，莫名其妙地就断然拒绝我。就是这种恐惧。说不定那位女性——就像你曾经做过的那样——会一言不发地离我而去，仿佛云消雾散。于是我被抛弃在身后，孑然一身，揣着一颗空洞无物的心。

不管发生什么，我再也不愿品尝那种痛楚了。与其遭受那种苦境，还不如孤独一人静静地离群索居。

我平日里自己动手做饭，常跑健身房强身健体，保持身畔整洁，空闲时便读书。重视规律性对单身生活而言是至为重要的事项——哪怕，在规律性与单调之间划清界限有时会是一件困难的事。

在周围人看来，也许我的生活显得自由且随性。我的确很珍惜这份自由、这份日常的平静。不过，这说到底只是我这个人能够接受的一种生活方式，对其他人来说一定是难以承受的吧。过于单调，过于安静，而且最主要是孤独。

然而在人生的三十年代告终，迎来四十岁的生日时，我到底还是产

119

生了轻微的动摇。难不成最终一辈子不婚不娶，就这么形单影只地了此一生吗？从今以后，我必然将一点点地变老，并且变得更加孤独。接下来我将走上人生的下坡路，体能也会慢慢地消失。以前不费吹灰之力就能做到的事情，恐怕也将变得令我力不从心。虽然我还无法具体地想象自己将来会是怎样一种形象，但肯定不会是令人愉快的模样，这一点倒很容易想象。

四十岁……细细想来，从十七岁开始，长达二十三年，我始终如一地在等待着你。这期间，你杳无音信。沉默与无，仍旧在我左右贴身陪伴。如今我对它们的存在早已习焉不察，不如说，它们已然变成了我的一部分。沉默与无……撇开它们，就无法谈论我这个人了。

就这样，四十岁生日安然度过（也无人祝福）。在公司里，我工作稳定，地位也小有提升，对收入也没有不满之处（毋宁说，我几乎从来不会强烈地要求什么）。家乡的老父老母倒是强烈地希望我快点结婚，早点生子。然而，尽管觉得于心不忍，我却未被赋予这样的选项。

我一如既往地继续想着你，钻进内心深处的小屋，追寻对你的记忆。你写给我的一沓信，给我的一块手绢，还有一本详细记述关于高墙环围下的小城的笔记本。我在小屋里把它们拿在手里，从不厌倦地抚摩着，凝视着（简直就像十七岁的少年）。这间小屋里收藏着我人生的秘密，没有任何人知晓的、关于我的秘密。只有你一个人能够解开收藏在这里的谜。

可是你却不在。我无法获知你人在何处。

四十五岁的生日如期而至，在越过了这个难称愉快的里程碑之后不久，我再次掉进了坑里，突如其来地，扑通一下。就像从前——那些凄惨的二十岁前后的日子——那次一脚踏空时一样。不过这次不再是比喻性的坑，而是挖在地面上的真正的坑。我想不起来我是几时、如何掉进去的，可能单纯是当时迈出去的脚碰巧没有能够抓住地面。

等到意识复苏时（如此说来我应该是丧失了意识），我在坑底横躺着。从身体丝毫感觉不到疼痛这一点来看，我或许不是摔下来的，说不定是被谁搬过来放在这里的。可又是谁干的呢？我不知道。总而言之，我的身体被转移到了远离原先那个世界的场所。一个与现实相隔很远、很远、很远、很远的场所。

时间是夜里。坑的上方可以看到被切割成长方形的天空。天空中有许多星星在闪烁。这似乎是个不算太深的坑。如果想爬到地面上去，凭借自己的力量好像能够爬得出去。得知这一点，我稍稍松了口气。可是我已经疲惫不堪，无法从坑底撑起身来。连手也举不起来，连睁眼都费劲。我疲倦极了，仿佛身体要变得四分五裂、七零八落一般。我——我慢慢地闭上眼，再次丧失了意识，沉入了深深的无意识的海洋里。

然后又过去了多少时间？我睁开眼时，天已经大亮，可以看到小朵的白云随风飘游，还能听到鸟儿们的啼鸣。好像是早晨，一个晴朗舒适的早晨。接着便有人从坑边探出了身体，俯视着我。那是一个脑袋剃得光溜溜的大汉。他身上邋邋遢遢地穿了好几层奇怪的衣服，手里拎着一把铁锹似的东西。

"喂，叫你呢！"他对我粗声吼道，"你怎么会在那种地方？"

要搞清楚这是现实还是梦境，稍微需要一些时间。天气既不热也不冷。空中飘散着新鲜的青草味。

"我怎么会在这儿？"我姑且重复汉子的疑问。

"是呀,我这是在问你呢!"

"不知道。"我回答,那声音听上去不像自己的声音,"这儿到底是什么地方?"

"是说你躺着的地方吗?"汉子用爽朗的声音说道,"不晓得你是从哪儿来的,咱明人不说暗话,你还是趁早从那儿爬出来为好哇。那儿可是把死掉的独角兽扔进去,浇上油来烧的焚尸坑啊。"

<h1 style="text-align:center">24</h1>

到了下午,开始下雪了。无风的天空中,无数白色雪片无声地落在小城里。不是那种在空中缓缓飘舞的轻雪,一朵朵雪花都带着坚实的重量,如同小石子一般,画着直线飞落到地表上。

我走出住处,走下西丘,疾步走向城门。途中遇到的独角兽们背上的雪片结成了冰块,仿佛认命般地低眉垂目,吐着白气缓慢地迈步前行。这几天,严寒愈加难熬,作为独角兽食粮的果实和树叶益发不足,恐怕又会有更多的独角兽丢掉性命,从最弱的开始,依次死去。

北边的墙外,青烟比平日更为粗大,势头汹汹地扶摇直上。守门人似乎今天也在忙于收集、焚烧独角兽尸骸的工作。青烟朝着上空描绘出一条直线,仿佛被卷起来的粗大绳索,被厚厚的云层吸噬了进去。虽然对不起独角兽们,可它们的尸体越多的话,守门人的工作量也就越大,这样就能帮助我多赢得一些时间。

守门人不在门卫室里,然而炉火却熊熊燃烧着,温暖着无人的房间。作业台上,手斧与砍刀整整齐齐地排列着,刀刃似乎刚刚磨好,妖冶地闪着威吓的冷光，从台上无言地睥睨着这边。我穿过门卫室，横越"影围子"，走进影子睡着的房间。

房间里的气味比上次更重了，飘着死亡预告似的东西。一进入房间，板壁上的几个阴暗的疖疤发出警告似的看看我，仿佛在说："俺们知道你的鬼心思！"我的影子裹着棉被，睡得像死去了一般。我伸出手指，放在他鼻孔下面测试呼吸，确认他还没死。影子很快醒来，没精打采地扭了扭身子。

"打定主意了吗？"影子声音虚弱地问道。

"嗯。现在就走，一起离开这里。"

"现在，马上吗？"

"现在，马上。"

"我还以为你不来了呢。"我的影子稍稍扭过头来，说道，"怎么样，我的脸色难看极了吧？"

我抱起影子那骨瘦如柴的身子，揽着他的肩膀走了出去，然后将他背在背上。守门人曾经警告我绝不可以触碰影子，可这已经无所谓了。影子几乎没有体重，背着他并非难事。在这样亲密接触的过程中，影子从我这个本体身上获取了生气，肯定就会一点点地恢复活力，就好比沙漠植物拼命吸取水分一般。虽然我并无自信，不知道如今的自己能够分给影子多少生气。

"你把那里的角笛拿走。"穿过门卫室时，我的影子在背上对我说。

"角笛？"

"对。这样的话，守门人就难以追踪我们了。"

"他肯定要大发雷霆啦。"我斜眼看着那排寒光慑人的手斧和砍刀，这么说道。

123

"不过必须这么做。这个小城较起真来的话,会变得无比危险。我们必须做好准备。"

虽然不明个中缘由,我还是依言拿起挂在墙上的角笛,放进大衣口袋里。那是一支使用多年、几乎变成了饴糖色的旧角笛,似乎是用独角兽的角做成,上面雕刻着细致的花纹。

"没有时间了。"我的影子说道,"赶紧走。对不起啦,我不能自己走路。"

"背着你穿过大街,只怕要被好多人看到啦。"

"咱俩一起逃跑,反正很快就会被发现的。总之得尽快赶到南墙那里去。"

我背起影子跑出了门卫室。这下没有退路了。到了河边,我们越过老桥一路向南。时不时地有雪片飞入眼里,令我看不清前方,撞上了独角兽。我每次撞到它们,它们就会发出小而奇妙的声音。

由于雪在不停地下,路上的行人为数极少,但我们还是被几个居民看到了。他们只是站在那里,默默地看着我们。在这座小城,极少能看见有人奔跑。他们会报警,说"读梦人"又跟影子搞到了一起,好像打算逃出城去吗?还是说,这种事情对他们来说不具备任何意义呢?

自打来到这座小城,我就根本没有运动过,所以再怎么说影子轻,可要背着他奔跑穿越全城也不是一件容易的事。我不断地大声喘气,把又硬又白的气息吐到空中,而吸进来的空气里混杂着雪花,冰冰冷,肺里仿佛被针尖穿刺一般地痛。终于来到了南丘脚下,我驻足调整呼吸,扭头看看背后。

"不太妙啊。"影子说道,"你看,焚烧独角兽的烟变得很细了。"

果然如影子所说,透过下个不停的雪,可以看到北墙外的烟,烟明显比方才细了很多。

"一定是因为这场大雪，火开始熄灭了。"影子说，"这样的话，守门人就要回门卫室拿菜籽油添上去。然后他就会发现我不在围子里了。那家伙跑得很快。这可有点儿不太妙啊。"

背着影子爬南丘陡峭的斜坡，并非易事。但是既然已经打定主意、着手行事了，那就不能半途示弱。而且就像影子说的，小城一旦较起真来，就会变得无比危险。大衣下，我汗流浃背，沿着斜坡继续攀爬。好不容易爬上了高丘顶，我双腿僵硬好比石头，小腿肚痉挛了起来。

"对不住啦，让我休息会儿。"我蹲在地上，上气不接下气地说道。尽管我心里明白这是在与时间竞争，可两条腿几乎动弹不得了。

"没关系，就在这里休息一会儿。是我不好，不能自个儿奔跑。你不必自责啦。把那支角笛给我，好吗？"

"角笛？要角笛干什么？"

"你别管，给我好了。"

我莫名其妙，还是将偷来的角笛从大衣口袋里取出，递给了影子。影子把它贴在唇边，大大地吸了一口气，使尽全力吹了起来。他俯瞰着脚下的小城，吹起一声长、三声短，与平日一模一样的角笛声。影子能够如此巧妙地吹响角笛，我十分惊讶。跟守门人吹出的音色几乎没有差别，他是什么时候学会这种技能的？莫非是有样学样地记住了吹法的吗？

"你到底在干什么呀？"

"就是你看到的呀，吹角笛。这样可以赢得一点儿时间。"然后影子将那支角笛挂在了身旁的一根树干上，叫人一眼就能看到，"这样的话，守门人看到它，就能拿回去。反正他大概会顺着这条路追上来的，

125

角笛回到手里,说不定多少能缓解一下他的愤怒。"

"可以赢得一点儿时间,这话又怎么说?"

影子解释道:"一吹响角笛,独角兽们听到后,就会集合起来往城门方向走。这样一来,守门人就必须打开门,把它们全都放出去,然后等把所有的独角兽全部放出去之后,再关上城门。这是规则规定的他非做不可的工作。把所有的独角兽全部放出去需要时间。这点儿时间就是我们赢来的。"

我钦佩地看着影子:"你脑子灵光得很嘛!"

"知道吗?这座小城并不是完美无缺的,墙也不是完美无缺的。完美无缺的东西在任何世界里都不存在。甭管什么东西肯定都会有弱点,这座小城的弱点之一就是那些独角兽。小城通过一早一晚让它们进进出出来保持平衡。我们现在破坏了这种平衡。"

"小城大概会发怒的吧。"

"可能。"影子说道,"如果小城具备了感情的话。"

我用手指不断搓揉小腿肚,双腿好像终于恢复了柔软。"走吧,出发!"我站起身,再次把他背在了背上。

接下去是下坡道。我拖着大致恢复了的双腿走下斜坡。时而也有上坡,但基本上都是下坡。虽然必须时时留神脚下,但我已经不再上气不接下气了。很快地,小道消失,向前便是难以辨认的荒径了。我们从小村落的断壁残垣前走过。雪仍然下个不停,附着在我的头发上,凝结成块。我有点儿后悔没把帽子戴出来。遮蔽了整个天空的厚厚的雪云,似乎在其内部蕴含了无穷无尽的雪。随着不断前行,水潭发出的那奇妙、如诉如泣的水声,时断时续地传进了我的耳朵里。

"到了这里就安全啦。"影子从背后对我说道,"横穿过那片灌木丛，马上就是水潭了。守门人追不上来啦。"

我听到此话，松了一口气。到此为止，我们好歹算是一帆风顺。

然而就在我这么想时，我们的面前耸立起了一堵墙。

墙毫无征兆地，眨眼间便矗立在我们面前，挡住了去路。就是平素那道又高又牢的小城围墙。我呆立在那里，瞠目结舌。这种地方怎么会有墙呢？上次沿着这条路过来时，根本就没有这种东西的嘛。我哑然失语，呆呆地仰望着那道高达八米的障壁。

"没啥好惊讶的。"墙用低沉的声音告诉我，"你小子搞的那个什么地图啥用也没有。那玩意儿无非就是画在破纸上的线条罢了。"

墙能够自由自在地改变形状与位置！我恍然大悟。它时时刻刻都能够随心所欲地移动到任何地方。而且墙铁了心不放我们出去。

"不能听它的话！"影子在背后低语道，"也不能看着它！这玩意儿不过就是个幻影！小城在向我们展现幻影呢。闭上眼睛，向前一直冲过去！只要不相信它说的话，只要心里不害怕，墙就根本不存在！"

我按照影子说的，闭起眼睛继续一直往前跑。

墙说话了："你们根本就穿不过墙；就算穿过了一道墙，前边还有别的墙在等着你们。不管做什么，结果都一样。"

"别听它的！"影子说道，"不能害怕。只管往前跑。丢掉疑念，相信自己的心！"

"行啊，你跑好了。"墙说道，并且放声大笑，"想跑多远就跑多远好了，我永远会在那里等着你。"

耳朵里听着墙的笑声，我头也不抬，继续笔直向前跑，朝着理应矗立在那里的墙猛冲过去。事到如今，我只能相信影子说的话了。不能害怕。

我用尽全力，扔掉疑念，相信自己的心。于是我和影子半似游泳一般穿过了理应是由坚硬的砖头筑成的厚墙，宛如钻过一层柔软的果冻。一种无法言喻的奇妙感触。那是一层介乎物质与非物质之间的东西，在那里面没有时间也没有距离，只有一种似乎混杂着大小不齐的颗粒的特殊抵抗感。我闭着眼睛冲破了那层软绵绵的障碍。

"我说得对吧？"影子在耳边说道，"一切都是幻影吧？"

我的心脏在肋骨的围栏里，不断发出干硬的声音。我的耳朵深处还残留着墙的大笑声。

"想跑多远就跑多远好了。"墙对我这么说道，"我永远会在那里等着你。"

## 25

我疾步穿过最后那片灌木丛，来到了水潭前的草原上。抵达水潭边，我将影子从背上放了下来。影子虽然还有点儿步履蹒跚，但已经恢复到可以勉强独立行走的程度了，瘦削的脸上也恢复了一点儿血色。虽然有很长时间我们紧挨在一起，但在这个时候，我和影子尚未合在一起，依然处于分离状态。可能是影子还没有恢复足以与我合二为一的活力。

"在你背着我的那段时间里，我吸收了必要的养分。"影子说道，"虽说还不算充分，但也应该够用了。咱们喘口气，然后就动手逃出去吧。"

我站在那里，一面调整呼吸，一面小心翼翼地观察四周。水潭的情况跟上次看到时相比没有变化：美丽清澈的蓝色潭水，波澜不兴的平静水面，潭底深处断断续续传来咕嘟咕嘟的水声，仿佛喉咙被堵塞住了似的，其中不时还夹杂着凶险的喘息声。那是大量的水被吞吸进洞窟里去时发出的响声。此外听不到任何声音，风也戛然而止，亦不见飞鸟的身影。四面阒寂无声，白雪纷飞。好一番美景！可谓动人心弦。这番情景，恐怕我直至行将咽气的最后瞬间，也会历历在目牢记不忘吧。到那个时候，这番情景的每一个细节肯定都会在我的脑海里完美再现。

现实与非现实在脑海里激烈地针锋相对，错综交织。我现在无疑正站在这个世界与那个世界的夹缝之中。这里是意识与无意识之间薄薄的切面，我现在被迫要做出选择，决定自己归属于哪一个世界。

"你确信我们可以从这里安全脱逃，是吧？"我指着水潭问我的影子。

影子说道："这个水潭与墙外世界是直接相通的。钻进潭底的洞窟，从墙底下游过去的话，就能到达外边的世界了。"

"他们都说水潭通向石灰岩地下的水路，被吸进洞窟里去的人，都会淹死在黑暗之中。"

"那完全是一派谎言，是小城编造出来吓唬人的。根本就不存在什么地下迷宫。"

"与其搞得那么烦琐，干脆建一座高墙，或者是栅栏，把水潭围起来得啦。跟煞费苦心地编造这种谎言相比，这样岂不是省事多了嘛。"

影子摇摇头："这就是他们的聪明之处了。小城在这座水潭周围严严实实地造起了一圈叫作恐怖的心理围墙。比起围墙、栅栏什么的，这么做的效果要好得多。恐怖一旦扎根心底，再要想克服它，可就没那么容易喽。"

"你为什么那么坚信不疑呢？"

影子说道："以前就跟你说过的，这座小城从根本机制开始，就有着众多的矛盾。为了让小城存续下去，就必须巧妙地化解这些矛盾。为了这个，小城设置了好几个装置，让它们作为制度去发挥功能。这是一套非常周密的体制。"

影子口吐白气，使劲搓着双手道：

"装置之一就是可怜的独角兽们。通过每天让它们出入城门，再通过季节循环，让它们繁殖、被淘汰，小城把潜在的能量放出城外加以处理。你在这儿的图书馆里做的读梦工作，也是装置之一。那些被当作'旧梦'收集起来的精神断片，通过这项作业而被升华，消失在空中。我想说的是，这座小城是一个玩弄技巧的、完全人为的场所。一切存在都精妙地保持着平衡，维持这一切的装置毫不懈怠地日夜运转。"

为了理解影子所说的话，我费了些时间。

"而且为了维持这种平衡，小城利用了恐惧心理作为手段。是这样吗？"

"完全正确。小城把'南部水潭极度危险'这个信息，植入了人们脑子里。原因就是小城居民要想到墙外去，办法就只通过这座水潭了。北门有守门人时刻监视，东门已经被堵死，河口堵着牢固的铁栅栏。很难想象这座小城里会有很多人打算到墙外去，但小城还是要把出逃的可能性彻底封死。"

"但是我们不必害怕它。"

影子点点头："不必害怕。所幸的是，你的灵魂还没被夺走。我们在这里合为一体，从水潭钻出去，回到外边的世界里。"

我的耳朵里，刚才那墙的声音再次响了起来："就算穿过了一道墙，前边还有别的墙在等着你们。"然后是大笑声。

"你不害怕吗？"我问影子，"我们很可能会淹死在地下的黑暗之中。"

"当然害怕，单单是想一想就好吓人。可是我们已经下定了决心。照理说，把这座小城搞出来的不就是你吗？你有那种力量。实际上，你刚才也成功地穿过了耸立在眼前的坚固的高墙，对不对？重要的是克服恐惧。而且，你不是游泳游得很好嘛，屏气也能屏很长时间。"

"可是你怎么样？会游泳吗？"

影子无力地笑了，然后摊开双手："这就尴尬啦。我可是你的影子呀。你游泳时，我就跟在旁边一起游的呀，一模一样的节奏，一模一样的距离。我怎么可能不会游泳呢？"

是的，我们能够肩并肩、一模一样地游。我仰望天空，脸上承受着凉凉的雪。

"你的主张很有说服力。"我对影子说道。

影子听了此话，无力地笑笑："谢谢表扬，深感荣幸。不过在某种意义上，其实这也是你自己在思考、在对你自己说。再怎么说，我都是你的影子嘛。"

"你说得好像的确合情合理。"

"那么，咱们是不是该下水啦？当然，这时候来个水中畅游，稍微有点儿反季节呢。"

我站立不动，沉默了片刻，再次抬头望着雪云密布的天空，然后面对面地直视着影子的脸，打定主意，毅然开口道：

"可是，我还是不能离开这座小城。对不住啦，你一个人走吧。"

## 26

　　影子久久地盯着我的脸，好几次试图说什么，每次都欲言又止，仿佛在把未能细细嚼碎的东西，无奈地送进嗓子眼儿里去。恐怕是找不到合适的表达吧。他低着头，用靴尖在冰冻的地面上画了个小小的图形，随即又用靴底重重地把图形擦去。

　　"看来你是经过深思熟虑的嘛。"他说道，"并不是说不敢跳到水潭里去，对不对？"

　　我摇了摇头："对，我已经不害怕了。刚才的确感到过恐惧，现在已经不了。你说的基本符合真实情况吧。如果想干，我觉得我们能够一起安全地钻过那道墙。"

　　"可尽管这样，你还是要留在这里喽？"

　　我点点头。

　　"那是为什么呢？"

　　"首先，我看不到回到原来的世界意义何在。在那个世界里，我大概只会变得越来越孤独，大概得面对比现在更深的黑暗。我基本不可能在那个世界里获得幸福。当然这座小城也不能说是完美的地方，正像你说的，这座小城在机制上有着诸多矛盾。而为了化解这些矛盾，为了截长补短，小城进行了许多复杂的操作。而且'永远'是个漫长的时间，在这期间，我作为'个体'的意识会慢慢地变得稀薄，我这个存在说不定会被这座小城吞噬。但是就算这样，我也不在乎。待在这里，我至少是不孤独的。因为我大致知道自己在这座小城里要做什么、该做什么。"

　　"那就是解读'旧梦'喽。"

　　"必须得有人去解读。封闭在硬壳里落满尘埃的无数'旧梦'，必须有人去把它们解放出来才行。我做得到这一点，而它们也在寻求这一点。"

"而且在图书馆书库的某个地方，说不定还沉睡着她留下的'旧梦'。"

我点点头："那也说不定。我是说，假如你的假说是正确的话。"

"可是，那已经变成了你心中追求的一个目标了。"

我保持沉默。

影子长叹一声。

"如果把你留在这里，一个人逃到墙外去的话，过不了多久我就会死掉吧。我们俩再怎么说都是本体和影子，天各一方的话我就活不长久。我当然是无所谓的啦，我本来就只是个附属品嘛。"

"没准儿你能够在外边的世界里好好地活下去，当好我的替身也不一定呢。看上去，你完全具备这样的资格，脑子也够使。谁是影子，谁是本体，没准儿过一阵子就搞不清楚了呢。"

影子就此略作思考，然后微微摇了摇头：

"我们俩好像是在一层假说上又叠加一层假说，搞得什么是假说，什么是事实，都渐渐变成一笔糊涂账啦。"

"也许是这样。不过我们需要有个什么东西——在决定行动时必不可缺的、可以倚仗的顶梁柱似的东西。"

"你是铁了心喽？"

我点点头。

"不过一归一，二归二，不管怎么说，毕竟你一直陪伴我到最后，把我送到了这儿。"

"说老实话，直到最后一刻，我都心中无定数，不知道该倒向哪一边呢。直到真正站在这座水潭前。"我说道,"不过,我已经下了决心,这决心不会动摇——我要一个人留在这座小城里。而你要离开这里。"

我和影子彼此注视着对方的眼睛。

影子说道:"作为多年的搭档,我绝不可能干脆爽快地表示赞同。不过,看来你决心已定,我也就不再劝你啦。我祝愿留下来的你好运气,所以也请你祝愿离去的我好运气。真心真意地。"

"嗯,我当然真心真意祝你好运。但愿你一切顺利。"

影子向我伸出右手,我握住了它。竟然跟自己的影子握手!实在是匪夷所思。而自己的影子居然拥有一般人的握力和体温,这也真叫咄咄怪事。

他当真是我的影子吗?我是真正的我吗?正如影子所言,什么是假说,什么是事实,渐渐变成一笔糊涂账了。

影子仿佛虫子蜕壳而出一般,脱去又重又湿的大衣,又将靴子从脚上一把拽了下来。

"向守门人道个歉哪。"他露出淡淡的微笑,说道,"为擅自从门卫室拿走了角笛,还把独角兽们骗出城去。尽管说是迫不得已,但人家大概是要生气的嘛。"

我的影子形单影只地立在纷飞的大雪之中,盯着水潭,注视着水面,接着大大地做了一个深呼吸,呼出的气息又硬又白。然后也不回头瞧我一眼,他便猛然一头扎进了水潭里。别看他身体瘦削,却出乎意料地溅起了很大的水花,水面上巨大的涟漪扩散开去。我凝望着涟漪,看着它一圈又一圈地向四下扩展,然后又渐渐平息下来。涟漪终于完全消失后,留下了与之前一样平静的水面。只有洞窟吞吸流水时发出的咕嘟咕嘟的诡异响声传入耳朵里。我等了许久许久，我的影子再也没有浮出水面。

随后很长一段时间，我仍然紧紧地盯视着平静的水面。说不定会发生什么意料之外的事。然而什么事情也没有发生。唯有无数的雪花无声无息地落在水面上，融化，被吸噬了去。

很快，我单独一人，掉头沿着两人同来的道途走了回去，一次也不曾扭头回顾。我穿过野草丛生的小径，走过荒芜的废居，翻过陡峭的高丘，经过老桥，回到作为住处的机关宿舍，一路上没有遇到一个人。小城居民在这种漫天飞雪的日子里大致不会出门。而独角兽们已经被那几声假冒的角笛唤出墙外去了。

回到家里，我首先用毛巾仔细地擦拭被雪濡湿而变得铁硬的头发，用刷子刷去大衣上的冰雪，用刮子将鞋子上黏附的大量泥土刮干净。裤子上粘满了草叶，仿佛古老的记忆碎片。然后我深深地坐在了椅子上，紧紧地闭上眼睛，漫无边际地反复思考着种种事情。我就这样待了多久？

当无声的黑暗开始包围起房间时，我戴上帽子，将其低低地压到眉头，竖起大衣领子，沿着河滨道路走向图书馆。雪仍然继续下着，可我没有撑伞。至少现在的我还有应该去的地方。

# 第二部

## 27

如同那条河流变为纵横交错的迷宫，钻入黑暗的地底千回百转一样，我们的现实也让人觉得，其在我们的内心不断岔成许多歧路，分道前行。好几种截然不同的现实混作一团，截然不同的选项纠缠不清，从这里，作为综合体的现实——我们视之为现实的东西——得以形成。

固然，这说到底只不过是我个人的感受和想法。假使有人声称"现实只此一个，舍此无他"，或许那也无可非议。也许就像在即将沉没的帆船上，船员死死抱住主桅杆一样，我们唯有死命抱住独一无二的现实，别无他法。不管你是情愿，还是不情愿。

然而，我们对位于自己脚下那片坚固地面之下，蜿蜒在地底迷宫中的那条秘密黑暗之河，又了解多少呢？亲眼看到过它的人，亲眼看到它之后还能够返回到这边来的人，究竟又有多少呢？

黑暗而漫长的夜，我一动不动地久久凝视着自己那一直投射到墙边的黑色影子。那道影子已然不发一言。我冲着他讲话、提问，他也不作回答。我的影子又变回了原先那个无言、扁平的人影。尽管如此，我还是不期而然地冲着自己的影子说话，因为我每每需要他的智慧，需要他的激励。然而眼下，他却对我的提问置之不理。

在我的身上究竟发生了什么？我此刻为何会身在此处？我对此——对此刻这种将我包含在内的"现实"的形态——无论如何也理解不了。任如何考虑，我都不应该身在此处。我理应已经明确地下定决心，送别了影子，独自一人留在了那座高墙环围的小城里。明明如此，为什么我现在又回到这个世界里来了呢？莫非我始终就在这里，从未离开过，仅仅是做了一场漫长的梦吗？

可话虽如此，至少此刻的我拥有影子。影子与我这个身体相依相随。我走动时，影子会处处相伴；我驻足止步，影子也停步不前。而这一事实令我心灵平静。我感谢这一事实，感谢自己与影子不折不扣的一体同心。这种心情，肯定只有曾经一度失去过影子的人才能够理解，恐怕。

于是在耿耿难眠的长夜里，我便让那些在高墙环围的小城里自己亲眼所见的事，在那里自己身上发生过的事，一一鲜明详细地在脑海里苏醒过来。

我浮想起将图书馆的房间依稀照亮的菜籽油灯，用小擂钵仔细将药草碾碎的你的身影，蹄声响彻石板路的可怜的独角兽们，河心洲上那些河柳随风摇曳的身姿。清晨与黄昏守门人吹响的角笛声，不见身形的夜啼鸟哀切的诉求，一夜夜与你相伴走过的河滨道路，古老的路石，入口即化的甜蜜的苹果点心。我用双手拢住、为其加温的那些"旧梦"。深水潭边草原上纷纷飘落的洁白的雪花。将小城包围得滴水不漏且不动声色的高高砖墙，不管用什么刀具，都不可能在上面留下一丝划痕。而胜过一切的，是一位衣着简素而清洁的美丽少女。那是本应许诺给我的景象。那一许诺兑现了吗？抑或是未曾兑现？

兴许是在某种力量的作用下，在某一时间点，我被分成了两半——我有时也会这样去想。于是有一个我，兴许现在仍然在那座高墙环围的小城里，在那里悄无声息地度日。那个我每天黄昏时分前往图书馆，喝着她为我做的绿色药草茶，坐在厚木桌前只管继续解读"旧梦"也不一定。

我总觉得那才是最合情合理、像模像样的推测。在某一地点，我被赋予了两个选项，只能从中选择一个。于是如今身在此地的我，就是选择了这一选项的我。而另一方，选择了那一选项的我则身在别处。别处——恐怕就在砖筑高墙环围的小城里。

在此界这个"现实世界"里，我已逼近了被唤作中年的年龄，是一个毫无过人之处的男性。我已经不再像身在那座小城时那样，是一个拥有特殊能力的"专家"了。眼睛既没有受伤，也没被赋予解读"旧梦"的资格。无非是构成庞大社会的诸多装置中的一个，是其齿轮中的一个而已。而且是非常渺小的、随时可以被替换的齿轮。对此，我不禁感到有些遗憾。

回到这里来以后——我恐怕是回来了——有一段时间，仿佛一切都从未发生过似的，我每天早晨乘电车上班，一如既往地与同事们寒暄，出席会议发表些冠冕堂皇（然而我难以认为其行之有效）的意见，然后大抵就是坐在自己的写字台前操作电脑了——用邮件向全国各地的分公司发送指示，受理对方发来的种种要求。我不时会走出公司之外，与书店的负责人或出版社的主管人员开碰头会。虽然需要一定的经验积累，但也并非什么难以胜任的工作。我仅仅是一个规范化的小齿轮而已。

于是一天早晨，我向上司提出了辞职申请。这份工作，我无法再继续下去了。经过深思熟虑后，我拿定了主意，必须从当下这条生活轨道上退步抽身——哪怕尚未找到取而代之的新轨道。

上司对我这突兀的申请惊愕不已，因为在此之前我从未透露过丝毫的苗头。于是他认定我大概是被竞争对手挖了墙脚。我试图好好解释并非如此，尽管很不容易，但好歹成功地让他相信了我的话。继而他又猜测我是不是遭遇了什么心理障碍，诸如神经症啦，早期中年危机啦之类。

"如果说是工作太累了，不妨休他个几天假嘛。"上司温和地说服我道，"你好像也攒下了不少带薪假期，到巴厘岛呀啥的去优哉游哉地休养半个月，身心一新再回来不好吗？等到那个时候再重新考虑一下得啦。"

我与这位直属上司此前一直维持着良好的关系，他对我好像也怀有近乎好意的情感。所以事态发展到了这一步，我觉得很对不起他。然而不管出现什么情况，我都再也不会回到这个单位来了。这，就像清晨第一缕晨曦一般明确。

我只是觉得这里的现实与我格格不入。这就好比这里的空气与自己的呼吸器官扞格难通一样。如果就这么长期滞留下去，终将连呼吸都会变得难以为继。因此我一心只想尽快尽早、在下一个车站就赶紧下车——我所冀盼的，仅此而已。这是必不可缺的东西，是非做不可的事情。

可是这种话就算我说了出来，上司只怕也无法理解（而且大约同事们也同样）。这个现实不是为我而设的现实这种切肤的感受，潜匿于其中的深刻违和感，恐怕是无法与任何人沟通分享的。

辞职之后虽然成了自由之身，可接下去又该怎么办，我并没有现成的、可以称作计划的东西。所以我姑且尽可能什么都不去想，一个人闲躺在房间里无所用心。除此之外，我什么事也干不了。我感觉自己被剥夺了惯性，一切行动都停了下来，仿佛就是被抛掷在地面上的沉重的铁球。虽然那感觉倒也绝不算太糟糕。

在这期间，我睡眠极佳，一天恐怕至少睡十二个小时。醒着的时候我也只是一味地躺在床上，凝望着房间的天花板，聆听从窗户里钻进来的种种声响，端详墙上移动的影子，试图从中读出某种暗示来。然而这种地方理所当然不会蕴含任何信息。

我既无心读书（对我而言相当罕见），也无心听音乐，也几乎感觉不到食欲，也不想喝酒。我不想跟任何人说话。偶尔出门去买食物，我也无法接受眼前所见的风景。看到遛狗的老人、站在人字梯上修剪植物的汉子们、上学放学的孩子们，我也难以认为那就是发生在现实世界里的事，只觉得一切都像是为了整合逻辑而拼凑出来的布景，是伪装成立体的平面。

若说我可以认定是真实世界的景象，那便是眺望着河柳繁茂的河心洲的河滨道路，没有指针的大钟楼，蹒跚在大雪纷飞中的冬日的独角

143

兽，守门人精心研磨好的砍刀发出的逼人寒光。

然而回归那个世界的手段，却不曾被交付于我。

从经济方面来说，目前没有什么问题值得一提。我有一些积蓄（前面也曾提及，我多年单身，生活简朴），还可以领取五个月的失业保险。这十来年，我一直住在方便上下班的市中心的出租公寓里，但也可以搬到更廉价的房子里去住。毋宁说，仔细一想，其实我如今可以搬到日本全国任何一个我喜欢的地方去住。然而该去哪里，我却连一个具体的地方也想不出来。

是的，我只是静止在这片地面上的一个铁球而已。沉甸甸的、向心性的铁球。我的思绪被牢牢地封闭在铁球内部。尽管不够美观，分量倒是十足。如果没有人路过，使劲推一把的话，我便往哪里也去不了，向哪边也动不成。

我一次又一次地冲我的影子发问：接下去该去哪儿？然而影子却默然不答。

# 28

辞了职、成为自由之身后，这种失去了活动的日常持续了约莫两个月。我过着仿佛看不到头的风平浪静的日子。于是一天夜里，我做了一个长梦。那委实是个久违了的梦（细想起来，这两个月里我睡得如此之长，如此之深，却居然没做过梦，仿佛暂时丧失了做梦的能力一般）。

那是个连细节都栩栩如生、令我记忆鲜明的梦——一个关于图书馆的梦。我在那里工作，不过那不是高墙环围的小城里的那家图书馆，而是随处可见的一般的图书馆。书架上排列着的不是布满尘埃的卵形"旧梦"，而是带封面的纸质书籍。

图书馆规模不大，应该是小型地方城市的公立图书馆吧。一见之下——如同这类设施每每皆是的那般——似乎未获注入充裕的预算。馆内的各种设备，书籍的配置，都难称充实，桌椅之类似乎也日久岁深用了多年，更看不见有检索用的电脑。

为了多少营造出一些华美的气氛，中央的大桌子上放了一只陶制大花瓶，但插在瓶中的花枝似乎都已经开过了好几天了。唯有阳光不受预算的制约，从装着老式黄铜拉手的竖窗里，透过晒得发黄的白窗帘，毫不吝惜地照射进室内来。

沿窗摆放着供阅览者使用的桌椅，有几个人坐在那里看书写字。从他们的状态来判断，待在这里的感觉似乎还不算糟糕。屋顶很高，呈天井状，上方可以看到黑乎乎的粗大房梁。

我在这家图书馆里供职，具体承担什么职务，细节不明，总之好像不是太忙，看不到有什么必须抓紧处理的课题和亟待解决的事案。我只是不急不忙地做着一些"有朝一日完成便可"的活计。

负责直接接待来馆读者的，是几名女职员（我看不见她们的面庞）。我在自己单用的房间里，伏案处理一些事务：点检书籍清单，整理账单收据，审阅文件后在上面盖章。

在这个梦中的图书馆里，我并没有特别满足的感觉。然而我既没有对工作感到不满，也没有觉得无聊。书籍管理是我多年来习以为常、熟门熟路的工作，我掌握有专门的技能。我处理眼前的工作，解决问题，大致顺畅地度日。

至少在那里的我，已然不再是沉甸甸地栖滞于一地的铁球了。尽管只是一星半点儿，但毕竟似乎是在向前迈进。不知道是向着哪里前进，然而人在这里，感觉倒绝不算糟糕。

这时我猛然醒悟，觉察到有一顶帽子放在我的写字台一角。深藏青色的贝雷帽，老派电影里画家们必定要戴的、千篇一律的道具。看来是长年来日复一日地在某个人脑袋上戴过，质料已经变得软塌塌的——简直就像一只在晒太阳的老猫。有贝雷帽的风景——而且那顶贝雷帽好像是我的。然而很不可思议，我平素几乎从来不戴帽子，贝雷帽更是有生以来（在我的记忆里）从来不曾戴过一次。戴着那顶贝雷帽的我，看上去会是什么模样？有没有镜子呀？我环顾室内，可是看不到类似镜子的东西。我非得戴那顶帽子不可吗？那又是为什么呢？

这时我猛地醒了过来。

从这个长梦中醒觉过来，是在黎明之前，四周还暗阒阒的。我认识到这原来是一个梦——从那个梦的世界里把自己的身体完全剥离开去，返回到这一边的现实里来——花费了些时间。这需要一个类似微妙的重力调整的过程。

然后我在脑海里反复重播这个梦，逐一验证细节。为防不至于稀里糊涂地把它给忘掉，趁着记忆还清晰鲜明时，我尽可能地回想起梦的内容，详详细细地记录在手头的笔记本上。我用圆珠笔写小字，写了好几页。因为我觉得这个梦在向我传递某种重大的暗示。这个梦毋庸置疑，是在企图叮嘱我什么。宛如亲密无间的友人之间交流真情一般，异常殷切、具体、细密。

继而，等到窗户透亮，鸟儿们开始欢闹地啼鸣起来时，我得出了一个结论。

我需要一个新的工作单位。

必须行动起来了，哪怕只是日积跬步。总不能一直沉甸甸地滞留在这里。而那新的工作单位，对了，只能是图书馆，舍此无他。除却图书馆，没有值得我去的地方。如此简单的道理，为什么我以前竟然没有注意到呢？

我终于朝着某个方向开始行动了。我获取了新的惯性，开始徐徐前行。在清晰、鲜明的梦的强力助推下。

## 29

在图书馆工作。

可是，怎么做才能找到那份工作呢？我长年从事书籍供应分销的管理工作，但图书馆是另有专门部门负责此项业务的，我自己与之几乎没有任何关系。而且回想平生，自从走出校门之后，我就再也没有使用过名字里带有图书馆字样的设施。

从大到小，从公立到私立，把各种图书馆及类似图书馆的设施加在一起的话——这不过是我的粗略估算——日本全国恐怕存在为数好几

147

千的图书馆（不对，没有那么多吗？……我不懂），它们多多少少都还在发挥着功能。其中哪一家才适合于我、才是我所寻求的图书馆呢？并且，那家图书馆里有没有我可以就任的职位呢？

我拿出闲置了好久的电脑，上网检索图书馆信息，跑到附近的图书馆，查找关于图书馆的专门资料。然而那里并没有我所需要的信息。那些信息不是过于笼统、范围太广，就是过于拘泥于实务细节，非此即彼。

经过一个多星期这种徒劳无功的努力之后，我放弃了从外部获取信息的念头，重新回顾自己的记忆给予我的信息。我在那个长梦里目睹的、我的想象在那里细致地暗示于我的，是怎样一家图书馆呢？

我重新翻读刚做完梦后所做的记录，再次让那家图书馆的情景在脑海里苏醒过来。我追溯记忆，看能否找到将那个地方在哪儿告诉我的线索。人们说话的声音，墙上贴着的海报……然而我找不到这类东西。人们沉默寡言（毕竟是图书馆嘛），海报上的小字由于距离太远而无法辨认。然而唯有那个地方离东京很远这一点，不知何故我却心知肚明。通过空气的触感，我大致可以推测出来。

我将意识的焦点对准我在梦里干活儿的那个房间，再一次仔细环顾四周，注意不漏掉重要的事物。

呈纵向长方形的房间，地面铺着木质地板，上面处处垫着已有磨损的地毯（新的时候说不定还是相当漂亮的）。里侧的墙上开着三扇竖窗，同楼下的窗户一样，配有黄铜制的旧把手。天花板上装着日光灯，窗边是一张办公桌，冲着这边摆放着，上面有古老的台灯，文件架，台历，老式黑色电话机，陶制笔盘，毫无使用痕迹的玻璃烟灰缸（成了放回形针的容器），角落里还有那顶深藏青色的贝雷帽。近门口处有四把椅子和一张茶几。还有衣帽架。每一样都很简朴。木橱柜上有一只风格古典的座钟。看不到像是电脑的东西。就这么些物件。涉及地点的线索一条也无。

阳光从窗户射入室内，却因为拉着褪色的窗帘，看不到窗外的景致。墙上挂着年历。那是配有湖光山色照片的年历，湖面上倒映着山影。但是年历上的月份却辨读不出。山是哪里的山，湖是何处的湖，这也无法判定。风景固然美丽，但归根结底也就是一般观光胜地都会有的山与湖。不过从年历上的照片来看，可以推测出那里大概位于内陆地区。

当然，墙上挂着的年历照片，未必就一定印着图书馆附近的风景，但是从窗户照进来阳光和吸入的空气质量，我推测那里恐怕不靠海边，而是位于山里。而且——这说到底无非是我的个人感受——相比起海边来，贝雷帽不是与山地更为相配吗？

通过追溯记忆，我所获得的信息也就只有这么多了。我能清晰地回想出那里的情景细节，但是对于那家图书馆的名字、它在什么地方，却一无所知。

我需要有人——恐怕得靠专家动用其实际知识——来帮助我。

我致电不久之前还在那里供职的公司，请在负责图书馆的部门工作的熟人来接电话。那是一个姓大木的男子，是小我三届的大学学弟。我们在私人关系上虽算不上亲密，但下班后曾经一起喝过几次酒。他寡言，相对而言属于不善交际但大概可以信任的那种人，酒量好像很大，喝再多都不上脸。

"师兄，您还好吧？"大木问道，"您好像突然辞职不做了，老实说，我吓了一大跳。"

我为自己连个招呼也没打就唐突地辞职一事表示歉意，告诉他这是因为种种个人原因。大木没再多打听，不声不响地等待我开口说正事。

"我想跟你打听一些图书馆的事。"

"只要是我能帮得上忙的。"

"其实，我想在图书馆里找一份工作。"

大木沉默片刻，然后说："那么，您心里设想的是什么样的图书馆？"

"可能的话，最好是位于地方小城市，规模不太大的图书馆。离东京远一点儿也没关系。反正我是单身一人，不管去哪儿都很简单。"

"地方上的小型图书馆……好笼统啊。"

"我的个人希望是，不要靠海的，最好是在内陆地区。"

大木低低地一笑："这要求蛮奇怪的嘛。不过我明白啦，我去到处打听打听看，没准儿得要点儿时间。虽说是地方城市的图书馆，那数目也多如牛毛呢，哪怕只限于内陆地区。"

"时间的话，我倒有的是。"

"还有什么其他要求吗？"

可能的话，最好是使用柴火炉的图书馆，我很想这么说来着，不过这种话当然不便启齿。当今之世还在使用柴火炉的图书馆，只怕无处可寻吧。

"没什么特别要求。只要能让我去干活儿就行。"

"不过，您有没有图书馆司书[1]的职业资格证书？"

---

[1] 日本图书馆馆员的专业职务名称之一，负责图书馆的规划与管理，资料的选择、分类与保存等。

"不,我没那玩意儿。没有的话是不是有点儿难啊?"

"不,那倒也未必。"大木说道,"要不要资格证,得看图书馆的规模和工作的性质。只是,这话说得也许多余,我觉得就算找到了这样的职位,只怕也难以期待报酬会很高。弄不好,薪水会很低,就跟志愿者差不多。您觉得这样也不要紧吗?"

"不要紧。我现在没什么经济困难。"

"晓得了。我去查一查。一有结果,就跟您联系。"

我把家里的电话号码告诉了他,道谢后挂断了电话。

将皮球暂且踢给大木后,我如释重负。尽管不知道结果将会如何,但至少局面已经开始发生微小变化,这种感触给我的意识里吹进了新鲜空气。我终于从床上起身,尽管缓慢,但毕竟已经开始活动身体了。我打扫房间,洗涤床单,购物,做菜。为做好随时可以搬家的准备,我整理好衣物和书籍,把不要的东西一股脑儿捐赠给了区里的福利机构。我本来就没有多少东西,不过不停地干着这些细活儿,起码白天就不必去想那些多余的事了。

然而等到太阳西沉、夜幕降临,躺下身去、闭起眼睛时,我的心就会再次回到那座高墙环围的小城。我无法阻止它(当然我也没有特地做出阻止它的努力)。在那里,霏霏秋雨仍然在无休无止地下着,她穿着肥大的黄色雨衣,每跨出一步,那雨衣都在我身旁发出窸窣的响声。在那座小城,我的影子能够开口说话,宛如我的分身一般。在那里喝过的药草茶浓浓的气味,吃过的苹果点心的滋味,依然鲜明地残留在我的心里。

大木打来电话，是在一个星期后的晚间八点过后。我坐在椅子上，正在看书，被突兀的电话铃声吓得跳起身来。四周寂静无声，而电话铃声又很久都不曾响过了。

我拿起电话，声音干哑地说道："喂。"我心跳不已。

"喂！我是大木啊。"

"哟！"

"是师兄吗？"大木声音里透露着狐疑，"声音跟平常好像有点儿不一样嘛。"

"我嗓子有点儿不舒服。"我说着，轻咳一声，调整声调。

"是图书馆的工作那件事。"大木开言道，"好像不太容易啊。要做公立图书馆的职员，也就是成为公家的人，很多情况下都要求有相应的资格证书，要不就得是有过图书馆工作经验的人。您也知道，半路出家去当公务员，手续非常麻烦。不过师兄您因为长年从事与书籍相关的工作，具备足够的专业知识，在实务方面大致应该是没有问题的。而且有几家图书馆正需要这样的人才。要成为正式的图书馆员是有困难的，不过如果是相对灵活一点儿的岗位，他们说还是欢迎的。"

"就是说，如果不是正式雇佣的话，还是有可能的喽？"

"对，简而言之，就是这么回事。说老实话，薪水不高，社会保障金之类也基本没有。不过工作期间能力得到好评的话，倒是有可能获得正式录用。"

我对此略作思考后，回答道："不是正式雇佣也没关系，薪水低也不打紧。我就是想在图书馆里就职。所以要是有合适的岗位，能不能帮我介绍一下？"

"我晓得了。如果师兄觉得可行的话，我再去打听打听。有几个具体的候选,这几天,我把地点和条件之类列份清单,请您过目。下次就不在电话里说了,咱们找个地方当面谈谈恐怕更好。"

我们约定三天后见面,定下了时间和地点。

大木找到了四个正在招人的地方城市的图书馆,为我列了份清单。地点分别为大分县、岛根县、福岛县和宫城县,三个为市营图书馆,一个是镇营图书馆。条件大致相似,而我的心不知何故被福岛县那家镇营图书馆吸引住了。那座镇子的名字我还是头一回听到,据大木说,这个Z镇离会津[1]并不太远,从会津若松站换乘地方线,大约一个小时就到。人口约莫一万五千人。如同众多日本地方城市一样,这二十年间人口慢慢递减,多数年轻人为了追求更好的教育环境和条件优越的工作,纷纷前往大城市。Z镇相比于另外三个候选地,离海更远,规模也最小,位于群山包围的小盆地里,河水沿着镇子周边流过。

"我对福岛的这家图书馆挺感兴趣的。"我看了一遍那份清单,研究了细节之后,说道。

"那么,要不要赶到当地去接受面试?"大木问道,"要是可以的话,我来预约一下面试时间。大概尽早为好吧。因为是招募馆长,得趁还没定下别人之前。在那之前能不能请您准备好一份简历?"

"已经准备好了。"我说道。我将装在信封里的简历递给大木,大木接过去,放进了皮包里,然后说道:"说老实话,我也觉得福岛县的那家图书馆可能很对师兄胃口。"

"为什么这么说?"

---

[1] 福岛县西部都市会津若松市。亦指福岛县西边越后山脉与东边奥羽山脉之间的日本海一侧的内陆地区。

"那儿名义上算是镇营图书馆，但实质上，镇里并不参与运营，所以好像可以避免地方公务员那种烦琐的束缚。"

"分明是镇营图书馆，镇里却不参与运营？"

"对，是这样的。"

"那么，是由谁来运营的呢？"

"这个小镇除了农业，也没什么值得一提的产业，而且没什么知名的观光资源，就是附近有个小小的温泉而已。再加上这种自治体无一例外，都苦恼于慢性的预算不足。维持镇营图书馆也是一桩苦差事，建筑也已老朽不堪，还有消防方面的问题，镇里甚至一度考虑过干脆关门得了。只不过以镇上一家老字号酿酒厂的经营者为中心，声称'图书馆是重要文化设施，没有的话对镇子不利'，大概在十年前发起组建基金会，为图书馆运营提供资金。图书馆自身也搬到了新馆址，借此机会，镇里实质上把运营权转让给他们了。更详细的内情就查不到啦。您不妨到当地直接问问他们。"

"我会去试试的。"我说。

"按照当下流行的说法，就是移交民营的图书馆啦。对师兄您这样的人来说，这种地方工作起来可能更容易些吧。我没有去亲眼看过，不过，当地民风好像不是太那么小肚鸡肠。"

两天后大木联系我说，除星期一以外，请哪天方便的时候在下午三点钟到当地图书馆去一趟。

"哪天方便的时候？"我说道。

"说是随您方便。他们会安排好的，随时都可以和您见面。"

虽然总觉得这话有点儿怪怪的，可我这边没有任何提出异议的理由。

"那会有面试吗？"

"大概吧。"大木说道，"像师兄这样饱经沧桑又年富力强的人，特意从东京报名来应征，对方好像很有些吃惊。这一点我已经对他们作了适当的解释。我说您是对大城市忙碌的生活感到疲倦了，反正说得像煞有介事。"

"谢谢你热心相助。非常感谢。"我称谢道。

他停顿了一会儿，然后说道：

"这话可能有点儿多余，不过在我看来，师兄您这个人以前就一直有点儿异于常人之处。是该说深不可测呢，还是该说难以捉摸……这次这件事也是这样。为什么要如此急吼吼地离开现在的工作单位，到一个从未听说过的图书馆去，接下一份条件并不好的工作？有点儿莫名其妙。不过，肯定是有什么重大理由吧。几时您愿意了，肯把其中的奥妙告诉我，那我就太高兴啦。"接着，他轻咳一声："总之，祝愿您的生活在新的地方硕果累累。"

"多谢。"我说，然后毅然问道，"顺便问一下，你有没有担心过自己的影子？"

"自己的影子吗？您是说自己的黑色身影吗？"大木对着电话就此思索了片刻，"没有，我想我没有特别留意过吧。"

"我对自己的影子咋都放心不下，尤其是最近。面对自己的影子，我总是会感觉到作为一个人的责任。我会想，迄今为止，我究竟有没有正当、公正地对待过自己的影子？"

"那个……这也是您这次考虑换工作的理由之一吗？"

"也许是吧。"

大木又陷入了沉默，然后说道："我明白了……其实，老实说还是不太明白，不过下次我会考虑考虑自己影子的问题，考虑考虑什么是正当、公正。"

# 30

从东京到Z镇的旅行，花费的时间远超预想。我在星期三早上九点离开东京，到达当地车站时将近下午两点，而预定的面试时间是下午三点。

我乘东北新干线坐到郡山，从那里乘坐在来线到会津若松，再换乘地方线。行驶一段时间后，列车开进了山里，然后顺着地形变化频繁地改变方向，在群山之间蜿蜒穿行。隧道也纷纷出现，接连不断，有的长，有的短，叫人几乎要失声慨叹：这山究竟到哪儿才算是个头呢？季节是初夏，层峦叠嶂被包裹在青翠欲滴的绿色之中。清风徐来，吸入鼻腔的空气带着新绿的芬芳。天空中盘旋着鸢鸟，它们用锐利的眼睛永不懈怠地瞭望着世界。

到内陆地区去原本就是我的愿望，因此山多按说应该是理所当然，不过回想起来，迄今为止我其实从来不曾在山里面住过。我在海边出生，海边长大，来到东京后又一直生活在一马平川的关东平原上，所以（说不定会）来到这片环绕在千山万壑中的土地上定居一事，对我来说既不可思议，但同时又似乎是趣味深长的崭新局面。

时值正午可能也是原因之一，列车上乘客很少。每次靠站，都会有几位乘客下车，同时也会有几个人上车。完全无人上下车的小站也有几座，甚至还有连站员身影都看不到一个的车站。因无食欲，我午饭也未吃，远眺着一望无际的群山，不时地假寐片刻，而一睁开眼来，便微微感到惴惴不安：自己到底在这里干什么？接下去又要干什么？一旦开始认真思考这些问题，体内自带的判断轴便微妙地摇摆了起来。

我果真是在朝着正确的方向一路前行吗？抑或只是朝着似是而非的方向、以似是而非的方法在一路狂奔呢？一想到此，浑身的肌肉就变得僵硬。因此我努力尽可能地什么都不去思考。必须将大脑清空，只能坚信自己内心的直觉——无法凭借逻辑说明的方向感——一路向前。

不过肯定是有什么重大理由吧——大木曾对我说过。或许我自己也只能如此坚信、坚持下去——坚信肯定是有什么重大的理由。

大木还评说我"深不可测""难以捉摸"。听到这番评价时，我有点儿诧异，完全没有想到周围的人竟然是这样看我的。我一直觉得自己在公司里从未做过惹人注目的举动，就是一个泛泛之辈，举手投足普普通通。虽说不善交际，但在公司内的人际交往上，我也同大家一样处理得四平八稳。将近四十五岁却犹然独身未婚，这一点倒很稀奇（在公司内除我以外再无他例），但除此之外，与周围的同事相比我理应并无特别异常之处。不过在我的内心，也许有某些部分是不向他人敞开的。就好像在地面上画了一条线，不希望对方越界踏入内侧来。而长期共事的话，别人就会微妙地感知到这种氛围。

要说"难以捉摸"的话，没准儿还的确如此。因为归根结底，就连我本人都未能做到对自己了然于胸。我眺望着窗外转瞬即逝的山间风景，心里想道：说不定，关于我这个人，真正应该感到困惑的就是我自己也未可知。

我闭目做了几次深呼吸，试着让头脑冷静下来。过了片刻，我再度睁眼，又一次将目光投向窗外的风景。列车穿来穿去地渡过蜿蜒曲折的美丽山溪，钻入隧道，钻出隧道，再钻入隧道，钻出隧道。跑进这种深山里来，冬天想必酷寒难耐吧。肯定还会有漫天飞雪。一想到雪，我便不由自主地浮想起了那些可怜的独角兽——在白茫茫的一片积雪中，一个接着一个即将死去的独角兽。它们憔悴的身体横卧在地面上，闭着眼睛静静地等待着死亡。

Z镇车站前有个小广场，有出租车站和公交车站。出租车站里连一辆出租车都没有，甚至还毫无车子将要现身的迹象。也看不到有人在等公交车。我拿出了准备好的地图，确认图书馆的位置。从车站出发，十分钟应该就可以走到。于是我决定在镇上溜达溜达，消磨时间。然而花了十五分钟在镇上闲逛了一遭后，我得出了不可能在此散步以消磨更多时间的结论。实在没有什么东西值得一看。站前有一条小小的商店街，但是一半的店家都卷帘门紧闭，而开门营业的商家也大都似乎昏昏欲眠。

我打算走进咖啡馆里，边喝咖啡边读带来的书，可是没有找到一家想进去坐一坐的店。连一家快餐连锁店都没有，这倒也不失为快心之事，然而取而代之的魅力（或曰妥当）选项，似乎却也没有。本地人大概都是一个个开着毫无个性的面包车抑或轻型车跑到郊外去，在毫无个性可言的休闲购物广场购物、用餐的吧。简直是日本国内无所不在的地方城市的典型。什么"本地特色"之类，恐怕已然逐渐变成死语一个了。

我决定在小便利店里买份热咖啡，将纸杯端在手上，在车站附近的小公园里消磨时间。有两位年轻的母亲让孩子们在那里玩耍。他们都是学龄前儿童，一个男孩，一个女孩。孩子们在玩游乐设施，母亲们并肩而立，正在热切地交谈。我坐在挺硬的长椅上，似看非看地瞧着这风景。如此这般之间，我陡然想起了高中时代在女友家附近的公园里约会时的情形，大脑顷刻之间便被那时的记忆塞得满满当当。

那个夏天，我十七岁。而在我的内心世界里，时间实质上就定格在了那里。时钟的指针的确一如既往地在向前走，铭刻着时间，但是对我来说，真正的时间——埋在内心墙壁上的时钟——从此便纹丝不动，止步不前了。打那以来将近三十年的岁月，似乎仅仅是被耗费在填补空白上了。因为有必要填充空空荡荡的部分，姑且把周围映入眼帘的物事随手拿来填埋进去而已。因为有必要吸入空气，人们在睡眠时也会无意识地继续呼吸。与此相同。

我突然想看看河。对了，到这座小镇时，我本应该首先去看河的。因为时间上有富余。

我从口袋里掏出从网上下载、打印的小镇地图，摊开一看，只见那条河描画着徐缓的曲线，从镇子的外围附近流过。那是怎样一条河呢？河里流淌着什么样的水呢？有没有鱼呀？河上架有桥吗？然而此刻看来已经没有了时间上的富余，来不及赶去河边再赶回来了。等到图书馆的面试结束之后，如果还有那份心情的话，可以不慌不忙地前去看看。

我喝完淡得几乎无味的咖啡，将纸杯丢在公园的垃圾箱里。两个幼童还在玩游乐设施，两位母亲仍然在一旁聊个不停。饮水处落着一只乌鸦，侧目斜视着我，仿佛是在专注地观察我这个外来者，关注着我的一

159

举一动。我等到那只乌鸦飞走之后，才离开公园，迈步走向图书馆。

图书馆是一座木结构的二层楼，好像是最近才把一座大型旧建筑翻新改建而成的。只见瓦顶簇新锃亮，由此便可推而知之。它建在一座矮丘上，带着一个打理得整整齐齐的庭院，几株高大的松树得意扬扬地将浓密的树影投映在地面上。一眼望去，这里与其说是公共设施，倒更像是某个富豪的旧别墅。

不比我想象的糟糕，我心想。也许该说一声"服啦"才对。两根并立的石头旧门柱，其中一根上面挂着一块木制大招牌，上刻"Z镇图书馆"几个字。如果没有它的话，只怕没人会知道这里就是图书馆，要与其失之交臂了。听说是个财政上捉襟见肘的小镇图书馆，因此我心里想象的是一座更为普通、透着寒酸气的建筑。

四下里不见人影。我穿过洞开的铁门，皮鞋底踏在碎石子上，顺着弯曲、徐缓的坡道走到正门前。高大松树的一根枝杈上，也落着一只漆黑的乌鸦（而且它似乎也在用锐利的目光关注着我），至于这跟方才公园里的是否为同一只乌鸦，我当然就无从判别了。

拉开玄关的拉门，跨过民居风格的老式门槛走入馆内，里面是一个宽敞的开放性空间，呈天井状，天花板也很高。粗大的方柱与几根曲线美丽的粗大横梁彼此咬合，牢牢地支撑着高大的房屋，恐怕从一百多年前起，就不声不响、无怨无悔地承担下了人们赋予它们的使命了吧。透过开置在横梁上方高处的横窗，初夏的阳光令人惬意地投射了进来。

走进玄关就是未铺地板的房间，做成了休息厅，摆着沙发，墙上的架子上整整齐齐地放着报纸、杂志。搁在正中央桌子上的大型陶制花瓶里，连枝带叶地插满了白花。三个阅读者坐在椅子上，默默地看着杂志。都是六七十岁的男子，恐怕是闲得发慌的退休人员吧。对这些人来说，这里正是打发午后空闲时间的绝佳去处。

休息厅深处有一个服务台，坐着一个戴眼镜的纤细女子，颧骨稍显突出，鼻子小而薄，头发束在脑后，穿了件式样简洁的白色罩衫。她似乎更适合坐在暖炉前织毛线，然而此刻却坐在服务台里面，用圆珠笔在厚厚的账簿上写写画画。她背后的墙上，挂着莱奥纳尔·藤田[1]的一幅描绘猫儿伸懒腰的小画，装在似乎很坚固的画框里。大概是复制品吧。倘非复制品，必定价格不菲，而如此贵重的东西很难想象会被满不在乎地挂在此处。然而，若是复制品的话，画框似乎又太考究。

确认了手表的指针正指向三点稍前，我便走到服务台前，报上姓名，说自己是来参加三点开始的面试的。她又一次问了我的姓名，我便重复了一遍。她长着一双令人联想起猫的眼睛——易变、深奥难测的眼睛。

她好像要确认什么似的，仔细端量着我的脸，沉默了片刻，仿佛陡然失语了一般。然后她喘了口气，用百般无奈似的声音说道："您事先约好喽？"

"跟我说的是除了星期一，哪天都可以，下午三点来面试。"

"不好意思，您是跟谁约好的？"

"啊，我不知道姓名。是经人介绍的。他只告诉我跟这里图书馆的负责人谈一谈。"

她把手放在眼镜中梁处，调正位置，又沉默了片刻，然后用缺乏抑扬的声音说道："面试的事情，我没有听说。不过，我知道了。从那边那

---

[1] Léonard Fujit，即藤田嗣治，1886—1968，油画家，生于东京，长期寓居巴黎，1955年入籍法国。莱奥纳尔系其受洗名。——译者注

个楼梯上去后,走廊紧右手边就是馆长室。请您移步到那里去。"

我道谢后,走向楼梯。服务台女子困惑的沉默里,似乎包含着某种意义,我当然心有疑虑,不过此时的我没有余裕思考此事,毕竟接下去就是举足轻重的面试。

楼梯口拦着一根简单的绳子,挂着一个"闲人免进"的牌子。拆除天花板做成天井的只有包括休息厅在内的一楼的一部分,其余部分都是二层楼。供普通阅览者使用的,大概只有一楼吧。

从吱吱低响的木楼梯走上二楼一看,果然正如服务台的女子告诉我的那般,紧右手边便有一扇门,钉着刻有"馆长室"的金属牌。我又一次看了看手表,确认了指针刚刚转过下午三时一丁点儿,然后做了一次深呼吸,敲门。就像一个在踏上冰面之前,小心翼翼地确认湖面冰层厚度的旅人。

"请,呵呵,请进。"一个男人的声音间不容发,从房间里传了出来。仿佛他早就翘首企足,就等着这一声敲门声一般。

我推门入内,在门口微微欠身致礼。感到太阳穴在轻轻跳动,我似乎比自己预想的更为紧张。接受面试,还是自打大学毕业求职时登门拜访各家公司以来头一遭。我觉得自己仿佛又一次被推回到了那个时代,推回到了那个年龄。

房间并不太大,正对着门有一扇竖窗,阳光从那里射入室内。背靠着那扇窗有一张大大的旧写字台,一个男人坐在那里。然而他正处于阳光下的阴影里,我无法看清对方的脸。

"打搅了。"我站在门口,声音干涩地说道,然后自报家门。

"请。请进,请进。正等着您呢。"那男人说道。沉稳的男中音,仿佛对着森林深处从未见过的动物说话一般。听不出地方口音。"那边有椅子，坐，请坐。"

椅子在写字台的这一边，结果就形成了我和他正面相对的阵仗。然而他的脸仍然处在日照的阴影之中。因为他坐在椅子里，我看不出他的身高，不过他似乎不是个身材高大的男子，圆脸，属于略显肥胖的一类。

"麻烦您这么大老远地光临鄙处。"男人说道，然后轻咳一声，"一路上花了好长时间吧。"

"花了将近五个小时。"我说道。

"是吗？"男人说，"多亏了新干线，已经缩短了好多时间。在下很少外出，所以对此不是太清楚。东京也很久都没去过了。"

男人的声音里有一种奇妙的感触，让人联想起穿用多年变得柔软的布料的触感。我似乎许多年前曾在哪儿听到过相似的声音，仓促之际却想不出是在何时何地。

逐渐习惯了阳光的亮度之后，我看清楚了，男子恐怕年龄在七十中段，灰色的头发后退到了头顶的后方，上眼睑很厚，一见之下似乎睡眼蒙眬，但睑下的眼珠却色泽明亮，令人觉得充满了生气。

他拉开书桌抽屉，从中拿出一张名片，隔着书桌递过来给我。白纸上印着黑字"福岛县　××郡　Z镇图书馆馆长　子易辰也"，图书馆地址，还有电话。是张非常简洁的名片。

"鄙姓子易。"子易先生说道。

"尊姓很少见啊。"我说道，因为我觉得似乎应该就他的姓说上两句，"在这一带这是很多见的姓吗？"

子易馆长面浮微笑，摇摇头："哪里哪里。在这一带姓子易的，也就只有在下一家啦，此外再无别人了。"

为慎重起见，我从名片盒中取出一张从前在公司使用的名片，递了上去。

子易馆长戴上老花眼镜，确认了一番名片后，收进了抽屉里，然后取下老花眼镜，说道：

"啊，您寄来的简历，我们已经拜读了。因为您既没有在图书馆工作的经验，也没有资格证书，所以一开始我们是打算拒绝的。毕竟我们这边本来是打算招募参与过图书馆运营的资深人士的嘛。"

我作出"当然如此"的表情，点点头。不明白"我们"这个用词究竟意味着有多少人。

"但是，呵呵，考虑到几个理由，我们还是把您作为候选人留了下来。"子易馆长将粗粗的黑色钢笔拿在指间滴溜溜地转动着，"理由之一，就是我们觉得您多年从事书籍分销业务的实际业绩十分难得。再加上您还很年轻。尽管我们不知道原因为何，您正当年富力强之际，竟然辞职离开了公司，而报名前来应募这个职位的，大半都是已经退休的高龄人士。像您这样年轻的，此外就没有别的人啦。"

我再次点头。在现阶段，我找不到必须插嘴之处。

"第三，拜读了您附在简历里的信，我们感到您好像对图书馆的工作很感兴趣、很上心。并且不是待在大城市，而是想到地方上的小自治体来。这样解释，可不可以呀？"

"是这么回事。"我答道。

馆长再度清了清嗓子，点头道："这种深山里乡下图书馆的工作，为什么对您而言竟会如此有意义？老实说，在下不大明白。因为图书馆的工作嘛，是相当乏味的。何况这个小镇上可以叫作娱乐设施的东西差不多一样也没有，也看不到有什么东西可以引发文化刺激。这样一种地方,您真的觉得行吗?"

"我不需要文化刺激。"我说,"我追求的,是安静的环境。"

"要说安静,那倒是非常安静啦。到了秋天甚至还可以听到野鹿的鸣叫声。"馆长微笑着说道,"那么,能不能请您谈谈您在那家出版分销公司具体做些什么样的工作呢?"

年轻时凭着两条腿走访全国的书店,学到了书籍销售一线的实际知识。到了一定的年龄之后,便在公司总部坐镇,担任调整分销的工作,给各个部门发送指令,发挥着类似分销主管的作用。这种工作注定是哪怕你做得再好,总有什么地方会冒出怨言来的,不过我觉得自己平平安安地完成了这份工作。

如此这般地正做着说明呢,我陡然注意到——大大的写字台的一角孤零零地放着一顶帽子。那是一顶藏青色的贝雷帽。看来已然戴了多年,软软旧旧得恰到好处。并且那是一顶与我在梦里见到的一模一样——至少是看似一模一样——的贝雷帽,连摆放的位置都一模一样。我倒抽了一口凉气。

冥冥之中瓜葛相连。

时间在此似乎止步不前了。时钟的指针仿佛是要不遗余力地追溯从前遥远的宝贵记忆似的,冻结在了那里。等到重新启动,它还是花费了些时间。

"您是不是哪里不舒服?"子易馆长不安地看着我,问道。

"不,没事。我很好。"我说道,接着又稍微清了清嗓子,假装有东西堵在喉咙里,然后若无其事地继续介绍在前一家公司所做的工作。

"原来如此。您多年与书籍打交道，长期学习钻研。看来您既有社会常识，又精通组织内部的规矩习惯啦。"我讲完之后，馆长这么说道。

我瞟了贝雷帽一眼，又望向对方的脸。

子易馆长随后就这家图书馆的运作和馆长必须做的工作做了说明。说明并不长，因为工作量不多。还告诉了我薪水的额度。不是什么大不了的金额，但也不像我已做好心理准备的那样少。倘如单身一人在这座小镇上节俭度日，则是绰绰有余了。

"啊，对啦，您有没有什么问题要问的？"

问题当然有几个。"假如我继任了您的职位的话，在需要做出各种决定时，我应该向谁请示呢？"

"就是说，老板是谁，对不对？"

我点头："对。"

子易馆长再次拿起粗钢笔，掂了掂重量后，谨慎地选择词句：

"啊，这家图书馆名义上算是镇营图书馆，但实质上的运营是靠镇上一批有关人士创办的基金会来进行的。基金会里有理事会，有理事长，理论上来说应该是此人拥有决定权，但实际上那只是个徒有其名的名誉职位，他几乎从不发言。"

说到这里，子易馆长停下不语。我等待着下文，然而似乎没有下文了。

见我一直不声不响，子易馆长在沉默中眨了几下眼睛，将夹在指间的钢笔放在了写字台上。

"关于这一点，请允许我们以后再慢慢说明。因为这话说起来太长。只不过，如果眼下有什么问题的话，姑且请跟在下商量，好不好？在下会尽力而为，妥当安排的。您看这样行不行？"

"情况我还是不太理解,这意思是说,子易先生,您要辞去这个馆长职位吗?"

"对,就是这个意思。不过应该说,在下已经辞去馆长职务了,那个位置已经空出来了。"

"那么您辞去馆长职务后,仍然会留在这里担任顾问吗?"

子易馆长仿佛听到了什么声音的水鸟一般,猛地一下,轻微而犀利地扭了扭脖子。

"哪里哪里,并没有顾问这么个正式职位,只是设一个职务交接期限,拙见以为,这在某种程度上恐怕还是有必要的。说到底,在下只是打算在此期间根据需要,从个人角度给您帮一点儿忙。当然,前提是如果您不觉得不方便的话。"

我摇摇头:"不,不,没有任何不方便。还不如说,这对我而言真是太难得了。不过,听您这么说,好像已经定下了由我来继任这个职位了嘛。"

"是的呀,这个已经定下了,"子易馆长脸上浮现出惊讶的表情——似乎在说此事你居然还不知道吗——说道,"我们这边从一开始就一直是这么打算的呀。其实我们私下里从您以前工作的公司的同事那儿都打听过了,呵呵,您的声誉无可非议,工作能力很强,人品也像森林里的大树一样诚实可信。"

像森林里的大树一样?我怀疑起自己的耳朵。有可能用出这种表达的曾经的同僚,我一个也想不出来。像森林里的大树一样?

子易馆长继续道:"正因为如此,我们才特地劳烦您不辞远道光临鄙处。毕竟在正式决定之前,还是见一见,当面聊聊更好。不过,我们的想法在事前就已经定下来了。这个职位必须得拜托您才行。"

"谢谢。"我用仿佛把重心遗忘在了某处似的声音说道,然后深深地舒了一口气,如释重负。

然后我们俩商量了我就任之际的几项实际事情。我必须退掉目前居住的东京市中心的公寓,搬到这座小镇来,这样就需要找房子住。"如果交给我们来办的话,可以由我们这边来为您准备一处适当的住所。"子易馆长说。这个镇子里的空房子要多少有多少,房租跟东京市中心相比微不足道。至于家具之类其余的事,那还不是手到擒来嘛。

大约花了半个小时,我们谈妥了大致的事宜,子易馆长从椅子上站起身,拿起写字台上的藏青贝雷帽,戴在头上,说自己有事要办,还得赶回刚才来的地方去。

赶回刚才来的地方去,这说法有点儿奇怪啊,我心忖。然而此人的遣词用字原本就有点儿奇怪,所以我也没有特别在意。

"好漂亮的帽子啊!"我挑起了话题。

馆长满面喜色,嘴角浮现出微笑,脱下帽子端详,细心地调整好形状后,再次戴在了头上。贝雷帽看似更为亲密地变成了他头颅的一部分。

"啊,这顶帽子在下戴了约莫有十年了。虽说是无奈之举,毕竟随着年龄增长,头发越来越稀,没顶帽子总觉得有点儿难熬,尤其是冬天。于是就叫我外甥女去法国旅行时,在巴黎的一流帽店买回来一顶贝雷帽。因为我年轻时喜欢法国电影,一直向往贝雷帽。呵呵,在这种远乡僻壤,戴贝雷帽的就只有在下一人啦,一开始还有点儿不好意思,不过渐渐地也就习惯成自然啦。在下自己也是,周围的人们也是。"

此外,关于子易馆长的装扮,我还注意到另一个非同一般——在奇装异服这一点上远比贝雷帽更为奇异——的事实：子易馆长穿的不是裤子，而是裙子。

子易先生后来就自己日常为何要穿裙子，好心地向我做了易懂的说明："一个理由是，像这样一穿上裙子，呵呵，不知何故就会觉得自己仿佛变成了几行美丽的诗。"

# 31

之后不久，我便退掉了单身在此生活了十多年的中野区的出租公寓，离开东京，搬进了Z镇的新居。体积大、占空间的家具和大型电器之类，我喊来了业者，请他们回收了去。不是什么高档家具，数量也不算多。书架上放不下的大量书籍，我也大半卖给了旧书店。接下去要在图书馆里工作了嘛，总不至于无书可读。不穿的西服套装啊，上衣啊之类，我也全部捐给了回收旧衣物的机构。新生活即将开始，我想把残留着过去气味的东西尽可能地处理掉。这么一来，行李减少到了一辆搬家快运车就能装下的程度，令我有了一种久违的一身轻的放松感。

这种解放感，我觉得似曾相识，好像从前体验过，便试着想了一想，原来这与我在那座高墙环围的小城里刚刚住下时的心情有点儿相仿。当然，走进那座小城时，我身无一物，是不折不扣的孑然一身（对，我甚至连自己的影子都舍弃了）。我走进那座小城后，从住房到衣服，一切都是那座小城分配给我的。虽然都是些极其简朴的东西，但我没有感到过不便。

与那时相比，我固然从过去继承下了轻型卡车一车厢的"所有物"。然而觉得一身轻松的解放感，毫无疑问是与那时相通的。

店面开在车站前的一个房地产商领我去了那个出租房。他姓小松，是个和蔼可亲的小个子中年男子，说是受图书馆委托，负责安排与我的住房相关的全部事务。

那是一座小巧玲珑的平房，单门独户，地处河边，围在深棕色的板墙里，带个小院子。院子里长着一棵老柿树，还有一口如今已经弃用、半被掩埋的水井。井边有一株棣棠，枝繁叶茂，后面小小的石灯笼上薄薄地生了一层青苔。杂草拔得干干净净，杜鹃花丛修剪得整整齐齐。说是半年多无人居住，院子荒芜了，几天前请花匠来打理过。

"这话您可能觉得多余，不过在这一带，院子这东西，那可都是有着重大意义的。"小松说道。

"那当然。"我随意附和道。

"还有，那棵柿树会结很多好看的果实，但是很涩，不能吃的。遗憾得很。不过也正因为如此，附近的小孩子也不会随便闯进院子里来乱摘果子。"

"就是说，"我说道，"这件事是大家都知道的——这家院子里的柿子虽然看上去很好看，但其实很涩，吃不得。"

小松连连点头："是的，这一带的人对这一带的事无所不知，哪怕是一个柿子。"

这所房子据说已经有五十年的房龄了，却毫不给人以古老破旧的印象。小巧玲珑，毫不张扬，我对此颇怀好感。据说在我之前，是一位老妇人单身住在这里。"她是个非常爱干净的人,房间内部保养得很好。"小松说。那位老妇人后来怎样了?去了哪里?他没有讲,我也没特意问。房间虽然少,但对单身生活来说,大小倒是恰如其分。房租大致是在东京时所付金额的五分之一。去图书馆上班,步行大约十五分钟就到。

"如果您对这所房子感到不满意的话,我们再给您找别的地方。请您尽管告诉我们,不必客气。这一带的空房子还有好多好多呢。"小松说。

"谢谢你。不过看上去,我觉得这个房子大概不会有问题。"

而且实际上,的确没有问题。正如我被告知的(子易先生说过"您只要空着两手过来就行啦"),从冰箱到餐具、厨房用品,从简单的床直至寝具,日常生活所需要的一切大体都没有遗漏、一应俱全了。每一样好像都不是新品,但也不太旧,足够使用。小松说是接到图书馆的指示,为我准备好了这一切。我向他道了谢。要将这些一一安排妥帖,肯定是相当麻烦的事情。

"哪里哪里。"他摆摆手说道,"小事一桩罢了。而且,从外地搬到这个镇子上来住,可是件稀罕事呢。"

就这样,我在Z镇开始了简朴的新生活。我每天早晨八点多出门,沿着河畔小道朝上游方向走,再跨上通向镇中心的路。与在公司上班时不同,不必穿西装,也无须系领带,还不用穿局促的皮鞋。这对我来说尤为难得。单单这一点,这次改换工作就意义非凡。一旦抛弃了那种生活,就能真实地感受到自己迄今为止是何等委曲求全而不自由。

河水声悦耳怡神,一闭上眼睛便会有错觉袭来,仿佛清水在我的内心流淌一般。从四周群山上流下来的水清澈见底,处处可见小鱼游来游去。岩石上落着体态婀娜的白鹭,耐心地盯视着水面。

这座小镇的河,与流经那座"高墙环围下的小城"的河相比,在外观上大不相同。既没有巨大的河心洲,河畔也没有柳树生长,河上也没有架着古老的石桥。当然也不见啮食金雀花叶子的独角兽们。而且两岸还围着毫无个性的水泥护墙。然而流淌着的河水却同样清澄美丽,发出夏日清凉的水声。我为自己能够生活在这赏心悦目的河畔而感到幸福。

小镇位于高山环绕的盆地里,据说夏天热,冬天冷。我搬来小镇是在八月底,山区即将进入秋季,喧嚣的蝉鸣声也几乎听不到了,但残暑犹烈,阳光毫不留情地将颈脖灼得生疼。

我在周围众人的帮助下,点点滴滴地学习着如何做好图书馆馆长的工作。虽然号称图书馆馆长,下属其实只有一位姓添田的女司书(就是我第一次来这家图书馆时坐在服务台内戴着金属边眼镜、头发束在脑后的女子),再加上几位来做兼职的女性,所以各种日常杂务还得自己动手办理。

时不时地,子易先生会来馆长室露个面,坐在写字台对面,细致具体地示范如何当好图书馆馆长。图书馆进书的选择、管理方法、日常账簿的整理(正式登记入账则由税务师每月来处理一次)、人事管理、来访者接待……必须学习的东西很多,但这儿毕竟是个小规模的机构,每一种事务都不算太繁复。我把子易先生教给我的东西一一存入脑中,四平八稳地学习。子易先生为人热情(大概是天生性格如此吧),好像无比热爱这家图书馆,常常会毫无预告地飘然出现在房间里,不知几时又从房间里悄然离去了,宛似谨小慎微的森林小动物一般。

我同在图书馆工作的几位女性也渐渐熟悉了起来。对仿佛从天而降一般突然从东京来到此地、素昧平生的我,她们起先似乎是心怀一定戒备的（想来这也是理所当然），但随着共事日久，日常交流谈天，隔阂渐次涣然冰释。她们几乎全是三四十岁的女性，本地出身，都已结婚成家。而我将近四十五岁却犹自独身这一点，对她们来说似乎是一个相当特别并且多少具有刺激性的事实。

"当然子易先生也曾经长期独身啦，不过他呀，呵呵，本来就曾是那样一个人嘛。"司书添田说。

"子易先生是独身吗？"我问道。

添田沉默地点点头，随即脸上浮现出仿佛错把什么东西放进了嘴巴里似的表情。这个话题（至少此时此刻）还是到此为止才是，她的表情如此告诫道。

关于子易先生，似乎还有一些未曾被吐露——至少是未曾对我吐露——的重大事实。

## 32

子易先生不定期地——恐怕是在心血来潮时——在馆长室里现身，平均三四天一次吧。他静静地（几乎是无声无息地）推开房门走进房间，笑嘻嘻地与我交谈约莫三十分钟，然后又静静地离去。简直就像沁人心脾的清风。后来我才想到（当时并未细想）我同子易先生从来没有在图书馆之外的地方见过面。而且总是只有我们两个人，除我们俩之外不曾有过任何人在场。

子易先生永远戴着同一顶藏青色的贝雷帽，穿着裹身裙。他似乎有好几种裙子，有单色裙，有格子裙。颜色总的来说都很鲜艳，至少不能算素淡。而且他在裙子下面还穿着一条黑色的东西，紧贴着身子，好像是紧身裤。

多次见面后，我对子易先生的那身装扮也已习惯，不以为奇了。当他穿着那身服装阔步街头时（难免是要走路的喽），周围的人们会以怎样一种眼光看他，表现出什么反应，我有些难以想象。然而众人想必也会同我一样，反复多看几遍之后也就习以为常，对他熟视无睹了吧。何况子易先生毕竟是镇上的名人，也不宜在背后对他指指戳戳。

不过有一次谈天时，顺其自然，我大胆地问了子易先生："您是什么时候开始日常性地穿裙子的？"于是，对了，当时他是这么回答的——爽朗地，笑容可掬地，仿佛理所当然地：

"一个理由是，像这样一穿上裙子，呵呵，不知何故就会觉得自己仿佛变成了几行美丽的诗。"

不知为何，我对他的这个说明毫不惊讶，也没有觉得不可思议，自然而然地照单全收了下来。日常穿裙子这件事，一定是他觉得最为遂心如意的做法吧。而且不管那是怎么一回事，其理由又是什么，能够觉得自己仿佛变成了几行美丽的诗，任怎么说，难道不都是一件美好的事情吗？当然（不如说是我自己），并不一定因此就想穿上裙子试试，可是说到底，那无非是个人喜好的问题罢了。

我对子易先生心存好意，同时觉得他对我恐怕也心存好意（似的情感）。然而我与子易先生的交往从头至尾均只限于公务场合。子易先生毫无前兆地飘然来到馆长室，帮助我处理交接事宜，在我因于判断时提供适宜有益的建言。如果没有他的话，我大概要花费相当长的时间和劳力才能掌握工作要领吧。因为尽管工作本身并不复杂，但其中毕竟存在着一些微妙的本地规则。

我们热烈地谈论图书馆的运作，休息时一起喝红茶。子易先生似乎怕喝咖啡，喝的东西每每只限于红茶。馆长室的橱柜里放着他专用的白陶茶壶，备有特别配制的茶叶。他用电热器把水烧开，郑重其事、全神贯注地泡茶。我恭陪在侧，只见那红茶颜色也好，香味也好，堪称美味醉人。我本是一个"咖啡党"，不过对我来说，一起品尝他亲手泡的红茶成了日常生活中的小小喜悦之一。当我夸赞味道好时，子易先生便会笑逐颜开。

尽管如此，我们却从未在图书馆以外的地方见过面。此人会不会是不喜欢在私人领域与他人接触？我心下推测。老实说，对我而言这简直是求之不得的事情。

我结束了图书馆的工作回到家里后，先做一份单人份的简单饭菜，然后就是坐在椅子上一心读书了。家里没有电视，也没有音响装置。只有一台防灾用半导体收音机。虽然有一台笔记本电脑，但我本来就不太喜欢用它，除一动不动地坐在椅子上阅读喜爱的书之外，我无事可做。

我总是一面看书，一面喝上一两杯苏格兰威士忌加冰块，如此一来便渐渐昏昏欲睡，大体十点左右便上床睡觉了。我入睡很快，一旦入眠，一般直至早晨都不会中途醒来。

清早或傍晚，无所事事时，我就在小镇的周边信马由缰，蹒跚漫步。发出美妙水声的河畔小道，是我最中意的一条散步路线。

沿着河畔，散步小道延绵不断，几乎不见行人，但偶尔也会与跑步者、遛狗者擦肩而过。沿着小道朝下游方向前行数千米，铺筑的路面突然断绝，小道偏离了河边，钻进了宽阔的草丛里。我不予理会，继续往前走，片刻之后——大约走了十分钟——那条人们踏出来的细径也消失了，于是我孤单一人站在了细道尽头的草原中央。绿色的杂草长得很高，四下万籁俱寂，耳朵里沉默在鸣响，只有成群的红蜻蜓在我的周围无声地飞舞。

抬头望去，只见碧空如洗。秋意浓郁的洁白而坚硬的云朵，就仿佛插入故事里的断断续续的小插曲，各居其位。将气息吸入胸膛时，我闻到了强烈的青草气味。这里果然是草的王国，而我则是不解草的意义的鲁莽入侵者。

茕茕一人立在那里，我总感觉心情悲怆。那是我曾在很久以前体味过的深刻的悲怆。我对那段悲怆记忆犹新。那是一种无法用语言描述，而且不会随着时间流逝而消亡的深刻的悲怆，是将肉眼看不见的创伤偷偷地留在肉眼看不见的地方的悲怆。肉眼看不见的东西，又该奈它何呢？

我抬起头，再度聚精会神地倾耳聆听，确认能否听到河水的奔流声。然而我没听到任何声音，连风都不再吹拂。云朵停留于一处，在空中寂然不动。我静静地闭上眼，等待着潸潸热泪夺眶而出。然而那肉眼看不见的悲怆，甚至都不肯赋予我眼泪。

于是我放弃坚持，顺着来路静静地走了回去。

虽然与子易先生在图书馆里频频见面，但在很长一段时间内，我都处于对他这个人物几乎一无所知的状态。

据说他是独身，不过，他此前从未组建过家庭吗？关于子易先生犹是独身一事，添田曾经评论说"呵呵，本来就曾是那样一个人嘛"。所谓"那样一个"是什么意思呢？而且，她为何要使用"曾是"一词？

我越想越觉得，关于子易先生，我需要了解的东西还有许许多多。然而同时——其理由难以说清——我心里还有着一个念头，那就是觉得毋宁一无所知或许更好。

在图书馆工作的女人们差不多人人都是话匣子。当然，图书馆是工作场所，因此走到台前时，她们倒都有意识地保持寡言，有话要说时，也都轻声轻气，用词简短。然而一旦退回到读者视线所不及的台后时，也有台前寡言的反作用影响，她们委实是叽叽喳喳，喋喋不休。聊的大体是女人之间的悄悄话，因此我尽可能地不接近她们的领地。

然而，尽管如此多嘴多舌，可她们在我面前几乎从不提及子易先生。其他各种事情（关于这家图书馆，关于这座小镇），她们都热心、详尽地将种种知识毫不吝惜地分享与我，可是只要事涉子易先生，不知何故，她们的口气就立刻变得沉重、暧昧起来。于是她们的个人意见，或者作为整体的意见，就好比龌龊待洗的衣物一般，被匆匆收进里面去了。

于是，我无法从任何地方获取关于子易先生这个人物的信息，其个人背景始终包裹在层层迷雾之中。为什么她们不愿意多谈这位矮小整洁、个性强烈的穿裙子的老人？理由不明。这不无近乎某种"禁忌"的感觉。就好比不允许外人偷窥守护神林中的土地祠一样，是一种朴素——然而却牢牢地渗透进了灵魂深处——的忌讳。

所以，我也有意识地尽量回避谈及子易先生，因为我也不愿意让她们为难。况且，不管子易先生拥有怎样一种背景，也并没有——至少在目前——对我在这座小镇图书馆里的职务产生影响。子易先生热心、巧妙地将当好图书馆馆长的要谛传授给了我，托他的福，我得以顺利地继承下了一直由他执掌的职务。不知道也无关紧要的事情，恐怕还是不要知道为好。

听说司书添田的丈夫在这座小镇的公立小学当教师，两人没有孩子。她出生在长野县，结婚后才离开故乡，在这座小镇住了下来，打那以来已经过去十来年了。可是据说在这座小镇，她基本上仍然被视为"外来者"。这是一片人员流动很少、四周群山环绕的土地，虽然说不上是性喜排他，但事涉接受外来人员时，人们便很容易变得态度消极。总而言之，她是一位极其能干的女性，几乎包揽了图书馆的一切事务性杂事，遇到任何事情都能迅速判断、果断处理，而且百无一失。

"如果没有添田的话，呵呵，这家图书馆恐怕连一个星期都撑不下去吧。"子易先生曾经说过。而随着在这里的日子一长，我也对这一见解首肯心折。

归根到底，她成了这家图书馆的工作的轴心。如果没有她的话，恐怕这个系统就会慢慢地变得蜗行牛步，最终停止运转。她与镇政府维持密切的联系，调整人员配置，从热水器的故障到电灯泡的更换，都细心地予以关注，确保图书馆的运营不出问题，阅览者没有怨言。她妥帖地指导、监督做兼职的女子们，一出现问题便立刻解决。图书馆举办活动时，她会开列出所需物品器材一览表，巨细无遗地悉数备齐，连院中栽种的植物都必须注意到。此外，图书馆运作所需要的一切，基本上都在她的掌控之下。

任如何考虑，由她来做这个馆长恐怕才是最佳选择。我是这么想的，也对子易先生这么说了。我说："既然有一位如此精明强干的女性，即便没有我这种门外汉新手坐在上席，这家图书馆大概也完全可以维持吧。"

子易先生不无尴尬似的盯着我的脸瞧了一会儿，然后说道："在下也跟她讲起过。在下跟她说，由你来接替在下岂不是最好吗？呵呵，可是她坚辞不受啊。说什么自己做不了人上之人。在下费尽口舌想要说服她，可她就是不肯接受。"

"她是一个谦虚的人？"

"恐怕是。"子易先生笑嘻嘻地说。


添田三十五六岁，长着一张淡雅的脸庞，是一个给人以睿智印象的女性。她身高大约一米六，体形也同脸形一样，细长，姿势端正，背挺得笔直，步态优美。据说她在学生时代是个篮球选手。她永远穿着长及膝下的裙子，足蹬便于走路的低跟鞋。她好像不怎么（几乎从不）化妆，但皮肤很美。耳垂圆圆的，像河边的小石子一样光滑；颈脖纤细，但并不给人以柔弱的印象。她喜爱黑咖啡，服务台内的她的写字台上总是放着一只大大的马克杯，马克杯上色彩鲜艳地画着展翅腾飞的野鸟。她看上去不像是会对初次见面的人轻易心许的那类女性，一双眸子里从不懈怠地浮现着警惕的光芒，嘴唇挑战般地抿成一条线。不过从第一次见面交谈时起，我就没来由地觉得自己今后恐怕会和她亲近起来，作为同她一样的这座小镇的"外来者"。

添田虽然话不多，但对于身为新到的"外来者"的我，从一开始就毫无抵触地将我作为新上司而欣然接受。这对我来说至为难得。因为没有任何东西比僵硬的职场人际关系更消磨人了。

添田是一个不愿多谈自己的人，但对他人倒似乎抱持着正常的、十足的好奇心。共事一段时间、习惯了我的存在后，她便想知道我的过去了。与其他女性相同，她似乎对我何以将近四十五岁仍坚持单身一事最感兴趣。如果"因为没有找到合适的对象"就是理由的话，或许她还打

179

算找一个"合适的对象"介绍给我也说不定。作为一个资深单身汉,迄今为止我已经有过多次这种体验。

"我之所以没结婚,是因为我心里有一个思念的人。"我简洁地答道。对于相同的提问,我总是给予相同的回答。

"不过你是没能跟那个人终成眷属喽?是有什么缘故吗?"

我沉默,暧昧地点点头。

"对方跟别人结婚了,还是怎么?"

"这我不知道。"我说,"已经很久没见到她了,就连她现在人在哪里、在做什么,我都不知道。"

"可是你仍然喜欢那个人,到现在还念念不忘,是吗?"

我再一次暧昧地点点头。这样去解释,在这个人世间是最为稳妥的了。而且这也不能算是不符合事实。

她说:"所以你才远离大城市,搬到这穷乡僻壤的山里头来的吗?为了忘掉她?"

我笑着摇摇头:"不是啦,可没有那么浪漫啊。城里也好,乡下也好,甭管待在哪儿,情况都是一样的啦。我只是随波逐流而已。"

"不过,不管怎么说,她肯定是个非常出色的人吧?"

"谁知道呢?这话是谁说的,'恋爱就是不能适用医疗保险的精神疾患'?"

添田不出声地笑了,用手指轻轻扶了扶眼镜中梁,然后从专用的马克杯里喝了一口咖啡,重返已经做了一半的工作。这就是当时我们俩交谈的结局。

## 33

虽说是小镇上的图书馆，可既然就任了馆长之职，我估计自己恐怕就不得不四处去登门寒暄、拜访大人物，并为此做好了一定的心理准备。我对这一套"社交"尽管不算擅长，但毕竟是职责所在，非做不可的工作还是要尽力而为，不出差池。我毕竟也在公司里干了二十多年，一旦需要，这一点还是可以做得到的。

然而与我的预期相反，这种情况一次也不曾发生。我从未被介绍给这座小镇里的任何一个人，也从未去拜访过任何一个人。司书添田向全体做兼职的女子（话虽如此，加起来也只有四个人）介绍了我这个新上任的图书馆馆长，大家围着桌子一起喝茶，吃纸杯蛋糕，每个人做了个简单的自我介绍。仅此而已，委实简单至极。

这样的展开自然是正中下怀，却又有点儿索然无味。我满心茫然，疑心自己是否错过了某个重要而必需的环节。

有一次，我和子易先生两人在馆长室里喝红茶时，我决然地向子易先生问道："我想，既然这家图书馆被冠以'Z镇'之名，我是不是该去拜访一下镇政府，向他们打一声招呼呀？"

子易先生听了此话，小小的嘴巴半张着，面露仿佛误把一条虫子吞咽进了喉管深处似的表情："啊？您说的打一声招呼是……？"

"就是说……见个面认识认识，万一以后碰到什么事，跟镇上的头头脑脑熟识的话，是不是更好一点儿呢？"

"见面认识认识？"他不知所措似的说道。

我沉默着，等待子易先生继续说下去。

子易先生似乎颇为尴尬，清了清嗓子，然后说道："这个嘛，嗯，大概就不需要了吧。这家图书馆实际上跟镇里没有任何关系。图书馆是自立的，不隶属于任何机构。尽管名字上有'Z镇'两个字，那是因为更改名字在手续上有着种种麻烦，所以才沿用了下来。所以您根本不必到镇里去拜访、打招呼。那样做的话，事情反而会变得更加麻烦。"

"我不需要去拜访一下理事会，打个招呼吗？"

子易先生摇摇头："没那个必要，也没那个机会。理事会差不多从来不开会。以前好像也告诉过您，要之，那只是个徒具形式的理事会。"

"徒具形式的理事会？"我说。

"哈啊，正是。"子易先生犹自面浮笑意，说道："共有五位理事，但是没有一个人在意这家图书馆。仅仅是出于制度上的需要，把名字借来一用而已。所以嘛，嗯，您不必去打招呼啦。"

我莫名其妙。由徒具虚名的理事会运营的图书馆。

"万一有事需要找人商量时，我到底该跟谁商量呢？"

"有在下在呢。甭管什么事，不明白的话就问在下好了。在下会回答您。"

话虽如此，可我连他家的地址、电话号码、电子邮箱地址都一无所知。该怎么联系呢？

"在下大概每隔三天就会到这里来露个面。出于一些原因，不能每天都来，不过三天一次还是能做到的。有事的话，跟在下说就行。"子易先生仿佛看出了我的想法，说道。

"而且，呵呵，还有添田在呢，她大概会帮助您的吧。差不多的情况，她都了如指掌。所以，您没什么可担心的，对的，完全没有。"

我问起了心里一直放不下的事："可是，要维持图书馆的运营，当然需要相应的费用。虽说是一家小规模的镇营图书馆，但也要水电费、人工费，每个月采购书籍也要费用。如果理事会不发挥任何功能的话，那么到底是由谁来负担、管理这些成本的呢？"

子易先生抱着双臂，稍稍露出为难的神情，略一沉吟，然后说道："这些事情，您在这里日常工作下去的话，就会渐渐明白的啦。就好比天亮了，阳光就会从窗口照射进来一样。不过现在呢，您别太介意这种事，姑且先把这里的工作程序熟记在心，再让身心习惯这座小镇。眼下嘛，呵呵，没有任何事情需要担心。没事的。"

然后他伸出手，轻轻拍了拍我的肩膀。仿佛激励爱犬一般。

就好比天亮了，阳光就会从窗口照射进来一样，我在脑袋里重复道。十分精彩的形容。


作为新上任的图书馆馆长，我最先着手的工作之一，就是掌握这家小镇图书馆的阅览者们在馆里阅读什么书，又借什么书回家去阅读。通过这么做，可以判明今后购买图书的倾向，图书馆运营的方针也就呼之欲出了。然而，为此必须手工操作，逐一查阅手写的阅览记录和借阅卡，因为图书馆的所有阅览与借阅手续均未使用电脑。

"在我们图书馆，这种记录都不使用电脑。"添田向我说明道，"全部都用手写。"

"就是说，这里完全不用电脑喽？"

"是的，我们不用。"她说道，似乎理所当然。

"可是，手写太费时间，而且不便管理呀。用条形码的话，只要扫一下就完事了，又无须场地保管文件，资料也容易整理。"

添田用右手指尖调正眼镜，然后说道："我们这里是一家小图书馆，并没有大量的书籍被阅览和借阅。用传统的方法就足够做好工作了，不管做什么都不怎么费事。"

"那么，你的意思是今后也一直像现在这样就行喽？"

"对。"添田说道，"这是从前就定下来的，我们一直都是这么做的。这种做法更加人性化，不是很好吗？阅览者方面也从未因此表示过不满。不使用机器的话，技术问题也就少了，不会产生多余的费用。"

图书馆里没有安装Wi-Fi设备，我只有在自己家里才能上网。但是我本来就没有需要定期收发邮件的朋友，而社交网站之类更是与我毫不相干，所以我并未感到过不便。加之去了图书馆，就能在阅览室里读到好几种报纸，因此也没有必要上网查阅信息。

于是我便逐一翻阅堆放在馆长室写字台上的手写书籍阅览登记册和借阅卡，把这家图书馆大致的活动情况输入大脑里。话虽如此，通过这种调查作业，我并未能获得什么惊人的有益信息。被阅览、借阅次数最多的书，基本上都是应时的畅销书，差不多全是实用书，再不就是轻松的娱乐读物。然而，偶尔也有人借阅陀思妥耶夫斯基、托马斯·品钦、托马斯·曼、坂口安吾、森鸥外、谷崎润一郎和大江健三郎的小说。

虽然小镇的一大半居民都称不上热心的阅读爱好者，但其中（尽管恐怕为数甚少）也存在着一些把上图书馆作为日常习惯、积极向上、拥有旺盛的求知欲、真正勤于读书的人——这就是经过一番耗时费力的手工操作之后，我所得出的结论。其比率与全国平均值相比是值得庆贺还是应当慨叹，这还无法判断，而我只能把它作为"眼前的既成事实"接受下来。因为这座小镇（至少在目前）是作为一个与我的意志和期盼毫不相干的现实而存在着、运转着的。

一有空，我就在图书馆里转来转去，检查摆放在书架上的书籍的状态。有损坏的就修补，所收录的信息太过陈旧的、内容让人觉得大概不会有人再感兴趣的就处理掉，或者收到后面的仓库里去，再补充新的取而代之。我还会核对新书出版目录，选购可能引起来馆读者兴趣的书。每个月被划拨来用于购买新书的预算比我想象的要宽裕（尽管不能说充足），这一点让我颇为吃惊。

与书籍打交道，是我在迄今为止的整个人生中日日经营的行当，这种新的日常带给了我新的喜悦。在这里，我没有上司，还不必系领带。既没有烦人的会议，也没有接待任务。

我同添田及做兼职的女子们频频交谈，商议这家图书馆今后应该怎么办。我提出了几项小提案，但她们似乎不太喜欢有新的方针和规定面世。"一切都照现在这个样子不就蛮好的吗？""读者们并没有表现出什么不满呀？"她们说。"所以不必硬要改变现在的做法吧。"她们说。尤其是对引入互联网，她们全体表示反对。要之，她们就是要原封不动地坚持子易先生铺设好的既定路线。

然而，我积极地整理书架，按照新的方针重新调整藏书——使之现代化，她们对此并没有主动发表感想和怨言。这项作业被完全委托给了我。也许她们只是没有特别关心这种事情。排列在书架上的书籍的内容构成如何，读者会喜欢什么样的图书，对她们来说这难道是毫无所谓的事吗？——我常常会产生这种印象。尽管她们干起活儿来勤勤恳恳，看似很高兴在这家图书馆工作的样子。

我平时几乎没有直接同来图书馆的读者接触的机会，也没有与他们交谈过。我就如同根本不存在一般。到图书馆来的读者们知不知道图书馆馆长已经换人了呢？我甚至连这一点都无从判断。自从到任以来，我没被介绍给任何人过,也没有任何人找我说过话。我觉得,除了在图书馆工作的几位女性,对于我这个新人的出现,这座小镇的人们似乎没有一个人表示过注意和关心。

小镇如此之小,图书馆馆长由子易先生换成了我这件事,只怕尽人皆知了吧。这种消息是不可能不被四下传开的。况且,据我所知,住在这种人员流动极少的小地方,人们对从大城市搬迁而至的新居民,不可能不抱有好奇心。

然而竟无一人在表情上有过丝毫的表露。人们满脸理所当然的神情,来到图书馆,举手投足与平素一般无二,当我出现在阅览室里时,甚至连正眼都不瞧我一眼。他们坐在大厅的椅子上认真地读报,看杂志,或是翻阅着从阅览室借出来的书,当我从旁边经过时,也不显露出一丝一毫的反应。简直就像事先约好的一般。

到底是怎么回事?我忍不住东猜西揣起来。人们当真没有发觉作为子易先生的继任者,我已经到这家图书馆上任了吗?抑或基于某种理由——至于那是怎样一种理由,我无从揣测——他们决心将我当作"不存在物"而对我视若无睹,对我置之不理吗?

我百思不得其解。我手足无措。固然,眼下并没有因此在现实中出现过什么不便之处。有了子易先生和添田的协助,我正在顺利地逐渐掌握工作要领。所以我便摆出一副坦然置之的姿态:"随它去吧,一切都会稳定下来的。"就像子易先生所说的那样,种种事物慢慢地都会水落石出的吧。就好比天亮了,阳光就会从窗口照射进来一样。

图书馆早晨九点开馆,傍晚六点闭馆。我每天八点半上班,傍晚六点半下班。而早晨开门,傍晚关门,则是司书添田的任务。我也被给了一套钥匙,但我几乎没有机会用它。负责关窗锁门原就是她的职责,我便一仍旧贯,把这项任务全权交托给了她。早晨我来上班时,图书馆已经开门了,添田正伏案而坐;傍晚我下班离馆时,添田仍然在伏案而坐。

"不必介意,这是我的工作。"见先于她下班离馆的我面露歉意,添田便这么说道。

看到添田这副样子,我不禁回想起了高墙环围的小城里的那座图书馆。在那座图书馆,开门和关门也同样是"她"的职责。那位少女郑重地随身带着一大串钥匙。唯一的不同之处是,在那座图书馆,她锁上大门后,我会徒步送她回家。沿着夜间的河滨道路,我们朝着职工地区默然地迈步。

然而生活在这山间小镇的我,当图书馆闭馆后,却是孤独一人沿着河畔小道走回自己家里,双唇紧闭,沉湎于漫无边际的思虑之中。身边虽然有清流的水声,却没有河柳枝叶的沙沙声和夜啼鸟的啼鸣声。子易先生说过,"到了秋天甚至还可以听到野鹿的鸣叫声",可是我连那也没有听到。鹿鸣恐怕要等到秋深之后吧。不过细细想来,野鹿的鸣叫声是什么样的,我并不知道。野鹿的鸣叫声到底是什么样的呢?

就任图书馆馆长一段时日之后,有一天,添田领着我在图书馆内参观了一遍。这是一幢天花板很高的庞大建筑,从前这里经营过酿酒业。酿酒厂搬迁到新址之后,老房子被废置了很久,无人使用,但因为是珍贵的有年头的建筑物,拆毁了太可惜,于是人们创立了个基金会,让这座古老的酿酒厂脱胎换骨,转型成了图书馆。

"那大概花了很大一笔钱吧。"我说。

"那是啊。"添田稍稍歪了歪脑袋,说道,"不过土地和建筑原来就是子易先生的所有物,他把它们悉数捐给了基金会,所以这部分费用就不用花了。"

"原来如此。"我说道。这下就一清二楚了。这家图书馆实质上就等于是由子易先生个人所有、运作的。

这座建筑后一半未用作图书馆的部分,房间布局错综复杂,走马观花似的只看一遍的话,无法完全把握其整体构造。有曲折迂回的暗廊,有细微的高低落差,有小似猫额[1]的中庭,有谜一般的小屋子,还有堆满了用途不明、奇形怪状、古色古香的器具的库房。

房屋的后面有一口很大的古井。井口上盖着很厚的井盖,上面压着块大石头("这是为了防止有小孩子拉开井盖,不小心掉下去。"添田解释说,"因为这口井非常深。")。后院的一隅,还供奉着一尊表情和蔼的石雕地藏菩萨小像。

"为了改建成图书馆,大致做了一番翻修。不过因为预算有限,只能修缮其中的一部分。"添田说,"所以才会像这样子,现在没有利用的部分、没法儿利用的部分,就不去动它,保留了原样。我们目前只把整座建筑的一半左右用作了图书馆。当然,哪怕只让我们使用一半,也已经非常难得啦。"

说这话时,她的声音可以说是不夹杂丝毫的感情。与其说是中立,不如说是害怕有人偷听似的,带有一种紧张的余音(以至于我不禁环顾了四周一圈),弄得我判断不出她对这座建筑物的情感究竟是否定的还是肯定的。

上下两层的建筑,一楼部分为杂志厅、图书阅览室、书库、仓库、

---

[1] 日本人形容窄小,爱说"像猫的额头一般"。——译者注

作业间。作业间用来制作各种卡片和修补图书。作业间的中央有一张用很厚的木材做成的作业台（恐怕是当年酿酒厂时代用于某种特殊用途的旧物），上面杂乱无章地放着些修补图书需要的各种工具和各种事务用品。

供来馆读者们使用的阅览室呈高大的天井状，开着好几扇采光用的天窗，但是其他房间里几乎没有窗户，空气里总似有点儿凉丝丝的感觉，带着湿气。这些房间可能曾经被用来贮藏各种原料。

普通读者上不去的二楼部分，有一间小巧别致的馆长室（我就是在那里度过很多时间的）、一间拉着厚厚窗帘、略显昏暗的会客室，以及职员休息室。会客室里摆着厚重的布面沙发与安乐椅套件，但据说这个房间实际上几乎没有机会被使用。"如果愿意，您就在沙发上睡午觉也行。"添田说。可是这个房间里灰尘弥漫，散发着已被遗忘的旧时代的气息。而且窗帘和沙发套件面料的色调里，似乎总有一种凶险的感觉，仿佛把过去在这里发生过的事件中的不适当的秘密吸噬了进去。哪怕哈欠连天昏昏欲睡，我也是不愿意在那里午睡的。

供职员使用的休息室在二楼走廊的尽头，一般被称作"休息处"。里面有衣帽柜，有一个很小的厨房，有一套简单的餐桌椅。虽然不是"男子免进"，但实际使用这个房间的仅限于女性。她们在隔板后面更衣，说悄悄话，吃带来的点心，喝红茶和咖啡。她们愉快的笑声甚至时不时地会传到我的房间里来。

不妨说，那个"休息处"成了她们的圣地，除非有非同小可的要事，我一般不会去拜访走廊深处的那个房间。在那里进行着什么样的交谈，我当然无从知晓。恐怕我这个人，也承担起了她们闲谈话题的小小（希望是天真无邪的）一角。

189

我在图书馆的日子，就这样平平安安地悄然流逝。日常业务的实际部分，由以添田为中心的女子团队稳稳当当地为我处理，而作为馆长我非做不可的工作，也算不上棘手的难题，无非就是管理书籍的进进出出，确认日常的金钱收支，做几个简单的审批裁决而已。

正如子易先生一开始就说过的，虽然图书馆表面上挂着"Z镇图书馆"的名号，但镇里根本就不参与图书馆的运营，所以极少出现我不得不跟镇政府联系的局面。而且这种时候，就算我打电话咨询镇政府文教科，负责人的反应虽然不能说是冷漠，但每每也是敷衍塞责，不管商量什么事，都摆出一副"诸事悉听尊便"的态度。甚至给人以镇政府努力要同这家图书馆尽可能地撇清关系的印象。虽然镇政府似乎对我们倒也并非心怀恶意，但至少感觉不到其要同我们构建更为友好的关系的姿态。这是为什么？我无法理解。

然而从结果来看，这对我来说反倒是求之不得的状况。不论是多小的乡下小镇，官僚主义都在所难免。不对，越是小的政治组织，争权夺利、抢地盘之类反而越加激烈。能够对这样令人心烦的部分避而远之，基本上是值得欢迎的事体。

子易先生就像他自己预告过的那般，隔三岔五地就会来馆长室一次。他露面的时间每次都不相同，有时候一大早就来，有时到黄昏时才来。我们亲切地交谈，但是子易先生始终如一，几乎从来不谈及自己。他住在哪里？靠什么为生？对此我一无所知。我心想此人大概不愿意谈论私生活，于是我也从不主动向他打听。他语气沉稳（并且有点儿奇特）地谈及的，仅限于与图书馆运营相关的公务。

子易先生走进馆长室后，首先就是脱去贝雷帽，细心地调整好帽子形状,放在写字台的一端。那位置总是精确地在同一个地方,朝向也相同。仿佛万一把帽子放在了别的位置、弄错了朝向的话,就会发生什么不妙的事情一般。在完成这项细致的作业期间,他一言不发,紧闭双唇。仪式在沉默中庄严地进行,直到完成之后,他才面露笑容,跟我打招呼。

他永远穿着裙子,然而自腰部以上倒是穿着普通的,甚至不妨说保守的男士服装。纽扣一直扣到颈脖为止的白衬衣,中规中矩的粗花呢上衣,墨绿色、无花纹的西装背心。虽然不系领带,但他总是身穿一丝不乱、稍显老派,但一望便知整洁的衣服。这种正常至极的中老年男子着装,与裙子(外加紧身裤)的搭配,任怎么看都难说协调融洽,可是其本人似乎对此毫不介意。而小镇上的人们恐怕是长年看惯了他这身装扮,也不再一一介怀了。

我在Z镇的日子就这样悄然流逝了去。我接纳了新的日常,一点儿一点儿地让身心都习惯了它。残暑已尽,秋意日深,环绕小镇的群山被色调各异的红叶涂抹得美不胜收。休息日,我独自一人在山道上散步,尽情享受大自然所描绘的艳美无敌的美术作品。一来二去之间,冬天的预感不可避免地开始在周围飘袅起来。山里的秋天是短暂的。

"很快就要下雪啦。"子易先生回去之前,站在窗边仔细观察云的动向,说道。一双小型号的手紧紧地挽在背后。

"天空里飘荡着这种气味。这一带冬天来得早,您也差不多该准备好一双雪地靴啦。"

## 34

　　下第一场雪的那天傍晚（十一月也临近月底了），结束了图书馆的工作之后，我上街买了一双走雪路穿的鞋子。眼下还只是零零星星地飘舞着些雪花，但真要等到大雪漫天时，仅凭从东京带来的都市风格、骨软筋酥的鞋子走在雪天里，太华而不实。

　　纷纷飘飞的雪花，不容分辩地让我想起了在那座高墙环围的小城里的生活。一到冬天，那座小城里也经常下雪，而在那雪中，许多独角兽会死去。

　　可是在那座小城里，我穿的是什么样的鞋子呢？

　　小城给我发了鞋子（所有的衣服和用具都是小城发的），我每天穿着它走在冬日的街道上。虽然少有积雪很深的情况，但路面冻得结结实实，光溜溜的，很滑。不过走在那样的道路上，我并不曾感到过不便。恐怕发给我的是适合在雪道上行走的鞋子吧，可是我却根本想不起来那鞋子是什么形状、什么颜色的。明明是每天都穿的呀，怎么会没有记忆呢？

　　关于那座小城，有好多事体我都回忆不起来了。尽管有一些事情历历在目，记忆犹新，但是有几件事情，我却绞尽脑汁也回忆不起来。雪地靴就是这种回忆不出的东西之一。这种斑驳的记忆令我困惑，让我混乱。记忆是随着时间的流逝而一同消失的呢，还是从一开始就并不存在？我记忆犹新的那些东西究竟有多少是真实的，又有多少是虚构的呢？有多少是实际发生过的，多少是杜撰出来的呢？

　　那之后没过几日，子易先生出现在了图书馆里。那时上午十一点刚过。那天的天色灰暗阴沉，飘着小雪。馆长室里放了一只煤气暖炉，但那火力是不足以充分温暖整个房间的，所以我穿着毛呢上衣，脖子上裹着围巾，在检查账簿。然而对于这个房间的稍显寒冷，我却并未感到特别不满。一楼的阅览室暖气效果十足，舒适宜人，座位没坐满的话（大体上都坐不满），也可以在那里小坐片刻，暖暖身子。

而且相比之下，我也更喜欢适度——大致可以忍受的程度——的寒冷也说不定，因为那是我在那座高墙环围的小城里日常体味过的东西。包围着我的寒冷空气，让那座小城里的生活在我的心里再一次苏醒了过来。

这天，子易先生敲门之后走进了馆长室。然后他首先摘下贝雷帽，一如平素将形状调整得漂漂亮亮的，放在了写字台一角的固定位置，随后笑嘻嘻地向我致意。不过他暂时并未解去围巾，摘下手套，仅仅把贝雷帽摘了下来。

"这个房间还是老样子，有点儿冷啊。"子易先生说道，"就靠这么个小火炉，没办法暖和起来啊。得弄个大点儿的来才行。"

"稍微冷那么一点儿也蛮好的，没准儿还能让人身体亢奋、精神抖擞呢。"我说。

"接下去真正进入了严冬，还会变得更冷呢，那么一来，可就不是云淡风轻地说一句'稍微冷那么一点儿'就算万事大吉。您是大城市来的，哪里知道这一带的严寒是咋回事呢。"

子易先生摘下两只手套，叠好后放进上衣口袋里，在暖炉前用力地搓着双手，接着又说道："您知不知道，在下当馆长那会儿，是怎样在这个图书馆里度过寒冬腊月的？"

"您是怎么度过的呢?"这种事,我当然毫无头绪。

"这间馆长室对在下来说有点儿太冷啦。"子易先生说道,"在下虽说是在这座小镇出生长大的,可该咋说呢,相当地怕冷。所以呢,在下整个冬天基本上都是躲到了别的房间里,在那里工作的。"

"别的房间?"

"对。有个房间,要比这里暖和得多啦。"

"是在这图书馆里面吗?"

"对,就在这图书馆里面。"

子易先生取下脖子上那条似乎用了多年的花格子围巾,细心地叠得小小的,放在了贝雷帽旁边。

"嗯,对啊。说起来,那儿成了在下冬天里小小的隐遁所。想不想瞧瞧那个房间?"

"那个'隐遁所'比这个房间暖和喽?"

子易先生连连点头:"是呀,是呀,比这里暖和多啦,待着也舒服。对啦,馆里的钥匙,您这儿有一套吧?"

"有,有。"我从写字台抽屉里取出一串把一套馆内钥匙穿在一起的钥匙圈,拿给子易先生看。这是添田在我上班的第一天交给我的。

"呵呵,太好啦!您拿着,跟在下走。"

子易先生步履矫健地走下楼梯,我紧跟其后,生怕落下。我们穿过人影稀疏的阅览室,走过添田坐镇的服务台,路过作业间(那里有一个做兼职的女性,正在满脸庄重地往新刊图书上贴登记标签),沿着走廊往前走。我们从读者眼前走过时,没有一个人抬起头来,仿佛根本看不见我们一般。这令我不禁感到奇怪,觉得自己似乎变成了隐形人。

从作业间开始，后面就是未被用作图书馆的区域了，添田曾领我参观过一次。走廊弯弯曲曲，绕来转去，昏暗又复杂，云里雾里的，我根本就没记住。然而子易先生却毫不犹疑地快步穿过走廊，立在了一扇小门前。

"就是这里。"子易先生说道，"钥匙。"

我把沉甸甸的钥匙串递了过去。形状各异的十二把钥匙穿在一起，除主要的几把外，哪把钥匙是开哪扇门的，我茫无所知。子易先生把钥匙串接过去后，瞬时便选出一把钥匙，把它插进了门上的钥匙孔里，一扭，随着意外响亮的咔嗒一声，门锁便打开了。

"这里是半地下。稍微有点儿暗，当心台阶。"

门里的确很暗。台阶是木制的，一脚踏下去，就会嘎吱一下发出凶险的响声来。子易先生走在我前面，一级一级小心翼翼地迈步。向下走了约莫六级，他朝着脑袋上方伸出双手，手法娴熟地扭动位于那里的旋钮。只听吧嗒一声，从天花板上垂下来的电灯泡便发出了黄色的光芒来。

这是一个约莫四米见方的房间，地上贴着木地板，木地板上没铺地毯。台阶正对面的墙壁上方，开了一扇采光用的横窗。恐怕那扇窗子就开在紧贴地面的高度吧。窗子好像很久没有擦拭过了，玻璃灰蒙蒙的，几乎看不见外边的景色，阳光也只能模模糊糊地照射进来。外侧虽然装着防盗铁栅栏，但好像并不牢固。

房间里有一张小小的旧木桌，还有两把不配套的椅子，感觉每一样都像是把别人家不要的东西随手拿来的。而这也就是这个房间里摆放着的全部家具了。没有任何装饰品，墙壁是已然微微泛黄的灰泥墙，一个电灯泡吊在天花板上，灯泡上装着一个乳白色的灯罩，那便是唯一的照明。

这里原来是一间用于什么目的的房间,我茫然不解。然而我能够感觉到,在这个四方形的房间里似乎飘浮着谜一般意味深长的空气。仿佛很久以前,有人在这里,偷偷地将一桩重大秘密小声告诉了某个人……

然后我看见了——房间的一角放着一只黑乎乎的老式柴火炉子。

我不禁倒抽一口冷气,然后条件反射般地闭上眼睛,调整呼吸后再一次睁眼,确认它确确实实存在于现实之中。千真万确,不是幻影,同那座高墙环围的小城的图书馆里的那只一模一样——抑或说看似一模一样——的火炉。火炉上伸出一个黑色的圆筒形烟囱,插进了墙里。我呆立在那里张口结舌,久久地、两眼直勾勾地盯着那个火炉。

"您怎么了?"子易先生用诧异的声音问我道。

我再一次深深地吸了一口气,然后问道:"这是柴火炉子吗?"

"对。就像您所看到的,这是一只古典式的柴火炉子,打很久以前起就一直放在这里了。不过出乎意料,它非常管用。"

我呆立不动,仍旧直勾勾地望着那只炉子。

"还能用,是不是?"

"当然。当然可供使用。"子易先生眼睛闪闪发亮,断言道,"事实上,每年到了冬天,在下都会给这个炉子生火。木柴嘛,后院里的另一个地方预备了很多,所以不必担心柴火的问题。附近一位种苹果的果农歇业不做了,把苹果树全砍掉了,送给了在下好多好多,承他的情了。另外一个搞木材加工的好朋友又帮在下锯成了大小适中的木柴。烧起来会发出很好闻的苹果香味呢。呵呵,那气味可真香啊!如何?咱们把木柴拿点儿过来,就在这里生火试一试?"

我想了一想,摇头说道:"不啦,暂时还不必。现在还不算太冷。"

"是吗？不过如果需要的话，呵呵，随时都能投入使用。冬季里您不妨从那间寒气逼人的馆长室搬出来，暂且转移到这里来。这样工作效率也能提高些。添田对这些情况也是心中有数的。"

"这个房间原来做什么用的？"

子易先生歪了歪脑袋，搔了搔耳垂说道："哎呀，这个在下也不清楚。您知道的，这座建筑以前是用来酿酒的。为了改造成图书馆，我们对其中的一多半房间进行了翻修，但是其余部分，也就是这一块儿，还保留着原样，没有动手改建。至于这个房间以前是用来干吗的，呵呵，年代太久远啦，很遗憾，在下也没有这方面的知识。"

我再次在这间小小的屋子里环视一周。

"不过总而言之，这个房间和这个火炉，我用了也没关系的喽？"

子易先生使劲点了点头：

"当然，当然。说到底这里也是我们图书馆的一部分，在这里随便做什么，那都是您的自由。呵呵，这只柴火炉子肯定会让您满意的啦，又安静又暖和。单是瞅着那红彤彤的火焰熊熊燃烧，身子也罢，心里也罢，都能暖到芯子里去呢。"

子易先生和我走出那间四方形的屋子，沿着昏暗的走廊往回走，经过添田坐镇的服务台前，穿过人影稀疏的阅览室，回到了二楼的馆长室。跟来时一样，当我们从读者面前走过时，没有一个人抬头看一眼。

那天整个下午，我都一直在思考那间正方形的屋子和黑色的老式柴火炉子。翌日也一直是。

## 35

　　进入十二月之后,那一年的第一波强冷空气袭来了,大片雪花漫天飞舞。我决定把馆长室搬迁到那间四方形的半地下室里去试试。我告诉添田时,她沉默了几秒钟。短暂,然而异常深沉的沉默,宛如沉到了湖底的小型铁锚。然后她仿佛回心转意似的轻轻点头,只说了一句话:"好的,知道了。"对于搬迁一事,她既未表明意见,也没有提问。

　　于是我问她:"关于办公室搬迁一事,没有什么不方便之处吧?"

　　她立刻摇头道:"不,没有任何不方便之处。"

　　"也可以用那只柴火炉子喽?"

　　"您尽管随意使用。"她用缺乏抑扬的语调这么说道,"不过,在此之前需要清扫烟囱,所以请您过两天再生火。万一有鸟儿在烟囱里筑巢的话,那就麻烦啦……"

　　"那当然。"我说道,"烟囱是一直通到地面上去的吗?"

　　"对的,一直通到屋顶上。所以必须得请专业人员来处理。"

　　"这座建筑里,还有其他房间也使用柴火炉子吗?"

　　添田摇摇头:"没有。馆里用柴火炉子的,就只有那间半地下室了。其他房间里原来也是有柴火炉子的,不过听说在翻修时统统被拆除、处理掉了。只有那个房间里的柴火炉子应子易先生的要求保留了下来。"

　　我当时觉得很不可思议。我不记得添田在领我参观这座建筑的内部时,曾经带我看过这个房间。如果曾经看过的话,毫无疑问,那个房间肯定会留在我的记忆里。因为那个正方形房间方得让人觉得奇妙,而且放着一只柴火炉子。我是不可能看漏掉它的。

为什么添田没有领我参观这个房间呢？是因为觉得没有必要特意让我看一看吗？抑或她仅仅是疏忽大意，忘了领我进去亦未可知。再不就是她嫌——找钥匙开锁太麻烦，所以干脆省略了也说不定。然而从她那一丝不苟的性格来看，很难想象会有这种可能性。因为只要是规定好的日常工作，不论如何费功夫，她都会一板一眼地蹈袭前例，这就是她的性格。

可即便如此，为何要把那个房间锁起来呢？子易先生开锁时的声音很响，由此看来，那似乎是一把相当坚固的锁。然而那个房间里没有一样东西让人担心失窃。这种地方应该不必上锁。上锁是为了什么呢？

不过我把这些疑问埋藏到了心里，没有在添田面前释放出来。因为我依稀觉得，这种疑问似乎不宜在这个场合提出来。

我等了两天，直到烟囱清扫结束，然后开始把那间四方形的半地下室当作自己的房间使用了起来。添田将此事通告了兼职职员们。她们不置一词，似乎将之作为日常小事接纳了下来。这样的"搬家"是子易先生原来每年都做的事情。

"搬家"很简单，仅仅是将文件柜和台灯搬到新房间里去而已。我还把水壶和茶具也搬了过去。因为新房间里没有电话线插座，所以电话机搬不过去，不过这也无关紧要吧。

把办公室（如此称呼大约无碍吧）搬到这间屋子里以后，我所做的第一件工作就是把木柴搬进来。木柴堆放在院子里的库房中，我把木柴放进搁在那里的竹筐内，运到半地下室里。然后我把那木柴放了几根在炉子里，再把旧报纸揉成团，擦火柴，点火，旋转进气口旋钮调整进气

199

量。柴火好像干燥得恰到好处，不费吹灰之力火便生好了。

　　长久未用的火炉花了很长时间才渐渐恢复了暖意。我坐在火炉前，不知厌倦地凝望着橘黄色的火焰静静地起舞，堆放在炉中的木柴的形状徐徐地改变着。四方形的半地下室异常宁静，听不到丝毫类似声音的响动。偶尔火炉中有什么爆裂开来，发出噼啪一声，除此以外便唯有沉默而已。四面不发一言的裸墙包围着我的四周。

　　等到整个炉子完全变暖之后，我把装满水的水壶放在了上面。又过片刻，水壶咔嗒咔嗒地响了起来，势头劲健地喷吐出白色的水汽，我便用那开水泡了红茶。用火炉烧滚的开水泡红茶，分明用的是同样的茶叶，我却觉得比平时香味更浓。


　　我喝着红茶，闭上眼睛，思考着那座高墙环围的小城。我在黄昏时分赶到图书馆时，炉火总是熊熊地燃烧着，上面有一只黑色的大水壶，正喷着水汽。然后一身朴素——有时候还是多处褪色、磨破的——衣衫的少女为我准备药草茶。她做的药草茶的确很苦，但那与我们（这个世界的）日常生活中所说的"苦"状态迥异。那是用我已知的词语无法形容的、种类特别的"苦"。恐怕是只有在那道高墙之内才能品味到的，或者说认识到的一种"苦"。我怀念那种无法形容的滋味。哪怕只有一次也行，我好想再度品味那番苦味。

　　尽管如此，在沉默中熊熊燃烧的火炉和让人联想起黄昏的昏暗的房间，还有不时咔嗒咔嗒发出响声的旧水壶，还是前所未有地将那座小城拖拽到了我的身旁。我闭着眼睛，久久地沉浸在对失去的那座小城的幻想之中。

不过，总不能没完没了地沉浸在那幻想里，终日坐在火炉前无所事事。

喝完红茶，做了做深呼吸调整情绪后，我便开始做当日的工作。图书馆当月要购买的新刊书籍，必须在所给的预算范围之内选定。决定权虽然委托给了我，但我当然也不能单凭一己的好恶挑选图书。广受一般读者喜爱的畅销书、正在成为热门话题的图书、读者希望购买的图书、可能会引发本地读者对自己故乡关注的图书、作为公共图书馆而必备不可的图书，再加上我个人希望这座小镇的人们阅读的图书……我从当中慎之又慎地选择书籍，列出采购清单；然后再让添田过目，参考她的意见（她每每会有一些有益的意见），制订出最终的购书清单；再由添田按照这份清单推进实际的采购作业。

我这天做的，主要就是这项工作。在四方形的半地下室里，我时不时地瞟一眼熊熊燃烧的柴火炉子，一只手拿着铅笔，拟订购书清单。等到房间里足够暖和之后，我脱去身上穿着的外衣，将衬衣袖子挽到了肘部，继续干活儿。

在我做这项工作期间，没有人前来造访，这里就是我一个人的世界。我时而起身给火炉添柴，火势过强时便调节进气口，时而走到近处的水龙头旁给水壶加满水，并且努力不去思考那座小城和那座图书馆。思考它们是危险的。我在瞬息之间便会被拖进万丈深渊般的幻想之中，待到回过神来时，我正倚在桌前双手托腮，紧闭双眼（拿在手里的铅笔不知何时已经不翼而飞了），惝恍迷离地徘徊在思考的迷宫里：为什么我会在这里？为什么我不在那边呢？……

任怎么说，这里都是我的工作场所——我告诫自己。在这里，我担负着身为图书馆馆长的社会责任。我不能够将这份责任抛弃不顾，只

201

管耽溺于个人的幻想世界之中。尽管如此，有时甚至连我自己都未能觉察，我就已经不知不觉地重新回到了那座高墙环围的小城中，回到了那个世界里——独角兽们蹄声嘚嘚地走过大街，蒙着白色尘埃的"旧梦"堆积在架子上，河柳的细枝摇曳在风中，没有指针的大钟楼俯瞰着广场。固然，迁移的只是我的心，或者说只是我的意识而已。而我的肉体实际上始终滞留在这边这个世界里，恐怕。

近午时分，我走出那间温暖的屋子，到服务台找添田商谈几件必要的事务工作。

她根本就不问我新办公室舒服不舒服、火炉暖和不暖和之类，一如平素，只管面无表情、干脆利落地与我交流工作信息，对几件事情做出决定。因为是在要求肃静的图书馆内，我们基本上从来不聊家常。尽管一贯如此，可这天的添田却似乎在刻意避免谈及我搬办公室的话题。从她的声音里可以听出一种平素所无的、略显紧张的余音。这是为什么？这意味着什么？我不得而知。

子易先生前来造访我的新房间，是在"搬家"三天后的下午两点钟之前。

他一如平日，穿着裙子。那是长达膝下的毛料裹身裙，颜色是深酒红色。裙子下面是黑色紧身裤，脖子上围着浅灰色围巾。当然还有藏青色贝雷帽。上衣是质地很厚的粗花呢，这种衣服他似乎穿得舒适得体。他没穿大衣，恐怕是脱下来放在门口了吧。

子易先生脸上浮现出一贯的微笑，简单地问候我之后，径直走到火炉前，贝雷帽也没摘，就烘起双手来，仿佛那是至为紧要的仪式一般。

然后他扭头问我道:"那么,这间屋子感觉如何?"

"暖和舒适,而且安静,又自在。"

子易先生连连点头,仿佛在说:我说的吧。

"暖炉的火实在是好,能够让身子和心一起,从芯子里同时暖和起来。"

"的确,您说得是。身体和心里都能暖起来。"我同意道。

"苹果树做柴火,香味也很好闻吧?呵呵,那个词是咋说的来着,沁人心脾?"

我也对此表示同意。木柴点燃后,屋子里很快便飘满了淡淡的苹果香味。然而其中除了惬意感,同时还蕴含着于我而言不无危险的要素。那是因为,我觉得这种香味似乎会在不知不觉中将我诱入万丈深渊般的梦想世界里去。有一种将人的心灵拖拽进没有轮廓的世界里去的气息隐匿其中。

如此说来,那座小城的门外就有一片苹果林呢,我想到。守门人摘了苹果,送给小城里的人们。被允许走出城门的,除守门人之外,再无旁人。于是图书馆里的少女用那苹果为我做了点心。我依然能够回忆起那味道来,甜度适中,酸味爽口,自然的美味点点滴滴地沁入身体里来。

子易先生说道:"在下尝试过各种各样的木柴,还是老苹果树最好。引火很容易,烟味也很香。能得到如此之多的苹果木柴,应该说是幸运得很哪!"

"那是,那是。"我表示赞同。

子易先生站在火炉前暖和了一通身子之后,来到我的写字台前,在椅子上坐下。他走在地板上几乎不发出声音。仔细一看,他穿了一双白色网球鞋。眼看就要正式进入严冬了，居然还穿着一双薄底网球鞋，这可有点儿奇怪呀，我心想。人们差不多都已经换上了冬季用的、带有衬里的厚底靴了，然而，试图对子易先生的言行举止套用一般的社会常识，注定是没有意义的。

然后，子易先生跟我就图书馆业务上的几点细微之处做了一番交谈。谈到图书馆业务时，子易先生的说明每每都明了而具体，言简意赅。他虽然是一个有着好几种不可思议的——或者该说是古怪离奇的——倾向的老人，然而但凡事涉图书馆工作，他的意见每每总是有的放矢，十分实用。谈起这种实务性的话题时，他甚至连眼神都会为之一变，仿佛埋入了一对宝石一般，两眼深处会熠熠闪光。显而易见，他很爱这家图书馆。

子易先生脱下上衣挂在椅背上，解下系在脖子上的围巾，摘下贝雷帽，如同平素一样郑重地放在写字台上（尽管不是此前的写字台了）。然后他像一只悠然自得的猫，轻快地将两只手搭在写字台上。我不禁觉得，像这样与子易先生二人待在这个四方形半地下的小房间里，似乎是一桩无比自然的事情。

然而在某一刻，我陡然发现一个事实。那就是：他戴着的手表上没有指针。

起先，我怀疑是不是自己的眼睛出了问题，抑或是光线的缘故，指针一时变得难以看见。然而并非如此。我若无其事地用手指揉了揉眼睛，又重新看了一眼，他左手腕上戴着的那块旧手表——恐怕是发条式的——表盘上没有指针。既没有短的时针、长的分针、细的秒针，也看不到此外任何一种指针，只有刻着数字的表盘。

我差点儿没忍住要向子易先生打听：为什么你的手表上没有指针。

如果我问了的话，子易先生很可能就会爽爽快快地把来因去果告诉我。或许我真该这么问问他。然而冥冥之中有什么东西告诫我说，不问为佳。为了避免引起对方注意，我岔开了话题，只是不露声色地看了几眼那只左手腕。

然后为慎重起见，我看了看自己的手表。因为我突然担心起来：作为一个整体的时间会不会发生了什么不妙的状况。不过，我左手腕上戴着的手表表盘上，一如既往地指针俱全，它们所指示的时间为下午二时三十六分四十五秒，然后变成了四十六秒，又变成了四十七秒。时间还完好无损地存在于这个世界之上，分毫不差地向前行进。我的意思是——至少表现在手表上是这样。

跟那座大钟楼一样，我陡然想到。跟那座高墙环围的小城里，矗立在河畔广场上的钟楼一样。有数字，却没有指针。

我有一种时空依稀歪斜起来的扭曲感，感觉到似乎某物和某物两两混杂、混混沌沌，一部分边界线崩溃瓦解，或者变得暧昧模糊，现实处处都开始混淆。这种混乱究竟是由存在于我自己内心的东西所引发的，还是由子易先生这一存在所引发的，我无法判断。在这样一片混沌之中，我力图使自己镇定下来，不让困惑在脸上表现出来，然而这却并非易事。我一时语塞词穷，于是对话中断了。

子易先生在写字台对面，望着处于这种状态中的我，脸上没有浮现出任何表情，就像没有任何记载的白纸。许久，我们两人都沉默不言。

不过在某一瞬息，子易先生仿佛是脑海里忽地浮出一个念头，抑或是陡地想起了什么，瞳孔倏地一亮，两条长眉微微一颤。然后嘴巴微微张开，好似要为接下去的发言做个预演一般，小巧的嘴唇做出几个不发

205

出声的词语形状。隐隐约约地，然而却有着实实在在的意义。对了，他这是打算告诉我什么——恐怕是具有重大意义的事情。我坐在写字台对面，等待他说出话来。

然而恰在此时，火炉中咔嗒一声，传出木柴崩塌的声响，继而仿佛与之相呼应一般，放在炉上的黑色水壶势头劲健地腾起了白色的水汽。子易先生几乎是条件反射般地飒然扭过身子，朝那边看过去（其敏捷程度与他平素的举止甚不相称），目光锐利地查看火焰状态，在确认未有异变之后，又把视线收转回来。

不过这时候，他原本打算说出口的话——虽然我不知道那是什么话——已然踪影全无了。他的瞳孔恢复了平素那种睡意蒙眬的色调。他已经无话再说。仿佛是熊熊燃烧的炉中火焰，将本应存于那里的话纤悉无遗地吸走了一般。

过了一会儿，子易先生慢慢地从椅子上站起身，大大地做了个深呼吸，将双手放在腰际，挺直后背，仿佛在拉伸一个个僵硬的关节一般。然后他拿起放在写字台上的藏青色贝雷帽，十分宝贝地调整好形状后戴在头上，将围巾围在脖子上。

"那在下就告辞啦。"他自言自语般地说道，"总不能没完没了地赖在这里，打搅您的工作嘛。偏偏这火炉烧起来后实在太舒适啦，不知不觉就坐得久了。还得小心才是啊。"

"这种事您千万别担心，您爱待多久就待多久。我还有好多事要向您讨教呢。"我答道。

然而子易先生面浮笑意，一言不语，微微点头，悄无声息地拾级而上，向我欠身致礼后，消失不见了。

佩戴着没有指针的旧手表、永远身穿裙子的一位老人——这个谜一般的存在意味着什么？其中似乎隐含着某种信息，恐怕是传递给我个人的信息……不过，正沉思默想间，强烈的困意袭来，我就这么坐在椅子上，沉入了睡眠之中。椅子又硬又小，并不适合安眠，但我毫不介意地睡着了。短暂却酣甜的睡眠，甚至连梦都找不到一丝足以插入断片的缝隙。在酣睡中，我听到了水壶再次发出吁吁的蒸汽声。或者说我感觉似乎听到了。

又过了片刻，我走出房间，前去阅览室跟服务台里的添田说话。我问她："子易先生是不是已经回家去了？"

"子易先生？"她微微皱眉，反问道。

"约莫三十分钟前在半地下室里，跟我聊天来着。他是两点之前来的。"

"噢，我没看见他。"她用莫名有些干瘪的声音说道，然后拿起圆珠笔，重新拾起做了一半的工作。好奇怪啊，我心忖。添田几乎从不会擅离服务台这个岗位，而且专心一意的她绝不会看漏进进出出的人。她就是那么一个人。

不过，她那冷淡的口气明确地表明了她不愿继续这个话题的心情，至少我是如此感受的。因此，关于子易先生的谈话到此结束，我回到四方形、半地下的办公室，抱着隐隐约约的违和感，在柴火炉前继续工作。

子易先生到底打算告诉我什么呢？而且为什么刚好就在那时，简直就像计算好了似的，木柴发出声响、轰然崩塌了呢？宛似要阻止那发言一般，宛似警告发言者一般。对此，我绞尽脑汁，思前想后，然而

207

我所有的思考和推论都被厚墙挡住了去路，无一例外，无法再向前推进一步。

## 36

冬季一天又一天地变深。随着岁暮临近，如同子易先生所预言的那般，这座山间小镇的降雪愈加频繁起来。厚厚的雪云源源不断地乘着北风逼近前来，时而迅猛，时而又徐缓得肉眼看不出动静来。

每到早晨，满地便结满了地冰花，在我的雪地靴下弹力十足地发出悦耳的声响，很像踏在撒满砂糖的地板上的声音。因为想听那声响，清晨分明无事，我也要到河边转上一转。我呼出的气息在空中变成又白又硬的小块（甚至似乎可以在上面写字），清晨澄澈的空气变成无数透明的细针，尖利地刺着皮肤。

那种日复一日的严寒，对我来说是难得一遇且又舒爽的刺激。其中有一种涉足踏入了前所未见的世界里去的新鲜感。不管怎么说，我改换了人生中的居所。哪怕我尚未看清那改换了的环境将把我引向何方。

天刚刚亮，河边伸展着一大片尚未被任何人的足迹所污染的洁白的雪原。降雪量还算不上太大，但常绿树青翠粗壮的枝条已然无畏地支撑起了夜间积起的新雪。不时地从山上吹下来的风，在河对岸大片的树丛中弄出尖锐痛切的响声，预告着更为严峻的季节的到来。自然的这种形态，让我的心塞满了近乎焦虑难耐的眷恋与淡淡的哀伤。

从天而降的雪大多又硬又干。坚挺洁白的雪片，落在手心里也能久久地维持原形。雪云似乎是在翻越北方众多高山的过程中被夺走了湿气。落雪既硬又干，堆积许久都不会融化。这些雪令我想起了撒在圣诞蛋糕上的白色粉末（最后一次吃圣诞蛋糕是什么时候的事了？）。

厚厚的大衣与暖和的内衣，绒线帽子和羊绒围巾，以及厚手套成了我的日常必需品。然而只消走到图书馆，那里就有老式柴火炉子在等着我。要等到房间暖和起来，得花上一点儿时间，可是火焰势头一旦上来之后，舒适惬意的暖意就随之而至了。随着房间里慢慢地变暖，我把身上穿着的衣服一件又一件地脱了去——摘下手套，解去围巾，脱掉大衣，最后只穿着一件薄薄的毛衣。到了下午，有时我甚至只穿一件长袖衬衣。

而在那座高墙环围的小城里，少女每每事先就为我把炉子里的火生好了。当我在黄昏时分推开图书馆的门扉时，房间里已经暖和了起来，十分惬意。炉子上，大水壶喷吐着友好的水蒸气。然而在此地，谁也不会为我准备这些，我必须亲自动手。到了清晨时分，位于图书馆最深处的半地下室早已冷似冰窖了。

我蹲在炉子前，擦燃火柴，点着揉成一团的旧报纸，将火苗引到薄柴片上，然后慢慢地引燃到粗木柴上。有时候进展不顺，我还得将这整套步骤从头再来一遍。这是与仪式颇相类似的严肃工作，是从遥远的古代起，人们就反反复复持续至今的营生（当然，在古代，火柴和报纸俱不存在）。

当火焰顺利地稳定下来后，炉子本身也渐渐有了暖意，这时再把装满水的黑色水壶放上去。很快水壶里的水沸腾起来，我就用从子易先生那里继承下来的陶制茶壶冲泡红茶，然后坐在写字台前，一面品尝着热茶，一面海阔天空地思考着高墙环围的小城和图书馆里的少女。无论如何，我都做不到不进行思考。就这样，冬季早晨约莫半小时的时光便稀里糊涂地过去了。我的意识在两个世界之间信马由缰地来来往往。

209

不过，接下去我便会重新鼓足精神，连做几个深呼吸，好比将铁钩穿进铁环里去一般，将意识系留在这边这个世界里。然后我开始做我在这家图书馆里的工作。我不会再解读"旧梦"了。在此地，我必须做的是更为平淡无奇的事务工作：审阅送上来的文件，在上面写下适当的批语，查检日常琐碎的收支，编制图书馆运营上所需物件的表格清单。

在这个过程中，火炉平平稳稳地继续燃烧着，老苹果树芬芳的香气充满了狭窄的房间。

子易先生将电话打到我家里来，是在夜间十点过后。已经这么晚了，电话竟然还会铃声大作，自打我搬到这座小镇以来还从未有过这事。而子易先生打电话到我家里来也是罕有的事情（尽管记忆不是十分清晰，但这次应该就是头一回）。

我坐在阅读用的安乐椅上（这是子易先生替我弄来的），在落地灯的照明下重读福楼拜的《情感教育》。恰好眼睛对旧铅字感到了疲倦，我正想着是不是该准备睡觉的时候——大体与平素一样——子易先生来电了。

"喂？"子易先生说道，"深更半夜的，不好意思，在下子易。您还没睡吧？"

"欸，还没睡。"我答道。这不正打算睡觉嘛。

"呵呵，实在是非常抱歉啦，有事得麻烦您。您看如何？要是请您现在到图书馆来一趟，是不是有点儿强人所难啊？"

"现在去吗？"我问道，看了一眼枕边的闹钟。钟上的指针指在十点十分。我想起了子易先生腕上戴的是没有指针的表。此人知不知道现在是几点钟啊？

"我知道时间已经很晚了,毕竟已经过了晚上十点了嘛。"子易先生说道,仿佛读透了我的心,"不过,这件事有点儿重要。"

"而且这件事是不能在电话里说的喽?"

"欸,是的。这件事不那么简单,电话里说不清楚。电话这东西大体上是不太可靠的啦。"

"明白啦。"我说着,为慎重起见再次看了一眼枕边的闹钟。秒针明确无误地刻记着时间。深深的静谧中,隐约可以听见窸窸窣窣的声音。

我说:"好的呀,我现在可以到图书馆去。那么,子易先生您现在在哪儿呢?"

"就在图书馆的半地下室里,正等着您呢。对,就是有火炉的那个四方形屋子。炉子已经非常暖和了。在下就打算在这儿等您呢,您看行不行?"

"晓得了,我这就赶过去。我还得换件衣服,估计需要三十分钟。"

"好的,好的。毫无问题,等您过来。时间有的是,而且在下习惯了熬夜,也不会犯困的。所以呢,您完全不必赶时间。在下就在这个屋子里慢慢等您,不见不散。"

我挂断电话,心中颇觉奇怪。子易先生是如何进入图书馆里去的?他有大门钥匙吗?尽管已经辞去馆长之职,但子易先生此前毕竟是深度介入图书馆运营的人物,就算手头有钥匙也并非不可思议。

我浮想起在漆黑的图书馆深处的一个房间里,子易先生坐在火炉前,独自一人等待我前往的情景。照理说那应该是相当奇妙的情景,然而我却并不怎么觉得奇妙。什么东西奇妙?什么东西不奇妙?那判断轴似乎在我内心摇摆不定。

我在毛衣之外又穿了件牛角扣粗呢大衣，脖子上围着围巾，戴上绒线帽子，脚穿内有毛料衬里的雪地靴，还戴好了手套。这是个寒冷的夜晚，但没有下雪，也没有刮风。仰天望去，看不见一颗星斗，想来天空应是阴云密布，随时都可能下起雪来。除了河流的潺潺水声和我踏出的脚步声，没有任何其他声音传入耳中，宛如声音都被头上的云层吸进去了一般。由于空气太冷，两颊生疼，我把绒线帽子一直拉到了耳朵下面。

从外面望去，图书馆漆黑一片。除了老旧的门灯，周围所有的灯火都熄灭了，黑灯瞎火的，简直就像战争期间灯火管制的时候。这种被黑暗所包围的图书馆，我还是头一回看到。它仿佛是与白日里看惯了的图书馆完全不同的建筑。

大门锁着。我摘去手套，从大衣口袋里拿出沉重的钥匙串，手法生疏地打开拉门上的锁。拉门需要两种钥匙才能解锁。仔细想来，这还是我第一次使用这两把钥匙。

走进房子里，我关上背后的拉门，为慎重起见，我把门又锁了起来。绿色的安全出口指示灯幽幽地照着图书馆内部，我借助这微微的光亮，避免碰撞到什么东西，小心翼翼地走过休息大厅，经过服务台前（就是添田一直坐镇的地方），穿过阅览室，沿着七弯八拐的走廊，走向半地下室。走廊上连安全出口指示灯都没有，漆黑一片。我每踏出一步，脚下的地板就会不满似的发出小小的悲鸣。应该带把手电筒来的，我内心后悔道。

有亮光从半地下室里微微漏出来。透过门扉上的磨砂玻璃小窗，黄色的灯光弱弱地照着走廊。我轻轻地敲了敲房门，听到里面传来清理喉咙的声音，随即子易先生说道："请进来吧。"

子易先生坐在熊熊燃烧的炉子前，正在等我。一只从天花板上垂吊下来的旧灯泡将房间染成了奇怪的黄色。写字台的一端，放着熟悉的藏青贝雷帽。

眼前出现的是与我在挂断电话时脑中所浮现的一模一样的情景。深更半夜，空无一人的图书馆深处的一间屋子里，小个子老人（蓄着灰色的胡须，穿着格子纹裙子）等待着我。

这番情景，仿佛孩童时读过的绘本中的一页。那里令我生出这种预感——某种变化即将发生。绕过一个街角，就会有个什么东西埋伏在那里等待着我，这是我在少年时代屡屡有过的感觉。然后那个东西将告诉我一个重大事实，而那个事实将逼迫我做出相应的改变。

我取下绒线帽子，与手套一起放在桌上，解下羊绒围巾，脱去大衣。因为房间里已经足够暖和了。

"如何？喝不喝红茶？"

"好的，请给我来一杯。"我顿了一顿，答道。此刻在此喝了浓茶，很可能会难以入眠。可是我又特别想喝点什么，而子易先生冲泡的红茶香味总是惹得我怦然心动，无法抵御。

子易先生从椅子上站起身来，伸手从炉子上拿起冒着白气的水壶，随后手法灵巧地拿着它摇晃了一圈又一圈，让沸腾的开水平静下来。装得满满的水壶肯定相当重，可他的手势却让人感觉不到这一点。然后他用计量匙精确地计量茶叶分量，放到预热到适温的白陶茶壶里，小心翼翼地注入开水，盖上茶壶盖，闭目站在壶前，像久经训练的皇宫卫士似的，站成立正姿势。一成不变的步骤。不，与其说是步骤，未若说更近于仪式。

子易先生全神贯注，似乎是在动用身体内藏的特殊时钟，计算着冲泡美味红茶的最佳时间。此人大概不需要时钟的指针这种权宜之物吧。

过了一会儿，好像是到了他心里的"最佳时间"，宛似咒语得到了解除一般，立正姿势崩解，子易先生重新行动了起来。他把红茶从茶壶中倒进预热好了的两只杯子里，手里拿起一只杯子，用鼻子确认水汽的香味，将这神经信息传递给大脑，然后满意地微微点头。一连串的动作终于大功告成了。

"呵呵，好像还不错。请用茶吧。"

这壶红茶，我们俩既不需要砂糖，也不需要牛奶或柠檬，更不需要任何其他的东西。它本身就是完美无瑕的红茶，温度也恰到好处。芳香浓郁，温和又优雅，内里隐含着能将神经抚慰熨帖的东西。只要添加了什么，它的完美势将受到破坏，就像静谧的朝雾消失在阳光里一般。

我常常觉得不可思议，明明是用同样的水烧出来的开水、同样的陶制茶壶和同样的红茶叶子，但子易先生泡出来的红茶与我泡出来的红茶，为什么味道竟会相差如此之大呢？我曾多次模仿子易先生，试着用同样的步骤泡茶，可我的尝试总是在失望中告终。

我们暂时一言不语，各自品味着杯里的红茶。

"呵呵，这么晚请您过来，实在是万分抱歉。"稍过片刻后，子易先生仿佛万分不好意思似的开口说道。

"子易先生，您常常在这种时候到这里来吗？"

子易先生没有即刻作答，啜了一口红茶，闭目思考。

"在下对这个炉子，呵呵，可是喜欢得不得了。"过了一会儿，子易先生说道，仿佛吐露重大秘密似的，"这火焰，这苹果树的幽香，能够一点一滴地把在下的身体和心从芯子里温暖起来。对在下来说，这份温暖——这能够温暖脆弱灵魂的东西十分宝贵。这件事，也就是在下前来叨扰这件事，如果不会给您带来麻烦，那就太好了。"

我摇摇头："哪里，一点儿也不麻烦。我是完全无所谓的啦，只不过，添田知不知道这件事啊？就是子易先生您在闭馆关门之后到图书馆里来这件事。不管怎么说，实际上是她在操持这家图书馆，就是说，如果她不了解的话……"

"不，添田不知道这件事。"子易先生答道，声音沉稳平静，然而又十分干脆，"她不知道在下半夜三更到这里来，只怕今后也不会知道。而且，如果非说不可的话，呵呵，她也没有必要知道。"

对此，我不知道该如何作答，便保持沉默。没有必要知道？这到底是怎么回事？

"这些事情说来话长。"子易先生说道，"其实本来应该更早一些就把真实情况一点儿一点儿告诉您的，然而没能找到合适的机会，于是就这么时间流逝，季节轮转了，这大概应该怪在在下身上。"

子易先生把手里端着的红茶喝干，将空杯子放在写字台上。咣当一下，干涩的声音回响在小小的半地下室里。

"在下接下去要说的话，可能会让您觉得不可思议。对世间一般人来说，恐怕这听上去难以置信。然而在下坚信，您大概能够不打折扣地接受在下所说的话。这是因为，您具备相信这些话的资格。"

说到这里，子易先生歇了口气，仿佛是要确认炉中的火焰带给自己的温暖，将双手在膝盖上用力地搓了搓。

"'资格'这个词吧，呵呵，也许没用对地方啊。怎么说呢？这个说法太拘泥于外在形式。然而除此之外，在下还想不出其他合适的表达。第一次见到您时,在下就心中有数了。明白此人就是能够听懂并准确理解我想说的话和不得不说的话的人,心想这位先生具备这样的资格。"

只听窸窣一声,炉中的木柴坍塌了。仿佛动物改变姿势时发出的细小而唐突的响声。

我对这番话题的推演茫然不解,闭口不言,望着子易先生那在炉火映照下泛着红光的侧脸。

"干脆跟您挑明了吧。"子易先生说道,"在下是一个没有影子的人。"

"没有影子?"我原样重复了一遍他的话。

子易先生用缺乏表情的声音说道:"对,是的。在下是个失去了影子的人,没有那个叫作影子的东西。在下一直以为有朝一日您会发现呢。"

听他这么一说,我朝房间的白墙看了一眼。的确,那里没有他的影子。那里投映着的,只有我一个人的黑色影子。它承受着从天花板上垂吊下来的灯泡的黄色的光,斜斜地伸延到了墙上。我一动,它也动。然而却看不到本来应该与它比肩投映在那里的子易先生的影子。

"对,正如您所看到的,在下没有影子。"子易先生说道,然后仿佛为了验证一般,举起一只手遮挡在灯前,向我展示墙上映不出它的影子,"在下的影子离我而去,不知道跑到哪里去了。"

我尽可能谨慎地选词择句,问道:"那是什么时候的事呢?就是说,您的影子是几时离开您的身体的?"

"那是在在下死掉的时候。就是在那时候,在下失去了影子,恐怕是永远地失去了。"

"您死掉的时候？"

子易先生轻轻地，然而坚决地连连点头："对，离现在有一年多了吧。打那以后在下就成了没有影子的人了。"

"就是说您已经死了？"

"对，在下已经不在这个世上了。就跟冰冷的铁钉一样，完全没有生命了。"

# 37

"对，在下已经不在这个世上了。就跟冰冷的铁钉一样，完全没有生命了。"

我思索了一番他说的这句话。就跟冰冷的铁钉一样，没有生命了？我恐怕应该说点什么，可是该说什么、怎么去说，我语塞词穷。

"您已经过世这件事，会不会是弄错了？"我终于说话了，可是一说出口，我就觉得这话问得愚不可及。

然而子易先生一本正经地点头答道："对，没有弄错，在下是死了。再怎么说，毕竟事关自己的生死，在下对此事的记忆是准确无疑的，政府机关里应该也有官方记录。而且镇子寺庙的墓地里也立着在下小小的墓碑。还请人做了超度，念了经，法名也得了一个，就是记不清叫什么了。已经死了这件事，是不会有错的了。"

"可是，和您这么面对面地交谈，您看上去一点儿也不像是已经过世的人嘛。"

"对，也许外表上在下的确跟活着的时候一模一样，还能像现在这样，同您进行合情合理的对话。然而在下已经死了，已经不存在于这个世上了，这个事实却没有丝毫的改变。如果不怕引起误解的话，借用从前浅显易懂的说法，现在的我应该就是幽灵。"

深邃的沉默降临在房间里。子易先生嘴角浮现出淡淡的微笑，两只手放在膝盖上用力地搓揉着，凝望着炉中的火焰。

此人也许是在说笑，也许只是在捉弄我——这种可能性从我的脑际掠过。在通常情况下，这种可能性完全存在。有一些人会道貌岸然地满口戏言，捉弄别人。然而任如何考虑，子易先生都不像是那种以谐谑调笑为乐的人。并且再怎么说，他的的确确没有影子。无须赘言，单凭说笑是无法将影子消除掉的。

"现实"这个词在我的内心丧失了本来的意义，四分五裂。我似乎已经不再拥有判定何为现实所必需的基准了。在意识乱成了一团的状态下，我缓缓地摇头，于是投影在墙上的我的那个长长的黑影，也同样缓缓地摇了摇头。不过那动作与实际相比略显几分夸张。

怕吗？不，我并未感到害怕。虽然不知道该怎么办为好，可即便我眼前的这个老人当真就是幽灵，对于在深夜的房间里与他单独相处一事，我也根本没有感到恐怖。是的，这是完全可能的事情。与死人谈话又有何不可呢？

然而尚有许多疑点。此话本系理所当然——关于幽灵，我们毫无所知的事情不计其数。

"对的，在下也是，毫无所知的事情不计其数。"子易先生仿佛读出了我的念头，说道，"为什么我在死了之后并没有归于无，还像这样拥有意识，仍然维持着这副虚幻的皮囊，继续待在这个图书馆里？连在下自己都茫然不解。"

我一言不发，紧盯着子易先生的脸。

"意识这东西实在是太不可思议了。而且死了之后仍然有意识这一点，呵呵，更加让人觉得不可思议。在下曾经在一本书里看到过一种说法，其认为，'所谓意识，就是指大脑本身对大脑之物理状态的自觉'。可是，这果真是正确的定义吗？您是如何看的呢？"

所谓意识，就是指大脑本身对大脑之物理状态的自觉。

我试着就此思考了一番。

"要是这么说的话，没准儿还真就是这样呢。听上去好像蛮合乎逻辑的嘛。"

"对呀，假定是这样的话，那么就是说，在下的大脑还依然存在。对不对？既然有意识，呵呵，就必然有大脑。然而，身体已经不复存在了，而大脑却仍旧存在，这种事情您觉得可能吗？这种事情当真会发生吗？"

要跟上子易先生的推论，需要一定的时间与一定程度的努力。毕竟这番话在脉络上与日常世界天悬地隔。我略作停顿后，毅然问道："那么，子易先生，您的身体已经不复存在了吗？"

子易先生用力点点头："是的，在这个世界上，我的身体已经不存在了。现在暂且，呵呵，还像这样在用着子易活着时候的形象，但这是持续不久的。一定时间过后，就会烟消雾散，化作为无了。这不过是虚幻的暂借皮囊罢了。当然不是什么令人赞叹的外貌，不过除此之外，眼下在下也没有可以借用的皮囊了。"

"但是意识还继续存在？"

"对，意识还维持原样，继续存在。即便没有了肉体，意识却仍旧存在。这对在下来说，是一大谜团。明明肉体不在了，并且肉体不在的话,大脑必然也就不在了,可尽管这样,意识仍然在一如既往地发挥着功能。唉,就这样,死了之后还有许多事情仍旧搞不明白,这可真有点儿奇哉怪也。在下活着的时候还一直浑浑噩噩地以为,人一旦死了,肯定跟活着的时候不一样,和谜团之类再也不会有纠葛了呢。"

"您不认为除了大脑和肉体,此外还有灵魂存在吗?"我问道。

子易先生歪了歪嘴,聚精会神地思考着。

"是啊,嗯,在下思考过灵魂的问题,然而越想越觉得,何为灵魂这个问题,是一个深刻的谜团。人死了,像这样变成幽灵之后,或者说,正是因为变成了幽灵之后,在下对此反而更加搞不明白了。很多人喜欢说道'灵魂'这个词,然而灵魂是怎样一种东西,却没有人对此做出简明易懂的定义,也没有人对此予以说明。由于这个词太过于频繁地被用在各种场合,所以大家尽管是模模糊糊地,可都相信灵魂这东西从不懈怠地存在于我们的体内。但是,实际上要等死了之后才会明白,灵魂这个东西是睁眼看不见、伸手摸不着的,要想拿它来做成什么特别的事情,也是不可能的。在在下看来,我们实际上能够仰赖的,最终就只剩下意识和记忆而已。"

我没有对此表达个人的见解。当一个死者出现在眼前,告诉你"不知道灵魂存在不存在"时,你又能对此做什么样的反驳呢?

"那么,子易先生您到底是怎样过世的?"我问道,"还有,您又是怎样,那个,就是说,变成了幽灵的呢?"

"嗯,自己死时的情景,在下记得一清二楚。在下殒命的直接原因是心脏病发作,总而言之,就是一刹那间便一命呜呼了,甚至连'啊,我快不行啦'都没有想到过。没有时间想。常听人家讲,人将死的那个瞬间,一生的经历会像走马灯似的在眼前一一闪过,不过在在下身上,这种情况根本就没有出现。"

子易先生双手抱臂，将脑袋深深地低垂下去，过了片刻后继续说道："在下的心脏本来就不太强壮，不过在那之前倒也没有出现过什么大问题，而且一个星期前，在下还刚刚在郡山的医院里做了一年一度的体检。当时大夫还说了，'没什么特别变化'，所以在下根本就没想到自己竟然会死于心脏病发作。可是一天早晨，突如其来地，发作就来了。就在下的经验来说，人生中的重大事件，大抵都发生在毫无预料的时候。而死亡这个东西嘛，也是人生中相当重大的事件之一啦。"

子易先生说着，哧哧地低声笑了起来。

"那天早晨，在下独自一人在附近的山上散步，撑了根手杖，手杖的手柄处系着个驱熊铃铛。季节是秋天，这个时期时不时地会有熊下山，到村落里来，补充冬眠前的营养。不过只要边走边摇铃，一般就不会有遭到熊袭击的危险。至少大家是这么告诉我的。到山上去走走，是在下保持健康的小小方法。可是就在这次散步途中，突然一下，在下眼前变得白乎乎的一片，意识似乎在一点点地离我远去。在下心想这可有点儿不妙，于是便斜身靠在了近旁的松树树干上，可还是没能够撑住，身体一点儿一点儿地滑落到了地面上。在下还记得胸膛里面发出了巨大的响声，就像有许多小矮人成排地站在远处的小丘上，一个个都在拼命地敲着大鼓，就是那样一种令人毛骨悚然的声音。小矮人们站在远处，脸部遮在阴影里，看不清楚。不过他们好像手臂异常有力，打鼓声就在耳边轰鸣。自己的心脏居然会发出这么大的声音，简直难以置信。"

子易先生似乎是在回忆当时的情景，轻轻地闭上了眼睛。

"继而在下脑子里浮现出来的场景，不知道什么缘故，是在下正拿着一只小桶，把倒灌进小船里的水拼命地往外舀。在下人在一个大湖的正中央，只身一人坐在手划艇上，船身好像有个破洞，冷水汹涌地从洞口直往里面灌。明明是在山上，为什么在垂死之际会想到这种事情，连在下自己也莫名其妙。然而不管怎样，在下不得不把那水舀出去，不然的话，小船马上就要沉到水底去了。那就是在下在人生的最后时刻眼里看到的光景了。想来真是不可思议啊，呵呵，人的一生原来就是这么回事吗？再后来，很快'无'就到来了，彻底的'无'。是啦，走马灯之类奇巧的玩意儿，在下可是连一眼都没有看到。只有勉勉强强浮在湖面上的手划艇和一只不能再小的水桶，仅此而已。"

沉默。

"一刹那间人就死了，是吗？"

"对，呵呵，实在是死得草率极了。"子易先生点点头，说道，"按照在下所记得的，好像没有感到什么肉体上的痛苦。事情发生得太突如其来，而且——该怎么说呢——太草草了事，以至于在下都还没有意识到在此时此地，自己正在渐渐死去，正在渐渐丧失生命。也正是这个缘故，在像这样变成幽灵之身以后，在下好像仍然未能把自己已经死亡这件事，作为一个事实，真情实感、毫无阻碍地接受下来。"

我问道："您在死亡之后，像那样子……变成那种形态，就是说……变成幽灵之前，是不是有过几个什么阶段呢？"

"没有，没有类似阶段那样的东西。回过神来时，呵呵，在下就已经变成现在这种状态了。从时间上来说，在下是在一年多之前死的，后来开始变成现在这种形态，也就是说变成没有实质肉体的意识这种存在，记得这是在死后一个半月左右的事。在下死了，举行了葬礼，遗体火化，遗骨入葬之后，在下就像这样变成了幽灵，回到地上来了。这期间发生过什么事情，经历过怎样的阶段，这些在下还没有把握全貌。"

为了能跟得上他说的内容，我必须花时间对大脑内部进行一番整理。说是整理也好，还是别的也好，基本上就是只能把对方所讲的内容照单全收，统统作为事实接受下来。

我问道："会不会是因为对今世还有心愿未了，所以才回来的呢？"

"是啊，好像一般人普遍认为幽灵就是这样的。不过在下呢，对于今世倒并没有什么未了的心愿或者懊恼之情。回顾这一辈子，固然没有什么大不了的成就，不过也算是既有高潮也有低谷，普普通通的一生吧。"

"您是说，您的意识是在您自己也毫不知情的状况下，在您死了之后又回到这个世上来的吗？"

"对，正是这样。在下变成现在这种存在，并不是出于自己的主观愿望。只不过，对这个图书馆，在下倒是有一种也许该叫个人执念的感情吧，或者说是一种眷念，说不定就是与它有关。不过话虽如此，在下并不是有什么与图书馆有关的心愿未了，绝非如此。"

"不管怎么样，这个镇子上的人们都认为子易先生您已经死了，是不是？"

"的确如此。不过实际上，也无所谓认为不认为的，在下已经死了，此事千真万确。而且在下现在这副暂借的皮囊，也只有特殊的人才能看得见。"

我问道："添田好像是知道您出现在这个图书馆里的吧？"

"对，添田基本上知道在下变成了幽灵。在下跟添田共事多年，在某种意义上是彼此了解、知根知底的。对于在下成了幽灵这件事，她也是当作自然现象，不闻不问，照单全收。当然，一开始时她好像还是大吃了一惊。"

223

"不过,其他几位兼职女职员是看不见您的喽?"

"对,能够看见在下这副身姿的,除您之外就只有添田一个人了。也并不是时时刻刻都能看得见,在有需要的时候,她就能看见在下。其他人都认为在下已经死了,不存在了。当然,实际上在下的确是已经死了,不存在啦……所以,当有其他人在场时,我会避免同您还有添田说话。这种场面如果被别人看到了,肯定会觉得荒诞不经吧。"

子易先生说着,不禁低声笑了。

我说道:"就是说,子易先生您在去世之后,仍旧留在这里,继续担任馆长之职喽?"

"对。每当添田有什么实际事务上的问题来商量时,在下就给她提些适当的建议,帮她做个判断。嗯,是啦,跟生前在这里当图书馆馆长时差不多一样。"

"然而再怎么说,死者变成幽灵之后继续担任实质上的图书馆馆长,这事毕竟无法公开对外部明言,加上在很多场合,还是需要一个负责日常实际事务的负责人。于是你们就决定从外面招募一个新的图书馆馆长,也就是具备鲜活肉体的适当人才。是这么回事吧?"

对于我说的话,子易先生连连点头。他仿佛在说:自己本来打算说的话,你为我用恰当的语言整理了出来,多谢了。

"对的,实话实说,要之就是这么回事情。然而当您光临此地来面试时,在下只看了大驾一眼,心里立马就一清二楚了。呵呵,是了,此人总之是非同一般啊。对于在下的存在,对于作为暂借了一副皮囊的意识的在下,此人肯定能够完美地理解,并且不打折扣地予以接受。该怎么说呢,这完全是在下始料未及的、奇迹般的邂逅。"

子易先生在暖炉前暖着小小的身躯,像一只聪明的猫,笔直地看着我的脸。他那小眼珠在眼窝深处倏地闪闪一亮。

"然而在下慎之又慎,决定仔细观察一段时间您的言行举止。在下犹豫不决,不知道该不该把实情告诉您。因为这毕竟是一个关于人的生死的、非常微妙的问题。您大概能够理解,'其实我是个幽灵',这种话很难说出口来,需要过上一段时间。就这样,夏天结束了,山里短暂的秋天过去了,然后严冬来临,又到了给这个房间里的炉子生火的季节,在下这才终于深信不疑,对我来说,您就是真正的接手人。"

我仍旧闭口不言,凝望着表情平静的子易先生的脸——伴着暂借皮囊、作为意识的,子易先生的那张脸。

## 38

子易先生坐在火炉前,弓着背,闭着眼,久久地沉默不语,若有所思。其间,他的身体纹丝不动。

"您是失去过影子的人。"未几,他打破沉默,如此说道。然后他挺直上身,睁开眼睛,看着我的脸。

"您是怎么知道这件事的,我是曾经失去过影子的人这件事?"

子易先生摇了两下头:"在下是幽灵,是没有生命的意识。所以,能看见普通人看不见的东西,能理解普通人理解不了的东西。您是曾经失去过影子的人这件事,在下一眼就看出来了。"

"人失去影子,这究竟意味着什么呢?"

子易先生仿佛定睛注视某种炫目的东西似的,双眼猛地眯了起来:"呵呵,看来您对此还不明内情喽?"

"对，究竟是怎么回事，我心里一直没底。当时就是莫名其妙的，现在仍然不知所以。我只是听天由命，随波逐流而已，在这个过程中，我连这么做意味着什么都没搞清楚，就和自己的影子分开了一段时间。那是在一个居民们都没有影子的小城。"

子易先生一言不发，管自抚弄着下巴，然后慢悠悠地开口道："方才也已告诉您了，虽然像这样变成了死者之躯，但还是有许多事情是在下理解不了的。对啦，就跟活着的时候一样。该说一声遗憾吧，人并不会仅仅因为死了，于是就变得聪明起来。所以对于您的提问，要在此给出一个干脆利落的回答，遗憾得很，在下根本做不到。在这个世界上，还有一些事情是不能够被简简单单加以说明的。"

子易先生抬起左手腕，瞥了一眼戴在那里的、没有指针的手表。从他的表情看来，似乎表盘上就算没有指针，对子易先生来说，其也照样可以充分起到时表的作用。他也有可能仅仅是承继了活着的时候养成的习惯亦未可知。

"在下这就得告辞啦。"子易先生说道，"没办法长时间地维持这副暂借的皮囊。跟白天相比，深夜里在下还可以在地上待得更久一点儿，不过这就是极限啦。快要到该消失的时候了。咱们下次见面再聊。呵呵，当然是说如果您乐意的话。假如您嫌麻烦，那么在下就再也不出现在您的面前啦。"

"别，别！"我慌忙说道，仿佛在强调这句话一般连连摇头，"别这样，我根本就不觉得麻烦。我很想能够再见到子易先生，我还有好多话想跟您说。怎么做，才是跟您见面的最佳方式呢？"

"遗憾得很，在下不能够随时随地以现在这样的形象出现在您的面前。这种机会很有限，而且时间也绝不会很长。所以，什么时候能够与您见面,连在下自己也不知道,因为何时变成这个形象,不是凭借在下的自由意志就能够决定的。如果可以的话,呵呵,下次还像今天一样,由在下给您家里打电话,然后咱们就在这个房间里,在这个炉子前见面吧。恐怕会是在夜间。方才也跟您说过,周围暗下去之后,在下化作这个形象的负担就会相对减轻一点儿。您看这样可不可以?在下好像有点儿自作主张了。"

"很好。任何时候都没问题,请您给我打电话好了。我会到这里来的。"

子易先生沉吟片刻,忽地想到了什么似的,抬起头来说道:"顺便问问啊,您读不读《圣经》?"

"《圣经》?您是说基督教的《圣经》吗?"

"是的,就是那个《圣经》。"

"没有,我没有好好读过。因为我不是基督徒。"

"呵呵,在下也不是基督徒,但喜欢读《圣经》,这跟信仰毫不相干。在下年轻时一有空就拿起来翻翻看看,不知不觉就变成了习惯。这本书富于启迪,在下从中学到了好多东西,也感受到了好多东西。《圣经》的《诗篇》中有这样一个句子——'人好像一口气,他的年日,如同影儿快快过去。[1]'"

说到这里,子易先生打住话头,拉着把手将火炉门打开,用火钳调整木柴形状,然后又缓缓地把那句话重复了一遍,仿佛在念给自己听似的。

"'人好像一口气,他的年日,如同影儿快快过去。'呵呵,您明

---

[1] 按此句出自《旧约圣经·诗篇》144:4。——译者注

白吗？人哪，就好比是一口气呀，短暂无常。而人活在世上，他的日常营生也无非就像影子一样，昙花一现。呵呵，在下很久以前就被这句话深深吸引，可是真正从心底理解这句话，却是在死后，变成现在这个样子之后的事了。是的，我们人类不过就像一口气而已。而且像在下这样，死去之后连个影子都没有呢。"

我一语不发，看着子易先生的脸。

"您现如今还活在世上。"子易先生说道，"所以，请您好好地珍惜生命。因为您还有个黑影子跟着您呢。"

子易先生站起身，拿起软塌塌的贝雷帽戴在头上，然后围好围巾。

"好啦，在下得走啦。得把这个形象消除掉才行。那么，过几天再见！"

我心一横，对着他的背影唤道："子易先生，说实话，我在那片居民们都没有影子的土地上，也和现在一样，是在图书馆里工作的。那是一家小图书馆，有一只跟这个一模一样的柴火炉子。"

子易先生略一转身，朝着这边点了一下头，表示已经听明白了。然而他并没有发表意见，仅仅是点了一次头而已。然后他拾级而上，走出房间，背着手将门轻轻关上。

然后我仿佛听到了有脚步声踏过走廊，但那也可能只是错觉，实际上也许我什么也没听到。就算听到了，那也应该是极其轻微的脚步声。

子易先生离开后，我独自一人在那间半地下室里又待了一会儿。子易先生离开了之后，一股强烈的疑念袭上了心头，他刚刚就在这里这件事本身，似乎就是一场幻梦。恐怕其实自始至终，只有我自己一个人待在这里，沉溺在漫无边际的幻想之中。然而那既非幻想亦非妄念。因为作为证据，写字台上还留着两套喝光了的红茶杯。一套是我喝的，还有一套是子易先生——或者说他的幽灵（或者说拥有一副暂借皮囊的他的意识）——喝的。

我长叹一声，双手放在写字台上，闭起眼睛，侧耳倾听时间逝去的足音。然而理所当然，那足音是听不到的。我听到的，唯有火炉中木柴崩塌的声音而已。

# 39

我有好些问题必须问问子易先生，还有好些话必须对子易先生说。作为生者的我应该知道的事情，以及我希望作为死者的子易先生知道的事情。然而在那之前，我必须在大脑中先将种种问题整理清楚。

子易先生化作人的形象在我面前现身，依照他自己的说明，为时不能太长。并且子易先生并不能够从心所欲地随时现身。而在这样有限的时间之内，我们俩必须谈论许多重要的问题，许多恐怕难以赋予其逻辑意义的，并且大都属于观念领域的问题。因此有必要预先在一定程度上厘清思绪、安排好话题的先后顺序。不然的话，我很可能就会永远在弥漫着迷雾的黑暗世界里，一面寻求线索，一面徒劳无功地四处彷徨。

第二天，下午一点过后，我把添田喊到了二楼的馆长室里来，告诉她我有几句话要说。

我与添田每天都要在一楼的服务台商量图书馆运营上必要的事务性问题，然而细细想来，却从来不曾有过两人单独相处、对面交谈的机会。恐怕倒也未必就是添田有意回避出现这样的局面，但她不曾主动寻求过这样的机会，的确也是事实。而这，说不定（我是说如今回想起来）就是为了避免在两人的交谈中提到子易先生。

添田身穿浅绿色的开襟薄羊毛衫、一件几乎毫无缀饰的白上衣、略微偏蓝的灰色毛料裙子。鞋子是深棕色的鹿皮平底鞋。大概并非昂贵的服装，但也不是便宜货，虽然旧，却不失风度。每一样都保养得很用心，最主要是整洁。上衣精心熨烫过，没有一丝褶皱。妆容淡淡的，不显山露水，唯独两条眉毛画得浓浓的，仿佛是要昭示意志的坚强。整个外貌都暗示她是一位经验丰富、精明能干的图书馆司书。

我凭机而坐，她则隔着写字台坐在对面，脸上似乎微微浮现出一丝紧张的神色，涂成雅致的淡粉红色的嘴唇闭作一条直线，好像决心一言不发，除非逼不得已。

窗外，霏霏细雨无声地飘落，房间里隐含着湿气，冷丝丝的。因为只有一只小小的煤气暖炉，整个房间总也暖不起来。雨从早晨开始就维持着同一势头下个不停，看这空气的寒冷程度，只怕随时都可能由雨变成雪。房间里暗阒阒的，天花板上的照明似乎反而是在强调那份晦暗一般。分明才下午一点钟，却让人觉得简直就像黄昏时分。

"其实呢，我是想跟你谈一谈子易先生的事情。"我开门见山，直奔主题。因为我觉得，对添田不必拐弯抹角，干脆地直言相告恐怕更好。添田表情不变，微微点头，双唇仍然紧闭着。

"子易先生已经不在人世了，是吧？"我干脆利落地开口便问。

添田沉默了片刻，很快便似乎放弃了坚持，轻轻叹了口气，终于启口答道："是的。正如您说的，子易先生过世有一段时间了。"

"但是他过世之后,仍然化作生前的身形,常常在图书馆里露面,对吧?"

"是的,的确如此。"添田说道,然后抬起放在膝盖上的手,调了调眼镜位置,"不过,他的身形并不是人人都看得见的。"

"你看得见他的身形。"我说道,"还有,我这个人也能看见。"

"是的,没错。我是说据我所知,在这里能够看到子易先生死后的身形,并且能够跟他交谈的,目前好像只有您和我两个人。其他职员什么都看不见,也听不见声音。"

终于能够与别人一起分担长期以来一直孤独一人深埋在心底的秘密,添田似乎稍稍松了一口气。对她来说,这肯定是一个不小的重负。只怕她还曾怀疑过自己会不会是脑子出了毛病。

我说:"其实,直到昨夜之前,我一直不知道他已经过世了。自从到这家图书馆赴任以来,我一直以为子易先生是个大活人,因为从未有人跟我提到过此事。昨夜是他本人亲口把这件事告诉了我,自然不必说,我着实吓了一大跳。"

"吓一大跳很正常。"添田说道,"不过实在抱歉,子易先生已经不是此世之人了这件事,是没法儿通过我的口来告诉您的。"

我把昨天发生的事情简要地对添田做了一番说明。夜里十点来钟,子易先生突然打来电话,把我喊到图书馆来,然后在图书馆的半地下室里,在那只温暖的火炉前,我们喝着又热又香的红茶(那是子易先生亲自烧水冲泡的),直接由其本人亲口对我坦白,说自己其实是个已死之人。

添田自始至终默默地倾听着我说话。她那双直率的眼睛,从眼镜片后面直瞪瞪地盯着我看,仿佛是要读出可能隐藏在我话语背后的某种——如果真有的话——东西来。

"我觉得,子易先生个人肯定对您非常满意。"我讲完之后,她声调平静地如此说道,"而且,他还对您,或者说是对暗含在您心里面的某些东西,很有些放心不下。"

暗含在我心里面的某些东西,我对着自己的心重复道。

"直到我来赴任为止,据你所知,只有你自己一个人能看见子易先生死后的身形,是这样的吧?"

"对,在这里能够看见他的身形的,我认为恐怕只有我一个人。子易先生在图书馆里现身后,就只跟我一个人说话,和活着的时候一样。不过当着其他职员的面,我当然不能跟一个大家眼里都看不见的人交谈,所以我们都是在只有我们两人的时候才说话的。至于所说的内容,主要都是跟图书馆工作有关的事务性问题。"

说到这里,添田缄口调整情绪,沉思片刻,然后又说道:

"子易先生一定是对这座图书馆的运营心有惦念吧。这座图书馆虽然挂了个'镇营'的名号,但实际上完完全全是他的私有物。有关这家图书馆的各种事情,差不多全部都是由子易先生一手承担的,可子易先生去年意外猝死之后,继任馆长一时半会儿定不下来,就由我临时代理他的工作。可是不言而喻,单靠我一个人,总归照顾不周全。我只是一个负责一线事务的司书,日常业务倒还罢了,但是牵涉到图书馆的整体运营,好多事情我就一窍不通了,无法做出准确的判断。我猜想子易先生一定是看到这种局面后于心不忍,所以才在死后一次又一次地跑回来的。为的就是向我伸以援助之手。"

"子易先生过世之后,你是得到了他的,也就是,怎么说呢,变成了幽灵的子易先生的建议,来打理这家图书馆的喽?"

添田默默地点了点头。

我说:"于是就这样,在经过一段没有馆长的时期之后,我作为子易先生的继任者就任了这家图书馆的馆长。是这样的吧?"

添田再次点了点头,然后说:

"是的。子易先生夏天在这个房间里直接面试您的时候,老实说,我吃了一惊。不,与其说是吃了一惊,不如说是不明白是怎么回事,脑子有点儿糊涂了。因为第一次见面,他居然就把自己的身形彻底展现在您的面前。这可是那个万事小心,除了我绝不在任何人面前暴露身形的子易先生啊。到底发生了什么事?我百思不解。不过看他那个样子,尽管我不知道理由,也没有根据,却猜到了您这个人身上肯定有什么东西,能够让子易先生赤诚相待吧……就是能够让他觉得,对此人开诚布公也没关系的那样一种东西。"

我闭口不言,只是倾耳谛听。添田继续说道:

"于是您和子易先生就在这间屋子里长时间地亲切交谈,其结果,由您就任新一任馆长,图书馆像以前一样圆满顺利地运转起来。我终于卸下了肩头重负,一下子轻松了好多。而且您和子易先生似乎在人眼看不到的地方,建立起了良好的关系。这对我来说,要比什么都令人开心。

"不过,子易先生是已经过世之人这话,是无法通过我的口来告诉您的。这是因为,怎么说呢,我觉得这样显得自己太多嘴多舌。如果子易先生想把这件事——自己不是一个活人这件事——告诉您的话,他肯定会自己说的。如果他不说,那就说明时机还不成熟。所以我便保持沉默,在一旁注视着事态的进展。就是说,我自己一个人把一个重大事实藏在心里,这一藏就是好几个月。我该不该把这个事实告诉您呢?就是说，子易先生不是一个实实在在的活人，该怎么说呢……而是鬼魂，是亡灵那样一种存在。"

我说："不必。我觉得大概就如同你所说的，子易先生是想通过自己的口来表白这件事。他大概是在琢磨适当的时机吧。所以你缄口不提这件事，这应该是绝对没有做错的。"

半晌，我们俩各自保持沉默。我移目窗外，确认雨仍在继续下着，目前还没有变成雪。寂静无声的雨无声无息地渗进了大地、庭石和树干里去，同时也汇入了河流里。

我问添田道："子易先生是个什么样的人？听说他是在这个小镇出生的，可他是在怎样的环境里长大，年轻时度过了怎样的人生，后来又是经历了怎样的前因后果建造起了这家私人图书馆的呢？细想起来，对于他这个人，我差不多是一无所知。我有好几次想直接问他本人，但每次都被他搪塞了过去。他好像不愿意多谈自己，于是，我后来就再也不向他打听个人问题了。"

添田并拢双腿，双手合在裙子的膝盖处。纤长的十指，宛似编织了一半的毛线，缠绕在一起。

"跟您说老实话，我对子易先生这个人也所知不多。虽然在这家图书馆里前后工作了将近十年，但是我几乎从来没有跟子易先生谈论过私事。这话听上去有点儿奇怪，但我相对而言近距离地对子易先生的人品有所了解，反倒是在他死了之后。他在活着的时候，该怎么说呢，好像总是心不在焉似的，周身笼罩在一种超然的氛围中。绝不是说他冷漠、自高自大，其实他很平易近人、和蔼可亲，但又总是让人觉得他对周围的现实世界漫不经心，与人交往时在有意微妙地保持距离。

"可是在死了之后，就是说在只有灵魂之后，他居然像变了一个人似的，跟我交谈时直视着我的眼睛，说话也满怀诚意，整个人变得生气勃勃，有人情味了。居然说一个已死之人生气勃勃，这话听上去未免奇怪，可这大概就是，死亡反而把他从前深藏在心里的东西给解放出来了吧。"

"活着的子易先生心上包裹着的坚壳，被剥去了。"

"对，真的就是这种感觉。"添田说道，"就好像到了春天，积雪融化了，各种各样的东西从下面露出了身子一样……我在结婚之前一直住在长野县松本市，对这片土地毫无所知。我丈夫虽然是福岛县人，却是在郡山市内出生长大的，在这片土地上也没有相识，只是碰巧在镇里的学校得到了教职，就搬到这里来了。出于这样的原因，我对子易先生的了解都是来自间接的耳闻，是周围的人们点点滴滴告诉我的。其中还有一些仅仅是传言，有多少真实可信度，很难判断。不过，假如您觉得这种程度也无所谓的话，我倒是可以把我所了解的、关于子易先生个人的情况，讲给您听听。"

据添田所说，子易先生是这座小镇屈指可数的大财主家的长子，有一个年纪相差很大的妹妹。他们一家代代经营酒厂，生意兴隆昌盛。从本地高中毕业后，他考进了东京的一所私立大学。他在大学里专攻经济学，但是对学业好像不太热心，留级了好几次。原因就在于，他本来是想专攻文学的，可是父亲却希望他继承家业，死活不同意，于是他迫于无奈，只得去学习经营管理。所以在大学就读期间，他对学业弃之不顾，跟朋友们组织了个文学社，整天埋头于同人杂志的活动，短篇小说也写过好几篇，其中一篇还被某家大型文艺刊物转载过。然而他最终未能作为小说家安身立命，大学毕业后在东京胡混了好几年，俨然一副文士派头，结果父亲忍无可忍，下了最后通牒（中断了每月的汇款），于是他不得不回到福岛的这座乡下小镇来了。

为了继承酿酒的家业，他在父亲手下修行，学做经营者。但是他跟只晓得工作的父亲格格不入，当然对经营酒业也就虚应故事[1]，而这种乡下小镇的生活对他来说，绝非快心遂意。空闲时读读书，伏案写稿，便是他唯一的乐趣了。因为是大财主家的独子，前来提亲的自然源源不断，可是他却不想结婚成家，长期一直保持独身。因为要顾及体面，再加上父亲虎视眈眈，所以在故乡小镇他倒也谨言慎行，但据传闻，他偶尔去一趟东京时，就仿佛要发泄平日的不满似的，相当地放荡不羁。

到了三十二岁那年，嗜酒如命的父亲因为脑梗死病倒后，卧床不起，实质上就由他来执掌经营一事了。话虽如此，实际业务却由在家里当差多年、忠心耿耿的老掌柜和一批老员工承当，所以他只消坐在大院深处的房间里酌情发出必要的指示，简单地查查账簿，出席一下同行们的集会，与镇里的实力人物聚聚餐，完成这类外交性质的事务便可。尽管日子过得缺乏刺激、枯燥无味，但毕竟整天唠唠叨叨的父亲已经行将就木，连话都说不出来了，而经营——他甚至无须卖力工作也照样——平稳安定，状态良好。总之，不妨说是高枕无忧的境遇。

闲暇时他一如既往，看看喜欢的书，伏案写写小说，但是一度澎湃沸腾于内心的创作欲在过了三十岁之后，似乎便渐渐地淡了下来。好似一个旅人连自己都不曾留神，便已然越过了意义重大的分水岭。钢笔根本不曾从稿纸上滑过的日子，也变得越来越多了。

小说……自己到底应该写什么，他如今不再是确信无疑的了。从前

---

[1] 汉语成语，意为照例应付，敷衍了事。

他可是连为这种事情烦恼的时间都没有的，文思喷涌如泉，生花妙句就像行云流水般地在眼前浮现不绝。而就当他在这山间的乡下小镇闭门索居期间，每天都有许多重要活动在东京热火朝天地进行着，他感觉自己远离了最前线，失群落伍了。与东京的旧日文友之间的交流，也随着岁月的流逝而热情渐消，变得与他们渐行渐远了。

他就这么得过且过，几乎是尽义务般地应付着那些焦虑不安的日子时——此时他已经三十五岁了——由于一个意想不到的机缘，他结识了一位小他十岁的美丽女性，刹那之间便坠入了情网，感受到了在迄今为止的人生中从未体验过的、激烈的心灵震撼。这种震撼深不可测、强不可估，从根底上令他混乱、动摇。他感到自己郑重其事地坚守至今的价值观似乎在突然之间变成了毫无任何意义、空空如也的空箱子。自己迄今为止究竟是为了什么而活在人世的？难不成是地球开始倒转了吗？他当真感到了惶恐不安。

她是他住在镇子里的熟人的外甥女，东京人，出生在山手线[1]圈内，一直在那里长大。毕业于某教会女子大学法语系，法语流利，在不知是突尼斯还是阿尔及利亚的大使馆里做秘书工作，是一位知性的女性，聪颖机敏，还精通文学与音乐。聊起这样的话题来，不管谈论多久，她都不会意兴阑珊。与她相对而坐，亲切交谈，他便觉得自己心中很久之前似乎就已昏昏睡去的对知识的好奇心，又重新唤回了激情。这对他来说，是无可比拟的喜事。

有人把夏天来度假、在镇上小住的她介绍给了他，他们几度见面，几次交谈，变得熟悉起来后，他便创造机会远赴东京，与她约会（顺便

---

[1] 东京都区部的一条环形铁路线路。

提一句，当时他还不穿裙子，着装极为利索普通）。

经过几个月这样的交往之后，他鼓起勇气向她求婚了，可她却没有当场作答，而是说："对不起，我需要一些时间考虑考虑。"随之而后的几个星期，她一直逡巡在深深的犹豫之中。

她非常喜欢他，觉得他是个值得信赖的人，两人相处时很愉快，对于与他结婚一事本身，她并无异议（她在不久之前与此前交往的男友分道扬镳了，这对子易先生而言恰好是机缘巧合）。然而要放弃能够运用外语知识、又很有意义的专业，放弃在大城市独居的轻松快乐，来做一个酒厂老板的妻子、一个旧式家庭的媳妇，在福岛县深山老林里的小镇上终此一生，对她来说显然是一件令人踌躇不前的事。

最终，经过几度商议，二人之间达成了妥协，条件是结婚之后，她暂且继续现在的工作，只在周末与假期里来这个小镇，或者子易先生得暇便去东京。当然，在子易先生而言，这并非令他满意的决定，他也曾热心地试图说服她，可是她的决心十分坚定，而他又不甘心舍弃她，最终只得应下了这个条件。于是两人在他的老家举行了一场差不多仅具形式的简单婚礼，获邀列席婚礼的只有少数几位至亲好友，也没举办婚宴，镇上许多人甚至都没有察觉到他已经结婚了。

子易先生其实是很想把酿酒公司的经营等一切统统抛却，与这座古老的小镇彻底切断关系，与她二人在东京自由自在地过自己的婚姻生活的（假如当真能够那样，该是多么可喜可贺啊），但是任怎么说，他都不可能一意孤行，抛开多年的老员工、卧床不起的老父亲以及其他将全部希望都寄托在自己一人身上的家人，离开小镇远去。不管喜不喜欢，他都有作为人的责任。虽说这是时势强加于他的，可是一旦接受了下来，就不能轻易放弃。

而且作为实际问题,已经到了这把年纪,手上也没有个手艺,既无工作经验,又不具备当个文艺作家谋生的才华(他已经不再确信自己具备这份才华了),就这么冒冒失失地跑到东京去,又能在那里做什么呢?

因此子易先生不得不接受她提出来的"走婚"这一提案。没有办法,归根结底,他人生中的一切几乎不都是妥协的产物吗?于是这样一种不便、匆忙的婚姻生活,他坚持了将近五年。

她在星期五夜里,要不就是星期六的早晨,连换好几趟火车赶来小镇,在星期日傍晚返回东京。或者是他赶往东京,在那里度周末。夏天和冬天的假期里,两人可以一起度过一段完整的时光。无比古板、守旧的老父亲如果健康的话,肯定会对这样一种夫妻生活痛加责备的吧,可他(唉,也许该说是万幸吗?)几乎无法开口说话。母亲又是个天生的老好人,把息事宁人视为人生第一要义,而妹妹与子易先生的新婚妻子年龄相仿,话谈得来,脾气也合得来,早已结成了年轻闺密的亲密关系。因此子易先生没被周围的任何人抱怨过半句,大致顺利圆满地度过了将近五年这种不合惯例、不安定的婚姻生活。

而实际上,对于这种在世间一般看来难以称之为寻常可见的生活方式,子易先生倒是自得其乐的。哪怕每周只有一两天的见面机会,可是能够见到她,就令他无比喜悦,与她二人共同度过的时光笼罩在无上的幸福感里。或者毋宁说,也许正因为与她相见的时间受限,他的幸福感才变得更深刻、更辽阔。而见不到她的日子,他便梦想着周末与她相见时的情形,伴随着丰富多彩的期待感,在等待中度过。

子易先生去东京时,有时候乘火车,有时候自己驱车前往。其实他并不擅长开车,但是一想到马上就能与她(妻子)相见,握着方向盘就丝毫不觉得痛苦,孤独的长途驾驶也不使他感到疲劳了。单是想到自己正在一公里一公里地接近她所居住的城市，就足够令他心花怒放了。简直就像青春再来一般。话虽这么说，其实他在青春时代也从来没有像现在这样深深地、无条件地爱过谁。

这样一种有违常规，却也其乐融融的日子宣告终结，是在他迎来四十岁生日之后不久的事。她怀孕了。两人原来没打算要孩子，一直注意避孕，但是有一天突如其来，发现她怀孕了。如何应对这一意料之外的状况？二人面对面，或是在电话里，经过长时间认真商谈后，她希望避免堕胎的意志最终得到了尊重。尽管两人都对要孩子一事兴趣不大（他们充分满足于专属二人的世界），但又觉得既然小生命已然诞生，便很愿意善待这一流变。商谈的结果是，她从供职多年的北非的大使馆退职，来到他居住的福岛县的小镇上安顿下来，并在那里等待将要到来的分娩。

她之所以觉得不妨辞去大使馆的工作，其中有一个原因就是，此前相处和睦的大使随着新政权的诞生而被更迭，而她与继任的新大使又性格不合。因此，她对工作的热情也就相当淡薄了起来。加上每周在东京与福岛之间来来往往，她也开始感到疲劳，亦是理由之一。尤其是有孕在身，这般来回奔波只怕将越来越难以为继。

而且，盼望和他在同一屋檐下过上安定的夫妻生活的这种心情，也在她的内心日渐强烈。她与他的亲戚们如今好像也已建立起了良好的关系，尽管那是个非常保守、狭隘的小镇，但应该还是可以风平浪静地平安度日的。就算有个一差二错，丈夫也肯定会为自己遮风挡雨。她对子易先生已经产生了这样一种信赖感。自始至终，她对他的感情与其说是热烈的爱，未若说更近于总体人物评价。她要求人生伴侣提供的，相比于熊熊燃烧的激情,毋宁是一帆风顺、安安定定的人际关系。

子易先生也好,他的家人也好,打心底欢迎她移居此地,作为妻子安顿下来。子易先生在离父母家不远之处特意新建了一幢小巧舒适的住宅,两人便生活在这里。至此,他方才有了终于与她做上了正常夫妻的真实感,松了一口气。"走婚"固然颇具刺激性,然而担心她不知何时便会离开自己而去的不安,却始终缠绕在他心头。因为子易先生对自己的男性魅力并无多少自信。

子易先生看着妻子一天天变大的肚子,又用手掌温柔地轻轻抚摩着,心里反复想象着两人即将出生的孩子。降生到这个世界上来的到底会是个什么样的孩子呢?而这个孩子又将会长成什么样的人呢?他会拥有怎样的自我、拥抱怎样的梦想呢?

子易先生并未能够很好地把握自己本人的存在意义,但他油然觉得这些已经都无所谓了。自己从父母身上继承了一整套信息,然后自己又在上面进行了一些增删修改,再把它传递给自己的孩子——归根结底,自己无非就是一个通过点而已,是延绵不绝的长长链条上的一环而已。可是,这又有何不可?纵使自己在这场人生中没有做成有意义的事情、足以向人称道的事情,那又怎样?自己可以像这样把某种可能性——即便那仅仅是可能性而已——交托给孩子。仅凭这一点,自己活至今日不就是有意义的吗?

这样一种视点,对他来说完全是刚刚萌芽的新事物,是迄今为止连想都从未想到过的东西。不过这样思考下去,心情就变得轻松了许多。迷惘和忧愁消失了,他几乎是有生以来第一次获得了心灵的平静。他把迄今为止暗藏在胸中的一切野心,抑或说是近乎梦想的希望束之高阁,作为地方小城市中坚酒厂的第四代经营者,开始了安定宁静的生活。生气勃发的动向、耳目一新的嬗变,这样的动静在周边几乎看不到,但他对此也并不特别地感到不满。那种担心自己是否已被社会新潮流抛在后面而张皇失措的焦躁感,不知不觉间也烟消雾散,不知所终了。他有扎实的生活基盘,有小小的斗室可归,有爱妻和她肚子里健康成长的胎儿在等待着他。

一言以蔽之,他双脚踏进了与视野开阔的高台相似的中年期了。

他专心致志地考虑给即将降生的孩子取名。从前那种一心要写出惊世骇俗的小说来的激情,暂且从他的内心消失了。给孩子起名,这对他来说就变成了具有至为重要意义的"创作行为"。妻子则乐得把这项工作全权交托给他。"我负责生个健康的孩子,你负责给孩子起个好名字,咱俩就这么分工吧。"她说。给孩子取名,不属于她擅长的领域。

查阅了好多文献,绞尽脑汁,搜索枯肠,举棋不定,三翻四覆之后,子易先生终于得出了坚如磐石般的可靠结论。

如果是男孩,就叫"森";如果是女孩,就叫"林"。对,对一个诞生在自然风光横流漫溢的山间小镇的孩子来说,这名字岂不是太般配了?

子易森

子易林

他把这一男一女两个名字用墨汁大大地写在白纸上,贴在自己房间的墙上。每日晨昏,他望着这两个名字,在心里想象将要到来的孩子的面庞。

"我觉得这两个名字特别好。"妻子也认可了这个方案,"这两个字看上去的感觉令人喜欢。要是生下一对龙凤胎就好了,可瞧这肚皮大小,好像不大可能。那你说哪个好呀?男孩?女孩?"

"哪个都一样好啦。"子易先生说,"总之,只要平平安安地出生,把这个名字像衣服一样穿在身上,甭管男孩女孩,都无所谓。"

这是子易先生的由衷之言。不管男孩女孩,哪个都好。只要那孩子是能够将子易先生自己的可能性作为他的可能性继承下去的存在。

# 40

"生下来的是个男孩。"添田说道,"那孩子就依照事先的预案,起名'子易森'。孩子是顺产,非常健康。对子易家来说,这孩子是长孙,得到了全家人的宠爱,被十分宝贝地度过了幼儿时代。子易先生也好,子易先生的太太也好,日子过得非常幸福。他们生活安定,从未发生过堪称问题的问题,太太也很好地适应了小镇的生活。那时候我还没来到这个镇子,对当时的情况其实并不知情,这些都是周围的人后来告诉我的。不过,告诉我的这些人都很靠谱,值得信任,这些内容应该大致不会有误。要之,子易先生的周围连一片不幸的阴影都没有落下过,一切事情都顺利无比。"

添田说到这里,一时闭口,用缺乏感情的眼睛注视着放在裙子膝盖部的自己的双手。她的左手无名手指上,一枚简素的金戒指闪闪发光。

但是这种笼罩在幸福感中的日子并未能长久——莫非是这样吗?我如此想到。因为我看到添田的嘴角微微颤抖,似乎是要这么说。

"但是，这种幸福的日子没能持续很久。遗憾得很。"添田仿佛读出了我那无声的思绪一般，接着说道。

男孩在五月中旬迎来了五岁生日，有过一个热闹的庆生仪式（顺便提一下，这时子易先生四十五岁，太太三十五岁）。作为生日贺礼，孩子得到了一辆红色的小自行车。本来他是想要长毛大型犬的（孩子迷上了出现在动画片《阿尔卑斯山的少女》里的狗狗），但是因为母亲对犬毛过敏，所以这次就忍痛割爱，改要了自行车。不过那是一辆非常可爱漂亮的自行车，因此孩子也感到十分幸福。于是每天从幼儿园放学回家后，孩子就在自家院子里得意扬扬地骑着装上了辅助轮的自行车玩。他是个喜欢唱歌的孩子，一边骑着自行车一边唱着歌。有时还会唱自己瞎编的歌。

一天傍晚，母亲一边在厨房里准备晚餐，一边听着窗外传来的孩子的歌声。这对她来说应该是最幸福的时刻——春日里，黄昏时，一面手脚利落地做着家务，一面侧耳倾听骑车玩耍的五岁孩子的歌声。

可是正炒着菜呢，盐罐里的盐用完了，于是她只顾着去寻找存货，一时没有注意到孩子的歌声听不见了。等到想起来时，她心里一惊，而恰在此时，她耳朵里听到的却是大型车辆的急刹车声，还有好像什么东西被撞开去的干涩的响声。这一连串的声音似乎就是从家门口传来的，接下去又是毛骨悚然的沉默，仿佛所有的声音都被完全吸噬进某个地方去了一般。她条件反射般地关掉煤气，穿上拖鞋跑出玄关，然后奔到了院门外。

她在那里看到的，是急转弯后车身斜停下来堵塞了马路的重型卡车，以及倒在卡车车轮前、变得七歪八扭的红色小童车。却不见孩子的身影。

"森!"她喊道,"森儿!"

然而没有回音。卡车门开了,一个中年司机爬了下来。那汉子面色苍白,全身哆哆嗦嗦,颤抖不已。

孩子被撞飞到了五米开外的马路边上。大概是撞击的势头相当猛吧,他的身体恐怕就像橡胶球一样轻飘飘地飞过了空中。那具失去了意识的小小身体,软绵绵得如同一具空壳,轻得可怕。嘴巴凄然地半张着,仿佛欲言又止。眼睑紧闭,嘴角流出一丝细细的口涎。母亲飞奔过去抱起孩子,迅速检查全身。肉眼看去并无一处流血,于是她稍稍松了口气。至少没有出血。

"森儿!"她呼唤着孩子。然而没有反应。孩子双目紧闭,一动不动,两只手的指头也松松垮垮地耷拉着。也不知道是否有呼吸,也不知道是否有心跳。她将耳朵凑近孩子嘴边,试图感受呼吸,然而没有那种迹象。

卡车司机走过来,立在她旁边,一望便知他已经六神无主,似乎不知道该说什么、该做什么,只是浑身乱颤地站在那里。

她抱着孩子奔回家里,姑且将他放在床上躺着,打电话呼叫救护车。她的声音冷静得连自己都惊讶。她准确地报上自家地址,告诉对方,五岁的孩子在家门口遭遇交通事故,请紧急派救护车来。很快,救护车与警车便拉着警笛赶到了,救护车将母亲与孩子紧急送往医院,两位警察留下来勘查事故现场,卡车司机则在一旁接受调查。

煤气灶上的火关了没有?母亲在救护车里守在孩子身边,心里寻思道。没有记忆。什么都不记得。不过这种事已经无所谓了,她想,连续几次猛烈摇头。这种事已经无所谓了。然而煤气灶的事情却始终萦绕脑

245

际不去。守在昏迷不醒的孩子身畔，不停地思考煤气灶的处置，对她来说大概很有必要吧，为了使精神保持正常。

男孩在医院里昏睡了整整三天三夜之后，心肺功能停止，静静地断了气。被卡车撞飞后，他的后脑部摔在了马路沿上，这成了致死原因。没有出血，身上也没有肉眼可见的变形，孩子死得非常平静。没有片刻的时间思考，死亡在一瞬间降临。肯定也没有时间感觉到疼痛。慈悲深厚……甚至不妨这么说。然而对父母来说，这种事情起不到丝毫的安慰作用。

根据卡车司机的证词，骑着红色自行车的小孩突如其来地，从家门口冲到了马路上，他慌忙急踩刹车，向右猛打方向盘，但已经来不及，孩子撞上了保险杠的一角。"因为是在市区，道路相对狭窄，所以卡车行驶速度并不快，低于规定时速，但毕竟小孩是猝然冲到了眼前，因此我反应不过来。不过，真的是万分抱歉。我也有个很小的小孩，所以对于为人父母的心情，我有切肤之痛，完完全全理解。真不知道该如何道歉为好。"

警察勘验了柏油路面上留下的刹车痕，证实了正如卡车司机所陈述的，卡车行驶速度并不快。司机因涉嫌过失致死被移送检察厅，但是要责怪他粗心大意，也许有点儿冤枉他。恐怕是孩子因为某种理由猛然冲出家门窜到了马路上。是满脑袋孩子气的念头使然呢，还是因为他尚未习惯驾驭自行车？家门前的马路上，车辆往来虽然并不算频繁，但危险仍然存在，所以家里一直严厉教育他，自行车只能在院墙之内骑，绝不可以骑到马路上去。而且院门通常都是关着的，还插上了门闩。

被抛舍在身后的父母，其哀楚之深自不必说，是无法言喻的。倾注了无限爱意的孩子，突然之间就从眼前消失了。这诞生未久的健康的生命，他的温暖，他的笑脸，他充满喜悦的声音，宛如被猝不及防的疾风吹灭的一小朵火焰，形影俱无了。他们的绝望，他们的丧失感，是痛彻心扉的，是无法治愈的。当被告知孩子已死时，母亲当场休克昏迷，倒了下去，一连多日以泪洗面。

子易先生内心的悲痛之深比妻子有过而无不及，但他心里同时还有一种必须保护好妻子的强烈意念。看见妻子深陷在失去孩子的冲击中无力自拔、几乎丧失了活下去的意愿，他必须竭尽全力解救她，帮助她回到原来的轨道。当然，恐怕做不到复旧如初（他也心中有数：那不可能），但至少必须把她拉回到接近平常的地平线上。不能够永无尽期地悲痛孩子的死。任怎么说，人生都是一场持久战。不管有多么大的悲哀，就算丧失与绝望在等着我们，我们都得一步一步、扎扎实实地向前迈进。

子易先生一天又一天地坚持安慰妻子，鼓励妻子，守在她身边，把浮现在脑海里的每一句温柔的话向她倾诉。他始终不渝地深爱着她，希望她能恢复元气，哪怕一星半点儿也好。他希望她能凝聚起活下去的意愿，像从前一样绽放出明丽的笑容。

然而不管子易先生多么尽心竭力，她的心却仍旧沉沦在黑暗的深渊里，再也没浮上水面。就像躲进自己的房间里，关上厚重的门，从里面上了锁一般。从早到晚，她不管对谁都不发一言，而且不论他说什么话，怎么呼唤她，那些句子都被坚固的硬壳阻挡住，反弹了回来。他伸手抚摸她的身体，妻子便会缩紧身子，肌肉僵硬，仿佛遭到素不相识的陌生男人粗鲁的非礼一般。这给子易先生带来了深刻的悲痛。对他来说，这无疑是双重的悲痛：他先是失去了珍爱的孩子，接着又失去了挚爱的妻子。

　　他日渐感到不安，觉得妻子不单单是沉沦在悲痛之中，而且似乎还因为受到了强烈的冲击，导致精神上发生了异变。然而这种事态应当如何应对为佳，他却无从判断，又不能去找医生咨询，因为他感觉只怕很难找到能够解决妻子身上问题的医生。那恐怕是产生在她精神最深处的深刻问题，只能靠他自己——作为人生的伴侣——想方设法去疗愈那血淋淋的伤口。舍此之外没有可行的办法，纵使要花上再长的时间，要付出再大的努力。

　　在坚守了一个来月的沉默之后，有一天突然地，仿佛精魂附体一般，她开始说话了。而且一旦开口讲话，便再也停不下来了。

　　"那时候，要是依了那孩子，养条狗就好了。"她用一种缺乏抑扬的声音静静地说道，"依了他，给他养条狗，也就不会给他买自行车了。就因为我对犬毛过敏，所以跟他说不能养狗，这下礼物就变成自行车了。生日礼物，那辆红色的小自行车。我说啊，自行车对那孩子来说还太早了呀，是不是？自行车，应该等上了小学以后再给他的。就怪这个，就怪我，害了那孩子的命。要是我没有犬毛过敏的话，那孩子就不会遇上事故了，也就不会死掉了。他现在就能跟我们在一起，健健康康地、开开心心地活着了。"

　　"没那回事啦。"他费尽口舌劝解她，"根本就怪不着你。你这么说，是把原因跟结果搞颠倒了。提议说狗不行的话就买自行车的，本来就是我呀，是我的主意嘛。不管怎样，一切都是在劫难逃，怪不了任何人。不是任何人的错，只怪运气不好，各种事情搅和到了一起。只能说是命中注定。事已至此，再一件件地数落这些细枝末节，逝去的生命也不可能再回来了。"

然而她根本就没听他在说什么。他的话连一个字都没进入她的耳朵里。她只管没完没了地重复着自己的主张，仿佛循环播放的录音："那时候要是依了那孩子养条狗，就不会给他买自行车了，结果也就不会害了那孩子的命了……"

而且她把菜炒到一半时盐用完了一事，也反反复复地讲了又讲："我应该注意到盐已经快用完了的，存货放在哪里也应该记在脑子里的。都怪我疏忽大意。就因为盐用完了，心里只想着盐了，结果没注意到孩子的歌声听不见了。就为了炒菜时盐罐子里没盐了呀，就为了这么一点儿无聊的小事，那孩子的一条命就被永远夺走了呀。就连菜炒到一半那煤气灶关没关，我都想不起来了。"

子易先生劝解她说，就算菜炒到一半时还有盐，那个事故也没办法预防，煤气灶千真万确已经关好了。可任怎么劝解，她都听不进去。只要子易先生一说话，她便又没完没了地说起了狗和自行车的事，还有盐和煤气灶的事。她并不是说给别人听，而是说给她自己听的。那是在她内心长出来的黑洞中的一连串空洞的回声。其中根本找不到子易先生可以插嘴的余地。

子易先生感觉到，一切都被裹挟着，朝着坏的方向奔流而去。事事皆不顺利。该如何办，从何处着手，他毫无头绪，只觉得束手无策。妻子无休无止地重复着同样的话，安慰与激励被完全无视，拒之不受。而且他连一根手指都不被允许碰到她的身体。她睡眠很浅，醒着也恍恍惚惚，神志不清。

只能花上时间慢慢来啦，子易先生暗自下决心道。这恐怕是唯有时间方能解决的问题，单凭人的两手是无能为力的。然而十分遗憾，时间并非子易先生的盟友。

六月将了时，史无前例地一连下了好几天暴雨。河水急速上涨，到了令人担忧会泛滥的程度。流经小镇外围的那条河，一向安静清澈的河水化作了棕色浊流，汹涌呼啸着，将大大小小的漂流木往下游冲去。

就是这样的一个早晨（那是一个星期日），子易先生六点多钟醒来时，旁边的床上不见了妻子的身影。雨珠敲打在屋檐上，声音很响。子易先生心中不安，找遍了家中，哪里都看不到妻子的身影。他大声呼喊妻子的名字，没有回应。他心里生出了不祥的预感，心脏发出干涩的声音。滂沱大雨中，难以想象她会一大清早就出门去，可是既然在家里找不到的话，那就只能认为她是离家外出了。

他穿上雨衣，戴上雨帽，走了出去。从山上刮下来的风在树木间发出炸裂般的响声。他找遍小院，绕着家周围转了一圈，看不到她的身影。他无计可施，便返回家中，等她回来。毕竟是在暴雨狂风之中，就算她出于某种缘故，阴差阳错跑出去了，也不可能在外面一直走下去的吧，很快就会回家来的。

然而不管过了多久，也不见她回家来。为慎重起见，他回到寝室里，把她床上的被子掀起来看了看。于是他看见两根长长的大葱，取代了她躺在那里。雪白粗壮，堂堂皇皇的大葱。大概是妻子放在那里的吧。这（势在必然地）令他大吃一惊，并且心头发怵。

为什么是大葱？

显而易见，这里面有一种异常的东西，病态的东西。通过把两根大葱放在床上这一行为（毋庸置疑，这绝对是传达给他的某种信息），她究竟打算告诉丈夫什么？看到这番异样的光景，子易先生的身体从里凉到了外。

子易先生立刻打电话给警察。接电话的刚巧是他的老熟人。他把来龙去脉简要地向对方做了说明：一大早醒来时，到处都不见妻子的身影，去向不明。在这种狂风暴雨之中，星期日早晨还不到六点就离家外出的理由，实在是令人百思莫解。床上放着两根大葱的事，他刻意未提。就算把这种事告诉了对方，对方肯定也理解不了，反而徒增混乱。

"这，想必您很担心啦，不过子易先生，您太太肯定是有什么事情要办吧。一准儿用不了多久就会回家来啦。您再等一等，看看情况再说吧。"警官说道。

只要没有明显的案件性，类似这种程度的小事，警察是不会出动的。子易先生想到了这一点，只好作罢，道谢后挂断了电话。夫妻吵架后一怒之下离家出走的妻子，普天之下不计其数。而且在一般情况下，等过了几日，妻子气消了之后，大抵就自行回家去了。清官难断家务事，警察也不能样样都管。

然而八点过后她仍未回家。子易先生再次穿起雨衣，戴上雨帽，走进了雨中。他不时被狂风吹得东倒西歪，漫无目标地在附近寻找，然而到处都不见妻子的身影。这种天气，而且又是星期日的早晨，路上一个行人也没有。连一只飞鸟都看不见。似乎所有的生物都躲在屋檐下屏气凝息，等待着暴风雨过去。他一筹莫展，回到家里，坐在客厅沙发上，每过五分钟便瞥一眼时钟，直至正午，等待着妻子的归来。然而她仍没有回来。

大概再也见不到她了吧，子易先生心想。毋宁说，他已经心知肚明，他的本能明明白白地这样告诉了他。她已经去了他伸手难及的地方，恐怕是永远地离开了。

"子易太太的遗体,是前来检测河水上涨情况的消防队员发现的,时间是那天下午两点左右。"添田说,"好像是投河自杀,被冲到了离家大约两公里的下游,让卡在桥墩上的漂流木挡住,停了下来。遗体脚上绑着尼龙绳。肯定是跳河之前自己绑的吧。被冲下去时,一路上撞来撞去,浑身都是伤痕。而且解剖结果显示,胃里有安眠药成分,但不是致死量。是医师开的安眠药,药性平和的那种。不过,她还是先把手头收集到的安眠药全吃了下去,然后又自己绑住自己的脚,从自家附近的桥上跳进河里去的吧。死因是溺亡,警察后来断定她是自杀。自从孩子因事故死亡之后,她在精神上一蹶不振,陷入了严重的抑郁状态,这是众所周知的事实,所以自杀一说基本上没有怀疑的余地。"

"她投水自杀的那条河,就是从我家前面流过的那条河吗?"

"是的。您知道的,那条河平时水量很少,很平静,很美丽。不过一旦下起大雨来,四周山上的水一下子都流下来,很快就会水量激增,变得非常危险。就像天使一下子变成了恶魔一样……有时还会把小孩子冲走。那条河有多危险,除非实际到现场亲眼看看,否则是很难想象的。"

确实,我无法想象它那粗暴凶猛的样子。它平时可是一条外表平静美丽的河。

"镇上的人们都发自内心地同情子易先生。"添田继续说道,"和和睦睦的一家子,看上去真的很幸福。不对,不单单是看上去,实际上的确非常幸福。年轻美丽的太太,健康可爱的男孩,而且家境富裕。连一片阴影都没有。可是就这么一个辉煌灿烂的理想家庭,转瞬之间就土崩瓦解了。子易先生先是失去了儿子,而仅仅过了一个半月后,又连妻子也失去了。哪一样都不能怪他。不对，不能怪任何人。是无情的命运从他身边把他们两人夺走了。于是只剩下子易先生孤苦伶仃一个人了。"

说到这里，添田停了下来，沉默了片刻。

"从现在算起，那是多少年前的事？"过了一会儿，我为了打破沉默，问她道，"距那男孩跟子易先生的太太过世？"

"从现在算起，是三十年前的事了。那时候子易先生四十五岁。自打那以来，他一直坚持独身。当然好几次有人跟他提起再婚的话题，可他不屑一顾，一律拒绝，始终一个人默默地过着日子。连个阿姨也不请，所有的家务都是他自己一个人做。他在祖传家业——酒厂经营上也做得很好，没有不周全之处，但看不出任何工作热情，不过是不去扰乱延续至今的流向，稳健地统筹全盘而已。与世间的交际，他也是能躲就躲，除了去就在自家近旁的公司上下班，几乎足不出户。每个月，到了两位亲人的忌辰，他必定要去上坟，一次不落。除此之外，镇上的人基本上看不到他的身影。不管经过多少岁月，他也没能够从孩子和太太的死造成的冲击中恢复过来。"

长年卧病在床的父亲不久也去世了，子易先生便把家族经营至今的酒厂卖给了一直强烈希望收购它的一家大企业。尽管享誉全国，他家却始终不搞大批量生产，连续四代踏踏实实地坚持酿造高品质的清酒，所以品牌价值很高，子易先生从而以相当高的成交价格把厂名和全套设备卖了出去。他给多年来的老员工们发放了优厚的退职金，给家族成员们也按照各自的持股比例公正地分发了所得的款项。所有的人都信任子易先生，都对他心怀好意（并且都知道他的性格不适合从事公司经营），因此无人对这笔交易提出异议。子易先生手头剩下的，就只有分完之后所剩的余款，以及多年以前就已经不再使用的老厂房，还有他父母的老宅子了。

"终于从原来就不如己意的祖传家业中解放了出来，无拘无束地成了自由之身后，子易先生开始了近乎隐居的生活。"添田继续说道，"虽然年纪还不算老，他却孤独一人、无声无息地闷在家里过着平静的日子。养了几只猫，主要靠读书打发日子。然后就是为了运动吧，常常到山上去散步。与世间的接触一如既往，极其有限。在街上遇到熟人时，他当然也笑嘻嘻地打招呼，但似乎并不寻求更多的交往。再后来就渐渐地，他的奇行变得引人注目起来。"

对于"奇行"这个词，我颇觉吃惊，条件反射般地皱起了眉头。

"说是奇行，也许有点儿说过头啦。"她见我这样，仿佛改变了想法，又补充道，"这要是在大城市里，恐怕就只能算是'有点儿与众不同'吧。然而此地毕竟是一个保守的小镇嘛，在人们的眼里看来，这差不多就算是奇行了。他首先是戴起了贝雷帽。那是他的外甥女去法国旅行时，给他买回来的礼物。据说是子易先生自己叫她买的。于是打那以后，他哪怕只是出门一步，也必定要戴上那顶帽子。当然这本身也算不得奇行，然而，呃，该怎么说呢，只要子易先生一戴上那顶贝雷帽，就会产生出一种很难言喻的、异乎寻常的气氛来。说起来，这座小镇上戴那种贝雷帽的时髦人物几乎连一个也没有，所以他的装扮就相当抢眼了。不只抢眼，在他的周围，硬要说的话那就是，会营造出有点儿异质的空气来。因为，戴上了那顶帽子，子易先生就变得不再是子易先生了，好像一下子就变成了另外一个存在……这话说得好像太离奇了，您能理解吗？"

我有意不去回答这个提问,只是暧昧地微微歪了歪脑袋,仿佛在表示:该怎么说呢?不过,她想表达的意思,我朦朦胧胧地觉得似乎能够理解。

坦白地说,子易先生那样的脸庞,跟贝雷帽很不般配。有时候看上去,甚至会让人觉得不是子易先生戴着贝雷帽,反而倒像是贝雷帽把子易先生穿在了身上一般。然而子易先生似乎对此毫不介意。或者说,他仿佛更欢迎这样——他似乎希望自己彻底消失,只有贝雷帽留在身后。

"更有甚者,没过多久,该说是登峰造极吧,裙子登场了。以某一日为界(不清楚其中有过怎样一种契机),子易先生从此不再穿裤子,改穿裙子了。应该说,他只穿裙子了。这下子人们彻底惊呆了。当然,世上并没有规则规定男人不能穿裙子,这完全是个人的自由。而您也知道,在苏格兰,男人们实际上是穿裙子的。连英国皇太子在有些场合也穿。并不会因为男人穿裙子,于是就有人受到伤害,也不会有人蒙受具体的不便。人们也没有任何理由禁止它。然而在这座小镇上,子易先生——一位无疑应当说是镇上的名士,已经年过六十,既有地位又有理性的男性——居然穿着裙子堂而皇之地招摇过市,这无疑是惊天动地的大事件。

"他为什么非穿裙子不可?人们不明白其理由,都在背地里议论纷纷,说子易先生是不是神经错乱了,再不就是有些精神恍惚。可是没有人去当面向子易先生询问理由:'您为什么不穿裤子而是穿着裙子在街上走来走去呢?'毕竟子易先生是个有名的富豪,多方面地在经济上为小镇做出了多方面的贡献,又有教养,为人圆通,性情温和,因而很有人望。对这样一个人物,不可能直截了当地提出这种不礼貌的问题。所以人们十分为难,只能胡猜乱想子易先生到底是怎么了。

255

"当然,先后失去了爱子和爱妻,因此所受的深重的心灵创伤,大概就是子易先生的所谓'奇行'的根本原因。这一点人人都能想象得到。因为在此之前,他可是衣着极为普通,过着中规中矩的生活的。不过该说是不可思议吧,自打换成贝雷帽和裙子这种有点儿奇怪的装扮之后,子易先生好像跟从前判若两人,性格变得活泼开朗起来。简直就像是长期封闭的窗户被打开了,黑暗潮湿的房间里春天的阳光一拥而入,纵情地照射了进来。

"他走出了家门,兴冲冲地到镇上散步,主动与路上相遇的人们说话。孤独一人,闭门索居,以书为伴的生活,好像已经告终了。镇上的许多人对他的急剧变化表示欢迎,看到他这样,都松了口气,心里为他高兴。大家觉得,既然子易先生可以像这样,变得性格开朗,变得乐于交往,能够快快乐乐地同周围的人交谈的话,就算喜欢奇装异服,又有什么关系呢?反正又不会造成什么伤害。人们认为,大概是接连丧失所爱的人而带来的深刻悲哀,也随着时间的流逝而终于淡化下来了。这件事对人们来说是个喜讯。归根结底,是大家都宁愿这样去看,认为岁月终将解决许多问题。尽管其实并不是这样的。

"就这样,镇上的人们似乎把子易先生的'奇行',当作虽然多少逸出了常识范畴之外,却是作为思想信条的自由所允许的范围之内的个人行为和行动方式——说起来也就是'无伤大雅的心血来潮'——而接受了下来。或者说他们变得对之视而不见了。路上相遇时,对他的衣着装束,人们也努力不再直愣愣地盯着看,同时也努力不把眼睛移向别处。有小孩子对他戳戳点点,大声指摘他的奇装异服,想要尾随他时,大人们也会训斥他们,加以制止。

"然而小孩子们却好像被他吸引住了,毫无抵抗力。哪怕子易先生只是随随便便走在路上,也能像童话里的花衣魔笛手[1]一样迷倒大群的小孩子。而面对这种情况,子易先生自己好像也感到很开心。见孩子们神思恍惚地跟在身后,他也只是笑容满面。恐怕是想起自己那死于事故的孩子了吧。不过,他绝不和孩子们说话,也不跟他们一块儿玩耍。"

"花衣魔笛手最后是把孩子们从镇子上全都掠走了,对吧?"

"对的。"添田嘴角浮现出浅浅的微笑,说道,"哈默恩镇上的老百姓请来吹笛人帮助他们对付鼠灾,可是当吹笛人把老鼠赶走之后,他们却毁约不付他报酬。作为代偿,他用富有魔力的笛声把镇上的小孩子们招到一起,全部带到了漆黑的山洞里。最后只有一个跛脚的男孩因为掉队而留了下来。就这样,那个吹笛人最后成了'不祥的魔法师'式的人物。可是,不待多言,子易先生并没有害人之心,也没有那样的迹象。子易先生仅仅是诚实地、率直地听命于自己的感觉,听命于自己的感受罢了,既无他意,也无目的。自己的形象让人惧怕也好,被人嘲笑也好,或者是使人入迷也好,这些事情他都不以为意。

"衣着像这样发生变化的同时,子易先生的体格也急速发生了变化。他本来是个体形苗条偏瘦的人(至少大家是这么说的。可我第一次见到他时,他已经不瘦了),自从戴上藏青贝雷帽,留了胡须,改穿裙子之后,他就突然长起了肉来,变成丰满体形了,身体渐渐变得滚圆。简直就像是借着改变衣着,趁机调换成了另外一种人格一样。"

"弄不好,他还真的是想换成另外一种人格也难说呢。"我说道,"为了告别此前的人生,同时也为了忘记痛苦的回忆。"

添田点点头:"是了,没准儿还真是这样。不久之后,子易先生真

---

[1] 参见格林兄弟《德国传说》所收《哈默恩的孩子们》,英文一般通译为《哈梅林的花衣魔笛手》。——译者注

的跨入了新的人生。六十五岁那年，他把归他自己所有、已经不再使用的老酒厂捐献了出来，给镇里当图书馆用。那是距今十来年前的事了。正好在那个时期，我有缘搬到了这个小镇来。

"由镇里运营的公共图书馆，建筑已经陈旧不堪，问题很多，需要维修，可是镇里财政上没有余裕。子易先生对此深感痛心，便投入私人财产对老酒厂进行了大规模翻修，改建成了图书馆，还把手上的大量藏书捐献了出来。酒厂虽然是个老建筑，但是用的柱子和大梁都是很粗很粗的木头，非常坚固，结构上毫无问题。但翻修需要相当的费用，是子易先生把这笔费用几乎单独包揽了下来。连图书馆馆员——我也是其中一个——的工资，也主要是由子易先生设立的基金会出资支付的。您知道的，工资并不高，一半类似志愿者性质，可就算这样，一年算下来也需要一大笔运营资金。还得采购新书，光是电费就不可小觑。虽然镇里也有一点儿补助，可是那个金额微不足道。

"所以，这家图书馆实质上差不多就是子易先生的私人图书馆。可他不喜欢被人家这么看，所以继续挂着'Z镇图书馆'的招牌。名义上这家图书馆是由镇内相关人士组成的理事会来运营，但那不过是个形式。理事会一年召开两次，会上对收支决算报告既没有质疑也不做审议，仅仅是机械地予以通过。一切都是由子易先生决定，不会有人对此提出异议。毕竟没有子易先生的援助和筹划的话，就不会有这家图书馆。

"子易先生之所以投入私财设立这家图书馆，首先是因为，拥有并且运营一座自己理想中所描绘的图书馆，是他很久以来的梦想。营造一个环境舒适的特殊场所，收集大量的图书，让好多人自由地捧在手上阅读，对子易先生来说，这就是他理想的小世界，不，也许应该说是小宇宙。年轻时曾经有过一段时期，他满腔热忱地想当个小说家，那个愿望在某个时刻已经被他抛弃了，再加上太太和孩子也都舍他而去，于是对他的人生来说，这就成了唯一的热望了。

"而且子易先生已经没有可以交托财产的亲人了。没有妻子，没有孩子，母亲仿佛追随父亲而去一般，也已过世了，唯一在世的家人就是妹妹了，可她也已嫁入豪门，住在东京，分得了变卖酒厂的收益，说是无意再继承更多的遗产。而子易先生自己对奢华的生活毫无兴趣，一直过着令人惊讶的简朴生活。他把出售酒厂的钱几乎全额投入了基金会，用这笔资金重新装修了图书馆，顺理成章地就任了图书馆馆长。可以说，他成就了积年旧梦，开启了自己的小宇宙。

"那之后的十年间，子易先生得以作为图书馆馆长，与那个小宇宙共同送走岁月，这一时期他的人生是多么令他心满意足，是多么平安静好，我们是没法儿知道的。子易先生一直笑容可掬、和颜悦色地与我们交往，但他内心深处藏着怎样的思想，就不得而知了。

"当然毫无疑问，子易先生热爱这个图书馆，这个图书馆就是他生命的意义所在。待在这个图书馆里，子易先生会感到满心喜悦，这一点倒是的确如此。然而要说子易先生是不是因此就心满意足，我不得不认为，恐怕并非如此。我觉得子易先生心里开着一个又深又大的空洞。不论是什么东西，都不可能填满那个空洞。"

添田说到这里又缄口不语了，若有所思。

我问道："你是从这家图书馆设立之初，就一直在这里工作的喽？"

"是的，我来这里工作，前后有十年了。我因为丈夫工作的关系搬到这个小镇来时，听说新建的镇营图书馆在招募司书，就赶紧报了名。结婚之前，我在大学图书馆里做过一段时间图书管理的工作，拿到了资格证书,最主要的还是我喜欢这份工作。我很爱书,加上本来就是认认真真的性格,图书馆的工作跟我很投缘。就是在这个房间,在这间馆长室里,我接受了子易先生的面试。而子易先生好像对我挺满意的。自那以来,我就一直在子易先生手下工作到现在。从第一天开始,我一直就是这里唯一一个专属职员。在这里工作很惬意,而且镇子虽小,相比之下来图书馆看书、借书的人倒是挺多的,我觉得工作很有意义。住在冬天又冷又长的地方的人,一般来说都喜欢看书。在种种意义上,对我来说,这是令我满足的、内容丰富的十年。"

"然而,一年多前子易先生过世了。"

添田静静地点点头:"是啊。真是非常遗憾,子易先生有一天突然过世了。"

# 41

"事情发生得太唐突、太突然了。"添田说,"子易先生一直看似很健康,尽管已经七十五岁了,可从来没有说起过有什么身体不适。他的确多少有点儿偏胖,但很注意饮食,并且定期去郡山的医院做体检,还经常到附近的山上散步,锻炼腰腿。所以听说子易先生在散步途中因为心脏病发作突然去世时,我还一下子难以相信。听到这个消息,许多人十分惊讶,我也感到很震惊。就好像擎天巨柱猛一下断裂,天要塌下来了,那样一种虚脱感袭上了心头。

"我很喜欢子易先生这个人,也很尊敬他。还为他单身一人的孤独生活感到担心。也许是多管闲事,不过我总觉得子易先生应该重新组建个家庭。或者说，子易先生是一个应该拥有安宁温暖的家庭的人，是一个应该在相亲相爱的亲人们陪伴下过着和美美的生活的人。不管是就人性而言，还是就社会性而言，他都当之无愧，具备资格。所以他像这样形单影只地走完一生，令我感到很悲哀。我觉得说到底，子易先生直到最后也没有从太太和儿子的死亡所带来的打击中恢复过来。尽管别人看不见，但其实他始终背负着这个沉重的包袱。

"而且与此同时，失去了子易先生之后，这家图书馆又将何去何从？对此，我也不得不满心忧虑。当然，我自己弄不好会失业这件事，对我个人来说当然是一个重大问题。然而更重要的还在于，这家魅力十足的小小图书馆很有可能会落到一个德不配位的人手里，发生变质，滑向令人扫兴的方向。它也有可能在一个缺乏热忱的人的指挥下丧失了现有的勃勃生气，就此白白地荒废下去。一想到这些，我就感到难以忍受的痛苦。就我自己而言，就算失去了图书馆的工作，靠着丈夫的工资，日子也能够过得不错。然而一想到这么出色的图书馆有可能变得面目全非，我就心痛难忍。

"那是在子易先生的葬礼结束，遗骨下葬在镇上寺庙的墓地之后又过了一段时日的时候。我正像方才跟您说的，一个人左思右想地担心着图书馆的将来呢，一天夜里做梦时，我梦见了子易先生。那是一个很长、很清晰的梦，以至于醒来之后我都以为那不是个梦。说不定，那还真就不是个梦。可是在当时，我一心以为那只是个极其清晰的梦而已。

"在那个梦里，子易先生还是平时那身打扮：老一套的藏青贝雷帽，格子图案的裹身裙。他坐在我的枕边，直勾勾地盯着我的脸看，就像一直在静静地等着我醒来。

"我感觉到了某种迹象,猛然睁开眼,看到子易先生就在眼前,慌忙就要爬起来,可子易先生轻举双手制止了我。

"'没关系的,你就躺着别动。'子易先生声音轻柔地说道。于是我就依旧躺在那里没动。

"'在下今天来,是有几句话要跟你说。'子易先生说,'你也知道,在下现在是已死之身,不过绝对不是鬼怪,还是你所熟知的那个子易。所以你不必害怕,好吗?'

"我默默地点了点头。已经死去的子易先生就在眼前,可我根本就没有去想害怕不害怕之类。因为那时候我没有丝毫的怀疑,一心以为'这就是梦'。"

"虽然是已死之身,却仍然要像这样在你面前露面,是因为有几件重要的事情,无论如何必须告诉你。"子易先生仿佛于心不安似的说道,"是关于图书馆的事情。所以有必要像这样挤进你的梦里来。深更半夜的,打搅你休息。在下也知道这么做实在无礼,太抱歉啦。"

添田摇头道:"哪里,这种小事您别介意。只要是您有事要说,不管什么时候都没问题,您就告诉我好了,不必客气。我很乐意听。"

"好的。对于那个图书馆的未来,在下猜你大概也很担心,这种心情在下也很理解。感到担心,这很正常。"子易先生说道,"不过你无须感到不安。关于这件事,在下已经预先稍稍做了一些安排。因为到了这把年纪,在下一直都觉得,不知道什么时候自己就会离开人世。在图书馆在下办公室写字台最下层的抽屉里,有一个小保险箱,需要输入三位数的密码来打开箱盖。密码是491。明天你去上班时,请把那个保险箱打开。保险箱里有土地所有权证书、关于遗产处置的遗嘱,还有好几种重要文件。请你跟律师井上先生——井上先生你当然是知道的喽——联系，由你亲手把这些文件直接交给他。他会妥善办理手续，安排好一切的。

"另外还有一个蓝色信封，里面装的是关于图书馆运营的指示，这个信封里还有一封信，是关于在下的后任馆长的遴选方法。这封信，请在井上先生在场见证的情况下，由你在理事会上宣读，可以吗？"

"您是要召开理事会，请井上先生在场见证，打开蓝色信封后，由我来宣读。这样就可以了吗？"

"对，完全正确。"子易先生说，又使劲点头表示同意，"召开理事会全体会议，请律师见证，由你宣读指示书，这几项是要点。"

"我明白啦。我照您说的去做。保险箱密码是491，对吧？"

"对，这样就不会有错了。在下今天要跟你说的事情就是这些。半夜三更来打扰你，实在于心不忍，但这件事对在下来说非常重要。"

"哪里哪里。请您别这么说。能够见到子易先生您，跟您说说话，是我梦寐以求的好事。不管是以什么样的方式。"

"好的，在下还会根据需要，在你面前现身的。"子易先生说，"以后，在下不会再像今晚这样在你休息时出现在梦里了，恐怕会在现实生活里，在白天，跟你面对面地说话。也就是，怎么说呢，像个幽灵那样。而且这种时候，在下的身形只有你的眼睛可以看见，在下的声音只有你的耳朵才能听见。在下的这种现身方式，会不会让你感到不舒服，会不会让你觉得毛骨悚然？如果会的话，在下再想别的办法。"

"不，不，这样就很好。甭管什么时候，您想来就请来。毛骨悚然什么的，我是根本不会那样去想的。毋宁说，能够从子易先生您这里得到指点，这对我来说，对图书馆来说，都是求之不得的好事呢。"

"好的,谢谢你。你能这么说,在下就放心了。还有,呵呵,其实用不着啰唆的啦,不过这件事情还是请你不要告诉别人。在下这个已死之人居然又露面了这件事,眼下就算是你我两人之间的秘密吧。"

"知道了,我绝不告诉任何人。"

于是梦里的子易先生消失了。添田再也睡不着,躺在被窝里一夜没合眼,一遍遍地反复念诵着子易先生说的话,等待着天亮。

我问添田:"然后你就进了馆长室,查看了写字台的抽屉喽?"

"是的,第二天一大早,我就来到这里,打开了保险箱。

"我拉开写字台的抽屉,确认里面是放着一个黑色保险箱。抽屉没上锁,里面除此以外空无一物。

"我用子易先生教给我的密码,打开了保险箱的盖子,保险箱里装着子易先生所说的所有东西。是的,没错,那可不是什么梦。子易先生当真回到这个世界来了。哪怕是在他自己过世之后,确保图书馆顺利运转,对子易先生来说仍然是迫在眉睫的重大使命。就算他是幽灵,也一点儿都不可怕。不管是以何种方式,能够见到子易先生,我就觉得无比高兴。何况,如果这么做还能让这家非凡的图书馆一如既往继续维持原有的秩序的话,我心里就唯有感谢之情了。"

"于是你就召开了理事会,在所有人面前宣读了子易先生留下的指示书。"

"是的。我按照他的指示办理了这件事。在理事会上,首先由律师先生对子易先生遗产的分配进行了说明。根据遗嘱,子易先生个人名义的现金、股票、房产、生命保险等全部捐赠给基金会,并且由基金会来经营图书馆。就是说,失去了子易先生个人,对我们来说是不可估量的损失，但对图书馆运营来说，却带来了一笔巨大的财政捐款。

"接着，我在全体理事面前宣读了致理事会的书简，内容主要是关于今后图书馆运营的具体指示。指示书上一条一条地列举了详细的指示。关于图书馆馆长一职，信中写道，自己死后，在报纸上刊登广告，从外部公开招募。至于人选，则由我，即添田，全权负责。

"我宣读到这里时，大惊失色，心想：我不过是一介司书而已，为什么把如此重大的任务全权委托给我呢？我猜各位理事肯定也大吃一惊。不过信里写得一清二楚，不能不遵守。当然，程序规定，我选定的人物须经理事会承认，但这只是形式而已。"

"你就按照子易先生指示的那样，在报纸上刊登了招募图书馆馆长的广告，而我来应募，由你甄选，结果是我被录用了。是这样的喽？"

"对，是的。或者说，表面上是这样的。然而实际上，准确地说并非如此。从来自全国的众多报名者当中选中了您，其实是子易先生。他指定了您，由我把这个结果——完全是以由我选定的形式——报告给理事会。总不能说是死人选定的继任馆长，所以在形式上，由我来代理他的角色——就像在腹语师的操纵下张张口、闭闭口的木偶一样。于是在得到了理事会形式上的承认后，就由您来就任图书馆馆长了。

"我的任务，就是把子易先生做出的决定原封不动地传达给理事会而已。我按照子易先生事先的指示，把报名者们的履历书以及所附的信笺集中起来，堆放在馆长室的写字台上。子易先生大概是在我不在的时候浏览过，从中挑选了您。于是有一天他出现在我面前，说，让这个人当图书馆馆长。我当然没有理由对此表示反对。子易先生健在时，好像预见到了自己余生不久，对由谁来接替自己做馆长一事认真地进行过考虑。所以他才会预先就细致地准备好了致理事会的指示书。"

"可是为什么非得是我呢?到底是我身上的哪些东西,合了他的意呢?"

添田摇摇头:"这我可不知道。子易先生并没有告诉我选中您的理由。我只是接到了子易先生的指示,说,就定这个人了。"

"这位子易先生的幽灵,经常在你面前现身吗?"

添田微微摇头:"倒也不算经常。得看时机,看需要,他才会露面。他会笑嘻嘻地出现在我面前,指示我到二楼馆长室来。子易先生的身形,正如他自己说的,只有我看得见,他的声音只有我听得见。所以我装作若无其事的样子,尽量避免被周围的人注意到,悄悄地走上楼梯,走进馆长室,然后关上门,两个人说话,就跟他活着的时候一样。子易先生坐在写字台那边,我坐在这边,台子一角总是放着贝雷帽。这种时候,我无论如何也无法相信他是一个死人。面对着子易先生时,我就会渐渐分辨不清生和死的区别了。"

这种心情我非常理解。

添田说:"您和子易先生见面,两个人亲切交谈这件事,我也隐隐约约有所知晓。我可以觉察到这种迹象。然而就像刚才也已说过的,跟您见面的不是活着的子易先生,而是他的幽灵这句话,无法经由我的口说出来。而且,活着的您和死去的子易先生,既然能够以那种形态维持着良好关系,那一定是有相应的理由的。而那理由是我这种人无法想象的。"

"不过不光是跟你,我跟别的人谈话也是,不知道为什么从来没有人提起过子易先生已经死了。哪怕就一次,总应该由谁说上一句才对呀,比如说'这么说来,已经过世的子易先生……'之类。这是为什么呢?"

添田再次摇头："这个嘛，怎么说呢？我搞不清楚这是为什么。莫非是肉眼看不见的某种特殊力量在发挥作用吗？"

我环顾一周房间内部，心想子易先生会不会就待在哪个角落，或者是"肉眼看不见的某种特殊力量"在哪里发挥着作用。然而，房间里只有静止不动的、冷丝丝的下午的空气。

"说不定其他人也隐隐约约地感觉到了呢。"我说道，"感觉到子易先生其实并没有死。哪怕看不见他的身形，却能够凭直觉感受到他就在图书馆里的迹象。"

"对，这种情况也有可能。"添田说道，仿佛理当如此一般。

## 42

子易先生——抑或该说是他的魂灵吗——打那以后很久都没有在我面前出现。我关在图书馆深处的半地下室里，一天天地做着图书馆馆长的工作。我时不时地到阅览室里露个脸，跟添田以及其他几位正在忙活着的女职员说上几句话，观察人们读杂志、看图书的情形，见到熟识的人便简短地打声招呼，不过基本上都是坐在暖洋洋的柴火炉前，独自一人勤奋地伏案处理日常事务。

除了处理琐细的事务，我给自己布置的主要工作，是将尚未整理的藏书分门别类、系统化地登入目录，因为子易先生断然拒绝电脑化的方针（由于职员们强烈要求，这一方针在他死后也被牢牢地继承了下来），这项作业十分费时，进展迟缓。不用键盘，而是使用我很不习惯的圆珠笔，弄得我右手的指头生疼。尽管如此，没有电脑的职场自有其新鲜之处,让我有一种误入了另外一个世界的奇妙感觉。

与此同时,我也被赋予了分阶段改变图书馆现行运营体制的职责。这里本来实质上就是子易先生的私人图书馆,所以种种事案从前都是由他一人酌情处置、全权负责,没有任何人对此提出疑义。然而如今子易先生已经作古,事情当然也就不可能那样一挥而就了。有必要在某种程度上获得大家的理解,在此情况下展开运营。而为此所需的新运作体制的构建,必须以我为中心予以推进,可是任怎么看,这都不是一件容易的事。原因之一,是我对这家图书馆以及这座小镇的情况还很生疏(许多方面需要仰仗添田的助力),再加上,这类实务性的作业,我天生就不擅长。

我一面每天推进这些琐碎的作业,一面见缝插针,把上次与添田之间谈论子易先生的长篇对话,按照先后顺序逐一追溯,尽可能没有遗漏地用圆珠笔将要点记录下来,并注意不遗忘紧要之处。然后我再反复重读这篇记录,针对各个要点自己翻来覆去地思考。

不明之处为数很多。对,多得不计其数。

莫非就像添田所说的,子易先生事先就已经知道自己命不久矣了吗?正因为他预知如此,所以才在抽屉里留下了遗嘱,做出自己死后要在全国范围招募图书馆馆长的指示,并安排好了步骤,让(已然成为死者)自己可以这样选择继任人吗?一切都在他预见之中、计划之内吗?

而且弄不好,就连我这个人会报名应募这一点,他都预先便已知道了吗?

一切都扑朔迷离。我看着这份手写的记录,喟然叹息。逻辑顺序显然是一团乱麻,无法辨明原因与结果的前后关系。上次在这个小房间里和子易先生相见时，他曾说过，一度丧失过影子的我，是有这种资格的。准确的词句我想不起来了，但他说的大致就是这个意思。自那以来，"资格"这个词便在我的脑子里萦绕不去了。这个词的余韵似乎令我心旌摇曳。

资格？我暗忖。这究竟是什么资格呢？

我在昏暗的半地下室里点燃柴火炉子，望着闪烁摇曳的火焰，等待着子易先生的幽灵出现。我有许多事情必须问他。

是某种东西将我引向了这里。我是被某种东西引到这里来的。绝对无误——我感觉得到。然而我捉摸不透其中的意义。某种东西是什么东西？还有我被引导至此地一事，又有着什么样的意义，或者说什么样的目的？我想问问他。尽管我不知道他会不会回答我。

然而不管我等了多久，子易先生——子易先生的魂灵——都没有在我面前现身。呼唤我的电话铃声也没有响起过。

变成了不具形态的魂灵的死者，希望化作某种身形——作为幽灵似的东西——出现在人的面前时，或者说迫于这种需要时，他是凭借自身的意志、自身的力量就随时可以做到这样的吗？还是若无来自外部的作用，或者说若不借助更高级别者——我不知道那是什么样的东西——的助力，就无法实现呢？

当然，这种事情我无从知晓。我在遭遇子易先生的幽灵之前，一次也不曾目击过幽灵之类的东西（我觉得没有。也可能是曾经见到过可我没有察觉），何况与死者交谈的经验，更是从未有过。幽灵是经历过怎样的过程才成为幽灵的？在何处，是如何获得那个"资格"的（这完全是我个人的推测——我觉得肯定不是所有死者都能够成为幽灵的）？这种问题任怎么绞尽脑汁，我仍然是百思不得其解。因为这并不是反复坚持逻辑性的思考，便可以得出具体解答的那类问题。

首先，就连灵魂究竟是什么这个问题，我都无法把握透彻。我仅仅有个模糊的印象，觉得灵魂这东西假如实际存在的话，那它大概是无形的、透明的，飘飘忽忽地浮游在空中。然而细细想来，这也不过是我自己以为如此罢了。跟"上帝是个留着长胡子，拄着拐杖的白发老人，穿着一身白色衣裳"一样，不过是人云亦云的刻板印象而已。

子易先生的灵魂拥有自己的意识，听命于那个意识而行动。任怎么看，此事都确凿无误，不容置疑了。子易先生曾经引用过某人的定义，"所谓意识，就是指大脑本身对大脑之物理状态的自觉"，并且对已无大脑的灵魂（他自身）照旧拥有意识，行动自如一事怀抱着根本性的疑问，或许称之为困惑也无妨。对，甚至连死者的灵魂本身，都对灵魂的形成过程知之不详。身为活人，我又怎么可能知晓呢？

说到我——只有一副易受伤害的皮囊与残缺不全的思考力、被牢牢束缚在现实这片大地之上的我——所能够做到的，就只有一门心思地坐等子易先生的幽灵根据处境相机而动，主动出现在我面前了。在这间弥漫着沉默的四方形半地下室里，我一边等待，一边往暖炉里添着劈柴。

然而子易先生没有露面。自从与添田在馆长室里对面交谈以来，一个星期过去了。其间，群山环围的小镇的冬天也越来越深。下了一场大雪，积雪一夜之间便厚近一米。看到如此大量的雪，对人生大半是在温暖的太平洋沿岸度过的我来说还是头一回。我从早晨开始，就拿着专用的平头铝铲，在从大门通往图书馆玄关的徐缓的坡道上铲雪。这是我有生以来首次体验铲雪作业。

图书馆的工作人员除了添田还有几位兼职员工，全都是女性，男劳力除去一位临时雇来帮工的老人外，就只有一个我了。偶尔亲自动手干些实际有益的活儿，也是一件快心快意的事。空气冷得刺骨，却无风，万里晴空，清晨美得不可方物。不见一片云朵，携来大雪的大量乌云早已渺无踪影，可能是把卷挟来的雪下完之后，就此不知所终了。

很久没干过体力活儿了，这番劳作不期而然地让我感到神清气爽。一会儿，汗水便慢慢地渗透了衬衣。我脱去上衣，在阳光下心无旁骛、默默地专注于铲雪。黄喙的冬鸟尖声撕裂空气，松树枝干上的积雪不时发出沉重而潮湿的声音落下地面，仿佛力竭而撒手的人。屋檐前长近一米的冰锥，在阳光照耀下放射出凶器般锋利的光芒。

要是就这么不停地下雪，堆积起来就好了，我暗暗祈愿。这样的话就不必为身旁这些恼人琐事而苦思冥想了，也不必为灵魂的来踪去迹而焦头烂额了，我就可以清空脑袋，手拿雪铲，从早到晚只管从事体力劳动了。而这，也许正是我现在所追求的生活——当然还得浑身的肌肉能够忍受得了这样的重劳动才行。

拿着雪铲铲起雪，倒进手推车里，我不禁想起因为饥饿与寒冷而丧命的独角兽们。冬季里，天一亮，它们当中的几头就会盖着白雪的衣裳僵卧在地面上，仿佛背负着别人的罪责、作为其替身而死去的人一般。在那座小城，雪积得并不算深，但仍旧能够稳定地发挥出致死的效果。

孑然一人站在白雪包围之中，举头仰望碧蓝的天空，我常常便会迷惘起来。不明白自己此刻究竟属于哪一边的世界。

这里是高墙之内，还是高墙之外？

星期一是图书馆的休馆日，一大早，我拿着请添田为我画的地图，访谒了子易先生坟墓所在的墓地，手里捧着在火车站前的鲜花店里买的小小花束。

手捧着花束，走过清晨行人稀疏的小镇，我感觉自己似乎不是现在的自己。比如说我会觉得自己是十七岁，在一个晴朗的休息日早晨，手捧着鲜花，准备访问女朋友的家……一种仿佛与此刻的现实错位，误入了另外一个时间和另外一个场所似的奇妙的感觉。

说不定我是一个假冒的而其实并非我自己的我。说不定从镜子里面与我相对视的，是一个并非我的我。说不定那是一个外观与我极其相像，并且动作也与我完全相同的陌生人。我倒也并非没有这样的感受。

墓地在小镇尽头的山脚下。要登上约莫六十级石阶，才能到达寺庙入口。尚未融尽的前几日的积雪冻得铁硬，石阶处处都滑溜溜的。墓地就在寺庙后面徐缓的斜坡上，墓地深处有一片区域，排列着子易一族的家坟。那是一片相当大的区域，维护得也很到位，彰显出子易一族作为当地世家望族的地位。子易夫妇与儿子的墓就在其中。

正如添田告诉我的，那是一块新立的巨大墓碑，离得很远也能看见。恐怕是子易先生去世后，遗属们将三人的遗骨收在一起重建的新坟吧。子易先生的死，使得一家三口得以重聚一堂了。子易先生恐怕也非常期盼如此吧。对此，我为子易先生感到高兴（说不定还是子易先生自己事先做出了安排，指示如此办理的呢）。

那是一块无比简素的墓碑，摒弃了一切装饰，和电影《2001太空漫游》[1]里出现的那座黑色独石柱一样单调扁平的石块上——一望便知那大概是一块价格昂贵的石头——用横平竖直的字体刻着三人的名字：

子易辰也

子易观理

子易森

没有标注假名（标注假名的墓碑，我还从未见过），不过太太的名字大概读作"Miri"吧。我想不出还有别的读法。"子易观理"，我静静地念了几声。"观理"，寓意深远的名字。继而我又想到，被赋予了这样一个名字的女子最后却不得不自寻短见，不禁悲从中来。

三人的名字下面，鲜明地刻着各自的生卒年。妻子与孩子的卒年相同。正如添田告诉我的，二人几乎是同时去世的。一个在马路上被卡车撞倒，一个自己跳入了滔滔河水。而孤身一人被抛舍在身后的子易先生的卒年，则是与之相隔着漫长岁月的去年。我立在墓碑前，久久地凝望着那几行数字。数字本身就雄辩地诉说着很多事情。有时候，数字可能比文字更为雄辩。

没错——子易先生已经不是此世之人了。我此前相遇、面对面交谈的，其实是他的幽灵。或者说，是披裹着生前形象的他的灵魂。站在他的墓前，我重新接受下了这一难以被撼动的事实。

我把带来的小小花束供奉在子易一家的墓前，然后站在墓前闭起双眼，默默地两手合十。近处的树丛中，不知其名的冬鸟锐声啼鸣。于是

---

[1] 美国科幻电影，1968年上映。

连自己都未觉察，从我的眼眶中流下一行泪水。有着确切温度的大颗的眼泪。那眼泪缓缓地流至下巴，然后像檐溜一样落到了地面上。紧接着下一滴眼泪描绘着同样的轨迹滴落了下来，更多的眼泪源源而至。我很久没有流过这么多眼泪了。毋宁说，连上一次流泪是什么时候，我都想不起来了。泪水原来还有这般热度，我也早已忘却了。

是了，眼泪也同血液一样，是从有热度的身体里面挤出来的。

我轻轻摇头，心忖道。如此伫立在墓前的我的身姿，子易先生也许正在某个地方守望着呢。这种感觉很奇妙。我们通常会为亲近的人扫墓上坟，并为他们祈祷冥福，祝愿他们安息。可是子易先生虽然已经去世，却犹然在死者的世界与生者的世界之间来来往往。恐怕是为了向什么人传递什么。他是有事情非得传递不可的。面对这样一种存在，在他的墓前应该祈祷什么为好呢？

我一步一步地确认脚下以防滑倒，走下石阶，返回镇里。

走在火车站附近的商店街上，我找到了一家夹在干货店与寝具店之间的小咖啡馆。我曾经多次从店前经过，不知何故，我以前竟不曾注意到这家小店的存在。可能是因为一边走路一边在想心事吧（这在我是常有的事情）。小店装着玻璃幕墙，非常明亮，从店外望去，除了长台座，还摆着三个小小的餐台座。到处都看不见店名，只有门上写着"咖啡店"三个字。没有名字，就是单纯的咖啡店。也可能是工作日上午的缘故，没有顾客的身影，只有一位女子在长台里面干活儿。

我推开玻璃门，走进店内。因为我感觉有必要先且暖和一下在墓地里冻僵了的身子。我坐在长台前最靠里面的座位上，点了一杯热咖啡，和橱窗里放着的蓝莓麦芬。

从安装在靠近天花板处的小型音箱中，小声地流泻出戴夫·布鲁贝克[1]四重奏组演奏的科尔·波特[2]的经典老歌。令人联想起清清溪流的保罗·戴斯蒙[3]的中音萨克管独奏。一首我非常熟悉的曲子，我却怎么也想不起曲名。然而即便我想不起曲名，它仍旧是适合在宁静的休息日早晨听的音乐。从遥远的往昔幸存至今的美丽悦耳的旋律。半晌，我什么也不思考，神思恍惚地侧耳细听着音乐。

送上来的咖啡很浓，苦味与温度恰到好处，蓝莓麦芬松软新鲜。咖啡盛在朴素的白色马克杯里。在店里待了约莫十分钟，侵入体内的寒气似乎也已渐渐祛除。

"咖啡续杯只要半价。"长台内的女子对我说道。

"多谢。"我说，"这麦芬很好吃。"

"刚出炉的。就在旁边的烘焙店里烤的。"她说。

我结了账，用手拂去掉在膝上的麦芬碎屑，走出了那家店。走出店门时，身围嘉顿格纹围裙的女子，从长台里冲我微微一笑。是那种与晴朗的冬日清晨十分相称的、暖心的微笑，而非照本宣科式的、现成的微笑。

那女子瞧上去大约三十五岁，身材苗条，说不上是大美人，却也容颜悦目。妆容淡雅。若想显得更年轻的话，恐怕也是轻而易举，但她似乎并没有付出这般努力。这一点让我不温不火地心生好感。

"其实，我刚才在坟墓前待了很久。在一个实际上并没有死掉的人的坟墓前。"临别之际，我很想这样告诉她。谁人都行，我就是想找个人倾诉一番。不过，这话我当然不能说出口去。

---

1 Dave Brubeck，1920—2012，美国爵士钢琴家、作曲家。——译者注
2 Cole Porter，1891—1964，美国音乐家。——译者注
3 Paul Desmond，1924—1977，美国爵士中音萨克管演奏家、作曲家。——译者注

## 43

那一夜，我像平时一样在晚上十点前后钻进了被窝里，然而久久难以入眠。这种情况很少见。我是那种一钻进被窝就立马睡着的人。枕边虽然放着一本书，我却极少翻开。并且我大多时候都伴随着晨曦自然醒来。恐怕我天生就是个获庇在幸运星下的人吧，因为我听到过许许多多的人诉说失眠之苦。

然而那一夜，我不知为何无法入睡。虽然身体分明在索求着自然的睡眠，我却怎么也睡不着，恐怕是因为太兴奋了吧。

我为了填满大脑里巨口大开（我以为如此）的空白部分，便闭目思考起子易先生的坟墓来。竖在子易一家墓地前的、如同那根黑色独石柱一般扁平的墓碑。崭新的石材那华润无比的辉光。上面刻着的一家三口的生年与卒年。又想到了我带去的小小花束，在树木间飞来飞去的冬鸟尖锐的啼鸣，处处结冰、参差不齐的石阶。仿佛观看幻灯片，按照先后顺序追逐着画面。

思来想去之间陡然地——宛似脚边的草丛中蓦地飞蹿出一只鸟来一般突兀地——我记起了那支曲名来了。在火车站旁的咖啡店里播放的，那支科尔·波特的经典老歌的曲名。是 *Just One of Those Things*（《只是其中之一》）。于是那旋律便如同黏附在意识墙壁上的咒文似的，在耳朵深处左一遍、右一遍地循环播放起来。

枕畔的电子钟指向了十一点半。我索性不睡了，钻出被窝，在睡衣外边披了件开襟羊毛衫，点燃煤气灶，从冰箱里拿出牛奶，用小锅加热后喝了下去，又嚼了几片生姜饼干，然后坐在安乐椅上，翻开读了半截的书。然而我无法集中注意力看书。各种各样的图像和声音，在我的大脑里横冲直撞，就像从别的世界发送来的文义不通的讯息。骑着没有声音的自行车的无脸信差们，将这些讯息一个接着一个地放在我的门口，便悄然离去。

我只得作罢，合上书，坐在安乐椅上大大地做了好几次深呼吸。我集中意识，让肺尽量膨胀到最大，舒展肋骨，将体内的空气全部更新，每一个角落都不遗漏，让不安定的情绪多少安定下来。可是，这么做了仍然没有用。

在我的周围，是一如平素的宁静的夜。在这样的时刻，连一辆汽车都不驶过家门前的马路。狗也不叫。不折不扣、恰如字面原意的万籁无声——我脑袋中无尽无休、轰鸣不已的音乐声另当别论。

我很想沉沉睡去，但是只怕无论如何努力也无济于事。威士忌也罢，白兰地也罢，只怕都毫无用处。我自己也心中有数。今夜，恐怕有某种东西决意不让我睡觉了。某种东西……

• • • •

我下了决心，脱掉睡衣，换上了一身尽可能保暖的衣服。厚毛衣上再罩了一件牛角扣厚呢大衣，脖子上围了条羊绒围巾，头扣滑雪用的绒线帽，手戴带有衬里的手套，然后我走出家门。呆坐在家中无法入眠，差不多每隔五分钟就瞅一眼时钟的指针，这种局面我再也无法忍耐下去了。与其这样，还不如在寒冷的户外漫无目的地胡逛呢。

一走出家门我便知道，开始刮风了。白日里的安详的暖意消失不见，天空被遮蔽在厚厚的云层里。月亮也好，星星也好，什么都看不见，唯有稀稀拉拉的路灯冷清清地照在空无一人的路面上。从山上刮下来的毫无章法的风，呼啸着从树叶落尽的枝头掠过。冷冰冰的、带着湿气的风。随时都可能骤然下起雪来。

277

我呼着白气，漫无目的地沿着河滨道路行走。沉重的雪地靴踏在碎石子上的声音传至四面，响得让人觉得不自然。河面一半覆盖在冰层下，但流水声仍旧清晰地传进耳朵里来。天寒地冻的深夜，然而毋宁说我欢迎这严寒。寒气从内到外地将我的身子勒紧、绞干，让烦躁不宁、浑浑噩噩的心绪得到哪怕只是片刻的麻痹。尽管寒风使得我双眼渗出点点眼泪，但同时，刚才还在耳朵深处轰鸣不已的乱七八糟的旋律却已经化为乌有了。也许应当称之为北国寒冬的美德。

我走着，什么都不思考，脑子里面只是优哉游哉的一片空白，或者说是无。蕴含着降雪预感的严寒，仿佛铁腕一般严厉地束缚着我的意识，支配着它。除了寒冷，没有一丝可以让其他感觉钻进来的隙缝。而待我缓过神来时，我的双脚正自动地朝着图书馆所在的方向移动。简直就像脚上穿的雪地靴，远比作为主人的我更拥有明确的意志一般。

大衣口袋里放着将图书馆各个房间的钥匙串在一起的钥匙圈。我用其中最粗的一把打开铁门，走进图书馆的院子里。然后走上徐缓的坡道，打开玄关拉门的锁。手表指针指向了十二点半。馆内当然空无一人，漆黑一片。唯有墙上的绿色紧急出口指示灯发出幽幽的微光。

借助这微弱的光亮，我慢慢地移动双脚，以防撞上什么东西。我找到服务台常备的手电筒，拿在手里，然后用它照亮脚下，朝着漆黑的图书馆深处走去。我要去的地方只有一处。当然就是那间有柴火炉子的四方形半地下室。

## 44

正如在意识深处所预想的那样，子易先生果然在那里等待着我。

柴火炉子一闪一闪地静静燃烧着，小房间暖得恰到好处。既不冷，也不太热。舔舐着苹果木柴的赤焰既不太大，也不太小。子易先生仿佛预先料到（或者是事先得知）了我将前来此处的具体时间似的，于是合着这一时刻，提前就把房间里弄得暖洋洋的，就像一位贤明的主人招待贵客一般。房间里飘着淡淡的苹果香味，从中依稀可以感受到一种亲密——异常小心而不强加于人的亲密。

"嘿，欢迎！"我一推开房门，子易先生的圆脸上便堆满了笑容，说道，"正等着您呢。"

子易先生仍是平素那身打扮。写字台上软塌塌地放着藏青色贝雷帽。穿用多年的灰色粗花呢上衣，格子纹的裹身裙，还有黑色厚紧身裤，薄底白网球鞋。没看到大衣之类。他大概不会走出这幢建筑，冒着寒风行走在户外吧，所以雪地靴也好，大衣也好，他都不需要。

"您瞧上去很精神，这可太好了！"子易先生搓着双手，笑嘻嘻地说道，"来，来，请坐下。"

我在火炉前脱下沉重的大衣，解开围巾，手套也摘了，在木椅上坐下来，问子易先生道："子易先生，您一定事先就知道我今夜要到这里来吧？"

子易先生轻轻歪了歪脑袋。

"恐怕您已经感觉到了，在下不会离开这座图书馆。或者不如说，实际上在下无法离开这里——不管化不化作人的形象。在下只是隐隐约约感觉到了您今夜有可能到这里来，所以尽力而为地化作了这副形象，仔细地做好了迎客的准备。"

"我今天不知怎么的睡不着觉,于是就打算到外边散散步,穿得暖暖和和的从家里走出来,不知不觉地就这么走到图书馆来了。"

子易先生慢慢地点了点头:"呵呵,如此说来,您今天早上到寺庙的墓地去,看了在下一家的墓来着,是吧?"

"该怎么说呢?算是去给子易先生上坟吧。不过也许是多此一举了。"

"哪里哪里,绝无此事啦。"子易先生笑嘻嘻地摇头说道,"深深感谢您的好意。好像您还送了很美的花。"

"好气派的墓。"我说。我心想,对着死者本人赞美他的墓,这可有点儿太诡异啦。"那块石头是子易先生您亲自挑选的吗?"

"对,是的。那块墓碑是在下活着的时候就挑好的,费用也全都支付完毕了。特意请的关系熟络的石材店老板,要他在上面只刻一家三口人的名字和生卒年,此外什么也不要写。于是他一切都按照在下的要求办妥了。死了之后,还能亲眼确认自己墓碑的完成情况,总觉得有点儿诡异。"

子易先生好像很开心似的,咻咻地笑,我也附和着他微微一笑。

我问道:"就是说,进了坟墓里,一家三口又聚在一起了,是不是?"

子易先生微微摇头:"呵呵,这样想当然不要紧啦,不过实际上并非如此。进入坟墓里的,九九归原,不过就是三个人的遗骨而已,而遗骨与灵魂基本上是没有关系的。没错,遗骨是遗骨,灵魂是灵魂——物质,与非物质。丧失了肉体的灵魂终归会消失。于是乎,就这样,在下死了,可是在死后的世界里,在下仍旧同活着的时候一样,孤独一身。

妻子也好，儿子也好，都遍寻不着。墓碑上仅仅是刻着三个人的名字而已。而且用不了多久，在下的这一缕孤魂，经过一段时日之后就会消失，化归于无了。灵魂这东西说到底，无非只是个过渡状态而已，无，才是真正永恒的东西，不对，是超越了永恒这种表达的东西。"

我思索着该说什么话为好，却怎么也没有切合时宜的词句浮上脑际。可偏巧子易先生又久久地沉默不语，于是我不得不找句话说说。

"那，一定不会太好受吧。"

"是呀，孤独的确是煎熬难耐。活着的时候也罢，死了之后也罢，那种痛彻骨髓的煎熬没有丝毫的改变。但是尽管这样，在下仍然念念不忘自己曾经发自内心地爱过一个人。这种感触深深地渗进了我的两只手掌里，永不磨灭。而有没有这份热度，死后的灵魂在存在方式上也会表现出很大的不同。"

"我想我能理解您说的意思。"

"您也一样，念念不忘自己曾经发自内心地爱过一个人，是吧？而且您还追逐着那个人的灵魂，去过很远很远的地方，之后又回来了。"

"子易先生您还知道这件事？"

"是的，知道。以前也跟您说过，失去过自己影子的人，哪怕仅仅一次，在下也能一眼就看出来。这种人当然寥寥可数，尤其是在还活在世上的人里面。"

我沉默着，望着炉中的火苗。我的体内有一种时间停滞不前的感觉。仿佛时间的流淌受到了某个障碍物的阻碍。

"去了那边之后，再回到这边来，这对一个大活人来说是何等的困难，您是知道的吧？"子易先生说，"到那边去倒还罢了，要回到这边来，那可是难上加难啊。一般来说，基本上是不可能做到的。"

281

"不过，我是为何、如何回到这边来的，连我自己都茫然不解。"我坦率地说，"我的影子跟我道别后，独自跳进了深水潭里，被吸进了可怕的地下河里。他打定了主意，决意冒着巨大的危险回到这边来。可是我反复思考之后，选择了继续留在那边的世界——那个高墙环围的小城里。可是等到我再次醒来时，环顾四周，发现我已经回到这边的世界里来了。而且我的影子再次成了我的影子。仿佛一切都没有发生过似的，就像是我做了一个清晰鲜明的长梦。但是不对，那不是梦。我心里一清二楚。就算有人拼命让我相信那是个梦，也没用。"

子易先生双手抱臂，闭着眼睛，侧耳聆听我说话。

我继续说道："为什么变成了这样？我莫名其妙。我是按照自己的意志，决定了留在那边的世界里的。然而却与我的愿望相反，我又回到这边的世界里来了。简直就像被强力弹簧反弹了回来一样。对这件事，我想了又想，归根到底，只能认为是超越了我的意志的、某种别的意志在其中发挥了作用。然而那是怎样一种意志？我根本摸不着头脑。还有，那种意志的目的何在？我也是一头雾水。"

"就是说，一开始你能进入那座小城，同样也是因为那个意志发挥了作用喽？"

"恐怕是这样的。"我说道，"有一天，我从深深的昏睡中醒来时，便发现自己一个人躺在一个从未见过的坑里。就在那座被高墙环围的小城门口附近挖出来的一个坑。守门人看见我躺在那里，就问我是不是想进城去，我回答说想进去。恐怕是某个人、某种意志把我搬到那个坑里去的吧。当然，接下来，回应守门人的询问，决定进入城内，就都是我自己的意志了。"

子易先生就此思考片刻，然后慢慢地开口说道：

"呵呵，那意味着什么？那种意志又为何物？其目的何在？这，在下也不甚了了。在下不过是一个没有实体的个人的灵魂，并不因为死亡，于是就被赋予了某些特别的睿智。

"不过听了您说的这些，在下能够做出的推论就是，其实那一切可能都是您心中的所思所盼。是您的心（在您自己都浑然不觉的情况下）盼望那样，于是那些事就发生了。也许您要说，不对，绝无此事。您会说，您是凭着自己的意志，果决地选择了继续留在那座诡秘的小城里的。但是您真正的意志可能并非这样。您的心在最深层的底部，很可能是希望离开那座小城回到这边来的。"

"就是说，所谓超越了我的意志的、更为坚定的意志，并不是在我的身外，而是就在我的心里吗？"

"对。当然，这只是在下个人粗浅的推测。然而听了您说的这些话，在下只能这样认为。您大概是出于自身的意志进入了那座奇妙的小城，然后还是出于自身的意志又返回到这边来了。将您反弹回来的那个弹簧，就是存在于您自己内心的某种特殊的力量吧。是存在于您心底的某种强大意志，让这种宏大的往还成为可能——在超越了您自身逻辑与理性的领域里。"

"子易先生，您了解这些？"

"不，这不过是在下个人的推测而已，也许并不怎么靠谱，然而在下是可以从心底感觉得到的（死后的灵魂还有没有心，这一点稍稍令人生疑）。没错，这完全是有可能发生的。当然不是在任何人身上都能够发生。然而这种事很可能有朝一日、在某地某处就悄然发生了，假使有了强大的意志和纯粹的愿望的话。"

"我有一个问题，想向您请教。"我思索片刻后，说道。

"行,您请问。"

"子易先生,您爱您已过世的夫人和孩子,打心底深深地爱着他们。对不对?"

子易先生又猛力点点头:"对,的确如此。在下微不足道的人生中,再没有比他们更让在下深爱的人了。这一点千真万确。"

"您和他们二人实实在在地建立起了家庭,扎扎实实地培育起了那份爱。那是稳定的、果实累累的爱。"

"呵呵,不是在下口吐妄言啊,不过确实就像您说的那样。当然啦,在在下那个不足挂齿的小家庭里,并不是一切都完美无缺,也存在一些在所难免的问题。不过,要是不计较这些鸡毛蒜皮的话,倒也算得上是果实累累的、丰满的爱呢。"

"那可真是好极了。不过十分遗憾,我的情况就不是这样啦。我在十六岁时偶然邂逅了她,当即就坠入了情网。这在十六岁少年身上是屡见不鲜的常事。而且着实幸运的是,她也喜欢上了我。她比我小一岁。我们约会过好几次,握了手,也亲了吻。那一切简直就像梦一般美好。可是,结果也就仅此而已。我们两人并没有在肉体上结为一体,也从来没有过同食共寝。而且老实说,就连鲜活的、真正的她是个什么样的人,我都毫无所知。她讲过许多关于她自己的事情,但毕竟那全都是经由她自己的口讲出来的故事,其中究竟有多少是客观事实,也都无法验证。

"当时我还只有十六七岁,对世界的底细当然并不是十分了解,就连对自己本身也并不是十分了解。而更主要的是我过于深、过于强烈地被她所吸引,几乎无法认真思考其他任何事情。尽管很纯洁,但怎么看,那都是不成熟的爱。不是像子易先生那样的成熟的、大人的爱。也没有经受过时间的检验，更没有遭遇过现实的障碍，无非就是十几岁的孩子们甜蜜的恋爱儿戏罢了。说不定那只是一时性的头脑发热，而且自那以来，已经过去将近三十年了。

"有一天，她连一句告别的话也没有，甚至连个暗示都没有，就从我面前突然消失不见了。打那以来，我再也没看到过她一眼，她也没有给我传递过只言片语。而我如今已经迈入了中年。就是这样一个人，为了追寻少年时代的愿望，在这边的世界与那边的世界之间来来去去——这到底算不算是正常的行为呢？"

子易先生——或者说是他的灵魂——依旧双手抱臂，长叹一声，然后说道：

"在下有一句话想问问您。"

"您只管问。"

"直到此时此刻为止，您有没有过这样的经验——就像对那位少女一样，打心底喜欢过、爱过其他的人？"

我姑且就此思考了一下，尽管其实不必思考，然后说道：

"在人生的历程中，我遇到过几位女性，也曾喜欢上了对方，相应地有过亲密的交往。但是，一次也不曾萌生过如同对那位少女一样的强烈感情。就好像大脑变成了一片空白，仿佛大白天里在做着酣梦，无法思考任何其他事情，那是这样一种不带丝毫杂念的心情。

"说来说去，我一直等到现在，就是在等待那种百分之百的纯情再一次降临在我的身上。或者是曾经将它带给我的女性，我是在等她。"

"这一点，在下也一样。"子易先生声音平静地说道，"在下失去了妻子之后，呵呵，有缘结识了几位女性。不算太多，但有那么几位。还有好多人来给在下提过亲，劝在下续弦。妻子亡故时，在下才四十多岁，又是世家的嗣子,在这样的小镇里还算是有一点儿社会地位的,所以周围的人都认为在下再娶新妻是理所当然。而且并非没有故意接近在下的女性。

"可是这些人当中,没有一个人能够带给在下与对妻子的思念相匹敌的东西。不论容貌多么姣好,人品多么出众,都不能像亡妻曾经带给过在下的那样,令在下心灵颤抖。于是有一天,在下开始穿起裙子来。因为在这种深山老林里风气保守的地方,是不会有人鬼迷心窍,来跟一个穿着奇装异服阔步街头的男人提什么相亲的话题的。"

说到这里,子易先生扑哧一笑,然后又恢复了认真的神情,继续说道:"在下想说的,就是这么回事——人一旦品尝过不带丝毫杂念的纯爱,说起来其实就是,心灵的一部分就受到了灼热的照射,在某种意义上就是被烧得一干二净了。尤其是当那种爱由于某种理由,而在半道上被一刀斩断时。这样的爱对当事人来说是至高无上的幸福,但同时在某种意义上又是棘手的魔咒。在下想说的意思,您能理解吗?"

"我想我能理解。"

"在这种情况下,什么年龄的老少啦,时间的考验啦,性体验的有无啦,这种东西都变得无关紧要了。对自己来说是不是百分之百,只有这才是重要的。您在十六七岁时面对那位女性心中所怀的爱情,当然是纯粹的,是百分之百的。对,您是在人生伊始的初期阶段,就邂逅了对您来说最佳的对象。也许该说是,被您撞上啦。"

子易先生说到此,打住话头,上身前屈,盯着炉火若有所思。他的眼中映出炉中火苗的颜色。

"然而有一天她突然销声匿迹,不知所终了。没有任何留言,也没有留下暗示或提醒。为什么会出现这种局面?您无法理解。甚至猜不出导致这种局面的理由。

"在下的情况也很相似。独生子死于事故，妻子选择了自寻短见。那时候，她既不跟在下道别，也没留下遗书之类的东西，只是她在所盖的被子下，在人形的凹陷里留下了两根大葱。又长又白，堂堂皇皇的新鲜大葱。她是特意把它们放在床上的，就像自己的替身一样。

"呵呵，那两根大葱究竟意味着什么？大概谁都不知道，在下也不知道。它成了一个巨大的谜，执拗地盘踞在了在下的心里。那鲜亮的白色至今仍然烙印在在下的视网膜上。为什么是大葱呢？为什么非得是大葱不可呢？在下一直在心里期盼，如果在死后的世界里能够见到妻子的话，一定得问问那是什么意思。然而在死后的世界里，在下如今照旧是孤单单的一个人。谜照旧是个谜。"

子易先生将眼睛闭上了片刻，仿佛在再度确认留存在视网膜上的大葱残像一般。很快，他又睁开眼，继续说道：

"妻子没有留下一句话就离开了这个世界，这让在下的内心深受伤害。虽然别人看不到，但是在下心里狠狠地留下了深深的伤痕。那是深达心灵之芯的重伤。可尽管这样，在下却没有死，而是又苟活了很久。那是无可救药的致命伤这一点，在下一开始并未注意到，是在很晚之后才注意到的，而那时候在下已经迈上了生路。一条继续存活下去的轨道，已经在在下面前铺设完毕了。"

子易先生说着，嘴角浮现出了淡淡的微笑。

"以此为界限，在下变成了完全不同于过往的另外一个人。一言以蔽之，就是变得对人生人世的任何事情再也产生不出热情了。因为在下的心，有一部分已经燃烧殆尽了，而且在下这个人，由于内心负了致命的重伤，也已经死掉一半了。在此后的人生中，在下多多少少还能够感到点儿兴趣的,就只有这么一座图书馆了。正因为有了这座小小的个人图书馆,在下才好歹苟活了下来。就因为这样,呵呵,在下能够理解您的心情。您内心所负的伤,在下可以深切地感受到。这话说得也许僭越了——简直就像我自个儿的事情一样。"

"您是知道了这些情况,所以才挑选我来做这个图书馆的馆长的吗?"

子易先生用力点头:"对,在下只看了一眼就了然于胸了。您就是那个这家图书馆里继任在下职务的合适人选。因为,这家图书馆可不是一家普通的图书馆,不仅仅是一个收藏大量图书的公共场所。这里首先必须是接纳失去的心灵的特殊场所。"

"我常常会理解不了自己。"我坦率地告白道,"或者该说是迷失。我体悟不到我是作为自己、作为自己的本体在度过这一轮人生的实感,有时会觉得自己似乎只是一个影子。这种时候,我就会变得心绪不宁,仿佛我只不过是在比照自己的形态依葫芦画瓢,巧妙地扮作自己的模样在活着似的。"

"本体与影子本来就是表里一体的。"子易先生声音平静地说,"本体和影子,还会根据情况需要而互换角色。通过这样做,人就能够克服苦境,保全性命。依样画葫芦,学作某种模样,有时候也许意义重大。您不必过于自责。因为不管怎么说,此时此地的您,就是您自己。"

子易先生说到这里猛地闭口,面孔突然大大地扭曲,宛如吞下了什么异物一般,然后连续上下晃动肩膀,大口地喘着长气。

"您要不要紧呀?"我问道。

"呵呵，不要紧。"子易先生调整呼吸，然后说道，"没有任何不妥之处。您别担心。不过，在下好像话说得太多了。非常抱歉，在下又该告辞了。时间已经到了。刚才在下所说的，只有一个意思，那就是切不可失去信任之心。只要能够坚定地深信一件事，前进的道路就会自然而然地变得明朗起来。而且凭借它，就一定能防止注定到来的剧烈坠落，或者大大缓和这种冲击。"

防止注定到来的剧烈坠落？到底是从哪里坠落？我未能抓住此话的脉络。

"子易先生，最近还有可能见到您吗？我还有好多问题想请教您。"

子易先生拿起放在写字台上的贝雷帽，手法娴熟地调弄好形状，然后戴在头上。

"有的。咱们下次再见吧。如果您不介意，在下当然是乐意效劳的。不过下次会是什么时候，确切的时间在下也说不清楚。微妙变迁的场的奔流，会把在下向各处冲来冲去，而像这样面对面地交谈，也需要相应的力量储备。不过，肯定过不了多久，我们就会再次相见的吧。"

子易先生正说着话，浑身上下似乎便一点点地变得透明起来。仿佛可以依稀透过他的身体看见他背后的东西。然而，这说不定只是错觉。因为房间里的亮度不够充分。

子易先生打开房门，走了出去。随即嘎吱一下，传来了关门声。然后深邃的沉默到来了。我没有听见脚步声。

## 45

我正站在书架前整理图书时,一位少年前来跟我说话。那是上午十一点过后。我穿着米色圆领羊毛衫,脖子上挂着标志我是图书馆职员的塑料牌。我干的活计是从书架上把破损的书抽出来,换上新书。

少年身材矮小,不是十六岁就是十七岁,穿着绿色连帽游艇夹克,浅色蓝牛仔裤,黑色篮球鞋。每一样都已经穿得很旧了,而且给人以尺码微妙地不合身的印象,兴许是别人穿剩下的衣服。连帽游艇夹克的正面画着一艘黄色潜水艇。就是披头士[1]的《黄色潜水艇》。仿佛约翰·列侬曾经戴过似的金属边圆形眼镜,对少年那张瘦削的脸庞来说大概是尺寸过大,戴得稍稍有些歪斜。他简直就像是误从二十世纪六十年代穿越到这里来的一般。

我常常在阅览室里看到那少年。他总是坐在靠窗畔的同一个座位上,满脸认真的表情,看着书。除了翻页时,身子纹丝不动。看来是异常喜爱看书啊,我心想。只不过他每天每日,从早到晚泡在图书馆里,我觉得很不可思议,寻思,学也不上,行不行啊?

所以我问过一次添田:"那孩子不去上学行吗?"

添田摇摇头,说:"那孩子因为特殊原因,没有去上学。对他来说,这里就好比是学校。他父母也了解这个情况。"

我以为大概就是心理原因的辍学,于是便没再追问下去。就算不去上学,每天每日都来图书馆勤奋读书的话,那也不会有太大的问题。

---

[1] 英国摇滚乐队,1960年改现名,由约翰·列侬、保罗·麦卡特尼、吉他手哈里森及鼓手斯塔尔组成。乐队对20世纪60年代以后的流行音乐具有世界性的影响力。1970年解散。

然而那天他罕见地手上没拿着书,仿佛在思考着什么,在书架前走来走去。

"打扰。"少年停下脚步,对我说道。

"什么事?"我怀抱图书,问道。

"可不可以赐告您的出生年月日?"少年说。对一个像他那个年龄的男孩子来说,说话方式太有礼貌,过于严谨了,而且缺乏抑扬变化。简直就像拿着打印在纸上的文章照本宣科一样。

我怀里抱着几本书,换了个姿势,直视着他的脸。发育良好的五官。相比于脸盘,耳朵显得大。头发好像最近刚刚理过,剪得短而整齐,耳朵上方的头皮颜色发青。他长得矮小,白皙,脖子和手臂细细长长的,根本看不到日晒的形迹。任怎么看,他都不是爱好体育的那类人。而且直勾勾地盯视着我的两只眼睛里,有一种奇异的光芒。是那种对焦精准的、犀利的光芒,仿佛在凝眸窥望着深藏在洞穴底处的某样东西……而我也许就是那"深藏于洞穴底处的某样东西"也说不定。

"出生年月日?"我反问道。

"是的,您的出生年月日。"

我有点儿困惑,但还是把出生年月日告诉了他。虽然不明白这位少年要干什么,可我又觉得把出生年月日告诉他,也不至于会有什么害处。

"星期三。"少年几乎是间不容发地宣告道。

我不解其意,稍稍扭歪了脸。我这个表情似乎令少年有些心乱。

"您的生日,是星期三。"少年说道,用一种漠然的语气,仿佛在说,这种事人家本来不想一一解释的。他就说了这么一句,便快步走回了阅览室,坐在窗畔的桌子前,重新读起了那本读到一半的厚书。

我半晌没弄明白是怎么一回事,随后才恍然大悟。这位少年大概就是所谓的"日历男孩"吧。这样的人拥有一种特殊能力：不论过去还是未来，只要你说出一个日期，他就能够在一瞬间说中那是星期几。他们一般被称作"学者综合征患者"。电影《雨人》[1]里的人物也是其中之一。这种人往往患有认知障碍，但在数学和艺术领域每每能发挥出人们通常无法想象的特异能力。

我很想上网查查自己的生日究竟是不是星期三，可是图书馆里没有电脑，结果没能查成。（那天回家后，我用自己的电脑查了一查，果然准确无误，我还真是星期三出生的。）

我把服务台里的添田喊到了办公室旁边，指着少年所坐的方向说道："那个孩子吧……"

"那个孩子怎么啦？"

"怎么说呢？他是不是有点儿像所谓的学者综合征呀？"

添田注视着我的脸，问道："他是不是问你出生年月日了？"

我把来龙去脉说了一遍。

添田听我讲完，面无表情地说："对，那孩子经常问别人出生年月日，然后间不容发地告诉人家那天是星期几，不过也就仅此而已。他不给别人添麻烦，也不惹是生非。而且同一个人，只要问过一次，他就不会再问第二次了。"

"他是逮着谁都问吗？"

"不是，也不是逮着谁都问。他好像也是挑选对象。有的人他问，有的人他不问。只是我不了解他的判断标准是什么。"

"是这样啊。"我说。好像有点儿异乎寻常，不过就像添田说的，

---

[1] 美国电影，1988年上映。片中人物雷蒙患有孤独症，但具有惊人的记忆力。

看来这也不至于带来棘手的难题。说到底,不过就是出生年月日和星期几而已。

"顺便问一句,您的生日是星期几?"

"星期三。"我答道。

"星期三的孩子苦难连连。"添田说道,"您知道这支歌吗?"

我摇头。

"《鹅妈妈》[1]里的一段童谣:'星期一的孩子容颜美丽,星期二的孩子聪明贞贤,星期三的孩子苦难连连……'"

"没听过。"我说。

"就是一段童谣,而且也不准。我就是星期一出生的,可也没有长出一副美丽容颜来。"添田说道,一如平素,满脸认真。

"星期三的孩子苦难连连。"我重复道。

"童谣的歌词,文字游戏而已。"

"他为什么不去上学?莫不是因为校园霸凌之类?"

"不,不是因为这。是没考上高中。"

添田放下手中的圆珠笔,调整了一下眼镜的位置,继续说道:"前年春天,那孩子好歹从镇上的公立中学毕业了,但是没能考进邻近的高中,因为学习偏科偏得太厉害。拿手的科目能得满分,不擅长的科目有的成绩接近零分。读过的书,大概该说是照相式记忆吧,内容可以倒背如流。但摄入的资讯数量过于庞大,过于详细,要在实践层面上把它们有机地串联起来,就变得非常困难。而且这些资讯差不多都是专业知识,对高中入学考试之类毫无帮助。再加上他一贯拒绝上体育课,普通

---

[1] 英国民间童谣集,代表童谣有《伦敦大桥垮下来》等。

高中基本上就考不进去了。"

"怪不得。"我说，"不过，他好像非常喜欢看书啊。"

"对，他很爱看书，每天都要到图书馆来，逮着书就读，读起来速度飞快。照这样子下去，只怕今年之内，这个图书馆的书差不多就要被他全看完了。"

"他都看些什么书？"

"所有的书。基本上好像什么书都行，他并不挑挑拣拣。简直就像喝营养剂一样，把放在那里的资讯挨着个儿全部吸收下去。只要那是资讯，不管是哪一类的，他都照单全收，通通吃进。"

"那倒是很好。不过，也会有一些资讯是非常危险的。就是说，需要有效地加以取舍选择。"

"是的，您说得对。所以，他读的每一本书，在出借之前我都要检查一遍。如果含有可能引发问题的内容，我就会收缴上来。比如说含有过度的性描写和暴力描写的内容……大致就是这样。"

"你这样强制性地收缴上来，不会惹出问题来吗？"

"没关系。那孩子对我基本上还是言听计从的。"添田说道，"其实，那孩子在镇里的小学念书时，我丈夫做过他两年的班主任，所以那孩子从小我就对他非常熟悉。我丈夫一直很关心他，当然也很困惑，不知道该如何待他为好。"

"他家里是怎样一个情况？"

"他父母在镇子上经营私立幼儿园，此外还开了几家补习班。很完美的一家。三个小孩都是儿子，那孩子是三兄弟中最小的，上面两个是公认的才子，分别以优异的成绩从本地的高中毕业，考进了东京的大学。一个大学毕业后，在做民事律师。另一个还在读书，好像是学医的。可是那孩子没考进高中,就不上学了,改为每天到这家图书馆来,把书架上的书挨着个儿拼命地读。前头我也说过,这里对他来说就是学校。"

"而且把读过的书的内容全都背下来?"

"比如说,假定他读了岛崎藤村[1]的《黎明之前》,那么他就能从头到尾,一字不错地把全文背诵出来。那可是相当长的小说呀,他竟然能全部记在脑子里,可以一字一句、准确无误地引用原文。然而这本书要告诉人们什么?或者在日本文学史上具有什么样的意义?这些我猜他大概并不理解。"

我当然也曾听说过有些人拥有这样的能力,但是亲眼看见还是头一回。

添田说道:"有些人会对这种特殊能力深恶痛绝。尤其是在这种风气保守的小镇,异质的、不同寻常的东西极易受到排斥。许多人不愿意接近那孩子,躲避着他,就像躲避患了传染病的人。至少无人愿意伸出援助之手。这令人悲哀。实际上他是一个非常老实的孩子,除了到处问人出生年月日,并不会给任何人带来麻烦。"

"所以他才不去上学,而是每天到这家图书馆来,不管什么书拿起来就读。可是,他又是为了什么,非要获取如此大量的知识呢?"

"这个我也不知其详。只怕任谁都不明所以吧。我只能说,是对知识的永无止境的好奇心使然。至于这样一种庞大的知识灌输,究竟会给那孩子带来良好的结果,还是会带来问题,这我也无从判断。而知识的储存容量是否有个限度,也没人知道。尽是些不知其解的谜团。不过再

---

[1] 1872—1943,日本小说家、诗人。《黎明之前》为其所著历史小说,反映了明治维新时代空想者的失望。

怎么说，求知欲本身总是很有意义、很重要的东西，图书馆正是为了满足它才存在的嘛。"

我点头。此话在理。图书馆正是为了满足人们的求知欲才存在的，不管其目的如何。

"不过，招收这种孩子的学校，应该也是有的吧？"我问道。

"有的，是有一些这样的专门学校。然而遗憾的是这附近连一所也没有。要想进这种学校，就必须离开这座小镇，大概得进类似寄宿学校的地方去。可他母亲对他很是宠爱，把他看得很宝贝，绝不肯放他离开膝下。"

"所以这家图书馆就成了学校的替代者喽？"

"对。他母亲以前就跟子易先生是好朋友，直接跑来请子易先生帮忙，说这孩子无比喜爱读书，只要有书读就会平安无事，能不能麻烦子易先生在图书馆里好好指导他。子易先生同那位母亲反复商量后，大体上同意了接受这个角色。"

"于是在子易先生去世后，就由你继承其遗志，负责照管那少年？"

"照管是谈不上啦，只是尽可能地关心一下吧。他读的书，内容我全都记录下来。我也喜欢那孩子，他的确有点儿精奇古怪的，时不时地还会莫名其妙地意气用事，但也不需要花费太多精力。他每天来了就坐在同一个座位上，全神贯注地只顾看书。眼睛连一霎一瞬都不离开书页，注意力之集中，令人震惊。只要不去打扰，他就很平静驯顺，迄今为止在图书馆里从来没有惹是生非过。"

"他没有年龄相仿的朋友吗？"

添田摇摇头："据我所知，他好像没有可以称作朋友的、关系亲近的人。因为可以跟他分享话题的年龄相仿的孩子，基本上没有。再加上,他念初中时曾经和同班女生闹出了一点儿小问题来。"

"问题?什么问题?"

"他对同班的一位女生产生了兴趣,一直尾随在其身后不放。倒也不是说那女孩子长得很漂亮啦,很引人注目啦,并不是为了这些。就是因为那女孩好像有什么地方引起了他的强烈兴趣。说是尾随不放,其实他既没有干什么出格的事,也没有对她说过什么,就是默默地在后面跟着而已,而且不是紧盯在身后,而是隔着一段距离。可是这么做,女孩子方面当然会觉得惊惶不安。于是她的父母便向校长投诉,这就变成了一个小小的事件。这个小镇的人都知道这件事,因此不希望自己的小孩接近那孩子。"

在那之后,我便多多少少开始留意观察起这个总是坐在窗畔的座位上、聚精会神地看书的少年来——保持适当的距离,不令对方察觉。

据我观察,他总是穿着那件画有黄色潜水艇的绿色连帽游艇夹克(想必是十分中意吧)。以前这位少年并未特别引起我的注意,但自从听了添田的介绍之后,我便从他埋头看书的身影中,感受到了某种异乎寻常的迹象。比如说只要翻开书页开始阅读,他便久久地保持同一姿势,纹丝不动(哪怕飞来一只牛虻落在脸上,他也一定感觉不到吧);比如说他追逐文字时眼神呆板,毫无表情;比如说他的额头有时看上去好像薄薄地渗出了一层汗珠。

然而这些也都是在添田把情况告诉了我之后,我有意识地观察时方才发现的,如果是毫不知情、正常地去看的话,肯定就不会觉得有任何的违和,从而忽略过去。一个矮小的少年,坐在图书馆里目不转睛地看书——不过仅此而已。我自己也一样,在那个年纪时也曾如痴如梦,几乎是废寝忘食地沉迷于阅读。

而自从问了我出生年月日以来，以此为第一次也是最后一次，那位少年就再也没跟我说过话。也许是问过一次出生年月日（并且说中了是星期几）之后，对那个人的好奇心之类便得到满足了。

我在图书馆以外的地方看到那位"黄色潜水艇少年"的身影，是在一个星期一，也就是图书馆休馆日的早晨。

# 46

那个星期一的早晨，我照例手捧小小的花束参谒了子易家的墓地。天灰蒙蒙地阴着，从风中可以感觉到湿气，好像随时都可能下雪。不过我没带伞。因为即使没有伞，稍许雨雪的话，棒球帽和牛角扣厚呢大衣的风帽应该就能对付过去。

我先是在墓前合掌，为一家三人祈求冥福。因为不幸的交通事故而丧生的五岁儿童，对此悲叹不已而纵身跳入泛滥洪流中的母亲，在山道上散步时因心脏病发作而猝死的图书馆馆长，对我来说，他们如今奇妙地变成了亲近的存在。尽管我从未在他们活着的时候与他们相见过。

然后和平时一样，我坐在墓前的石垣上，对着光滑乌黑的墓碑，或者说对着说不定在那里面的子易先生，讲起了话来。照例又时而有冬鸟在树木丛中发出尖锐的啼鸣。那是饱含着悲痛的啼鸣，仿佛就在方才目击了世界绽开缺口一般。然而除此之外，四周阒寂无声，仿佛一切声音都被厚厚的云层一丝不漏地吞吸走了一般。

我把本周在图书馆里发生的事情向子易先生报告了一通。照例没有发生什么大事，但还是有两三件值得一提的事情。比如说一位六十七岁的男子，在大厅里浏览杂志时突发身体不适，我让他在沙发上躺了一会儿，因他不见好转便呼叫了救护车（最后在医院确诊是轻度食物中毒）。在图书馆后院落户的虎纹雌猫生了五只小猫咪。小猫咪们很可爱。母子平安，待到稍稍安定后，我们大概会在门口贴出小广告，寻找领养者。大致就这些。毕竟是太平无事的小镇子，太平无事的小图书馆，不会发生任何重大事件（除了时而会有前图书馆馆长的幽灵出没）。

然后，我说起了那座高墙环围的小城里的生活。说起了那里流过一条多么美丽的河流，独角兽们如何满街彷徨，守门人将刀具磨得多么锋利，图书馆的少女为我调配多么浓烈的药草茶……我将诸如此类的话题逐一讲述得详细而具体。也许以前我也曾讲过这些话题，然而我不管不顾，想到哪儿就讲到哪儿，对着墓碑讲个不停。

墓碑自然始终无言。石头既不回答，也不改变表情。听到我说的话的，也许只有我自己一个人，可我仍旧讷讷地继续说着。关于那座小城，我有很多话要说，任怎么说都说不够。

厚厚的云朵在风的吹送下，似乎在徐徐地向南移动。看到那样的云朵，我有了一种世界正在转动的实感。地球在稳健地缓缓旋转，时间在不懈地向前行进。仿佛是在赋予这种行进以佐证，那些老面孔的鸟儿在枝条间移来移去，时而尖锐地啼鸣。冬日早晨淡淡的悲哀仿佛透明的衣裳，薄薄地将我包裹着。

这时我在视野的一角，瞥见有个东西微微一晃。从动静来看，不会是狗或猫。好像是一个人，而且是小小的人影——绝不会是魁伟的体格。为了不让对方察觉，我保持身体朝向不变，仅仅转动眼珠观察着那个方向。

有人藏身在墓碑后面，但是墓碑还没大到足以遮蔽那人的整个身体。我看到从那里露出来的衣服的一部分，正是黄色潜水艇图案的绿色游艇夹克。不会有错。

恐怕少年那天早上是到子易先生的墓地来的，偶然遇到坐在墓前的我，于是为了避免与他人接触——这是少年的最大弱项——便迅速藏到了墓碑后。他在那里藏了多久，我无从得知。

我对着墓碑所说的话，那完完全全的个人独白，全被他听去了吗？我说的并不是那么大声（我以为），且少年的藏身之处也并不太近。然而毕竟四周异常安静（对，一如字面原意：像坟场一般阒寂无声），何况较之纤小的身体，他却长着一对又宽又大的耳朵。弄不好被他那对耳朵原原本本地全都听了去也说不定。

然而，就算他把我说的话一字不漏地全听去了，因此便会导致什么不妥吗？如果对方是个普通人的话，恐怕就不会把我说的"高墙环围的小城"视为事实，而是当作痴人说梦嗤之以鼻吧，当作幻想型虚构，然后把我归类为"具有梦想倾向的人"，如是而已。然而在一个拥有精密的照相式记忆能力的少年的耳朵里，这些话又将产生怎样的影响呢？他在心里会如何对待这些？

我从石垣上站起身，重新戴好棒球帽，仰望上空确认天气，假装根本没有注意到少年的存在，离开了墓地。我有意识地不去看少年潜藏的方向，但我知道他还在那里——藏身在某个人的墓碑后面注视着我。我无法不对那位少年心怀好感。至少他至今仍然对子易先生怀有某种依依之念。否则他肯定不会在这么一个寒冷的冬日清晨，特意赶到镇子尽头的寺庙墓地里来。

我走下错落不整的六十多级石阶,照老样子顺道前往车站附近那家没有名字的咖啡馆,点了杯热乎乎的清咖,还吃了一个蓝莓麦芬。

身围嘉顿格纹围裙、站在长台里的女子看见我,抛来微微一笑。是那种"我是记得你的"式的、带着自然的亲切感的微笑。这天早晨,她在长台里忙忙碌碌地干着活儿。看来她是单独一人操持着这家小店,因为我从未看到有别的人在店里干活儿。墙上的音箱中照例以适度的音量流淌出轻松的爵士乐。播放的是 *Star Eyes*(《星星眼》)。钢琴三重奏的演奏十分严谨,但我不知道钢琴手的确切名字。

在咖啡店里温暖了冰凉的身子后,我没有马上回家,而是绕了一小段路去了图书馆,弯到后院去瞧了瞧猫儿一家的情况。猫儿为了躲避风雨,把窝安在了老旧的外廊底下。有人用纸板箱和旧毛毯替它们做了卧床。猫妈妈对人并不十分警惕(图书馆的女子们每天投喂猫食的缘故),当我走近时,它也只是瞥了我一眼,却并不怎么紧张。眼睛还睁不太开的幼猫们全靠嗅觉,仿佛幼虫一般簇依在妈妈的乳房边,猫妈妈满怀爱意地眯眼瞧着孩子们。我站在不远处不倦地望着这番情景。

于是我又一次想了起来。在那座高墙环围的小城里——一如她事先告诉我的那样——我从未看到过狗和猫的身影。那里有独角兽,还有夜啼鸟,然而除此之外却看不到其他动物的身影(当然夜啼鸟也是只闻其声)。不,不单单是动物,就连虫子我也是一只都没有看到过。这是怎么回事呢?

我只能说,是因为不需要。对,在那座小城里,不需要的东西便不存在。唯有需要的东西、不可缺少的东西,才被允许存在。而我,恐怕也是那座小城所需要的，至少在一段时期之内。

回到家里，我把预先做好、备食的萝卜汤放在煤气灶上加热。然后我又一次就"黄色潜水艇少年"左思右想。那孩子到底是出于什么目的，星期一一大清早就跑到子易先生的墓地去？仅仅是礼仪性的省墓吗（我的本能告诉我大概并非如此）？还有，他知不知道子易先生的灵魂还停留在生死边界的世界里，不时会化作生前的模样出现在我们的眼前？

我觉得即便他知道也不足为奇。子易先生变成了幽灵在这片土地上彷徨这件事，我知道，添田也知道。就算受过子易先生多方照顾的那个少年知道了，也无须大惊小怪。子易先生有几件事未竟全功，不妨说，在死了之后，他的灵魂还在继续做善后工作。而"黄色潜水艇少年"的监护人，在他而言大概应该就是那些"未竟全功"的事情之一。

少年在那之后仍旧一日不缺地在图书馆里露面，并且一本接着一本地埋头读书（连午饭也不吃）。我把添田从去年春天开始记录的他在这家图书馆里的读书清单拿来看了一看，这份清单上罗列着数量多得惊人、种类也多得惊人的书名。从伊曼努尔·康德[1]到本居宣长[2]，从弗朗茨·卡夫卡[3]到伊斯兰教的经典，从遗传因子的解说书到史蒂夫·乔布斯[4]的传记，从柯南道尔[5]的《血字的研究》到核潜艇的发展史，从吉屋

---

1 1724—1804，德国哲学家，德国古典唯心主义的创始人。
2 1730—1801，日本江户时代的思想家、语言学家，日本国学集大成者。
3 1883—1924，奥地利作家，现代主义、表现主义文学的重要代表。
4 1955—2011，美国发明家、企业家，美国苹果公司联合创办人。
5 1859—1930，英国作家，所著侦探小说集《福尔摩斯探案全集》对后来的侦探小说有很大影响。

信子[1]的小说到去年的全国农业年鉴,再从霍金[2]的《时间简史》一直到夏尔·戴高乐[3]的回忆录。

一想到这些五花八门的信息与知识纤芥无遗地被悉数收纳进了他的大脑里,我便惊叹不已……毋宁说,几乎是头晕目眩。而且我看到的这份读书清单,还是仅限于他在这家图书馆里读过的书。此外,在图书馆以外的其他场所他还读过多少书,连添田也未能全面掌握。这些数量庞大的知识对他来说具有怎样的意义?又会起到怎样的作用?

然而细细想来,我在十六七岁的时候,说不定也同他有相似之处。虽然规模不同,可我也曾手不释卷地拼命读书,把千奇百怪的资讯往自己的脑袋里乱塞,如今回想起来甚至会觉得不可思议:"干吗会如饥似渴地去看那种东西呢?"因为尚未掌握取舍选择的技巧与能力,区分不了哪些对自己来说是有用的知识,哪些是无用的知识。

或许那个少年只是正在以极为宏大的规模做着与此相同的事情而已。年轻旺盛的求知欲永不知倦。然而,无论贪求无厌地汲取了多么庞大的资讯,人也无法声称其绰绰有余。因为世界上充满了资讯,浩如烟海。任凭你再怎么拥有特异能力,个人的可容空间也毕竟有限。就好比是用水桶去舀海水——尽管水桶有大小之别。

"有没有读到一半的书,因为没意思而半途放弃的情况呢?"我问道。

"没有。据我所见,一旦开始阅读,每一本书他都会全部读完,从来没有半途而废过。对他来说,书不是像普通人那样用好玩不好玩、吸引不

---

[1] 1896—1973,日本小说家,日本少女文学的先驱。
[2] 1942—2018,英国物理学家,主要研究领域是宇宙论和黑洞。
[3] 1890—1970,法国总统(1959—1969),著有《战争回忆录》等。

吸引人这样的标准来进行判断、决定取舍的。书对他来说就是个容器，每个角落、最后一句都必须涓滴不遗地把里面的资讯采集到手。比如说，一般人觉得阿加莎·克里斯蒂[1]的小说有趣，大体就会连续阅读几本克里斯蒂的作品，然而他却不是这样。他在挑选书时，毫无系统性可言。"

"不过，这种完全彻底的收集资讯式的阅读，究竟能够持续多久呢？还是说这只是他这个年纪特有的一时性的热忱，很快就会自然而然地沉静下来呢？就算再怎么拥有特异能力，如此猛烈的知识填鸭也会有个限度的呀。"

添田无力地摇头："这我可就理解不了啦。再怎么说，那孩子的所作所为都远远超越了常人之境。"

"子易先生生前对那孩子的阅读问题，有没有提出过什么建议？"

"没有。子易先生一直以来，倒是什么建议都不提。"添田说道，用的是现在时，然后微微地噘了噘嘴，"他双手抱臂，只是笑嘻嘻地看着那孩子。和平时一样。"

## 47

星期一早晨我在小镇尽头墓地的墓碑背后看到其身影之后，那个少年似乎对我这个人比从前更感兴趣了。至少我是感觉到了这种迹象。倒也不是说出现了什么特别的状况，也不是说他直瞪瞪地观察我。只是有时候我会感觉到他的视线向我扫来，一闪即逝。通常是从背后。不过那

---

[1] 1890—1976，英国侦探小说家、剧作家，对英国侦探小说发展有重要影响。

一瞥之中有着一种不可思议的重量和尖利,仿佛刺透了我的上衣,直抵背脊。然而视线里却感觉不到敌意与恶意。里边有的,大概就是好奇心。

说不定他是对我——一个并不曾见过生前的子易先生的人——去参谒子易先生的墓,还有我冲着子易先生的墓做了很长一段独白一事,感到有点儿惊讶。这件事恐怕引起了他的兴趣。

我冲着子易先生的墓碑所说的内容,他究竟听去了多少,我不得而知。不过就算全部都听了去,或者连一句都没听到,反正都无所谓。因为任怎么看,他都不像是那种把听来的内容泄露给别人的类型。而实际上,那个少年几乎不跟任何人说话。以至于刚开始时,我甚至还以为他不会说话。

据添田说,他只跟极其有限的几个人,在极其有限的场合,才张口说话。即便这种时候,他也是轻声细语,让人难以听清,还惜字如金。而且当他不愿跟任何人说话的时候(这样的日子接近半数),所有的信息就都通过笔谈来传递。为此,少年永远在口袋里放着小笔记本和圆珠笔,随身携带。因为这个缘故,所以直到他向我探问出生年月日那天为止,我从未听到过他的声音(问别人出生年月日时,不知何故,他说话说得非常清晰)。

因此我在子易先生墓前说出声来的那些事,即令他全部听见了,连细枝末节都一无遗漏地记在了脑里,也很难想象他会去对别人说。

一天,我在正午时分瞅了一眼阅览室,那里没有少年的身影。他一直坐着的窗畔座位上,也没看见有读了半截的书放在那里,大衣和背囊也没留在那里。这可是从未有过的情况。他连午饭都不吃,心无旁骛地一直读到三点钟倒是常有之事。

"没看到那孩子嘛。他怎么啦?"我问服务台的添田。

添田淡淡地一笑:"那孩子到后院去看猫咪们了。他特别喜欢猫,但是家里不让他养,好像是他父亲讨厌猫,所以他就在这里看看猫啦。"

我走出图书馆楼,从玄关入口绕到了后院,蹑手蹑脚,敛声屏息。于是我便看见少年蹲在外廊前,观望着猫儿一家的状况。少年在与平日相同的绿色游艇夹克外面又套了一件藏青羽绒服,身体一动不动,专心致志地观察着猫儿们。简直就像是一个守望着地球创世现场的人,决意不漏过任何一个细节。

大约十分钟还是十五分钟,我在粗壮的松树树干背后注视着他的身影。其间他一直蹲在地上,姿势丝毫不变,与在阅览室里埋头读书时一般无二。

"他总是像那样望着猫儿的?"我回到服务台,问添田道。

"对,大概每天有一个钟头是在看猫,非常痴迷地。一旦投入进去,不管是下雨还是下雪,也不管寒风冷如刀割,他都一点儿不在乎。"

"只是看看而已?"

"对,只是看看而已。他既不触摸它们,也不对它们说话,就是在相距约莫两米的地方观望着猫儿们的举动,眼神特别认真。猫妈妈已经习惯了他的存在,就算他凑近了过去也一点儿都不戒备。我猜哪怕他伸手去摸,猫妈妈肯定也不会在意的,可是他不干,只是保持距离,专心一意地看看而已。"

少年从那里离去后,我绕到后院,用与他相同的姿势坐在那里,尽可能地敛声屏息,观察着猫儿们的情态。幼猫们现在已经一点点地睁开了眼睛,毛色也变得比以前光艳了。猫妈妈温柔地眯着眼睛,孜孜不怠地舔着孩子们的毛。为内心的欲求所驱动,我很想凑上前去,伸手摸摸猫儿们,但还是忍住了。我在心里琢磨少年是以怎样一种心情那般痴迷地久久凝望猫儿一家的,想在自己内心再现那番情形。然而,这么做当然是枉费心机。

一个星期后,图书馆的女子们动手给幼猫们拍了照片,在图书馆入口处的宣传栏上贴出了"招募猫咪领养人"的海报。小猫咪们非常可爱,又很上相,很快五只小猫的领养者便定了下来,于是猫咪们各自被新家庭领走了。猫妈妈在孩子们被一个个地带走(被领走时倒也并没有怎么抵抗),最后一个也不见了之后,一连几天陷入了恐慌状态,在院子里四下乱走,寻找孩子们。听到它疯狂地呼唤孩子的叫声,图书馆的女子们——尽管明知事出无奈——都很同情那个猫妈妈。然而数日后,猫妈妈似乎也只能作罢,恢复了生孩子之前的行为模式。等到了明年,恐怕它同样又会在外廊底下生育五六个孩子了。

"黄色潜水艇少年"对幼猫们的不辞而别作何感想,我不得而知。添田也无从知晓。因为对幼猫们的消失,他连一句话都没有说,只是每天到后院去看望猫儿一家的习惯不复存在了而已。就仿佛从一开始便不曾存在过一般。

少年不穿那件黄色潜水艇图案的游艇夹克时,就穿一件画着电影《黄色潜水艇》另一个剧中角色的茶色游艇夹克。那是一个长着蓝色的脸、耳朵是粉红色、遍体长满茶色体毛的奇怪生物。我也看过那部电影,却想不起来那个角色叫什么名字。住在乌有之地的乌有之客。约翰·列侬唱过他的歌。但我怎么也想不起他的名字来。

我回到家里，上网检索"《黄色潜水艇》剧中人物"，知道了那个蓝脸怪人的名字叫"杰里米·希拉里·布布博士"。他是一位钢琴家，又是植物学家，还是古典学家、牙科医生、物理学家、讽刺作家……他是一个无所不能，同时什么也不是的汉子。

那个少年一定很喜欢《黄色潜水艇》这部电影吧，所以才会一直穿着画有黄色潜水艇的游艇夹克。不过有时也会换成画着杰里米·希拉里·布布博士的游艇夹克。我推测，恐怕是母亲半强制性地，定期从孩子手上收缴黄色潜水艇图案的游艇夹克，为的是丢进洗衣机里。这种时候大概是作为次善之策，他便选穿上杰里米·希拉里·布布博士图案的游艇夹克。大概是这样。

在检索杰里米·希拉里·布布博士的过程中，我变得想看电影《黄色潜水艇》了（我还是二十多年前看的这部电影，内容差不多全忘光了），便去了小镇唯一一家、位于火车站前的录像带出租店，但是没找到《黄色潜水艇》。在与披头士相关的电影货架上，只有《一夜狂欢》（*A Hard Day's Night*）和《救命！》（*HELP!*）。慎重起见，我还向店员打听，对方回答说没有《黄色潜水艇》。而我是很想知道电影《黄色潜水艇》的什么内容如此吸引那个少年的，哪怕一丁点儿也行。

少年平常大体只穿相同的衣服。不是黄色潜水艇图案的游艇夹克，就是杰里米·希拉里·布布博士图案的游艇夹克，二者必居其一。再加上褪了色的蓝牛仔裤，和一直包住脚踝的篮球鞋。我不记得还见他穿过别的衣服。

然而据添田说，少年家境富裕，而且母亲溺爱这个小儿子，为他买几件干净的新衣服应该是轻而易举的事。倘若如此，那就只能认为是少年本人喜爱这些衣服,自己希望每天穿了。再不然就是他顽固地拒绝穿没穿惯的新衣服吧。个中缘由,我就不甚了了了。

他差不多每天身穿相同的衣服,肩背相同的绿色背囊,在刚一开门时就来到图书馆,总是坐在同一个座位上,不跟任何人说话,把书架上的图书逐一读完。他不吃午饭,时而喝一口自带的矿泉水。然后在下午三点过后,他就合书离席,背上背囊,同样默默无言地走出图书馆去。如此反复。

他对这千篇一律、周而复始的生活是否感到满足,是否从中感受到快乐?这一点无人知晓,因为从少年的脸上读不到任何表情。然而日复一日,逐一、准确地模仿、蹈袭规定的行为范式,对他来说一定具有重大的意义。相比于行为的本质及方向性,或许重复本身才是目的。

我在次周的星期一早晨,又参谒了子易先生的墓,在与上一周完全相同的时刻。在向着坟墓双手合十为一家人祈祷了冥福之后,我照老样子对着墓碑讲述了起来。我讲到了本周图书馆发生的几件琐碎的小事,讲到了随时应景浮上心头的种种思绪,还讲到了我在高墙环围的小城里度过的日常生活。那一天,仿佛天盖一般久久蒙覆长空的云层断裂了开来,太阳久违地将大地照得一片明晃晃的。尚未融尽的数日前的残雪,在墓地里形成了一个个僵立的白色离岛。

我一面慢条斯理、断断续续地继续着我的独白,一面毫不懈怠地注意着周围。然而哪儿都不见"黄色潜水艇少年"的影子,也没感觉到有谁在窥视着我的迹象。听不到丝毫的响动,钻进耳朵里来的照例只有那些冬鸟的啼鸣声。它们似乎是在环绕着墓地的树木丛中匆匆忙忙地四下寻觅着果实和小虫。偶尔也有啄木鸟敲击树干的声音传入耳帘。

哪儿都看不见少年的身影,我稍稍有些寂寞,感到一丝遗憾。说不定我的内心在期待着他藏身于某块墓碑后面,倾听我讲的那些话。或者说,其实我不单单希望子易先生听我讲,并且还——不,毋宁说更——希望那个少年也听到我说的话。

可是,为什么?

要问为什么,其理由我自己也说不清楚,只是隐约之中如此感觉而已。也许是出于纯粹的好奇心,我就是想知道听到了高墙环围的小城的故事后,少年会有什么样的感想,会表现出什么样的反应。

仿佛陡然醒悟似的,不时会有一阵冷风从墓碑间吹过。叶子落尽的树丛中,枝条发出一番痛苦的呻吟声。我将羊绒围巾在脖子上紧紧地重新围好,仰望天空。冬日的太阳不遗余力地将光芒和温暖投向大地,但是仅仅这些还远远不够,世界——人们,猫儿们,无处可归的灵魂们——在寻求着更为强烈的光芒和温暖。

"黄色潜水艇少年"那个星期一早晨没有出现在子易先生的墓地。也许是他不愿打扰我的访问(省墓),也许是他不愿被任何人看到自己造访墓地,因而错开时间改到下午才去也说不定;还有可能是他找到了可以更加巧妙地隐藏自己的场所也说不定。

我一如既往,在那块墓地度过了半个小时,然后姗姗而返。并且我照例走进车站附近那家没有名字的咖啡店,喝了杯热乎乎的清咖,照例吃了蓝莓麦芬。然后我一边读着早报,一边似听非听地听着墙上音箱里流淌出来的埃罗尔·加纳[1]的《四月的巴黎》。这成了我每个星期一的小

---

1 Enroll Garner,1921—1977,美国钢琴家、作曲家。——译者注

小的习惯。重复着相同的事情，仿佛追溯自己上周的足迹一般。并不仅限于"黄色潜水艇少年"，其实想一想，我自己的生活不也是翻来覆去重复着相同的事情吗？也许与那位少年一样，重复本身正逐渐变成我人生的重要目的。

从服装开始便是这样。在公司里工作那会儿，我对服装总是十分注意，细致入微。衬衣由自己动手熨烫（每个星期日我会一总熨烫），每天都换一件新的穿；领带也要挑选颜色和图案，与之匹配。然而自打从公司辞职，搬来这座小镇之后，我就变得马虎草率了，甚至连此时此刻自己身上穿的是什么衣服都想不起来。有时候等到忽地发现时，自己已经整整一个星期都穿着同一件毛衣，套着同一条裤子了。而且我对此——自己一直穿着同一身衣服一事——还压根儿就没有注意到。毫无道理对整天只穿同一件黄色潜水艇图案的游艇夹克的少年说三道四。

话虽如此，这种对服装关心的阙如，（理当）并不意味着我的日常生活就变得吊儿郎当了。我一如既往，十分注意保持个人清洁，每天早上把胡子刮得干干净净，更换内衣，天天洗头，一天刷三次牙。依然如故，我还是那个珍重习惯、保持清洁的单身汉。只是忽地回过神来时，身上还穿着老一套的毛衣和裤子而已。我似乎开始从这样连续多日穿着同一套衣物（尽管是无意识地）里体味到一种快感。

自从不见子易先生踪影以来，已经过去将近四个星期了。如此长期地不见面，这还是第一次。

"我的灵魂能够化作这种身形，说到底只是临时现象。过不了太久，一切都会消失不见。"子易先生曾经说过类似这种意思的话。兴许他的灵魂已然经过了这样的"临时"期间，形消影散，不知所终了。兴许他的灵魂已被吸入了"无"里，再也不会重返地上了。

如此一想，我便黯然神伤。那种心情就好像因为事故而突然失去了珍贵的友人。然而转念细想，其实从最初相遇时起，子易先生就已经是离世之人了。要之，就是"死者"。就算他的灵魂在此（再次）永远消失，那归根到底，不也只是意味着已死之人更深一层地死去而已吗？

然而这件事，带给了我略略不同于失去某位生者时的悲哀。这悲哀不妨说是形而上的，平静得不可思议。这悲哀不是痛楚，只是纯粹的黯然神伤。通过假定他更进一层的死，我前所未有地、身临其境地感受到了"无"这种东西的确切存在，几乎到了伸手就能触摸到它的程度。

休馆日的次日，我走到添田身旁，小声询问她最近有没有看到子易先生的身影。她抬起面庞，目不转睛地看着我的脸，然后小心翼翼地看了四周一圈，说："没有。这么说来，倒是有很长时间没看到他的身影了。之前还没有这么长过……您呢？"

我微微地连连摇头，然后回到了自己的房间里。

我们自此以后再也不曾提及子易先生，不过从她当时的语气和表情中，我明白了，添田也与我同样，对于子易先生前所未有的长期缺席——曾经的图书馆馆长的灵魂终止了对图书馆日常性的访问——感到寂寞。我和添田之间夹着子易先生这个"不存在的存在"，形成了类似共享秘密的同谋者一般的关系。

就在这样一个下午，添田来到了我的办公室，当时我正在这四方形半地下室里工作。她轻轻地敲门，我说了一声"请进"后，她便走了进来，手里拿着一个事务用的大信封。然后她把那个信封放在写字台上。

"是M君拿来的。刚才他说要我亲手转交给您，把这个信封给了我。"

M是"黄色潜水艇少年"的名字。

"转交给我?"

添田点点头:"好像是个非常重要的东西。因为他的眼神前所未有地认真。"

"到底是什么呢?"

添田歪了歪脑袋,似乎在说:不知道。在光线照射下,她戴着的眼镜的镜架闪了一闪。

我拿起信封。它非常轻,几乎没有重量。恐怕里面只有一两张A4纸吧。信封上面什么也没写,没写收信人,也没写寄信人。那分量之轻,奇妙地令我紧张。

是信吗?不对,不像啊。如果是普通的信,应该折叠起来放进更小点的信封里才是。

"那孩子一直到我们图书馆来看书,可是像这种行为,还是头一回。"添田仿佛是要强调自己的话似的,使劲眯起眼睛说道,"就是说,像这样自己主动给别人送个东西之类。"

"他现在还在图书馆吗?"

"不在。把这个交给我后,就回家去了。"

"他只是说,把这个亲手转交给我吗?"

"就这么一句。其他什么话也没说。"

"他原话是怎么说的?'请把这个交给新图书馆馆长'吗?"

"不是。他知道您的名字。"

我向添田道谢。嫩草色的喇叭裙裙裾翻飞,她走回自己的岗位去了。她那健康的小腿的模样残留在了我的视网膜上。

然后我把那个信封放在写字台上,半晌没去动它。因为我没有心情马上启封。要开启它,需要有心理准备——我如此感觉。为什么需要这种准备?这又该是怎样一种准备?我无法说明。不过,不要马上开封为好,姑且原封不动地在那里放上一会儿为好,就好比让太热的东西先冷却一会儿。是本能始终不露声色地如此告诫我的。

我把信封放在写字台上,不去动它,坐在火炉前,凝望着火焰。火焰宛如生命体一般。它像一个熟练的舞者,细腻地抖动着身躯,大幅度地摇来摆去,时而深深发出无常的叹息,低低地下沉了去,继而又敏捷地立起身来。刚以为它在雄辩地诉说着什么,它旋即又小心翼翼地竖起耳朵倾听了起来。眼角高高地吊起,眼珠圆瞪,随即再紧紧闭起。我仔仔细细地观察着火焰的这种种形态,期待它会告诉我一些重大的事实。然而它们却什么也没有告诉我,甚至连暗示也没给我一个。唯独时间在无声中流逝了去。不过这也无所谓。我所需要的,就是适当的时间流逝。

我回到写字台前,拿起大信封,然后用剪刀小心地剪开封口,注意避免剪坏了里面的东西。果然如我所料,信封里面只有一张A4纸。知道不是一只空信封,我稍稍松了口气。因为假如里面空无一物,装的只是"无"的话,我一定会心生慌乱吧。

我小心翼翼地把那张白色打印用纸从信封里取了出来。白纸上用黑色墨水仔细地画着一个图案,没有文字。我把它在写字台上摊开细看,于是我倒抽了一口凉气。我感到一种强烈的冲击,仿佛后背被什么坚硬的器物使劲砸了一下。这冲击把我身体内的所有逻辑、所有脉络统统砸了出去。有一种天摇地动的真实感觉。我失去了平衡,双手死死地抓紧了写字台。并且我在一瞬间丧失了语言,迷失了思考的方向。

那张纸上画着的,是几乎完全准确的那座高墙环围的小城的地图。

# 48

面对着这张地图,我久久地哑口无言。

是的,毫无疑问,这就是那座高墙环围的小城的地图。

形似肾脏的外围(下部有一个凹陷),一条缓缓地蜿蜒横穿小城中央的美丽的河流。河流的出口处形成了令人生怖的深潭。唯一的出入口是那座城门。位于城门内侧的门卫室。架在河上的三座古老的石桥(无人知道它们有多古老),已然干涸的运河,没有指针的大钟楼,还有没放一本图书的图书馆。

一张近于略图的简单的地图(它让人联想起中世纪欧洲的图书里出现的朴素版画)。而且仔细看去,可以看出细节上有几处错误(例如河心洲画得比实际要小得多,数目也少),可虽然如此,基本部分却准确得令人震惊。为什么那位少年能够把一座(理应)尚未见过的小城的地图,几乎准确无误地如此画出来呢?我自己也曾按照自己的方式好几次试图制作小城的地图,可怎么也没画成。

可以想到的,就是他躲藏在墓地某处(在我觉察到其存在的那次以外,他也在)听到了我冲着子易先生的墓所诉说的那些话,并以在那里收集到的有关"高墙环围的小城"的信息,画出了小城的地图。兴许他精通读唇术也不一定。这就是我能够想到的合情合理的推论了。

然而这种事情当真可能吗?我在墓地说的话,就像是独白,时断时续。我想到哪里就说到哪里,颠来倒去,杂乱无章,从一件事跳到另一件事,从一个情景跳到另一个情景,语无伦次,天马行空。难道他就是把这些脉络不清、支离破碎的信息,像拼图一般拼凑起来,最后拼出一张地图来了吗?

倘若如此，那就说明他不单单拥有照相式记忆，并且在听觉上也能够发挥出特异能力来。根据我的记忆，学者综合征患者也包括这样一些人：任何乐曲，哪怕再长、再复杂，他们只消听过一遍，就能够一个音符不错地准确再现出来——能够演奏，能够写谱。据说阿玛多伊斯·莫扎特[1]就是这样一个人。

我的确对着子易先生的墓讲述了高墙环围的小城的故事。但是我具体说了些什么话，对它进行了怎样的描述，事过之后，我就几乎回想不出自己所说的内容了。我仿佛追述曾经做过的几个意象鲜明的梦一般，或者毋宁说，我仿佛再一次实际穿越这些梦境一般，讲述了那座小城。我从心所思，近乎处于半无意识状态。

比如说，我在那里讲到了没有指针的大钟楼了吗？恐怕讲到了，因为少年的地图上明明白白地画着那座大钟楼。那座大钟楼，尽管是草草几笔简单的略图，却与实物十分相似，而且没有指针。话虽如此，可是我不能保证自己的记忆没有在事后发生过变化。这前后的逻辑我不甚了了，不过，我的记忆迎合着少年所画的地图而微妙地受到重塑，这种可能性也并非不可想象。

我越想越糊涂。何为原因，何为结果？多少是事实，多少是推论？

我把地图再次放回信封里，把它搁在写字台上，将双手合在颈脖后，半晌一动不动，呆呆地凝望着虚空。从差不多紧贴着地面的模模糊糊的横窗中，午后的阳光淡淡地照射了进来，房间的空气里隐约飘浮着用作柴火的苹果树香。熊熊燃烧的火炉上，黑色水壶忽然发出响声，吐

---

[1] 1756—1791，奥地利作曲家。维也纳古典乐派代表人物之一。

出白气，宛似一只沉睡的猫在酣眠中长叹了一口气。

我淡淡地感觉到，在我的周围有种东西正在徐徐地成形。说不定在自己也毫不知情的情况下，我正被某种力量一步步地引向某地。然而这是到了最近才开始的，还是在相当早之前就已经在徐徐进行之中了，我茫然不知。

我勉强有所知晓的是，自己现在好像正处在靠近"那边的世界"与"这边的世界"的边境线的地方，仅此而已。恰好如同这间半地下室，既不在地上，可又不在地下。照进这里来的阳光淡淡的，混混沌沌。我恐怕就是被放置在这样一个薄暮的世界里，一个分辨不清究竟属于哪一边的微妙场所。而我却千方百计试图看明真相——自己实际身在哪一边，以及自己究竟是自己这个人的哪一面。

・・・

我再度拿起写字台上的信封，从中取出地图，聚精会神地审视了许久。于是很快地，我觉察到这张地图令我的心脏在细微地颤动。这不是比喻。一如其字面原意，它物理性地让我的心脏静静地，然而千真万确地哆哆嗦嗦，颤动不已。就像被放在晃动不停的地震之中的一块果冻。

审视着这张地图，我的心不知不觉地再一次回到了那座小城。闭起眼睛，我就能实际听到流过小城的河水潺潺声，闻见夜啼鸟们悲哀的深夜啼鸣声。一早一晚，守门人的角笛响彻四方，独角兽们的蹄子踏在石板路上，干涩的咔嗒咔嗒声笼罩着小城。走在我身旁的少女那黄色的雨衣发出沙沙声，仿佛是摩擦起世界边角的声音。

现实好像在我的周围低低地嘎吱作响，微微摇晃——如果那是货真价实的现实的话。

317

## 49

第二天,"黄色潜水艇少年"终日未在图书馆里现身。这是相当罕见的情况。

"今天他好像没来嘛。"我在阅览室里巡视了一圈,问坐在服务台内的添田道。

"是的,今天好像没来。"她说道,"这种情况偶尔也会有的。也许是身体状况不太好吧。"

"这种情况多不多?"

"好像会周期性地发生。倒也并不是有什么慢性病,他就是身体状态不佳,浑身乏力,起不了床。据他母亲说,可能是神经性问题。说是就这么什么都不做,卧床静养三四天,就能自然恢复。甚至不需要看医生。"

"只是卧床静养三四天。"

"对。就像给电用完了的电池充电。"添田说道。

没准儿还真就跟充电差不多呢,我心想。也许是他身上的能力(几乎超越了人类智慧的能力)超常活动,结果超出了身体系统的容量。就像察知电力供应过剩后,配电箱里的电闸会自动跳闸一样。这种时候,他也需要躺平一段时间,让工作过度的热源冷却下来,寻求身体机能的自然恢复。从时间上来看,可能(据我推测)就是制作那座小城的地图这件事——这是需要特殊能量的作业——构成了此次系统崩溃的原因之一。

添田继续道:"您知道的,他是个具有超常感觉和超常能力的孩子,但是就年龄而言,他还处于成长期,支撑他发挥那种能力的体能,或者说心灵的防御能力，只怕还不能说很充分。看着那孩子，我就忍不住要担心这些。"

"需要有人好好地监护他、引导他。"

"对，您说得是。需要有人教会他方法，让他能够自己很好地控制特异能力。"

"这可不是件简单的事。"

"对，当然很困难。要做到这一点，首先必须跟他在心灵上息息相通才成。可是在我看来，他的母亲溺爱他，而父亲又整天忙于工作，根本就没有时间管他。以前是子易先生以私人身份在这个图书馆里，很精心、很注意地监护他，恐怕是把他当作死于事故的儿子的替身了吧。不过很遗憾，这位子易先生死了之后，现在就没有人来照看他了。"

"那孩子跟谁都不说话，不过好像倒是会跟你日常交谈的嘛。"

"对，跟我，他还是愿意说话的。因为那孩子从小就认识我。不过我们的交谈也只是在最小限度之内，内容也只限于实际事务。不过，要对他进行精神疗愈，解决心理上的问题，我们之间的交流还不能说足够充分。"

"他跟共同生活的家人之间有没有对话啊？"

"跟母亲，他只在有事时才开口。不过，那也真的只限于有事的时候。而他基本上从不跟父亲说话。跟陌生人说话，好像就只限于问人家出生年月日的时候了。只有在这种时候，他才能毫不胆怯地跟谁都说话，直视对方的眼睛，语调从容自若。不过除了这些，在日常生活中他基本上跟谁都不说话，人家跟他说话时他也不搭理。"

我问道："既然子易先生以私人身份承接了对那个少年的监护之责，那么他和子易先生之间——就是说和生前的子易先生之间——是有过亲密交谈的喽？"

添田眯起眼睛，轻轻歪了歪脑袋："这个嘛，谁知道呢。我也不了解那么多。他们俩总是在馆长室里，要不就在那间半地下室里，将房门关得紧紧的，二人在里面待很长时间。他们在那里说了些什么话，还是根本就没说话，我就不知道了。"

"不过他在某种程度上跟子易先生比较亲近？"

"'亲近'这个词合不合适，我不清楚。不过总而言之，他的确信任子易先生，到了愿意单独和子易先生二人长时间地待在同一个房间里的程度。而对那个孩子来说，这可是非常特殊的事情。"

有一件事我无论如何都必须弄清楚。然而此时此刻（在正午前的灿烂阳光照射下的图书馆服务台）就直言不讳地问她这个问题，这是否妥当，我心中无底。但我还是果断地决定问问她，用尽可能简洁的语汇。

"你怎么看？你觉得子易先生死了之后，他们二人有没有见过面？"

添田用认真的眼神，笔直地盯着我的脸看了几秒钟，纤细的鼻梁微微一动，然后一字一顿地问我道："您说的就是，子易先生的幽体——化作人形的、他的幽灵——和M君，在子易先生死后是不是也在某处见面，像生前一样继续沟通、交流。是这样吗？"

我点头。

"是呀，这恐怕也是有可能的。"添田稍作思考后说道，"我觉得完全有可能。"

此后一连四天，"黄色潜水艇少年"没在图书馆露面。少了他的身影，图书馆阅览室似乎失去了平素的平静。不过，说不定失去平静的其实是我自己。那四天，我基本上都是独自一人躲在四方形的半地下室里闭门不出，望着少年描画的小城地图，沉浸在漫无边际的梦里度过的。

地图让我想起了自己在那边的世界里目睹的一幕幕情景，鲜明得令人惊异。那张地图仿佛是一个特殊的幻视装置，激活了我的记忆，将细节都精密地、立体地挖掘了出来。连吸入的空气的质感，其中飘浮的微弱气味，我都能够鲜明地回想出来，仿佛此刻它们当真就在我眼前一般。

那是画得十分简单的一张地图，但那张地图里仿佛蕴藏着一种特殊的力量。我在那四天中，独自一人守着房间足不出户，面对着地图彷徨在并非此界的世界里。我深深地——深得渐渐茫然不知自己究竟属于哪一边的世界了——陷入了那个幻视装置（似的东西）里。就像为了追求纯粹的幻想而常常服用鸦片的十八世纪的唯美派诗人。虽然我手里拿着的，只不过是用类似圆珠笔的东西画在一张薄薄的A4纸上的简单的地图。

"黄色潜水艇少年"到底为什么要制作这张地图，把它送到我的手里来呢？他的目的何在？还是他并无什么目的，只是纯粹的为行为而行为呢（对了，就如同询问别人出生年月日，把星期几告诉那人一样）？

假定子易先生和少年之间存在着某种思想交流，两人通力合作的话，那么在这份地图的制作过程中，子易先生是否有所参与？将地图送到我的手里这一行为里，是否包含着子易先生的意图？倘若如此的话，那么其意图到底又是什么呢？

疑问太多，找不到确切的答案。桩桩件件，意义都难以捉摸。众多诡秘的门排列在眼前，而我却找不到与锁孔相配的钥匙。我好歹总算搞明白了的（或者说依稀觉察到了的），只有那张地图中似乎有一种非同寻常的特殊力量在起着作用这一点而已。这，不单单是我曾经逗留过一段时间的地方的地图，还作为示意图，发挥着暗示注定到来的世界地势的作用——望着地图，我不可遏制地从中感受到了某种个人性的寄托。

我用图书馆配置的复印机制作了地图的复印件，在复印件上用铅笔将我发现的几处错误做了订正。图书馆的位置离广场太近，深潭近前河流的弯曲过缓，独角兽们居住的地区要更大一些……诸如此类，一共七处。都是比较细微的差错，并不关涉小城的主要结构，恐怕也并无敦促订正的必要（而且就连我自己的记忆，又有多少是完全正确的呢？），不过我有一种预感，那就是少年最尊崇的是细节的准确，不管是什么程度的。何况还有个一般性的原则，叫作"任何一种表达行为都需要批评"。再加上我需要以某种形式与少年取得联系。既然球发过来了，就必须把那个球打回去，这就是规则。

我把订正过的地图放入信封，封缄后交给了添田。我故意没有附上信。信封里只放了一张地图——跟少年交给我时一样。

"如果那位少年露面了，请把这个交给他。"

添田拿过信封，检查似的望了一会儿。信封的表面背面都没写一个字。"有什么附言没有？"

"没有特别的附言。"我说道，"只要告诉他，是我让你转交给他的就行。"

"晓得了，那我就这么转告他。我猜他也该恢复了，快要来露面了。根据之前的先例来判断的话。"

两天之后，添田出现在我的房间里。

"今天早上M君来了，我把您那个信封交给他了。"她说，"他什么话也没说，接过信就放进背囊里去了。"

"没有开封吗？"

"是的，没开封就收起来了。后来好像也没有把信封从背囊里拿出来，就坐在老位子上照老样子专心地看书。"

"谢谢。"我道了谢，"那么，他现在看的是什么书？"

"德米特里·肖斯塔科维奇[1]的书信集。"添田当即答道。

"一本快乐的书。"

添田对此没有发表意见，只是稍微皱了皱眉。她是一位少用语言而多用表情和动作说话的女性。

# 50

下一个休馆日的早晨，我照老样子走出家门，前往子易先生的墓地。雪片仿佛心血来潮似的不时纷纷飘舞，是个寒气侵肌的早晨，尚未融尽的残雪在半夜里又冻凝了起来。卷着防滑粗链的大型货运卡车发出刺耳的嘎吱嘎吱声折磨着大地，驶过我的面前。从山上吹下来的北风刺得耳朵生痛，根本就不能说是适合省墓的天气。

然而每周一次参谒他的坟墓，不仅仅是习惯性的仪式，如今，对我来说这已经成了不可或缺的、类似心灵张力的东西。在这个小镇上生活，我非常需要它。

---

[1] 1906—1975，苏联最重要的作曲家之一。

想起来，子易先生对我来说——这个说法可能太奇怪——是一个比周围任何人都更加明明白白地让我感受到生命气息的人物。不仅仅在这座小镇里，还有在迄今为止我曾经置身其中的哪怕任何一个地方。

我对他独特的人格心生好感，也能对他始终如一的人生态度胸怀共鸣。对子易先生而言，命运绝不能说是温情脉脉，但是他并未陷入自怨自艾的境地，而是竭尽所能，把自己的人生打磨成——不论是对自己还是对他人而言——尽可能有益的东西。

他的生活虽然孤立无靠，但他仍然十分注重与他者的心灵交流。他无比地热爱读书，毅然承担起陷入了财政危机的镇营图书馆的善后工作，投入私财重振经营，充实藏书。他凭一己之力，让一个弹丸之地上几乎是为个人所有的图书馆里的藏书，无论是在数量上还是在质量上，都令人震惊。我不由得对子易先生这种堂堂正正的生活态度肃然起敬，每个星期一的参谒墓地，与其说是省墓，倒不如说我的心情更像是去与一位仍然活在人世的友人相见。

然而那个二月的早晨格外地寒气逼人，我到底没有余裕在墓前慢条斯理地喃喃自语，约莫二十分钟便只得罢休撤退，小心翼翼地走下因残雪而变得滑溜溜的石阶，留神不要滑倒。然后如同往常一样，我走进车站附近的小咖啡馆取暖，喝了一杯热清咖，吃了一个麦芬。店里放着原味和蓝莓两种麦芬，而我吃的一直都是蓝莓的。

雪花飘舞的星期一早晨的咖啡馆里，除我之外没有一个客人。只有那位我一直见到的女子——头发在脑后扎成了一把，恐怕年龄为三十五岁左右的女子——正在长台里面干着活儿。并且一如既往，店里小音量播放着老爵士乐，保罗·戴斯蒙在吹着中音萨克管。如此说来，我第一次来这家店时，店里正播放着戴夫·布鲁贝克四重奏，那次也是戴斯蒙吹的独奏。

"You Go to My Head（《你在我脑海中挥之不去》）。"我自言自语道。

女子在用烤箱给麦芬加热，抬脸看了看我。

"保罗·戴斯蒙。"我说。

"是说这段音乐？"

"对。"我说，"吉他是吉姆·霍尔[1]。"

"我不大懂爵士乐。"她仿佛有些于心不安似的说道，然后指了指墙上的音箱，"只是在播放有线台的爵士频道。"

我点点头。呃，想必如此吧。要喜欢上保罗·戴斯蒙的演奏风格，她还太年轻了点。我掰了一块送上桌来的热喷喷的蓝莓麦芬，吃了一口，喝了一口热咖啡。很优美的音乐。眺望着白雪时听的保罗·戴斯蒙。

于是这时，我忽地想到了一件事——如此说来，在那座小城根本听不到音乐嘛。可尽管如此，我也并没有感到寂寞，从来也没有萌发过想听音乐的冲动，甚至根本就没有觉察到没有音乐这一事实。这是为什么？

缓过神来时，坐在长台前高凳上的我身旁，站着"黄色潜水艇少年"。我刚好吃完蓝莓麦芬，正在用纸巾擦拭嘴角。少年把那件始终穿着的藏青羽绒服拉链一直拉到脖子上，围巾围到了下巴上方，所以看不出他有没有穿着那件画着黄色潜水艇的游艇夹克。不过，想必是穿在身上吧。

---

[1] Jim Hall, 1930—2013, 美国爵士吉他手、作曲家。——译者注

瞧见少年站在那里，我一下子没反应过来。他为什么会在这里？他怎么会知道我在这家咖啡店里，难不成是在盯我的梢吗？还是他知道我每个星期一省墓回来时都要拐个弯到这里来，所以跑到这里来见我的？

少年虽然站在我身旁，却没有看着我。他姿势端正地站在那里，笔直地看着长台里的女子，两眼睁大，下颌收紧。她露出"有何贵干？"似的表情和职业性的淡淡微笑，看着少年。不过作为这家小店的客人，他太年轻了，还像个小孩子。

"可以请您把出生年月日告诉我吗？"他问女子道，语气恭敬，用词准确得简直就像是拿着稿子照本宣科一般。

"我的出生年月日？"

"出生年月日。"他说，"哪年，哪月，哪日。"

女子听到此话（呵呵，理所当然地）稍许有些困惑，但好像很快就得出了"公开出生年月日大概也不至于有什么害处"的结论，便告诉了少年。

"星期三。"少年当即宣告道。

"星期三？"她说，露出茫然不解的神情。

"他是说，你出生的那天是星期三。"我从一旁施以援手。

"还真不知道哇。"她说道，面露对事态尚未完全理解的表情，"可是这种事，他怎么会一下子就能搞明白呢？"

"这个嘛……"我说道。若要从头道起，那可就说来话长了。"反正这孩子搞得明白。"

"咖啡要续杯吗？"她问道。我点点头。

"星期三的孩子苦难连连。"我自言自语道。

少年从羽绒服的口袋里掏出一个大个头儿的信封，递到我手里。然后仿佛确认转交成功似的，他点了一下头。我接了过来，同样点了一下头。就像西部片里美国人和印第安人接旱烟管一般。

"要是不嫌弃的话，吃个麦芬再走？"我问少年道，"这里的蓝莓麦芬很好吃的。还是刚出炉的。"

然而我说的话仿佛没有进入他的耳帘，他不予回应，抬头盯着我的脸庞看了一会儿，似乎要把我的脸庞发出的某种资讯准确地铭刻在记忆里一般。金属边的圆形眼镜在吸顶灯的照耀下微微一闪。然后少年迅速转过身去，默默无言地走向门口，拉开店门走出店外，走进了纷纷扬扬的细雪之中。

"是您的熟人吗？"她目送着他的背影，问我道。

"嗯。"我答道。

"这孩子好像有点儿怪怪的嘛，几乎不开口说话。"

"说实话，我也是星期三出生的。"我说，为的是把话题从少年身上岔开。

"星期三的孩子苦难连连……"她表情认真地说，"我刚才听到了。这话，是真的吗？"

"不过是古老童谣里的一句歌词罢了，不必介意啦。"我说道，跟自己当初从添田口中听到的一样。

这时，她仿佛忽地想了起来似的，从软牛仔裤口袋中取出放在红色塑料外壳里的手机，灵巧地移动纤细的手指，迅速地敲击画面，很快又抬起头来，心悦诚服似的说道："嗯，他说对了呀。我的生日还真就是星期三，没错呢。"

我默默地点头。当然喽，肯定是星期三啦。"黄色潜水艇少年"的计算不可能有误，根本用不着确认。然而，自己的生日是星期几，如果用搜索引擎去查的话，现如今连十秒钟都用不了，任谁都能易如反掌地就搞清楚。少年固然只需一秒就能够说中，可这又不是西部片里的枪战，十秒与一秒之间又有多少实质性的差别呢？我为少年感到了些许寂寥。这个世界正日渐变成一个方便的，并且非罗曼蒂克的所在。

喝着第二杯咖啡，我打开了少年拿来的信封。正如我所料，里面装着一张地图，此外什么也没有。与上次相同的A4打印纸，相同的黑色圆珠笔画的地图。高墙环围、形似肾脏的小城的地图。只是我数日前指出的约莫七处错误，他全部重新改画过了。标注在上面的资讯，变得更为详细而准确了。不妨说，这就是"修订版"的小城地图。我把地图放回了信封里。至少少年对我发出的信息做出了反应。打到对方半场的球，又被打过网来回到这边来了。这是一个进展，有意义的、恐怕是值得庆幸的进展。

我又买了两块蓝莓麦芬带回家，让女子放进了纸袋里。在收银台结完账后，长台里的女子对我说道："我总觉得有点儿担心——说星期三出生的孩子个个都苦难连连，不会真有这种事情吧？"

"放心吧。不会有这种事的。"我说。虽然不敢确保万无一失，不过大致不会错吧。

．．

次日，即星期二的早晨，少年出现在了图书馆里。这天他没穿那件画着黄色潜水艇的绿色游艇夹克，而是穿了画着杰里米·希拉里·布布博士的淡茶色游艇夹克。"潜水艇"大概是被母亲拿去洗了，在晒干之前，他便穿这件代用品。然而，尽管着装有异，但他的行为模式没有丝毫的变化。他一如平日，在阅览室的窗畔占好座位，便在那里目不斜视地看起书来。那副架势，令我联想起了力图把盛开鲜花的每一滴花蜜都吸干的蝴蝶。不管是对花来说，还是对蝴蝶来说，这都是两全其美、互利互益的行为。蝴蝶得到营养，花儿获助交配。共荣共存，谁也不受伤害，这是阅读这一行为的优点之一。

我这天不是在半地下室里，而是在二楼正式的馆长室里工作。尽管单靠一只小小的煤气炉，房间里暖不起来，但太阳久违地从云层中露出了脸来，为了换换心情，我决定在那间有竖窗、敞亮的房间里办公。少年给我的地图，我放进信封里搁在了写字台上，但我提醒自己不去把它拿出来。因为来了件必须尽快处理的活计，而一旦把地图摊开来看，心思就会被它吸引过去，无心再干活儿了。

是的，在那个少年所画的小城地图里，似乎潜藏着一种撩人心弦——或者说迷人心智——的特殊力量。至少，那不光是用黑色圆珠笔画在A4打印纸上的一张地图。其中隐藏着能够唤起存在于看图者心中的（并且平时深藏不露的）某种类似启动力的东西。而我无法抗拒这种力量。所以我这天铁了心，决意不把地图从信封里拿出来。今天必须想方设法坚守在这边的世界里——恐怕应该称之为"现实世界"。可尽管这么想，我的视线还是不知不觉地朝向放在写字台上的那只事务用大信封，就仿佛隙风吹拂下的树叶。

我不时地打开窗户，伸出头去看窗外的风景，冰一冰脑袋，就像海龟或鲸鱼为了呼吸而定期地将脸露出水面。然而在这种严寒刺骨的冬日里——况且明明这个房间一点儿也不暖和——为什么还要特地借助室外的空气来冰冰脑袋，我自己都觉得莫名其妙。然而对这一天的我来说，这却是必不可少的行为——确认自己此时此刻是活在"这边的世界"里。

只见窗下院子里走过一只猫。就是在外廊底下养过五只小猫咪的猫妈妈，不过如今没有了孩子们的身影。她呼着白气，独自缓步横穿过院落，尾巴笔直地竖起，慎重地迈步，差不多是一条直线地走向前去。滴水成冰的隆冬大地，对她的四足来说似乎太冷，其步态望去令人心痛。我眼光追逐着她纤细优美的身姿，直到她从我的视野里消失。然后我关上窗，坐在写字台前继续未完成的工作。

快到正午时，添田彬彬有礼地敲门。
"现在打搅一下，可以吗？"她问道。
"当然。"我说。
"其实是M君，他说想来这儿拜访您。"添田说。
"没关系啊。"我马上说道，"请他上来。"
添田微微眯起眼，点了点头。
"可以的话，能不能来两份红茶呀？还有，请把这个给热一热。"我说着，把装着两只蓝莓麦芬的纸袋子递给了她。
"是麦芬嘛。"添田看了一眼里面，说。眼镜深处，双眸闪闪一亮。
"蓝莓麦芬。是昨天买的，不过用微波炉热一热的话，肯定还是很好吃的。"
添田拿着那只纸袋朝门口走去："我先把他领来，然后再把红茶和麦芬端过来。"
"谢谢你。"

五分钟后敲门声再次响起，在添田的陪伴下，身穿杰里米·希拉里·布布博士图案游艇夹克的少年慢吞吞地走了进来。仿佛在为他鼓气似的,添田把手搁在他的肩上,然后走出房间。房门在身后发出响声,关起之后,少年的表情似乎更加僵硬了一些。简直就像在他的周围,气压增高了一般。如果有添田在身边的话,大概他会情绪更稳定些吧。他还没有习惯与我单独相处,然而出于某种理由(那是什么理由,我现在还不知道),他需要与我接触,所以才特地来这里见我的。恐怕是这样。

"嘿!"我招呼少年道。

少年没有表现出任何反应。

"坐到这里来。"我对他说,指了指写字台前的椅子。

他思考少顷,像小心的猫儿一样,迈着谨慎的步伐走到了写字台边,只是瞟了一眼指给他看的椅子,没有落座。他就这么站在写字台旁,腰挺得笔直,下颌收紧。

说不定是那把椅子不合他的意,要不就是他意在表示自己和我还没有熟悉到坐下交谈的程度。不管是哪一种,如果他觉得站着更放松,那就站着也行。我对此倒并不在意。

少年站在那里一言不发,盯着放在写字台上的大个头儿信封。装有他画的小城地图的信封。它就放在我的写字台上,似乎吸引了他的注意。他脸上毫无表情,仿佛蒙着薄薄的面具一般,但在面具后面,他似乎正在以相当快的速度进行着某种思考。

我姑且任其自便,一则是不想打搅他意识深处(似乎)正在进行的思考,再则添田不一会儿就要把红茶和麦芬端进来了。我和少年之间倘若要展开什么对话的话,不管其内容如何,都会是在那之后。平时负责端茶送水之类杂务的,并不是司书添田,而是另外一位做兼职的女子,不过我预测,这次添田大概会亲自把红茶和麦芬送来。因为与这位少年相关的事情,对她个人来说似乎也具有重大意义。

331

如我所料，送茶来的果然是添田。她手里端着圆形托盘，走进了房间。托盘上放着两只红茶杯，一只小糖缸和切片柠檬，还有盛着蓝莓麦芬的盘子。茶杯、盘子和糖缸都是同一种图案，每一样都是古典风格，很美，看上去像是英国高级瓷器品牌韦奇伍德的；茶匙和叉子则像是银器，闪烁着谦逊高雅的光芒。大概都是子易先生从自己家里拿过来的私人物品吧，我推测到。任怎么看，它们都不是这个弹丸之地的小镇上的图书馆能够拿出待客的东西，恐怕只是接待贵客时才偶尔一用的餐具吧。

添田弄出轻快的响声，在我的写字台上摆好了这些杯子、盘子和糖缸。借她的光，平日空空如也、甚是荒凉的房间里，竟也生出了午后沙龙般优雅祥和的氛围来，和莫扎特的钢琴四重奏很相配。

从站前咖啡馆买来的麦芬，被添田从纸袋子里拿出来放在图案美丽的盘子上，再配上银质叉子，看上去也像是血统纯正、堂堂皇皇的点心了。如果再添上折叠成三角形的白色亚麻餐巾，并配上插着一枝红玫瑰的单插花瓶，那就完美无缺了。不过任怎么贪心不足，也不能奢望如此。

"多谢了，非常漂亮。"我向添田致谢道。

添田一语不发，表情也无特别变化，只是微微点头，步出了房间。于是房间里就只剩下我和少年两个人了。

其间，少年一直缄口不言。添田走进房间，然后又走出房间，他却看也没看她一眼。对放在写字台上的红茶与麦芬，还有优雅的餐具与银器，他也毫不理会，只是两眼直勾勾地盯着放在那儿的信封，尖利的目光纹丝不动。而在缺乏表情的面庞后边，思考行为似乎仍在无休无止地继续进行。

我拿起红茶杯，喝了一口。恰到好处的热度与浓度。子易先生泡的红茶固然非常美味，但添田似乎也很擅长沏泡红茶。她大概是那一类不管什么事——我是说，如果那件事值得探求的话——都会热心探求的人吧。她是个智慧、专注，做什么事情都一丝不苟的女子。

这样一位女子的丈夫会是什么样的人呢？我陡然想到。我还没见过这个人，也没听她好好谈论过她的丈夫，所以脑子里浮现不出个像样的人物形象。我好歹有所知晓的，无非就是他是福岛县出身（然而并不是出生于本地），约莫十年前到这座小镇来担任小学教师，曾经做过"黄色潜水艇少年"的班主任之类。有朝一日我会有机会见到此人，与他交谈吗？

少年僵硬的表情似乎终于稍许缓和了一些，看样子他的思考已经越过了顶点，速度也多多慢了下来。这种轻微的松弛感也传递了过来。虽然紧张仍在持续，但他已然不再像先前那样邦邦硬了。

然后，少年终于将目光从信封移开，投向漂漂亮亮地摆放在写字台上的红茶与麦芬。

"蓝莓麦芬。"我说，"很好吃的。"

昨天我在咖啡馆里对他说过同一句台词。昨天我的邀请遭受了完全的无视，不过这次，少年似乎被这点心勾起了兴趣。他久久地盯着它看，目不转睛。那就像是保罗·塞尚[1]凝视着装在钵子里的苹果，判明其外形细节时的那种尖锐而批判的眼光。

我看出了他的嘴巴在微微地动，就仿佛将一句话制造出了一小半，却又把它拂拭去了一般。然而话却没有从那口中蹦出来。说不定他是有

---

[1] 1839—1906，法国画家，后印象画派的主要代表。

生以来第一次看到这个叫作蓝莓麦芬的东西，正在把关于蓝莓麦芬的资讯采集到自己的心里。然而蓝莓麦芬里面到底蕴含多少资讯呢？我也毫无头绪。关于这个少年，我不知道的东西太多。我用叉子将麦芬切成两半，将其中一块又切成两半，把四分之一只麦芬送进嘴巴。

"嗯，热乎乎的，很好吃。"我说道，"得趁热吃呀。"

少年直愣愣地望着我吃那四分之一块麦芬的样子，那眼神就像小猫咪们看着哺乳的猫妈妈，然后伸手从盘子里抓起麦芬，就这么大口啃将起来。叉子也不用，也没用盘子托着，以防碎屑撒落下来。理所当然地，碎屑扑簌簌地撒落在地板上，可是少年似乎对此毫不在意。我也并不特别介意，待会儿扫一扫地板就得了。

少年嘴巴大张，响声大作，只三口，便风卷残云般地把那块麦芬吃下去了。他嘴角上沾着蓝莓的蓝色，可他似乎对此事也并不在意。我也并不特别介意，反正又不是沾上了油漆，不过是蓝莓的果汁而已，待会儿用餐巾纸擦掉就得了。

我突然想到，没准儿他是在用这种粗野的举动来刺激我，考验我呢。以前曾听添田说起过，少年生长于富有的家庭。恐怕是受到过严格规训的。倘若如此，那他就是故意表现出粗鲁无礼的态度，想看看我对此如何反应也不一定。可能他就像这样，把球又打进我的半场来了也不一定。抑或仅仅是他根本就不懂——或者不认为有必要搞懂——餐桌礼仪之类也不一定。

但是不管怎样，反正我全部听之任之，若无其事。面对这位少年，只能事事照单全收，全盘接受他。只要他对蓝莓麦芬感兴趣，拿在手上实际吃了下去，我与他的关系应该就算已经向前迈出重要的一步了。

我用叉子把另外四分之一块麦芬送进嘴巴里，静静地吃了下去，然后用手绢轻轻擦拭嘴角,喝了一口红茶。少年依旧站着,拿起红茶杯,不加砂糖,也不加柠檬,就这么哧溜哧溜地弄出响声来,吸溜了下去。不消说,就餐桌礼仪而言,这明显又是犯规行为,何况餐具(恐怕)还是韦奇伍德的呢。然而我仍旧佯作不知。

"这麦芬很好吃吧?"我用悠闲的声音对少年说道。

少年对此未置一词,只是用舌头舔着沾在嘴唇上的蓝莓,就像猫儿们饭后常做的那样。

"是我昨天在那家咖啡店买回来的,打算今天中午吃的。"我说,"我请添田把它放在微波炉里热了热。蓝莓是附近的农家种的,旁边的烘焙店每天早上就用它烤出来,所以很新鲜。"

少年仍旧一言不语。他目不转睛地盯着自己已经变空了的盘子,仿佛孑然一人站在甲板上的孤独的船客,久久地眺望着夕阳西下后的海平线一般。

我拿起自己那剩下半块麦芬的盘子,朝他递了过去:"还剩下半块,要是不嫌弃的话,再吃点儿?"

少年盯着递给自己的盘子看了约莫二十秒钟,终于伸手接过了它。接着他稍作思考后,这下用叉子把它切成两半,拿盘子托着,静静地吃了起来。除了仍旧站着,是非常正确的餐桌礼仪。吃完之后,他从裤子口袋里掏出餐巾纸,用它擦拭嘴角。

他是学习了我吃东西的模样呢,抑或仅仅是放弃了继续刺激我?这一点我无法判断。然后他把空了的盘子放回写字台上,安静无声地、优雅地喝了红茶。球再次被打回到我这边来了,大概。

吃完蓝莓麦芬,喝完红茶后,我把盘子、杯子和糖缸放进托盘里,然后把写字台上清理干净。此刻的写字台上，只放着一只装有地图的信封。恰好放在子易先生一直放藏青贝雷帽的位置。我环顾房间一周，心怀期待：说不定子易先生就在房间里某个地方。然而没有。在这个房间里的，只有"黄色潜水艇少年"（今天倒是穿着不同图案的同款游艇夹克）和我两人。

"我看了你画的地图。"我说，然后从信封中拿出地图，把它放在信封旁边，"画得很准确，几乎和实物一模一样。叫人佩服……怎么说呢，老实说我很震惊。我之所以说几乎，是因为我自己并不知道真正准确的形状是什么样子。所以这当然不能怪你。"

少年透过眼镜笔直地望着我的脸，除了有时眨眨眼睛，完全不显露表情的变化。他的眼睛里没有叫作表情的东西，只是偶尔有些光的浓淡变化而已。

我说道："我曾经在那座小城里生活过一段时间，就是这张地图里画的那座小城。我在那里也同样是在图书馆里工作的。然而那家图书馆里一本书也没放，连一本都没有。一个曾经是图书馆的地方……也许这么说更接近真实。那里安排我做的工作，是每天晚上一个一个地去解读取代图书而堆积在书库里的'旧梦'。'旧梦'的形状像一个巨大的鸡蛋，而且上面布满了白色的尘埃。大概就像这么大。"

我用双手比画着大小。少年直勾勾地看着，但并没有表达感想，只是当作资讯予以收集而已。

"我并不知道自己在那里生活了多久。那里是有季节变换，但是那里流淌着的时间好像和季节变换各不相干。不管怎样，在那里，时间这东西基本上没有意义。

"总而言之，在那里生活期间，我每天都到图书馆去，坚持不断地解读'旧梦'。共读过多少'旧梦',我记不得了。不过,数目不是大问题。这是因为,'旧梦'几乎多到了无限。我的工作从日落之后开始。我在黄昏时分开始解读,大致到午夜前结束作业。不清楚准确的时间,因为那座小城里没有钟表。"

少年条件反射性地看了一眼自己的手表,确认了时间在手表上照常得到显示后,再次将视线转回到我的脸上。好像对他而言,时间拥有相应的意义。

"白天的时间可以自由地做任何事情,但是我不怎么出门。因为白昼的光线会刺伤我的眼睛。要成为一个'读梦人',需要先弄伤双眼。我在进入小城时,就接受了守门人做的处置。所以我不能随心所欲地在户外走来走去,也就没法儿画出小城的准确地图来。再加上,环围小城的那道砖墙好像每天都在一点点地改变形状,简直就像是在嘲弄我试图制作地图一样。这也是我没能够更好地把握小城全貌的原因之一。

"墙是用砖砌成的,非常精密,非常高。好像是很久很久以前就砌成了,但是没有一丁点儿的破损和崩缺,坚固得难以置信。谁也不能越过这道墙走到城外去,谁也不能越过这道墙进到城里去。它就是这样一道特殊的墙。"

少年从口袋里掏出一个小笔记本和一支三色圆珠笔。那是一个细长形的螺旋装订笔记本。然后他把笔记本摊在写字台上,飞速地写了几个字,递给了我。我接过来一看,只见上面简短地写着一行字:

为了防止瘟疫

是端正的楷书体。我分明看他写得飞快,可瞧上去居然如同铅字印刷出来的一般。并且其中不包含丝毫感情。

"为了防止瘟疫。"我读出声来,然后看着少年的脸庞,就这简短的信息左思右想了一番,"就是说,那道砖墙是为了防止瘟疫侵入小城而建造的,是这个意思吗?"

少年轻轻地点头。是的。

"你怎么会知道这种事情的?"

对此,他没有回答。他双唇紧闭,仍旧面无表情地看着我,大概是在说这不是此时此地应该讨论的问题。

然而我觉得,倘使真像少年所说的那样,那道墙是为了防止瘟疫而建造的话,那么许多事情就能够讲得通了。那是什么时候的事情,已经不得而知,总之从墙被建好之时开始,那道高墙便坚定而严密地大显神通,把居民们禁锢在了墙内,阻止非居民的东西进入城里。能够出入小城的,只有栖息在居留地的独角兽们和守门人,以及小城所需要的、获得了特殊资格的极少数人——我就是其中之一。而守门人则可能获得了对瘟疫的天然免疫,所以唯独他可以自由地出入城门。

那道墙不是寻常的砖墙。它耸立在那里,拥有自己的意志,拥有独立的生命力,并且亲自牢牢地围护着小城。墙究竟是在哪个阶段,又是如何获得这种特殊力量的呢?

"可是,瘟疫肯定在某一时刻已经终结了。"我对少年说,"不管什么瘟疫,都不可能永远持续下去。然而墙却一成不变,始终在严格地维持着这种封闭状态。它不许任何人进来,也不许任何人出去。这又是为了什么?"

少年拿着笔记本,翻开新的一页,又用圆珠笔在上面飞快地写起字来:

永不终结的瘟疫

"永不终结的瘟疫。"我读出声来,"这到底是怎么回事?"

他仍旧没有回答。于是我只得用自己的脑袋来思考这句话的意思,仿佛解谜一般。而这是一个非常难解的谜语。相比于谜语的艰深,所给的线索太少。不过无论如何,我必须把发过来的球打回对方的半场去。这就是游戏规则,假如可以称此为游戏的话。

我果断地说道:"那不是真实的瘟疫,而是作为比喻的瘟疫……是这样吗?"

少年极其轻微地点点头。

"难不成,那是对灵魂而言的瘟疫吗?"

少年再次点了点头,用力地,明确地。

我就此思考了片刻,"对灵魂而言的瘟疫",然后说道:

"小城,其实应该说是当时掌管小城的那些人,用一道高大坚固的墙把小城周边环围了起来,目的就是把在外部世界蔓延的瘟疫拒之门外。就像严严实实、密不透风的封缄。就这样,他们不许一个人进来,不许一个人出去,打造出了一个坚固的体制。在构筑那道墙时,只怕还有咒术要素被添加了进去。

"然而,后来在某个阶段发生了某种情况——那是怎样一种情况,我不得而知——墙开始拥有独立的意志与力量,能够自行其是了。它的力量变得异常强大,人们已经再也控制不住它了。是不是这样?"

少年只是沉默着看着我的脸。既不是"是",也不是"否"。然而我继续说了下去。说到底这仅仅只是推测而已,但恐怕又超越了单纯的推测。

"于是，墙为了达到将一切种类的瘟疫——包括他们所认定的'对灵魂而言的瘟疫'——彻底排除的目的，对小城以及居住在这里的人们重新进行了设置，也就是对小城进行了再规划。于是它营造出了一个自成一体、严密封闭的体系。你想说的就是这个吧？"

这时突兀地响起了敲门声。有人在敲门，声音不大，干涩简洁。那是从现实世界传送过来的现实的声音。两下，隔着很短的间隔，又是两下。

"请进。"我说道。这不是我自己的声音，而是别的什么人的声音。门推开一半，添田将头伸进房间里来。

"我是来把餐具撤下去的。"她客客气气地如此说道，"如果不打搅的话。"

"请撤下去吧。谢谢你。"我说。

添田蹑手蹑脚地走进房间里来，端起放着杯盘的托盘，迅速确认所有器皿都已经空了。这似乎令她大为安心。随后她看到了撒落在地板上的麦芬屑，但似乎决定视而不见，待会儿回来打扫一下就行。

添田微微探问似的看了看我的脸。我点点头，意思是"没有任何问题"，于是她便端着托盘走出了房间。门扉关闭起来时，发出咔嗒一声金属声。随后房间再次被沉默包围了起来。

少年翻开笔记本上新的一页，用圆珠笔在上面飞速地写字，然后隔着桌子将笔记本递向我。我看了一眼。

我必须去那座小城

"我必须去那座小城。"我读出了声,随后咳嗽一声,把笔记本还给了他。少年拿在手里,终于在椅子上坐了下来,从那里笔直地看着我的脸,用一双深不可测的眼睛,专注地,坚定地。

"你希望到那座小城去。"我仿佛确认般地说道,"去那座高墙环围的小城,那座人们没有影子、图书馆里一本书也没有的小城。"

少年坚定地点头,似乎是在说,没有争论的余地。

沉默持续了片刻。沉重而浓稠的沉默,蕴含多种意义的沉默。然后,少年那多少有些亢奋的声音打破了这沉默。

"我必须到那座小城去。"

我在写字台上双手十指交叉,毫无意义地盯着手指看了半晌,然后抬起头来问他道:"如果去了那边,就再也不能待在这里了。这样也行吗?"

少年再一次坚定地点点头。

我在脑海里描绘出少年钻入城门,走进那座高墙环围的小城,在那里生活的情景。那里对他而言恐怕就是"胡椒国"吧,那个出现在电影《黄色潜水艇》里的五彩缤纷的理想国——"胡椒国"。与其在这个(看起来)没有余地容纳自己的现实世界里苟活下去,这位十六岁的少年追求的是迁徙到那样一种与之结构迥异的世界里去——发自心底地,无比真挚地。与少年面对面而坐,我无法不痛切地感受到他的那份真挚。

又是片刻沉默。然后少年再度出声说道:"解读'旧梦',这件事我能做。"

说着,少年指了指自己。

"你能够解读'旧梦'。"我自动重复他的话道。

341

"我要在那里的图书馆里解读'旧梦',永远读下去。"

如同用楷体进行笔谈时一样,一个字一个字吐音清晰,少年如此说道。

我默默点头。

是啊,这个少年大概能够做这件事。因为这和他在这家图书馆里日日所做的营生几乎相同。而在那里,在那家图书馆深处的书库里,供他解读的"旧梦"满身尘埃地堆积如山,数不胜数,恐怕多至无限。而且每一个梦,都是世界上独一无二的梦。

"我必须去那座小城。"少年用比刚才更明晰的声音重复道。

## 51

"我必须去那座小城。"少年重复道。

"你是想说,离开这边的世界,到墙的那面去,是不是?"我问。

少年沉默着,短促地,然而坚定地点点头。

然而不待多言,那座高墙环围的小城,与"胡椒国"大异其趣。"胡椒国"是为动画电影杜撰出来的一个虚构的理想国。在那里,美丽的人们被美丽的自然包围着,过着美好的生活。那里流溢着愉悦的音乐,盛开着鲜艳的花朵,淡淡地飘浮着二十世纪六十年代亚文化的气氛,是昙花一现的梦幻世界。然而高墙环围的小城并非如此。

在那里,冬季由于天寒地冻,独角兽们纷纷因饥饿而殒命。住在那里的人们,罕言寡语地过着贫乏的生活。分配来的食物既粗糙,量又少,衣服一直要穿到磨薄磨破为止。既没有书籍,也没有音乐。运河干涸无水,许多工厂关门大吉。人们生活于其中的公共住宅昏昏暗暗,歪歪斜斜。狗儿猫儿都不存在。说到举目可以看到的动物,那就只有能够越过高墙来来去去的飞鸟们了。那是一个跟理想国相去甚远的世界。少年对小城的这种情况究竟有着什么程度的理解呢?

我本想把这些事情详细告诉少年的,又改变了主意,闭口不提了。这种事恐怕他早已了如指掌了吧,并且是在对一切都全面领悟了之后,才下定决心要去那座小城的。这是经过细致、充分的考虑之后得出来的、没有变更余地的结论。看到少年毫无犹疑的面孔,我明白了他的决心坚不可摧。然而尽管如此,我还是不能不再一次确认他的信念。

"要进入那座小城,就必须放弃影子,弄伤双眼。这两点是进入城门的条件。被剥离的影子大概很快就会丧命,而一旦影子死了,你就再也不可能离开那座小城了。这样也没关系吗?"

少年点点头。

"也许你再也见不到这边这个世界里的任何一个人了。"

"没关系。"少年放声说了出来。

我长叹一声。这个少年的心没有跟这个现实世界维系在一起。他没有在真正的意义上在这个世界里扎下根。恐怕就像是暂时系留的气球一样的存在吧,他浮游于地表之上,生活在半空之中。于是他所看到的是与周围的普通人不一样的风景。所以对脱开拴系的挂钩,永远离开这个世界飘然而去,他既不感到苦痛,也不感到恐惧。

我不禁环顾一眼四周。我是不是与这片大地牢牢地拴系在一起,有没有在地上扎下了根?我想到了蓝莓麦芬,想到了站前咖啡馆音箱中流泻出的保罗·戴斯蒙的中音萨克斯管的音色,想到了竖着尾巴横穿过院落的瘦削孤独的雌猫。这些东西有没有把我的精神多多少少系留在这个世界里？还是说，这种东西都是微不足道、太过琐碎的事物呢？

我看了看少年。他正从金属边眼睛后面眯起眼睛望着我，仿佛是要读取我心中的所思所想。

"不过你到底是为了什么，打算去那座小城的呢？"

他指了指我，然后又指了指自己，将手指朝向了别的方向。

我将他的这个手势转换成了自己的语言："由我把你带到那里去。是这个意思吗？"

身穿画着杰里米·希拉里·布布博士游艇夹克的少年，沉默着用力点头。是的。

我说："可是，这种事我能做得到的吗？我并不能够凭借自己的意志，因为自己想去于是就能到那座小城去。何况还要把你带到那里去，就更加不可能了。我只是由于某种偶然，碰巧到达了那里而已。"

少年对此深思了一番（或者说看似深思了一番），然后一言不发地从椅子上唰地站起身，接着从口袋里掏出一块叠得整整齐齐的白手绢，再一次仔细地擦拭嘴角。这也许就是他对请他吃蓝莓麦芬一事表示谢意的独特姿势，也许仅仅是他的习惯动作。个中的区别，我就不明白了。

他将手绢放回原先的口袋里，走到门口拉开门扉，既没有回头，也没有道别，就这样走出了房间。在他的背后，门扉发出干涩的金属音，重新关闭，我单独一人被留在了房间里。

"由我把你带到那里去吗？"

只剩下我一个人时，我小声对自己说道。

然后我浮想起自己牵着少年的手，站在小城门前的情景。身着黄色潜水艇图案绿色游艇夹克的少年，恐怕会毫不犹疑地与我分手（头也不回地），坚决地跨进门里去的吧。

我大概再也不会钻进那座门里了。因为我已经被剥夺了为此所需的资格。目送少年，看到门再次关上之后，我大概就会独自一人返回这边的世界来吧。

我起身走到窗边，将窗户向上推开，探出头去做了几次深呼吸。冬日清爽的空气恰到好处地刺激着肺。然后，我久久地眺望着冬日无人的院落。未融尽的雪，如同白色污渍一般到处都是，硬邦邦、直僵僵地黏在大地上。

之后一连数日安然无事。连日晴朗无风，明晃晃的太阳将垂在檐下的冰锥一根根地消融了去。我一面听着窗外冰雪融化的滴水声，一面伏案工作。这期间，少年一如往常，在阅览室专心致志地继续看书。我向添田询问少年眼下正在阅读的书名，她立即就告诉了我。少年正读得入迷的，有《冰岛萨迦》，有《维特根斯坦论语言》，有《泉镜花全集》，还有《家庭医学百科》，全都是大部头。他好像不问内容，就是喜欢大部头的书，想必是薄的书总是让他觉得意犹未尽吧。就跟食欲旺盛的人在店里总是点最厚的牛排一样。

在馆长室里两人单独谈话之后约莫一个星期，我与少年没有接触过。再次穿上黄色潜水艇图案的游艇夹克（恐怕是洗好又拿回来了）的少年，背着绿色背囊，每天如出一辙地出现在图书馆里。但是哪怕我在阅览室里从他身旁走过，我也从没主动和他说过一句话，他也从不看我一眼。少年看上去全神贯注地沉迷于阅读，仿佛其他任何事情都勾引不起他的兴趣，大概实际上也确实如此。而我则在自己的房间里，坐在桌

345

前，一件一件地处理着作为图书馆主宰者的日常事务。要说枯燥，的确是枯燥的琐务，但只消是内容与书籍相关，哪怕仅仅是核对编号之类的杂事，我也能从中发现乐趣。我们——少年和我自己——在这块现实土地上的世界里，各自都在完成应做的事情。

"黄色潜水艇少年"发自内心地想到那座高墙环围的小城去，想成为那里的居民。他下定了决心，哪怕再也不能返回这边的世界也不在乎。在这边的世界里，没有任何一种存在具备足以挽留他的力量，这一点一目了然。然而单凭一己之力，他无法到达那座小城。他需要我的"引导"。因为知道抵达那座小城的路径的——或者说拥有曾经走过这条路径经验的——只有我一个人。

然而我并不记得通往那座小城的具体路径。我不过是曾经去过那里而已。其实准确地说，我是在毫无意识的状态下被带到那里去的。就算叫我沿着同一条路再走一遍，我也不知道方法。

还有一点我无法做出判断。那就是，把少年带到那个世界去是不是正当的行为这个问题。这在道德上是否被允许？如果少年进入那座小城，作为"读梦人"在那里立定脚跟的话，其结果恐怕就是他的存在将从这个现实世界里彻底消失吧。

我是因为没让影子死掉，还送影子逃出了墙外，所以才得以回归这边的世界（说得更准确点，是被遣返回来了），而其结果就是，在这个世界的我的存在也没有被抹消。尽管这只是推测而已，但我渐渐变得对此深信不疑了。

然而，如果少年的影子被剥离开去，而他的影子又一命呜呼的话，少年的存在就将永远地、不可更改地在这边的世界里泯灭了。听添田说，他没有朋友。但是父母兄弟肯定会对他的消失哀伤悲叹的吧，尤其是溺爱他的母亲……可能会招致这种事态的事情，我能做吗？纵然少年自己再怎么由衷地盼望如此，纵然让人再怎么觉得这对少年的人生来说也似乎是更为自然的走向，但是这难道不是有悖于人类道义的行为吗？

关于此事，我很想找人商量商量，比如说子易先生。倘是他的话，对大致的事情都有所了解，又拥有可靠的智慧，对此，兴许能够给我以切实有效的忠告。然而子易先生——子易先生的幽灵——很久没有在我面前现身了。说不定，我可能再也见不到他的身影了。他的灵魂已经离开了这片土地也不一定。这种可能性也不小。他说过，灵魂在地上逗留的时间是有限的；而且灵魂要化作人形现身，也绝不是轻而易举的事情。

我也考虑过是不是跟添田商量商量。但是要把我曾经一度在高墙环围的小城里住过这件事，浅显易懂地对过着平淡无奇的生活的人进行说明，任何考虑，这都是难如登天的苦差。谈话会变得十分棘手。她大概还没来得及为少年担心，恐怕就会先对我的精神状态感到不安。是了，那座小城的事绝不可以说出来。对于我在那里的见闻体验，能够照单全收、予以理解的，到目前为止，只有子易先生和"黄色潜水艇少年"，仅仅两人而已。

我走到添田那里，尽可能算准她比较空闲的时间，假作聊天的样子向她打听少年的情况，主要是他的家庭环境。

"记得你曾经说过，M君的母亲溺爱他？"

"对呀，她溺爱M君，简直就像宠爱猫咪一样。"

"他父亲呢？"

添田微微歪了歪脑袋:"他父亲的情况,我不太了解,因为我从来没有直接见到过他。不过,听旁人说,他父亲好像对他并不是太关心。不过是听说而已,确切情况我就不清楚了。"

"并不是太关心?"

"记得以前跟您说过,M君上面两个哥哥都是以优异的成绩从本地的学校毕业,考进了东京的著名大学的,走的是不折不扣的精英路线。总之,他们都是父亲引以为荣的儿子,拿到什么地方都无须感到羞愧。而与哥哥们相比,最小的儿子却连本地高中都没考上,每天只会泡在图书馆里看书,嘴里尽说些莫名其妙的话,简直令他父亲羞于带出去见人。M君的父亲对这一点好像十分在意。"

"你说过,此人在镇上经营幼儿园?"

"对,他经营幼儿园。他的幼儿园设施很完美。不光是幼儿园,别的生意也做得很大,像补习班啦,成人教育啦,就是这一类。应该说,作为一个经营者,他很有才干,的确很优秀,不过,他好像算不上所谓的教育家。至少我是这么听说的。

"M君在家里读书是受限制的。他父亲说一直埋头看书不健康,所以只给他买很少的书。看书时间也受到严格限制。这对他来说肯定是相当痛苦的。因为对他而言,看书就是跟呼吸一样自然的事情。"

"他母亲怎么样,能够在多大程度上理解那孩子?我是指对于他那种与生俱来的特异能力,对于他与其他孩子不一样的地方。"

"在我看来,他母亲是一个相当感情化的人,虽然溺爱他,但恐怕并不理解他的本质。像是要好好提升那孩子身上的特异能力啦,为他寻找可以有效发挥这种能力的场所啦,这样的想法,她好像不大有。"

"所以她不愿意放手让他离开?"

"对。说老实话，我跟她建议过好几次。也许是我多管闲事，不过我是把我的意见坦率地说了出来。全国有那么几所专门接受像他这种孩子的教育机构，在那种地方，他身上那种天赋也许能得到很好的提升。一直困在这座小镇上的话，M君恐怕是不会有未来的。不过这种说辞，她一概拒之不理。一心以为只有在她的庇护之下，那孩子才能够活下去。"

听了添田的话，我思考了片刻，然后说道："照你这么说，好像对那孩子来说，家庭不能说是个温馨自在的地方嘛。"

"M君的感受如何，我当然没办法知道，因为那孩子一般是不太会外露感情的。不过，的确，我猜对他来说，家庭恐怕不能说是个温馨自在的地方。那里只有对自己毫不关心的父亲和过分关心的母亲。而且这两人都没有真正理解他，甚至也没有表现出打算理解的姿态。"

"那他和两个哥哥的关系呢？"

"人在东京的两位哥哥看样子忙得要命，应该说，他们单是忙自己的事情就已经精疲力竭了。年轻人嘛，这也很正常。他们好像几乎不回老家来，何况弟弟又是个后进生，还性情古怪，看来他们没有余力管他。"

"所以他每天都不在家里待着，跑到这个图书馆来，跟谁都不说话，一门心思地只管看书。"

"现在我再说这话也没什么意思了。"添田说道，"不过，我真心觉得，要是子易先生还活着就好了。因为那孩子只对子易先生敞开心怀。那位的去世，真是一大遗憾。不管是对M君来说也好，还是对图书馆来说也好。"

我点点头。子易先生的死，留下了许多深深的缺憾。

听了添田的这番话，我更为详细地搞清楚了少年的家庭情况，心情

349

也许因此多少变得轻松了一些。

　　在这位少年身上，是有着强烈盼望摆脱家庭、脱离这个世界的理由的。假如他突然从这个世界消失不见，他的母亲毫无疑问会哀伤悲叹。然而为了少年自己，与母亲早做切割也许更好。就像小猫咪们时间一到就要与猫妈妈分离，独立生活一样。猫妈妈在失去了小猫咪后，会拼命在周围寻找一段时间，然后就会作罢，忘却了。于是再进入下一个轮回。这对动物们来说无非就是自然的必由之路，就如同季节的周而复始。

　　父亲与两位哥哥在少年突如其来地消失，或者是亡故之后，肯定会为此而深感悲痛的吧，或者会为了没有足够关心他而颇受良心的苛责。然而他们还得为自己的事忙得不可开交，只怕难以长久地哀伤悲叹。而且少年身边没有一个可以称得上朋友的人，他在这个世界里始终是个孤零零的存在。哪怕他消失不见了，那块空白转瞬之间就会被填埋的吧。一点儿声息也没有，一丝波纹也没有，静悄悄地被填埋。

　　假如把我放在少年的立场上——虽然就像添田所说的，站在他的立场上设身处地地推测他的感情，不是一件容易的事——只怕我也会希望移居去别的世界，而不愿意困居在这个小镇上。

　　比如说，去那座高墙环围的小城。

<h1 style="text-align:center">52</h1>

　　星期一一到，我就照老样子，一大早便去参谒了子易先生的墓地，然后对着墓碑说起了少年的事——他希望到"高墙环围的小城"去的

事，他请求我带他到那里去的事。不过眼下我根本不可能满足他的愿望。若问为什么，首先，因为我并不知道到那里去的方法。

那位少年——子易先生您也知道的——在这个世界里是个无比孤独的存在。他坚信，离开这个世界，迁徙到高墙环围的小城里去，对他自己来说是更为自然、更为幸福的事情。

也许的确如此，也许这个现实的世界并不是为他而设的场所。他得不到任何人的正当理解，包括血脉相连的亲人在内。他天赋异禀，也许在那边的世界里才能够恰如其分地发挥。

不过——即便假定我能够做到如此——对他的"出走"助以一臂之力，这是否恰当？我心里没数。我是否有如此行事的资格？任怎么说，他还是个十六岁的少年。就算未能充分理解他，就算精神纽带十分松垮，可是假如他消失不见了，父母兄弟身为骨肉至亲，肯定会深感悲痛。所以我很想听听子易先生您的意见。如果现在我说的话能够传递到您的耳朵里去的话，我想得到您直言不讳的指教。我该怎么办？说老实话，我现在是一筹莫展了。

说完了这些，我在墓碑前的石垣上坐下，等待着对方能够有所回应。然而就如我有所预料的一般，没有回应。唯有云朵缓缓地飘过长空，从山的一端，飘到山的另一端。不知何故，那天早晨我甚至没有听到鸟儿们的叫声。那里只有墓场的沉默。

在那块墓碑前，我在沉默之中度过了约莫三十分钟。仿佛孤独一人，抱膝枯坐在干涸的井底一般。其间什么也没有发生。唯有灰色的云缓缓地从头上流过，手表的长针在表盘上转了半圈而已。除此之外，没有任何动静。

我不时抬起头来，迅速地将视线投向四周，但是哪里都看不见"黄色潜水艇少年"的身影。墓地里除了我再无人影。我从石垣上站起身，仰面看了一会儿冬日的天空，然后重新围好围巾，抬手拂去了落在牛角扣大衣上的枯叶。

子易先生的灵魂只怕已经离开这个世界了吧。自我最后一次与他见面交谈以来，很长的时间已经流逝。而且"黄色潜水艇少年"也想离开这块土地踽踽而去。就算他们二人当真（永远地）离去，我之后也仍旧不得不在此地继续活下去。想必那将是一个枯燥乏味的世界，因为我已经变得对他们二人心怀自然的好意与共鸣了。

一如往日，在从墓地回家的途中，我顺道走进了火车站前的无名咖啡馆。看来我正在真正地慢慢变成一个自动重复着同一习惯的孤独的中年男人。我坐在长台前一直坐的老位子上，点了一杯一直点的清咖，吃了一块原味麦芬（一直吃的蓝莓麦芬这天断货）。一直见到的女子在长台里如同一直做的那样朝我微微一笑。

音箱里轻声地流淌着爵士吉他乐，曲名也好，演奏者也好，我都一无所知。我似听非听地听着那音乐，用热咖啡温暖凉凉的身体，把原味麦芬揪成小块吃了下去。当然，原味麦芬有着原味麦芬的美味。

"我心里一直在想，你这件大衣很好看呢。"她对我说道。我看了一眼放在邻座上的灰色牛角扣大衣。

"这件牛角扣大衣吗？"我有点儿吃惊，说道，然后把读完的早报折叠好，"已经穿了二十几年啦。重得像盔甲一样，式样也老了，而且不够暖和。"

"不过很好看哪！最近大家都穿一模一样的羽绒服，你这件反而显得新鲜。"

"也许吧。不过，它不太适合这种寒冷的土地。我正想着下个冬天是不是要买件羽绒服呢。那样的话可要暖和多啦，还轻。我这是头一回在此地过冬，对气候不太了解。"

"可我不知为什么，一直喜欢牛角扣大衣，心里很神往。"

"被你这么一说，只怕大衣也要开心死啦。"我说着，笑了。

"你是不是那种类型的人，一件东西要爱惜着用上好多年？"

"说不定还真是。"我说。被别人如此评价，这还是第一次，不过这么一说，弄不好还真可能被她说着了。但是也可能只是我懒得重新去买新的。

店里除了我再无别的客人。在等待做咖啡用的热水烧开期间，她好像挺欢迎有个可以简单交谈的对象。

"你说你是头一回在此地过冬，那你不是本地人喽？"

"我是去年夏天搬到此地来的，在这里住了没多久。"我说，"所以对这座镇子差不多一无所知。我以前一直住在东京。"

我是说，如果不算住在那座砖墙环围的小城的那段时间的话……

"你是因为工作才搬到这里来的吗？"

"嗯，刚巧镇子上有份工作。"

"那，跟我境况相似嘛。"她说，"我也是因为找到了一份工作，去年春天刚搬到此地来的。之前我一直住在札幌，在那边的银行里工作。"

"可是你辞去了银行的工作，搬到这儿来了。"

"环境变化好大。"

"是因为这个镇子上有你的熟人吗？"

353

"不，一个熟人也没有。跟你一样，我是独自来到这里的。"

"于是就开始在这家店里工作了？"

"说实话，我是在网上找到这家店的。咖啡馆在挂牌出售。说是事出有因，店主急于脱手，愿意以远低于市场价的低价出让。于是我就把这家店的经营权连同全套设备家具买了下来，作为新的店主搬到这里来啦。"

"你胆子可够大的。"我佩服地说道，"居然辞掉城里银行的工作，一个人搬到人生地不熟、远在天边的小镇上做起生意来了。"

"这里面有好多情况啦。喏，上次那个男孩不是说了吗？星期三出生的孩子苦难连连嘛。"

"不是那孩子说的，是我说的。我是说有这样一句童谣。那孩子只说了'你是星期三出生的'。"

"是这样的吗？"

"那孩子基本上只说真话。"

"只说真话。"她叹服地重复道，"那可是很了不起的啊！"

然后她慢慢地从我前面走开，关掉煤气灶，用烧开的热水开始做新咖啡。我起身离席，穿上牛角扣大衣，然后付钱，打算走出小店。然而有什么东西挽留了我。我停下脚，再次返回店内，对着正在长台内做咖啡的她说道："跟你说这种话，也许有点儿厚颜无耻。不过，我可不可以几时请你吃个饭什么的？"

这几句话顺畅自然地脱口而出。我几乎毫无犹疑，毫不踌躇，仅仅是稍稍感觉到脸颊有点儿发红。

她抬脸看了看我，眼睛微微眯起，仿佛看着未曾看惯的东西。

"什么时候？"

"今天也行啊。"

"是吃饭还是别的什么？"

"比如说吃晚饭。"

她微微噘了噘嘴唇，然后说道："今天傍晚六点关门，还得花个三十分钟左右收拾一下。如果在那以后也可以的话。"

"行。"我说。晚上六点半，吃晚饭的话时间正合适。"六点钟我来这里接你。"

我走出小店，踏上回家的路，然后一边走路一边逐一回顾自己对她说过的话，心情变得很奇怪。直到那个瞬间到来为止，我丝毫没有邀请她共同进餐的打算，然而那些话却几乎自动地冲口而出。思想起来，约请女性共同进餐，可是许久未有的事了。到底是什么促使我这么做的？难不成是我的心为她所吸引了吗？

没准儿还真就是这样，我心想。

然而即便假定如此，那么是她身上的什么东西吸引了我，我也茫然不知。我一直对那位女子怀有朦胧的好感，但这并不是想要谋求什么——比如更为亲密的关系——的好感。她是在每个星期一上午，为我端来咖啡与麦芬，给人以好感的三十五岁左右的女子，一个仅此而已的存在。她身材姣好，总是独自一人机敏地劳作着。在她的微笑里，饱含着自然的暖意。

这一日，恐怕正是因为被她的某个方面所吸引，我才主动约她一起进餐的吧。也许是在与她的简短对话里，有某种东西触动了我的心。也有可能仅仅是我厌倦了孤身只影，想找一个能够愉快地交谈一夕的对象而已。不过，大概不会仅止于此，直觉在这么提醒我。

可是不论怎样，这都是既已发生了的事。我那时半是无意识地，几乎条件反射般地约她一起进餐，而她接受了约请。想想也是，许多事情也许都像这样，与当事者的意图、计划之类毫不相干，自然而然地就会自行其是。而且再想一想，其实如今的我几乎根本就没有什么现成的意图与计划。

归途我绕道去了超市，买足了一个星期的食材，回家后分成小包装，放入电冰箱，做了必要的预先处理。然后我用吸尘器打扫房间，清洗浴室，换下床单和枕套，把积留的脏衣物洗掉，顺便再用熨斗烫了一烫。我遵循着每个星期一千篇一律的步骤，所有的操作都在无言中得心应手地完成，一如既往。

三点一过，结束了这番操作之后，我将读书椅搬到阳光充足的地方，翻开了读了一半的书。然而不知何故，我却未能把心思集中到阅读上去。这个星期一不同于以往，我约了一位女子共进晚餐，而且她（在犹豫了几秒钟后）接受了邀约。这对我来说是不是意味着什么重大的事情？还是说，这件事与事物的大势所趋并无瓜葛，不过是一个岔路般的小小插曲而已？何况，所谓"事物的大势所趋"之类，在我的周边到底存在不存在？

我心不在焉地如此胡思乱想打发时间，挨到了傍晚。我打开收音机，FM频道正在播放意大利音乐家合奏团演奏的维瓦尔第的 *Viola d'Amore Concerto*（《爱情协奏曲》），便似听非听地听了起来。

电台解说员借着乐曲间隙讲道：

"安东尼奥·维瓦尔第，一六七八年生于威尼斯，一生创作了超过六百首乐曲。作为作曲家在当时博得了巨大的名声，同时作为著名小提琴演奏家也名噪一时。后来他却在漫长的岁月里完全无人问津，变成了一个被遗忘的人。然而到了二十世纪五十年代，他重新获得了高度评价,尤其是协奏曲集《四季》的乐谱出版之后广受欢迎的缘故,在去世二百多年后,其名字终于广为人知,一举传遍了全世界。"

我一面听着音乐,一面想着遭到世人遗忘二百多年这件事。二百年可是一段漫长的岁月。"完全无人问津,变成了一个被遗忘的人"的二百年。二百年后将会发生什么?当然谁也无由得知。岂止于此,就连两天之后将会发生什么,又有谁晓得呢?

"黄色潜水艇少年"此刻在做什么?我忽地想到。图书馆的休馆日,他到底人在何处,又如何度过呢?图书馆不开门的话,他恐怕会无聊得要死吧。因为据添田所说,他在家里看书是受到父亲严格限制的。

这种时候在他的大脑内部会进行着何种操作,我甚至无从想象。也许他正好利用这段闲暇,对积累了一个星期的大量知识加以系统性的整理,重新进行排列组合也说不定。《家庭医学百科》与《维特根斯坦论语言》中各不相干的片段在他脑海里有机地结合、纠缠、化作了巨大的"智慧柱"的一部分也说不定。那根巨柱——姑且假定这种东西当真得以形成——的外观如何?其规模又如何?它是仅仅形成于他的脑海里,而永远不会展现在众人眼前的吗?作为一个没有出口的、庞大的、输入行为的纪念物。

或许他父亲强权式地下达的命令(就结果而言)是正确的做法也不一定。暂时中断阅读(输入行为),安排时间将之前吸收进来的大量知识分类,将它们秩序井然地收藏进大脑内的适当位置,对少年来说肯定是必要的(就好比把从超市买回来的食材分成小包装后再放进冰箱里一样)。不过这一切无非只是我的随意猜测而已,至于少年大脑内实际在进行着什么操作,又是如何进行的,则只有他自己才知道了。

尽管如此,我仍然不禁要闭起眼睛,在心里描绘**矗**立在孤独的少年脑内的"智慧柱"(姑且如此叫它)的形态。那大概是类似耸立在地底黑暗之中、如同巨大钟乳洞内的石柱一般的东西吧。它气势堂堂地屹立在人迹未至、漆黑一团的暗处,从未有人看到过它。在这样的黑暗之中,说不定二百年也只是不值一提的一瞬。

或许,进入了高墙环围的小城,他就能够有效发挥那"智慧柱"的功用也未可知。也许在那里,他能够找到输出智慧的正确途径也未可知。

"黄色潜水艇少年"……他自己一个人就能够成为一座独立的图书馆。想到了这一点,我长舒了一口气。

终极的个人图书馆。


## 53

六点稍过,我前往车站附近的咖啡馆。到达那里时,她正在收工打烊。她关掉店内照明,脱去围裙,解开束在脑后的头发,穿上藏青色毛料大衣,脱下干活儿穿的运动鞋,换上了短皮靴。这么一来,跟平素相比,她似乎换了一个人。

"是去吃饭?"她边围着灰色的围巾边问道。

"如果肚子饿了的话。"

"我感到相当饿,因为我连吃午饭的时间都没有。"

不过到哪里去吃饭为佳,我却心中无数。想来也是,来到这座小镇之后，我几乎没有在外边吃过饭。而且之前偶然进去过的为数甚少的几家店，家家都未能提供令人满意的菜式，服务也缺乏利落性。再怎么说，这儿毕竟是山里的蕞尔小镇，不可能拥有荣登旅游指南书的时髦餐馆。

我问她知不知道哪儿有适合就餐的饭店："因为我对这个小镇还不太熟悉。"

"我也不太熟悉，没什么特别印象深刻的饭馆。"

我略一沉吟后，忽然冒出一个念头，便说道："假如不嫌弃的话，要不就到我家里来？如果是简单的菜，我马上就能给你做。"

她犹疑片刻，然后说道："比如说，你会做什么呢？"

我把那天中午收进冰箱的食材在脑袋里粗略地列了份清单。

"小虾香草沙拉，加上墨鱼菌菇意面——如果你觉得可以的话。还有跟这蛮配的夏布利白葡萄酒也正冰着呢。不过，是在这个小镇超市也能买到的东西，不是什么上等货。"

"光是听你这么一说，就已经怦然心动啦。"她说。

她锁上店门，将茶色皮质挎包挎上肩头。然后我们开始并肩走在已然变暗的街上。她的皮靴后跟咔嗒咔嗒地发出硬质的鞋音。

她问我："你一直都是这样，自己认认真真地做饭吗？"

"在外面吃也麻烦，所以基本上都是自己做了吃。也不是什么大不了的美味，都是不费功夫的简餐。"

"单身生活很久了吗？"

"要说久，也许该算是久的吧。我十八岁离开家，之后就一直过着单身生活啦。"

"是吗？那你可是单身生活的老行家了嘛。"

"这么说倒也是。"我说道,"没有什么好自夸的啦。"

"对了,我还没问过你做什么工作呢。"

"我在镇上的图书馆当着个馆长。图书馆很小,说是馆长,也不过徒有虚名,正式员工连我在内只有两个人。"

"嚯,是图书馆馆长先生啊!好像是很有趣的工作嘛。不过,我还从没去过那家图书馆呢。我喜欢读书,也知道镇子里有家图书馆,可就是每天工作太忙啦。"

"图书馆虽然很小,但藏书倒是很充实。房子也是由老式民宅风格的酒坊改建的,非常漂亮。何时有空了,不妨来看一看。"

"在当图书馆馆长之前,你是做什么工作的?"

"大学毕业后,我就一直在东京的一家图书销售公司工作,因为我喜欢跟书打交道。不过出于某些原因,我辞了职,无所事事地过了一阵子,听说这个镇子上的图书馆招人,我就报了名。"

"是因为厌恶了都市生活?"

"那倒也不是。因为我想在图书馆里工作,正在找地方呢,碰巧正在招人的就是这个镇子。都市也好,乡下也好,南方也好,北方也好,其实我都无所谓啦。"

"我在差不多两年前离了婚。"她仿佛是要确认路面的冻结状况,小心翼翼地注视着脚下,说道,"结果呢,惹出一些烦心事,有一阵子意气蛮消沉的,什么也不想干。于是我就想,去哪儿都行,只要能离开札幌,离得远远的。只要是没有一个人认识我的地方,日本全国甭管哪儿都行。"

我暧昧地附和,因为我不知道该说什么才好。她沉默了一小会儿,然后又说道:

"于是就像刚才也说过的,我上网检索,看到这座小镇车站前有家咖啡馆挂牌出售经营权,就实地跑过来看了看实物,觉得还不坏。我算了算预计收益呀,经费投入呀什么的,大致估算出来开这么个小店,自己一个人的话基本上可以维持生活。我也是在银行里干的嘛,这种计算还算驾轻就熟吧。而且跑到这种地处深山老林的小镇上来的话,甭管是谁,只怕也别想找到我。于是我就从银行辞了职,用领到的退职金再加上积攒下来的存款,买下了小店的经营权,搬到这里来啦。新地址我谁都没告诉。所幸的是手头的钱总还算够,用不着跟别人借钱。"

"这很好啊。"

"像这样跟别人谈论身世,搬来这里之后,你还是第一个呢。"

"跟谁都没说过吗?"

"没说过。"

"也没有挖个深坑,对着坑底一五一十地坦白过?"

"没有啊。你有过?"

我就此略作思索:"也许有过。"

东北深山老林里的小镇上,两个仿佛随风飘来此地的独身外地人,由于境遇多少有些相似,说不定因此产生出了近乎亲密的感情。没有一个旧时的熟人;将来会不会在此落地生根,也悬而未定。

到了家里,我首先把炉子点着了火,然后脱掉大衣,打开白葡萄酒,倒进玻璃酒杯里,和她碰了杯。

我手端着酒杯站在厨房里,一面小口地品尝葡萄酒,一面做起了沙拉和意面。她兴趣盎然地看着我干活儿。用锅子烧煮意面的开水时,我把一粒大蒜切成薄片,用平底锅炒墨鱼和菌菇;我麻利地将荷兰芹切碎，然后剥去小虾的壳，把西柚切成同样大小，拌上柔软的生菜叶和香草，再浇上用橄榄油、柠檬和芥末酱调制成的调料。

"手法熟练得很嘛，有条有理。"她佩服地说道。

"也算是个单身生活的老行家了嘛。"

"我还是单身生活的新手，而且老实说，我不太会做菜。不过我喜欢打扫房间。这说不定是天生的性格使然吧。"

"你结婚几年？"

"十年差一点儿。"

"一直在札幌？"

"是的。"她说，"我是土生土长的札幌人，生在非常安定的家庭里，长在非常安定的环境中。结婚对象是高中同班同学。大学毕业后进银行就职，二十四岁时结婚。一开始我觉得还蛮顺利的，但是等到回过神来时，就已经情形不妙了。"

"我要把意面放进锅里煮了，你能不能帮我看着时间哪？"我说道，"到了八分三十秒时告诉我。八分三十秒，哪怕一秒钟也别超过。"

"知道啦。"她这么说道，用认真的目光看着墙上的挂钟，"正好八分三十秒，对吧？"

我把意面放进沸腾的锅里，用木锅铲搅拌，将其均匀分开来，然后把沙拉分盛进盘子里，在桌子上摆好餐具。

我们分坐在小小的餐桌两边，喝冰过的夏布利，吃沙拉，吃意面，然后喝餐后咖啡。没有甜点。

跟别人共同用餐，已是许久未有的事了（最后一次和别人同桌进餐是几时来着？）。而且，为某个人准备晚餐，在桌上摆好正式的餐具，一边轻松交谈，一边进食，这相当不坏。我们把菜肴一点点地送入口中，举杯喝着葡萄酒，互诉衷肠。话虽如此，我并没有多少衷肠可诉，主要是以她的话为中心。

她毕业于札幌市内一所小巧玲珑、高贵优雅的女子大学，就职于当地的银行。后来在高中同窗会上与他重逢，很快便坠入情网，二十四岁时结婚。婚礼热烈隆重，来了许多朋友，人人都为他俩的扬帆起航送上祝福。那是约莫十年前的事（这么说，她现在应该是三十六岁，与添田年龄相仿）。

他在一家大型食品企业工作，那是一家以面粉进口与加工为主业的公司。新婚旅行去了巴厘岛。刚到那里，丈夫就食物中毒（好像是吃蟹吃坏了），苦于腹泻与呕吐的纠缠，整个旅途中几乎始终平躺着，饭也没法儿好好吃。当他趴在床上不能动弹时，她就一个人在酒店的泳池里游泳，在树荫下读着从日本带来的书，因为此外无事可做。回国时，她浑身晒成了小麦色，而他却骨瘦如柴。然而尽管起航算不上一帆风顺，但结婚之后平稳幸福的生活还是持续了一段时间。就连新婚旅行期间的凄惨体验，都成了两人之间愉快的回忆。

"情况是从什么时候开始变得不妙的，连我也不清楚。"她微微摇着头，说道，然后喝了一口葡萄酒，"不过总而言之，好像是从某一个时点开始，某样重要的东西坏了，各种事情微妙地变得不再顺利了。不管做什么，都会微妙地出现错位。对话不在同一频道，我们渐渐知道了彼此的许多喜好和想法也都不同。还有就连做爱也……嗯，不说你也明白吧。"

我仍然暧昧地附和，然后拿起酒瓶，给她的杯子里倒葡萄酒。她白皙的脸庞由于葡萄酒微微泛起了红晕。

"于是到了最后，他跟公司里的女同事搞婚外情，这件事被我知道了，成了离婚的直接原因。他是个不大善于隐瞒的人。"

"原来如此。"我说。

"不过，他跟那个女人的关系好像并不怎么深。该说是鬼迷心窍呢，还是一念之差呢？他也反省了，郑重陈谢，还发誓说再也不干这种事了。唉，世间常有的事，对吧？不过我呢，在感情上再也没办法回归原状了。"

我点点头，一言不发。

"不过最痛苦的，也许并不是跟他离婚这件事情本身，而是我再也无法相信自己的感情了。"她凝视着手中的葡萄酒杯，说道。

"从此以后，不管结识什么样的男人，并且哪怕是结了婚也好，哪怕我认为自己多么爱着对方，可随着时间的推移，只怕还会发生同样的事情——我忍不住会这么觉得。从前我可想都没想过这种事情。"

"你是从高中时就认识他的喽？"

"对，我们是同班。不过那时候我们并没有过个人之间的交往，只有过几次简短的交谈。我暗地里觉得他是个出色的男孩。因为他个子高，长相也还够英俊，成绩也算得上名列前茅。不过我整天忙于排球部的活动，他在足球部担任足球队队长，当然还有高考，所以我们没有时间一对一地亲密交往。"

"长相英俊，还是运动健将。"

"是的。是高中女生憧憬的那种类型哦。在班上也很有人气啦，当然。于是大学毕业后，时隔多年在同窗会上重逢，两人喝酒聊天，一下子就变得情投意合起来了。'其实我老早就一直在关注你'……像是这种陈词滥调，呃，屡见不鲜的套路啦。"

"噢,原来很常见啊?"

"是呀,很常见的,像这种情况。莫非……你没参加过高中同窗会吗?"

我摇摇头:"同窗会嘛,我一次都没参加过,从小学到大学。"

"你是不愿意回忆往事?"

"那倒也不是。不过学校啦,班级啦之类,老实说我都不太适应,也没有要再见见同班同学的愿望。"

"班上就没有让你心怀好感的漂亮女同学吗?"

我摇头:"我觉得没有。"

"你是不是从小就爱孤独啊?"

"不会有人爱孤独的啦,恐怕随便什么地方都这样。"我说,"每个人都是有所追求的,追求人,追求物,只是追求方式有所不同罢了。"

"是呢,也许的确如此。"


喝完咖啡,两人站在厨房里,清洗完用过的餐具时(我洗,她用布巾把它们擦干),墙上的时钟正指向九点。"我差不多该回家啦,明天一大早就得开始干活儿呢。"她说道。我替她拿来大衣与围巾,并且帮她穿上大衣。她把笔直的黑发收进了大衣领子里。

"谢谢晚餐。"她说,"非常美味。"

"我送你回家。"我说道。

"没关系的。我可是个独立自主的大人啦,是可以一个人安全回家的。"

"我想走一走。"

"这么冷的夜里?"

"冷，说到底是个相对性的问题。"

"还有更冷的夜晚吗？"她问道。

"还有更冷的地方。"

她盯着我的脸看了片刻，然后有力点点头："嗯。那，就麻烦你啦。"

我们俩肩并肩走在河滨道路上。她的靴子后跟不时踏在冻结的地面上，咔嗒咔嗒地发出坚硬的响声。听着这响声，我情不自禁地想起了在高墙环围的小城里，我送图书馆的少女回家的往事。在那里，听得到清流的水声，有时还听得见夜啼鸟的叫声，河柳的枝条随风摇曳。她身上穿着的旧雨衣，发出干涩的摩擦声。

我感觉时间在我的心里乱成了一团。两个迥然不同的世界，其前端部分微妙地重叠在了一起，就仿佛涨潮时的河口，海水与河水时涨时落、忽前忽后、混为一体的感觉。

虽然并没有风，但夜里果然冷得厉害。白日里就二月底来说还算是暖和的，可是天一黑似乎便气温骤降。我们将大衣裹得紧紧的，围巾一直围到了下巴上方，从口中吐出白色的气息。雪白坚硬的气息，硬得几乎可以在上面写字。不过，毋宁说我更欢迎这份严寒，它多少冷却了我内心的混乱。

"今晚好像就我一个人一个劲儿地在说自己。"她边走边说道，"现在想想，你差不多根本就没谈到你自己。"

"到目前为止，我的人生之中找不到什么值得一提的东西。"

"可是我很感兴趣呀。我想知道，你是经历过怎样一个过程才成了现在的你的。"

"也算不上什么有趣的过程啦。我在普通家庭里长大,从事普通的工作,一个人静静地生活至今。平平常常的人生。"

"不过,至少在我眼里看来,你可不像是一个普普通通的人。"她说道,"你有没有想过要结婚?"

"想过几次。"我答道,"因为我就是个普通人嘛,跟旁人一样,也有过这样的念头。不过每次可能性出现的时候,不知道什么缘故,都半途而废啦。一而再,再而三,到后来渐渐地我就嫌烦了。"

"你是说恋爱?"

对此,我无法顺畅回答,沉默了片刻。那沉默变成了飘在半空中的白纸般的呼气。

"不管怎么说,谢谢你啦。真的好久都没能像这样,一面进餐,一面悠闲地聊天了。"她说道,"搬到这个镇子来以后,这是第一次。"

"那太好啦!"

"得怪那葡萄酒,我好像话说多了。不过,你肯定很善于倾听别人倾诉。"

"我一喝葡萄酒,就变得很想听别人倾诉。"

她扑哧一笑:"不过,你不大谈论自己啊。"


回过神来时,我们正站在她的咖啡店前。

"这里就是我的家。"她说。

"这儿?"

"对,二楼可以住人。尽管很小,但简单的设备倒也一应俱全,可以过日子。我是想找个更像样点儿的房子搬过去的,不过一直腾不出时间。"

"不过,方便就好。"

"嗯,是呀,方便倒是很方便的。毕竟上班路上费时为零嘛。不过,实在是不敢示人啊。"

她开门走入店内,然后点亮长台的照明灯。

"下次可不可以再约你呀?"我问站在门里的她道。这句话几乎是我根本不曾意识到,自然而然地脱口而出的。简直就像是有个熟练的腹语师自作主张地操纵我的嘴巴,让它说出来的一般。

"我是说,假如不给你带来麻烦的话。"总算是自己做主,我添上了这么一句。

"如果还能再吃到美味的晚餐的话。"她郑重其事地说道。

"当然,非常荣幸为你做饭。"

"开玩笑啦。"她说着,笑了,"没晚饭吃也行。我们再约。"

"你的店星期几店休?"

"每个星期三休息。其他日子早上十点到晚上六点开门营业。你的图书馆呢?"

"每周星期一是休馆日。除此之外的日子,早上九点到晚上六点开馆。"

"看来我们只有在天黑以后才能见面啦。"

"像两只夜猫子。"

"黑暗森林深处的两只夜猫子。"她说。

"把店休改成星期一不就得了。反正你是老板,星期几关门休息还不是你自己定。"

她歪着脑袋略作思考:"是呀。这件事我得考虑考虑。"

然后她走到我跟前,伸过头来,飞速地在我的脸颊上吻了一下。她做得非常自然，仿佛这是一件无比普通的事情。可能是一直捂在围巾之下的缘故吧，她丰满的嘴唇惊人地温暖、柔软。

"谢谢你送我回家。这样的事好久没有过了，我好开心。感觉像是高中生的约会一样。"

"高中生第一次约会时是不会喝冰镇夏布利的，也不会谈离婚的前因后果。"

她笑了："那倒的确也是。不过我还是有这种感觉。"

"晚安。"我说道，然后从大衣口袋里掏出毛线帽戴上。她挥挥手，从里面关上了门。

右脸颊上还依稀残留着她嘴唇的感触。我仿佛是要护住那一部分似的，把围巾一直牢牢地围到了眼睛下面。我仰头看了看天空，月亮也好，星星也好，都看不见。

大概是云彩出来了吧。

# 54

可能是边想着心事边走路的缘故吧，等到醒过神来时，我的双脚不是朝着自己家，而是正朝着图书馆走去。手表的指针指在九点四十分。

这是怎么回事？一瞬间我心里有些惶惑，但还是决定绕到图书馆去看看。许久没有像这样跟别人长谈过了，而且大概是脸颊上还残留着嘴唇柔软的感触之故吧，我很想找个地方——不是依然残留着她气息的我自己家——让自己的情绪稳定下来。情绪变成这样，细想起来也是许久未有的事了。

"感觉像是高中生的约会一样。"她说。被她这么一说，没准儿还当真如此。在这块土地上，她也好，我也好，在多种意义上都还是"新手"。对新出现的环境，身心俱未完全适应，就像身体难以习惯新衣服一样。彼此的动作也罢，讲话方式也罢，都有些僵硬。脸颊上收到一个感谢的轻吻，于是就情绪亢奋，居然弄错了回家的路，这水平的确就是高中生层次亦未可知。

我从大衣口袋里拿出钥匙串，把图书馆入口处的铁门打开一条缝来，然后又关上。我走上徐缓的坡道，开启玄关的拉门。图书馆里又暗又冷，墙上紧急逃生出口指示灯的绿光幽幽地照着馆内。半夜里到图书馆来，这是第三次，我已经没有了一开始时的紧张。让眼睛适应了黑暗后，我借助紧急逃生出口指示灯的微光走到服务台，把常备的手电筒拿到手里，用它的光照亮脚下，朝着走廊深处的半地下室走去。

我轻轻打开半地下室的门，室内很暗，然而炉子里却燃着火。虽然算不上熊熊燃烧，但几根粗大的木柴正放着明确的橘黄色光芒，并且室内飘散着一如既往的老苹果树的芬芳。房间的白色灰泥墙受到火光的照耀，被染成了淡淡的橘黄色。

我环顾四周。有人在暖炉里放入了木柴，生好了火。恐怕是子易先生。而且他在这里是为了等我。然而房间里却看不到他的身影，只有火焰在无声地静静燃烧。看样子，火是不久前生好的，火势平稳，小小的房间恰到好处地充满暖意。我解开围巾，摘下手套，脱去牛角扣大衣，然后站在炉前温暖着冻凉的身体。

"子易先生！"我试着小声呼唤道。没有回应。回响也无，声音被四面墙壁吸入了进去。

子易先生是事先便预知我今晚会走错道，绕到这里来的吗？还是他有意为之，让我的双脚走向这里来，为了告诉我些什么？死者的灵魂拥有多大的能力？这对还活在人间的我来说，简直不可捉摸。

然而在这个小房间里，我左顾右盼，也不见子易先生的身姿。在房间里的，确凿不疑，只有我自己而已。我独自一人站在那里，只是默默地望着橘黄色的炉火，暖着身体，守望着时间流逝的光景。

那橘黄色的火焰，给了我的心以平静的暖意与安宁。恐怕远古时代的先祖们也曾同样在洞窟深处面对着火焰，为自己从刺骨的严寒和凶暴野兽的利齿前得到片刻的保护而深感安心吧。寒夜里红光闪耀的火焰之中有着某种东西，能够唤起深深镌刻在遗传因子里的集体记忆。

就在不久之前，子易先生在这间屋子里待过，这大致不会有误。他还给炉子添柴生火，调整进气，令火势既不太弱，也不太强。他提前做好准备，为了等我来到这里时，房间恰好变得舒适惬意。如此行事，除了子易先生不会再有别人。然而子易先生本人却不在这里。他留下炉子里的火，不知去了何处。

兴许他是突然有了什么急事。死者会有什么样的急事，我当然无由知晓。然而反正是出现了什么事情要办，于是他不能继续在此等待我到来了，大概就是这样吧。再不就是在给炉子生火时灵魂的力气枯竭（就像电池断电一样），无法继续维持人的形态了吧。因为他说过，要化作人的形态，也就是作为幽灵出现在这个世界，需要相当大的能量。

不过无论如何，此刻的我所能够做的，就只有望着他留下的炉火，等待着可能会发生的事情。所以我等了，并且不时地，仿佛给深邃的沉默打上标点似的，或者说仿佛确认自己身上依然留有发声能力似的，我对着空间小声呼喊："子易先生！"

然而没有回答。连近乎回答的些微迹象都没有。包围着房间的沉默沉重而浓厚，纹丝不动，简直就像隆冬之际盘踞在上空的厚密的雪云。我拉开炉门，添入新的柴火。

我站在火炉前，思考着咖啡店女店主的事（如此说来，她叫什么名字啊？我怎么就没想到问她名字呢？还有，我怎么就没把自己的名字告诉对方呢？莫非名字之类，在眼下还算不上重要问题吗？）。她苗条的体态，笔直的黑发，妆化得很淡的脸庞，不时挖苦似的挑起来的丰满嘴唇。她身上有什么令我心动的特别之处吗？她分明既不算美貌过人，也不太年轻了（当然比我要年轻十来岁）。

然而不管怎样，她的身影盘踞在我的内心一隅里（还是在视线所及的地方），便再也不肯挪步了。她让我想起了什么，或者说让我想起了谁？然而任我左思右想，也没能把她的身姿同任何人联系起来。她终究就是她自己，作为独一无二的存在，静静地在我心里确定了位置。

这是对我自己的坦率疑问：我对她是否抱有性方面的欲望？

是的，我想。作为一个拥有正常的（我猜大概是正常的）性欲的男人，我对她抱有性方面的欲望，这大致是个正确无误的判断。然而眼下这性欲还没有强烈到我无法控制的程度，更没有明确到令我忘记其绽露可能招致的诸多实际问题的程度。可能性微妙地不断改变着形态，稳当地敲着我的心扉——尚停留在这样的阶段。我的耳朵听得见那敲门声，那是耳熟的声音。

让我再聚焦一下要点吧。

我恋上她了吗？

答案恐怕是否定的。想来，我并没有恋上那位咖啡馆的女子。

虽然我对她抱有自然的好感，但这跟恋情是两码事。我总觉得，我身上恋爱所需要的身心功能——愿意把自己毫无保留地交托给对方的那种不顾一切的冲动——早在很久以前就已经燃烧得一干二净了。子易先生曾经这样对我说："您是在人生伊始的初期阶段，就邂逅了对您来说最佳的对象。也许该说是，被您撞上啦。"

这恐怕是事实。迄今为止的人生中有过的几度磨难，明明白白地将这一事实告诉了我。也许应该说灌输给了我。对，我是切身地学到的……付了不少学费。同样的体验我可不想再来一次——事与愿违地伤害了他人，而其结果，同时也伤害了自己的那种体验。

尽管如此，我还是情不自禁地想象起与她同床共枕的情形。如果我真心希求的话，她大概会应允我的要求——我有这种预感。于是我想象那般情景：脱去她的衣服，与她在床上赤身相拥。想象她的裸体，我想象拥抱那副躯体时的感触。就如同十七岁那年，我坐在火车里想象自己脱去将要相会的少女的衣服时一样。并且我心生出与那次相同的罪恶感。对于自己过去的性欲与此刻的性欲，我无法巧妙地予以区分。这两者在我心里如影随形、混为一体。这让我产生了不小的混乱。

我思考你胸前的那对隆起，思考你的裙子下面。我想象那里面的东西，想象我的手指笨拙地把你白衬衣的纽扣一粒粒解开，笨拙地把你（可能）穿着的白色内衣后背的钩扣解开。我的手缓缓地伸进你的裙子里，手触碰到你大腿柔软的内侧，然后……

我闭上双眼，努力将这重播的景象从脑袋里删除掉。或者说，把它推到眼睛看不到的地方去。然而，那景象却不肯轻易消失。

不对，不是这样的。那不是此时此刻的事，那不是发生在此处此地的事。那是已经丧失、已然消亡的东西。我不过是把两幅截然不同的景象恣意地堆叠在了一起。这不能说是正确的。

不过，果真如此吗？我心想。这果真是不正确的吗？

手表的指针指在了十二点稍前，我在空无一人的图书馆深处四方形半地下室里，立在柴火炉前，一面烤火，一面沉湎于思索之中。燃烧着的木柴轰然一声坍塌下来，回响传遍房间。我看了一眼炉中的火焰，然后再次环顾室内。

"让您久等啦。"子易先生说道。

## 55

"让您久等啦。"子易先生说道。

我猛地从沉思中醒来，慌忙环顾四周，便见子易先生正坐在昏暗角落里摆放着的旧木椅上。他头戴藏青色贝雷帽，上穿粗花呢西装，下穿格子纹裙子，足蹬白色薄网球鞋，一成不变的打扮。他没穿大衣。

"本来应该更早点儿来的，可是碰上点儿小障碍，结果让您久等了。"

我找不到话来回答，只能沉默地点点头。我背对着火炉，站着不动，看着子易先生的脸庞。他的脸色比以往更白，浮现出一缕寂寞的神情。

"好久没到这图书馆来啦。"子易先生说，"也没能见见您。像这样化作人的形象，渐渐变得难以做到啦。恐怕是离开这片土地的时候快要到来啦。"

听他这么一说，我便觉得与以往相比，子易先生的身形似乎变得小了一些，好像也缺少了质感。凝目细看的话，仿佛可以穿透身体看到他的背后。那感觉就像在看电影里淡出场面的开头部分。

"好久不见了。"我说道，"见不到子易先生，我感到很寂寞。"

子易先生嘴角浮现出淡淡的微笑。表情的波动显得软弱无力。

"您能这么说，在下感到无比高兴。在下终究是个已死之人，能够像这样与您相见，说到底，不过是一时而已。就像受到特别照顾，得到了一个缓刑期罢了。"

特别照顾？我在脑海里重复他的话。到底是谁给的？不过这种事情如果打听起来，就怕话说起来太长，而我还有许多重要的事要告诉他。

我说："您不在的这段时间，发生了几件事。"

"是啊，在下也大致有所了解。不过，呵呵，恐怕最好还是听听您亲口说明吧。万一发生误解就不好啦。"

我便说起了与身穿黄色潜水艇图案夹克的少年交谈的事，还有少年打算离开这个世界，前往高墙环围的小城的事。子易先生抱着双臂，默默地听着我说话，甚至不附和一声，只是偶尔微微点头。他的眼睛始终闭着，简直就像睡着了一般。不过他当然没有睡着，只是在尽量减少动作，避免浪费能量。

我把该说的话说完之后，子易先生仍旧抱着双臂，就此思考了一会儿，或者说看似思考了一会儿。他的身子一动不动，看上去好像根本就没在呼吸。然而转念一想，他本来就是一个已死之人，就算不呼吸，大概也丝毫不足为奇。

说不定，人就是要经历两次死亡亦未可知。一次是在地面上的、暂时的肉体的死亡，以及第二次，正式的灵魂的死亡。不过当然，大概并非每个人都会经历这两种死亡方式，子易先生的情况一定是个案。

"那个少年能够和您那样交谈，是一件可喜的事情。"子易先生终于开口说道，"那孩子并不是跟谁都能够说话的。还不如说，他几乎跟谁都不说话。"

"不过说是交谈，差不多全是无声的手势和笔谈。他只是偶尔才会发声说话。"

"那样就好。他跟在下说话差不多也是那个样子。那就是那孩子平常的说话方式。像这种断断续续的沟通，对他来说才是自然的形态——至少在这个世界里。"

炉子里呜呜地传来仿佛猫发出的声音，我扭头将视线投向那边。然而木柴的状态没有变化，恐怕是空气在进气口鸣舞吧。我转回视线，朝向子易先生。他没变姿势，依旧轻轻地闭着眼睛。

"他强烈希望迁移到高墙环围的小城里去。"我说，"到我曾经生活过的小城里去。但是，要想进入那里，就必须把自己在这边这个世界里的存在删除掉。因为丢失了影子的人，最终必须失去在这边这个世界里的存在。"

子易先生点点头："嗯，这件事在下已经知道了。您是在经历了许许多多之后，才回到了这边这个世界，收回了影子的。然而那孩子希望的是彻底移居那边那个世界。"

"好像是这样。"

"恐怕您也知道，这个世界不适合那个孩子。这里好像不是为那个孩子而设的场所。"

"那孩子大概与这个世界格格不入这件事，我也有所了解。然而，因此就协助他出走到那边的世界里去，这是不是个正确的做法？说不定那孩子将来会后悔去那里，说不定他会觉得要是不来这种地方就好了。再怎么说，他都还只有十六岁，此时此地的他是否具备为未来的人生道路做出最终决定的判断力？这一点也令人怀疑。"

子易先生慢慢地点了一下头，仿佛在说，他完全理解我说的话。

我说："一旦进入那座小城，想要离开那里就几乎毫无可能。四周包围着高墙，虎背熊腰的守门人把守着城门，严格控制出入。而居住在小城里的人们，很难说是过着令人满意的生活。冬季寒冷漫长，许多独角兽因为饥饿与严寒而死去。那里绝不是乐园。"

"可是，您选择了居住在那边的世界，并且在高墙环围的小城里，过上了您内心一直追求的生活。即使您的影子劝您逃离小城，您仍然选择了独自留在那里。是这样的吧？且不管最终结果如何。"

我慢慢地吸了一口气，然后呼出去，就像从深海底部浮上水面来的人做的那样。

"的确如此。可是直到现在，我都苦于无法判断自己当初的决断是否正确。到底是应该留在那座小城里，还是应该回到这边来？当然最终的结果与我所下的决断毫无关系，我像这样被反弹了回来……所以，就算那少年能够进入那座小城，可是他能不能够融入那里的生活，我无法预测。"

现在子易先生完全睁开了双眼，注视着天花板的一角，仿佛那里隐藏着什么特别的东西。我也抬眼看了看那里，然而没看到什么特别的东西，无非是天花板的一角而已。

"所以您苦于不知道该如何判断。"子易先生说。

"对。我苦于无法做出判断,不知如何是好。我该不该协助他实现愿望,该不该出手相助,把那个少年,或者说把一个活生生的存在,从这边这个世界里删除掉?"

"知道吗?"子易先生仿佛强调似的竖起一根手指,说道,"知道吗?呵呵,您没有必要为不知该如何判断而痛苦。因为,您甚至没有必要去下判断。"

"可是,那孩子要我把他带到那座小城去。因为他不知道怎么到那里去。"

"但是,这您做不到。因为,您虽然去过那座小城,可是您并不知道该怎么去。"

"的确如此。"

"所以说,您完全不必为该如何判断而痛苦。"子易先生用平静的声音重复道,"就是说,是这么回事——您能够自己选择做什么梦吗?"

"我觉得不可能。"

"既如此,那您能为别人选择做什么梦吗?"

"我觉得不可能。"

"就跟这是一个道理。"

我说:"就是说,您想说的是,那座高墙环围的小城不过是我做的一个梦,是吗?"

"不,不,不是那个意思。在下所说的,归根到底是在比喻的领域之内。高墙环围的小城的确存在,不过通往那里的路,却不是固定不变的,这就是在下想要说的意思。通往那里的途径因人而异。所以,就算您决定帮他,您也做不到牵着他的手,把他领到那里去。那孩子必须凭借自己的力量,找到一条他自己的途径才行。"

"就是说，苦于不知如何判断也罢，还是怎么也罢，其实我做不到具体地帮助那个少年前往那座小城，是这个意思吗？"

"完全正确。"子易先生说道，"他会自己找到通往那座小城的途径吧。在这一点上恐怕需要您助以一臂之力，但那是怎样一种助力，这肯定也得由他自己凭借自身的力量去发现。您不必下判断。"

我就子易先生所说的话做了一番自己的思考，但是未能充分理解那意味着什么，看不清其逻辑顺序。

子易先生继续说道："知道吗？您已经给了他充分的帮助。因为，是您在那个少年的意识中，建起了那座高墙环围的小城。现在那座小城已经在他心里鲜活地扎下了根，远比这个世界还要鲜活得多。"

我说："就是说，我心中对那座小城的记忆，被原模原样地移植到他的意识里去了吗，就像被立体地复印了过去一样？"

"是的。他天生地就拥有这种准确无比的复印能力。还有在下，呵呵，虽然力不从心，说不定多少也帮了点儿小忙呢。"

"可是，那肯定不是原模原样的复印。这是因为，关于那座小城，我所拥有的知识并不完整，而且我的记忆也不能说是准确无误的。"

子易先生点点头："是的。他心里建起的那座小城，与您实际生活过的小城，也许在许多地方会存在点点滴滴的差异。基本结构虽然相同，但细微之处肯定被修改成了为他而设的小城模样。因为那是为他而设的小城嘛。"

也许是这样。转念一想，我在那里生活时，环绕小城的墙就已经在时刻不停地改变其形状了，简直就像脏器的内壁一般。

子易先生稍停片刻，然后说道："所以说不管怎样，呵呵，关于他将选择哪一边的世界，您没有必要为之伤脑筋。那孩子会按照自己的判

379

断选择人生道路。别瞧他那模样，他可是个内心坚强的孩子。在一个适合自己的世界里，他一定会坚强地活下去吧。而您呢，就在您选择的世界里，去走您自己选择的人生之路就行了。"

子易先生再次双手抱在胸前，笔直地看着我的脸。

"您已经为那孩子做得足够多了。您给了他一个崭新世界的可能性。在下坚信，这对他来说是可喜可贺的事。这，该怎么说呢，也许就是一种继承吧。对，是的，就跟您在这家图书馆继承了在下的职务一样，两者恰好相同。"

子易先生说的话，要按照我自己的方式充分领悟，需要一些时间。继承？"黄色潜水艇少年"究竟会继承我的什么呢？

子易先生松开抱着的双臂，放回膝盖上，说道："呵呵，在下差不多该告辞啦。留给在下的时间快要用完了。在下有为在下而设的场所，得转移到那儿去啦。所以，恐怕大概不会再有像这样与您见面的机会了。"

就在我的眼前，子易先生的身影渐渐变淡，最后完全消失了，仿佛烟雾被吸进空中去了一般，只剩下身后的旧木椅。我久久地凝望着那把椅子，心里期待着子易先生会不会再次现身，把未尽之言抛给我。然而无论我等了多久，他都再未现身。唯有旧木椅徒然地摆放在沉默之中。

我明白，他确凿无疑地永远消失了，他最终离开了这个世界。这令我无比哀痛，恐怕更甚于任何一个活人的死去。

火炉再次发出猫叫般的声音，是风在外面鸣舞。我望着炉火，直到它慢慢熄灭，这才走出图书馆，回家去了。

## 56

第二天早上，我穿过玄关的拉门，一脚踏入图书馆内，便觉察到那里已经变成了一个与之前的图书馆毫不相干的地方。皮肤触及的空气发生了质变，从窗口射入的光线不再是见惯了的东西，种种声响也改变了模样。是子易先生将自身存在从这里勾销了的缘故——永远地，彻底地。然而知悉此事的，除我之外恐怕再无他人。

不对，说不定"黄色潜水艇少年"也知道此事。他是一个能够凭借直觉察知各种事态的人，而且曾与子易先生亲密接触。所以，说不定他已经自然而然地感觉到子易先生的灵魂离开这个世界远去了。还有可能是子易先生——就如同对我所做的一样——把自己即将消失一事直接告诉过他也不一定。

然而，即便我向那位少年打听什么，大概也不会得到回答吧。他基本上只在自己想说话的时候才说自己想说的话，其表达方式也完全是断片式的，而且往往是象征性的。仅限于他期望交谈的时候，与他的交谈方才得以成立。

添田似乎还不知道此事。至少早晨与我碰面时，她并未表现出有反常态的举动。她只是一如平素地露出沉静的浅笑，轻轻地打个招呼，并且一如平素，利索而精准地处理早上的常规工作，给兼职女职员们下达必要的指令，接待来馆的客人。

星期二的早晨。久违的太阳将大地照得明晃晃的。屋檐前的冰锥闪着炫目的光，冻结的积雪处处开始慢慢地融化。

正午前，我走进阅览室，环顾室内。六位读者正坐在桌前，或看

381

书，或写东西。三位老年人，三位是学生模样。老年人用读书打发多余的时间，青年人则仿佛是在与时间竞争，手持笔记用具，面对着笔记本和参考书。然而那里没有"黄色潜水艇少年"的身影。在平时他所坐的座位上，坐着一位白发苍苍的肥胖男子。

我走到服务台前，与添田说话。谈完几桩事务性的话题之后，我装作偶然想起似的问道："今天好像没看到M君嘛。"

"是的，他今天好像没来。"添田若无其事地说道。少年偶尔也会不来图书馆露面。

我还想问问子易先生的事，转念一想，又作罢了。因为我凭当时的直觉感到，他的事，恐怕以后还是尽量不提为佳。已然离去的灵魂，还是不去打扰更好。连他的名字，可能的话也是不说出口更好。何以如此？理由我说不出来，但心里如此觉得。参谒墓地一事，或许也暂时中断一段时间为佳。

第二天，"黄色潜水艇少年"也没在图书馆里现身，第三天也是。

星期四将近正午时，得知在少年一直坐的座位上看不到他的身影，我便走到了添田那里去问她："一连三天都没露面，那孩子到底怎么啦？"

"大概又是好几天躺在床上起不来了吧。"添田说，"看书看得太猛太多，恐怕大脑劳累过度了。"

"不过，从上次'电池断电'算起来，好像还没过去多少日子嘛。"

添田用手指轻轻按了按眼镜架："对呀，倒还真的是。间隔好像比以往短了好多。"

"也许没有必要瞎担心，不过一连几天看不到那孩子，不知怎么的就会有点儿惦记。"

"您这么一说,我也有点儿惦记起来啦。回头我给他母亲打个电话问问情况。"添田嘴唇闭得紧紧的,沉吟五六秒钟后说道,接着又重启做了半截的工作。

午休过后,添田出现在我正在工作着的半地下室里。

"午休时,我往那孩子的家里打了个电话,"她说,"并且跟他母亲谈了谈。可是到底是怎么回事,压根儿就不知所云。"

"不知所云?"

"嗯。她说的话,我理解不了。她好像已经方寸大乱。看样子是出事了,不过究竟出了什么事,电话里面根本听不明白。也许得到他家里去问一问。"

"是啊。"我说道,"添田小姐,我觉得由你去跑一趟比较合适。这服务台,我来替你照看一会儿。"

"晓得了,我去看看出了什么事。这里就麻烦您啦。"

添田回到休息室穿上大衣,疾步走出了图书馆。我守在一楼服务台,做了一个小时左右的她的代理。话虽这么说,其实这是个很空闲的工作日下午,我几乎无事可做。人们在暖洋洋的阅览室里,径自静静地看书或写东西。

添田回来,是在下午两点之前。她去休息室脱了大衣,然后两颊微微涨红地来到我跟前,声音里含着紧张,说道:"把情况归纳一下就是,好像那孩子在昨天夜里消失不见了。"

"消失不见了?"

"是的。从星期一早晨开始,他跟以前一样发高烧,卧床不起,今天早上,他母亲到他房间里一看,床上只剩下个空被窝,他这个人却无影无踪。他母亲已经六神无主,我把她的话归纳一下,大致就是这样一回事。"

"就是说,他在半夜里离家出走啦?"

添田摇摇头:"可他母亲坚持认为没有这种可能。她说M君只穿了一身睡衣在睡觉,此外一件衣服也没带走。大衣、羊毛衫、裤子,什么都没拿。也就是说,他是在深更半夜里,就穿着一身睡衣消失了的。她说昨天夜里天寒地冻的,他穿得那么单薄,不可能跑到外面去,要是真跑出去了的话,这会儿肯定早就冻死了。而且家里所有的门和窗子都从里面锁得严严实实的,没有半点儿差错。听说他母亲是个非常谨小慎微的人,睡觉之前必定要确认门锁窗关。也就是说,他不可能是开门或开窗跑出去的。可尽管这样,那孩子还是消失不见了,就像一道烟似的。"

我试着在大脑里把这话理出个头绪来:"要是这样的话,他会不会藏在家里的什么地方呀?"

添田又摇摇头:"全家人把家里每一个角落都找遍了,从床铺底下到天花板上边。可不管是哪儿,都连他的影子也找不到。"

"不可思议啊。"我说道,"那么,他们有没有报警求助呢?"

"报了。听说他们立刻就向警察报案求助了。不过警察也只是说,发现孩子失踪才刚刚过去几个钟头,目前看来似乎不像是绑架案,不具备案件性,请家人再继续观察观察情况,如果孩子仍然下落不明的话,再与警察联系。瞧那意思好像是说,没准儿那孩子过一会儿就会从哪儿窜出来了也不一定……"

我只能怀抱双臂陷入沉思。

"家里人从早上开始,就一直在屋子周围到处乱转,寻找他的踪迹,跟周围邻居打听有没有看到过他,可是连一点儿线索也没找到。那孩子从门窗紧闭的家里,忽然就消失无踪了,而且只穿着一身睡衣。"

"连一直穿在身上的那件黄色潜水艇图案的游艇夹克,也没带走?"

"没有。他母亲断言,除了睡衣,一件衣服也没少。"

如果少年是离家出走的话,他毫无疑问会把那件画着黄色潜水艇图案的游艇夹克穿走,我如此坚信。那件已经穿得很旧了的游艇夹克,似乎具有某种功能,能够让他的精神稳定下来。而这件衣服留了下来,没被穿走,那就表明他并不是走着离开家的。也就是说,他在半夜里,身穿睡衣——或者说是以着装不具备意义的形式——转移去了某个地方。或者说他是被运走了,被运到某个地方去了……比如说,那座高墙环围的小城。

我闭着眼,抿着嘴,试图归纳一下思绪。然而种种情感,却仿佛在我的心里被吹到了不同的方向,七零八落,根本无法归拢合一。

"还有,"添田说道,"那孩子的父亲说,如果可能的话,他想跟您谈一谈。"

"跟我谈谈?"我惊讶地反问道。

"对。他说想见见您,跟您直接说几句话。"

"那当然不要紧。不过,具体该怎么操作呢?"

"他说今天下午三点钟左右到图书馆来。您看这样可以吗?"

我看了一眼手表:"我知道了。那就在二楼接待室里见见他吧。"

然而跟少年的父亲见面后,到底该说些什么话呢?总不能把高墙环围的小城的事和盘托出吧？总不能告诉他，说少年有可能已经离开了这边的世界，逃往那座小城所在的"另一个世界"了吧？

我痛切地盼望，要是子易先生此刻在此地就好了。我最需要的便是他深邃的智慧和妥切的建议。然而他恐怕已经不存在于这块土地上的任何一处，永远消失，不知所终了。举目望着墙上的挂钟，我长叹了一口气。

三点稍过，少年的父亲来到了图书馆。添田将他引上二楼，领进房间，为我们二人做了引见。做了简单的介绍后，我递了一张名片给他，他递了一张名片给我。

这是一个脑袋几乎秃光了的身材修长的男子，年龄约在五十五岁吧，耳朵长得长，眉毛长得粗，戴了副看样子很结实的黑边眼镜。据我所见，其脸庞的形状是完美的左右对称状。这是他的面容给我的第一印象——精确的左右对称。他背挺得笔直，姿势端正，显得意志十分坚定。那风貌似乎很适合做一个交响乐团的指挥。听说他是经营幼儿园和补习班的，恐怕在迄今为止的岁月里，他曾充满自信地担任过各种形式的"指挥"吧。在容貌上，我没看到他与"黄色潜水艇少年"的共通之处。

少年的父亲弯腰脱去大衣。大衣底下是格子纹毛料西服，配黑色高领羊毛衫。我请他入座待客用的椅子，他点头后落座。隔着小茶几，我坐在他对面的椅子上。

添田走来，把茶放在我们面前，然后鞠了一躬，退出房间。房门关上后，我们默默相对了片刻，仿佛是要确认房间里除了我们俩再无他人似的。然后少年的父亲开口说道："我跟在您之前担任馆长的子易先生是交往多年的老朋友。小儿以前就一直来这家图书馆看书,好像得到了子易先生的多方疼爱与照顾。"

"子易先生不幸过世,真是十分遗憾。"我说道。

少年父亲露出奇怪的神情看着我:"您原来就认识子易先生吗?"

"不,非常遗憾,我没见过他。我到任时,他已经过世了。不过有许多人跟我说到过生前的子易先生,给我的印象是,无论是在业绩上还是在人品上,他都是一个出类拔萃的人物。"

"那是。他是个了不起的人,为了创立这家图书馆慷慨解囊,尽心尽力。这个镇子上没有一个人会说他不好。只是……"话说一半,少年的父亲欲言又止,然后搜肠刮肚,挑选合适的句子,"只是,该怎么说呢?他在言谈举止上稍稍有点儿标新立异之处,该说是不同于众吧,尤其是在公子和夫人死于事故之后。不过,话是这么说,这倒也并没有招致任何具体的问题。"

我暧昧地点点头。

"今天冒昧前来叨扰,是为了小儿M的事情。"他说。

我再次暧昧地点点头。

少年的父亲说:"我想,您一定已经从添田太太那里听说了大致的来龙去脉。小儿半夜里消失不见了。我们最后一次看到他,是在昨晚十点左右。今天早上不到七点钟,内人到小儿的房间去探望时,床上已经没有人了。被子上还留着有人睡过觉的痕迹,被汗水湿透了。小儿好像夜里一直在发高烧,但是人却不见了踪影。内人喊着小儿的名字,在家里拼命寻找。我也跟着一起寻找,可是任哪儿都找不到。"

他摘下黑边眼镜,仿佛检查厚厚的镜片似的望了一会儿,又戴了回去。

"没有从家里走出去的痕迹。门也好，窗户也好，都从里面牢牢地上着锁。衣服也全部留在家里。内人对小儿的衣服管理得很仔细，她说这件事绝不会有错。其实原也不必多言，在这种严寒之中，深更半夜里穿着一身睡衣外出，这种事情基本上不大可能。"

少年的父亲仿佛在反刍自己所说的事实一般，沉默了片刻。

我问道："也就是说，M君在半夜里采取某种方法——虽然我们不明白那是什么办法——从您府上消失无踪了，是这样吗？"

少年父亲点点头："没错，小儿简直就像一缕轻烟似的，从我们跟前消失无踪了。只能这么说了，不然根本无法说明。"

"他突然消失无踪这样的事，以前从来没有过吗？"

少年的父亲摇摇头："恐怕您也注意到了，M天生具有一点儿特异倾向。他不能说是个普通的孩子，有时还会做出一些离奇古怪的举动。不过直到目前为止，他却从来没有闹出过走散、失踪这类问题。他是个最注重日常习惯的孩子，一旦成了习惯，他就会严格按照习惯行事，就像火车沿着固定的轨道行驶一样，偏离习惯的事情，他基本上不会去做；如果习惯被打乱，他就会心神不宁，有时还会大发雷霆。所以说，离家出走、行踪不明这样的事，到目前为止还从来没有发生过。"

我歪了歪脑袋："不过，这事太奇怪了，让人莫名其妙。"

"是的，完全莫名其妙。衣服也没好好套上一件，连鞋子都没穿，也没有开锁的痕迹，他是怎么跑出去的呢？何况又是在严冬腊月、天寒地冻的深更半夜里。我们当然也报了警，可人家根本就没当回事，一个劲儿地叫我们看看情况再说。所以我们想，说不定您会了解一些情况，于是我就跟拼命抓住救命稻草一样，找到您这儿来了。"

"我？"

"是的。因为我们听说您跟小儿谈过话。"

我谨慎地选词择句,答道:"对,我的确跟M君有过一两次交谈。不过那也是连比带画,还夹杂着笔谈,断断续续不连贯的东西。不成条理,算不上对话。"

"那么,当时是M主动先跟您说话的吗?"

"对,是的。是他先跟我说话的。"

少年的父亲叹了口气,仿佛在虚拟的篝火前烤火一般,在身前用力地搓着两只大手。

"这话说出来实在是惭愧得很,我已经很久很久——有好多年,都没跟那孩子交谈过了。不管我跟他说什么话,那孩子都不回答,而他也从不主动跟我说话。跟他妈妈好像倒还讲几句话,但交谈的内容都仅仅限于生活上的实际问题。

"要说那孩子能够跟谁正经开口说话的话,那就只有子易先生一个人了。具体理由我不太了解,但好像他只向子易先生一人敞开心扉。而且子易先生也像对待自家孩子一样疼爱M。我们做父母的对此真是感激不尽。因为这么一来,那孩子总算保住了跟外部世界的一点点联系。"

我点点头。

少年的父亲继续说道:"小儿跟子易先生之间都谈了些什么,这个我并不清楚。我也没有刻意试图去搞清楚。因为我觉得这事恐怕还是留给他们二人自己为好。可是前年秋天,子易先生突然去世,失去了唯一的交谈对象,M重又变成孤零零的一个人了。他高中也没念,每天都到这个图书馆来默默地看书,这种日子一直持续到现在。

"刚才我也说起过,虽然M身上维持正常生活所必需的能力有所不足,但是他拥有一种特异能力。他之所以能够以异乎寻常的速度超量阅读，能够将海量的知识塞进大脑里，大概就是拜这种特异能力所赐吧。可是那孩子打算通过这种操作追求什么样的人生？对此，我无法理解。而且这种极端的做法对他来说究竟是有益，还是有害？对此，我也大惑不解。

"如果是子易先生，也许能在某种程度上对这些情况有所领悟，并且能够对小儿予以适当的指导。可惜子易先生已经仙逝，如今我找不到任何人咨询了。"

"一来二去之间……那孩子就这么从我们面前消失不见了。深更半夜里，他突然就无影无踪了。"

我沉默着，等待他说下去。

少年的父亲稍停片刻，又继续说道："说来，您接替过世的子易先生，就任了这家图书馆的馆长。内人从添田太太那里听说，那孩子好像对您很感兴趣。我想知道的，就是您和M谈了些什么话。您和他谈话的内容说不定跟他此次的失踪有点儿关系。或者说，说不定至少能够就他失踪一事，给我们带来一点儿启发。"

我深感困惑，不知道如何作答。面对着（看样子是）一心一意担心儿子安危的父亲，我不能完全说谎。可话虽如此，我又不能把事实全盘托出。此事过于复杂，大大超出了社会常识范畴，我必须慎之又慎。什么话该说，什么话又不该说？我打起精神，搜寻尽可能接近事实的语句。

"我对M君说的，是一种寓言。我谈到了一个<u>小城</u>，说起来，那是一个虚拟的城市。虽然在细节上都编造得细致真实，但说到底，它是一个建立在假说之上的小城。准确地说，我并不是直接告诉他的，我是对另外一个人讲的，说起来，他其实是间接地听到了此话。但不管怎样，<u>他似乎</u>对那座小城产生了强烈的兴趣。"

这就是我能够讲出来的最大限度的"真实"了，至少不是谎言。

少年的父亲对此陷入了沉思，就像一个努力将奇形怪状、不易吞咽的东西吞进喉咙深处里去的人。然后他说道："听他母亲说，那孩子一连好几天坐在桌子前，聚精会神地在纸上画着什么东西，好像是地图。他孜孜不倦，几乎到了废寝忘食的地步。那是不是跟那座小城有什么关系？"

我暧昧地点点头："对，是啊。我猜他大概是在画那座小城的地图。他根据我说的内容，画出了那座小城的地图。"

"那么，您看过那张地图吗？"

我有些困惑，但还是点了点头。我不能说谎："是的，他给我看过那张地图。"

"那地图画得准确吗？"

"很准，那张地图画得准确得惊人。虽然实际上我只是讲了讲那座虚拟小城的粗略情况。"

少年的父亲说："M有这种才能——把零乱细碎的断片在一瞬间拼凑在一起，组成准确的整体的能力。比如说，哪怕是复杂到极点的千片拼图游戏，他也能在转眼之间就轻而易举地拼好。在那孩子还很小的时候，我就多次目睹过他不费吹灰之力发挥这种能力的场面。不过，随着渐渐长大，他变得越来越小心，尽量不在别人面前把这种特异能力暴露出来。"

尽管如此，说出别人生日是星期几的这种能力，不知何故，他好像压抑不住，总想要发挥一下，我心想。

少年的父亲继续说道："向您打听这种事情也许非常失礼，不过，说老实话，您怎么看？您觉得您说的那座虚拟的小城，跟M的突然消失

391

之间，是否存在着某种联系？"

"按照常识思考的话，我应该看不到类似关联性的东西。"我慎重地甄选词句，回答了少年的父亲的问题，"我对M君讲的，说到底只是想象出来的虚拟城市，因此他描画的，应该是实际上并不存在的城市的详细地图。我们之间的交谈，是以虚构为基础的对话。"

按照常识思考的话。
・・・・・・・

在我而言，只能这么说了。然而庆幸的是，这位父亲似乎就是一个生活在大致可以用"常识"来概括的世界里的人，因此基本上应该不会拥有认为儿子当真踏足进入了那个"虚拟世界"的想法。对我来说，这只怕是值得感谢的事。

"不过总而言之，M他对那座小城怀有强烈的兴趣，也许该说是沉迷于其中吧。"少年的父亲神情困惑地说道。

"对，是啊。在我看来是这样的。"

"在跟小儿的交谈中，您对他说起过那座虚拟的小城。此外还谈到
・・・
过别的什么话题没有呢？"

我摇摇头："没有，我想没有出现过其他话题。他感兴趣的，就只有那座虚拟的小城而已。"

少年的父亲沉默不言，再次长时间地沉思默想。然而他的思索在经历了迂回曲折后，似乎未能抵达任何地方。在我们的眼前，茶已变凉，两人都不曾伸手去碰饮料。终于，少年的父亲仿佛认命般地，神情沮丧，长叹了一声。

"在世间，我好像被认为是一个对M很冷淡的父亲。"他坦白似的说道，"我不是打算辩白，可是我那绝对不是冷淡，我只是不知道该如何跟那孩子相处。我也曾多方努力，尝试着接近那孩子，可是不论我如

何尝试,却始终没有反馈。我简直就像在对着一尊石像说话。"

他伸手端起茶杯,啜了一口冷透了的茶,眉头微微一皱,又放回了茶托里。

"这样的经验对我来说毕竟是第一次。我有三个儿子,上面两个都是极其正常的男孩子,在学校成绩也很好,也从不惹是生非,几乎就没让父母费过什么神。他们顺顺当当地长大成人,到大城市里追寻新世界去了。可是M天生就跟他们完全不一样。我能够理解,他生来就具备某种特别的、只怕是宝贵的资质,但是自己该如何作为父亲与他相处、如何培养他,我却是一窍不通。

"我也算是个滥竽充数的教育家,在社会上混迹至今,可是令我羞愧的是,对那个孩子,我完全是既无力又无能。而最让我痛心的是,那孩子对我这个人毫无兴趣。虽然身为父子生活在同一屋檐下,但他对我简直就是视若无睹。血脉相系之类,对那孩子来说似乎没有任何意义。老实说,我甚至羡慕过子易先生。我常常会苦思冥想:子易先生所有而我所无的,究竟是什么呢?"

听着他的话,我不由得同情起这位父亲来。在某种意义上,我们或许是同类亦未可知。细细想来,"黄色潜水艇少年"深感兴趣的,其实并非我这个人,而是我曾经置身于彼的那座小城。或许,我们无非只是他匆匆一过、无意多顾的通道般的存在。哪怕是面对着我,但映入他眼帘的,难道也只有那座小城的光景吗?

"百忙之中,浪费您的宝贵时间了。"少年的父亲看了一眼手表,说道,"接下去我要去一趟警察局,想再一次请求他们帮忙搜寻。然后我们自己也打算再去几个我们想得到的地方找找看。如果您想起了什么来的话,请跟我们联系,给您的名片上印着我的手机号码。"

他站了起来,又一次猛地弯腰,随后穿上大衣,朝我鞠了一躬。

"帮不上什么忙,实在不好意思。"我说。

少年的父亲无力地摇摇头。

我把他送到玄关,然后暂且先回到会客室,眺望着窗外,久久地陷入沉思之中。我又看见那只瘦母猫慢吞吞地斜穿过院落。我想起了"黄色潜水艇少年"乐此不疲地观察着猫咪母子的情景。

不一会儿,添田手拿托盘来到房间里,收拾起桌子上的茶碗。

"谈得怎么样?"她问道。

"他父亲好像非常担心那孩子。可我帮不上什么忙。"

"他大概是需要找个人倾诉一下吧。光自个儿一个人惶惶不安的,毕竟很难熬嘛。"

"希望能够顺利找到他。"

"可是,半夜三更里消失无踪这件事,不管怎么想都太不可思议啦。夜里多冷啊!我好担心他。"

我默默地点头,感觉到添田似乎和我一样,满腔不安。莫非少年再也不会出现在我们面前了吗?……从她的口气里,我听出了这样的意思。

## 57

少年果然再也没有现身。

在少年父母的再三请求下,镇上的警察终于正式介入搜索,结果却并未能找到像样的线索。在这座蕞尔小镇的任何地方,都没有找到"黄色潜水艇少年"的身影。当然他也没有在图书馆里现身。查看镇上设置的监控摄像头录像，也没有他乘坐火车或汽车离开小镇的形迹（这条地方公路和长途汽车，几乎就是离开这座小镇的唯一的公共交通手段）。借用他父亲的说法便是，他不折不扣地"就像一缕轻烟似的"消失不见了。据他母亲所知，少年没有从家里拿走一件衣服、一样行李，就算带了现金，也不过是仅够吃一顿午饭的零钱。令人百思不解。就这样，两天，三天过去了。

他究竟去了哪里？对此多少有些眉目的，恐怕就只有我一个人了。少年独自找到了前往高墙环围的小城的方法（他是怎么找到的，对此我也毫不知情），赶到那里去了。就同我曾经做过的一样，他钻过了存在于自己内部的秘密通道，转移去了别的世界。

当然这不过是我个人的推测。我无法出示证据，也无法逻辑井然地加以说明。然而我心中有数，少年已经转移到了那座小城里。这确凿无疑。考虑到销声匿迹得如此天衣无缝，除此之外哪里还有其他的解释？他衷心地冀盼、渴求前往"小城"，而恐怕就是与生俱来、异乎寻常的专注力，使得他能够得偿所愿。没错，换言之就是，他具备了安然抵达小城的资格——我也曾获得过的那种资格。

我想象着"黄色潜水艇少年"进入那座小城的情景。

少年在城门口见到那个虎背熊腰的守门人，然后大概将被剥掉影子，弄伤眼睛吧，如同我曾经遭受过的一样。小城需要"读梦人"，而作为我的后继者，他大概会顺利地被小城接受，而且恐怕……不，是不容置疑，对小城来说，他肯定会成为远远比我更有能力，并且更为有益的"读梦人"。他拥有能在一瞬间巨细无遗地把握事物构造的特异能力，此外他还具备了不知疲倦的强大专注力。而且凭借着迄今为止输入

395

其脑内的数量庞大的资讯，他俨然已然变成了一座图书馆，也就是知识的巨大"蓄水池"。

我想象着身穿黄色潜水艇游艇夹克的少年在那家图书馆深处解读着"旧梦"的情景。他身旁会有那位少女吗？她也会给炉子生火，为他温暖房间，调制浓绿的药草茶，为他疗愈伤眼吗？一想到此，我便感到了淡淡的悲哀。这种悲哀仿佛没有温度、没有颜色的水，漫过了我的心。

星期一早晨，时间已晚，我家里打进来了一个电话。这天是馆休日，所以我还在床上躺着。我几个小时前就已醒了，但怎么也不想起床。仿佛在责备我的慵懒一般，一缕明晃晃的阳光化作一根又细又长的线，从窗帘缝隙里射进了房间里来。

我家的电话铃基本是不会响的，因为这座小镇上几乎不存在会给我打电话的人。休息日早晨响彻房间的这串串铃声，让人感觉特别地远离现实，所以我并未起身去接电话，只是呆呆地倾听着那无比功利的铃声。响了约莫十二下之后，铃声终于不再坚持，停止了鸣响。

然而隔了约莫一分钟，电话铃再度响了起来。我感觉铃声似乎比上次更响了一些，更尖了一些——只怕是心理作用吧。我让它响了约莫十下之后，这才作罢，起身下床，拿起了电话。

"喂。"一个女人的声音。

这是谁的声音？一开始我没听出来。这是个并不太年轻，但也不太年迈的女人的声音，既不高，也不低。的确耳熟，但声音与声音主人的样子却联系不起来。然而很快地，脑袋里纠缠成一团的记忆总算连接畅通，于是我想起来了，那是咖啡店的女店主。

"早上好。"我说道，仿佛是从喉咙深处将句子挤出来一般。

"你没事吧?声音好像跟平时不太一样嘛。"

我轻轻清了清喉咙:"没关系的,只是声音好像有点儿发不出来。"

"那大概是因为单身生活太久啦。长时间不跟人说话,有时候就会发声发不好,声音就像堵在了嗓子眼儿,出不来。"

"你也有这种情况吗?"

"有呀。不过,只是偶尔。我还是单身生活的新手嘛。"

一段短暂的沉默。然后她说道:"今天早晨,店里来了两个仪表堂堂的青年男子。来喝咖啡的。"

"好像海明威[1]短篇小说的开头。"我说道。她咪咪地笑了。

"不过也没那么硬汉派哦。"她说,"准确地说,他们俩到我的店里来不是为了喝咖啡。目的是和我交谈,点杯咖啡就像是顺便为之啦。"

"是想跟你说话。"我说道,"其中,怎么说呢,是不是含有对异性的兴趣之类呢?"

"不,这我猜大概没有。遗憾哪,也许该说。总而言之嘛,他俩对我来说过于年轻了。"

"他俩多大呀?"

"好像一个二十五六岁,另一个二十岁左右吧。"

"那样的话,也不能说是过于年轻啦。"

"谢谢,你真好心。"她用几乎不掺杂感情的声音说道。

"那么,他们和你说了些什么话?对异性的兴趣姑且不去管它。"

"他俩吧,其实是那个'星期三少年'的哥哥。"

"星期三少年?"

---

1 1899—1961,美国作家,文体以简练著称,获1954年诺贝尔文学奖。其作品塑造了一系列硬汉形象。

"喏，就是你在店里那天，突然跑进店里来，告诉我生日是星期几的那个有点儿古怪的少年呀。"

我把拿在手上的电话听筒换到另一只手上拿着，然后调整好呼吸。

"那孩子的两个哥哥到你的店里来了……到底是为什么？"

"他俩在寻找失踪的弟弟。站在火车站前，拿着打印出来的那孩子的照片给过往行人看，到处问人家有没有看到过那孩子。"

"然后走进你的店里，点了杯咖啡，问了你同样的问题。"

"是的。问我有没有在哪儿看到过他。于是我当然就回答说，看到过。然后我把当时发生的事简单说明了一下。他问我生日，我告诉了他，他就说是星期三。事后我查了一下，还真就是星期三。不过那件事发生在他遭遇神隐[1]之前，所以对寻找他来说没什么用处。"

"神隐？"

"对的。他俩真的用的是这个词。'弟弟从家里消失了，不过那并不是什么离家出走之类。半夜里突然就毫无理由地消失无踪了，简直就像是遭遇了神隐。'他俩是这么说的。"

"还神隐哪，这词可太古老啦！"

"不过没准儿这个词听上去倒和这个山里小镇蛮般配的呢。"她说，"你当然是知道的吧？那孩子失踪的事。"

"我知道。"

"所以我一说这事，他俩都表示惊奇，说弟弟是那种特别认生的性格，基本上不出门，更不会到陌生的场所去，可是那天居然会走进这家店里来。于是我解释说，那大概是因为看到了你，也就是镇营图书馆

---

[1] 古时日本人将人突然失踪视作神明、鬼怪所为，因此称其为"神隐"。

的新馆长，正好坐在长台前喝刚做好的美味咖啡吧。他可能是透过玻璃窗看到你坐在店里喝咖啡，所以才走进来的吧。因为那孩子好像找你有事嘛。"

我不知道该如何作答，沉默了片刻。

"我是不是多嘴多舌了？"

"不，没那回事。那孩子就是因为看到我在那儿，所以才走进店里来的。"

说不定那天早上，他是一直尾随着我到那里来的。

她说："于是顺便告诉了我，我的生日是星期几。"

"告诉人家生日是星期几，是那孩子跟初次见面的人打招呼的方式，是为了向对方表达独特的亲密感情。"

"这种打招呼的方式可相当与众不同啊！"

"的确也是。"

"于是风度翩翩的那哥儿俩看来很想搞清楚理由，搞清楚为什么他们那位与众不同的小弟会对你这个新来的人物产生强烈的兴趣。"

"因为那孩子感兴趣的对象为数不多，所以他俩一定感到很意外吧，好奇为什么会是我这个人。"

"是啊。听他们的口气，好像那孩子对两位兄长也没什么太大的兴趣。虽然在同一个屋顶下共同生活，只怕他们平时很少会亲密交谈吧。当然啦，这只不过是我的个人印象。"

"你的观察能力太强啦。"

"也说不上是观察能力。不过做了这个生意，慢慢地就会有第六感附身的啦。来客三教九流，谈话海阔天空。我只是哼哼哈哈地听着他们谈天说地，谈话内容大体忘得一干二净，只有印象会留下来。"

399

"那倒是的。"

"就是这么个情况,那两位彬彬有礼的英俊青年最近可能会去你的图书馆见你,为的是获取搜寻下落不明的弟弟的线索。"

"那当然是没有问题的啦。我是说跟两位见面谈谈一事。不过,只怕对搜寻工作也没什么用处。"

"因为是神隐?"

"这个嘛,谁知道呢。"我说道,"不过听你这么说,好像那哥儿俩在非常热心地寻找弟弟的下落嘛。"

"他俩说是得知了弟弟行踪不明后,马上就从东京赶回老家来了,帮着一筹莫展的父母四处搜寻。长兄告了假,次兄也请了假。虽然还没有找到任何线索,但他俩好像非常热心、非常认真地在参与搜寻,二人齐心协力。怎么说呢,简直就像是在补偿什么亏欠似的。"

简直就像是在补偿什么亏欠似的。这恐怕是恰当的表达吧。因为这也是我在与少年的父亲谈话时,隐隐约约地感觉到的东西。

"今天是星期一,图书馆休馆,对不?"

"是的,所以这么晚了我还在家里呢。"

"对啦,还有一件重要的事忘了说啦。"她仿佛忽然想起来了一般,说道。

"是什么事?"

"才出炉的蓝莓麦芬,刚刚有货啦。"

我的脑海里,一下子浮现出了冒着热气的清咖和松软热乎的蓝莓麦芬的形象。这番光景,将清晰的跃动赋予了我的身体。旺盛的空腹感回到了我的体内,就像走失的猫儿飘然归来了一般。

"三十分钟后我到你那边。"我说道,"所以,请给我留好两块蓝莓麦芬。一块在你那儿吃，另一块带回来。"

"好的。预留蓝莓麦芬两块，一块打包。"

# 58

推开门走进咖啡店里时，店内有两位客人。好像是两位把孩子送去上小学，再不就是上幼儿园之后，安坐下来的三十五岁左右的女子，谈兴正浓。她们面对面地坐在窗边的小桌前，表情严肃地低声交谈。

我在长台前的座位上坐下，照老样子点了份马克杯装的清咖，吃了一块蓝莓麦芬。麦芬还微微有点儿温乎乎的，松松软软的。就这样，咖啡化作我的血，麦芬化作我的肉——是我至为珍贵的营养源。

她驾轻就熟地在长台里勤快地干活儿，甚是赏心悦目。她像平日一样将头发稳稳地束在脑后，围着红色嘉顿格纹围裙。

"这么说，那哥儿俩还在火车站前发照片吗？"

"嗯，是啊，我猜大概是这样。"她边洗着餐具边说道。

"不过这会儿，他俩还没找到什么线索喽？"

"还没找到看到过少年的人。听他们说，失踪的情形好像非常奇怪。他一个人大半夜的是怎么从家里出去的？他们说无法解释。"

"这可是个谜团。"

"不过，他本来就是个看上去充满了谜团的孩子。"

我点点头："他是个拥有奇异能力的孩子，跟普通孩子大不相同。他看待这个世界的眼光，有些地方跟我们不一样。"

她停下了洗碗的手，抬脸对着我的眼睛注视了片刻。

"哎，我说，今天傍晚打烊关门后，能不能聊几句？我的意思是，如果你有空的话。"

"当然有空。"我说道。天黑之后，我预定要做的事情，无非就是听着FM广播的古典音乐节目看书罢了。

"那行，我还是老样子六点钟关门，你在那之后稍过一会儿就到这里来，好吗？"

"好的。"我说道，"六点钟稍过一会儿，我就到这里来。"

"谢谢你。"

到了正午时分，店里开始忙乱起来，我决定退场。她帮我把一块蓝莓麦芬装进打包用的纸袋里。

回到家里，我先把一个星期积存下来的衣物洗了；然后趁洗衣机还在转动期间，用吸尘器吸地板，把浴室擦洗干净；擦拭玻璃窗，把床铺拾掇整齐；衣服洗好后，再晾晒在院子里的晾衣架上。然后，我边听着FM电台的亚历山大·鲍罗廷的弦乐四重奏，边把几件衬衣和床单熨好。熨烫床单颇费时间。

电台的解说人说，在当时的俄罗斯，鲍罗廷并不是作为音乐家，而是作为化学家更广为人知，并且广受尊重。然而我在他的弦乐四重奏里根本感觉不到像个化学家的地方。流畅的旋律、优美的和弦……不过，这些地方或许可以被称作化学性要素也不一定。

熨烫完毕之后，我拿着大购物袋出去买东西。我在超市购入大量必需的食品，回到家里做好预备加工。我将蔬菜洗好，分开储存，把肉和鱼用保鲜膜重新分开，包好，该冷冻的就冷冻起来，接着用鸡骨架熬汤，把南瓜和胡萝卜焯好水。我一件件地做着这些家务，一点点地找回了平常的自己。

根据我对古典音乐的一点儿粗浅的了解，亚历山大·鲍罗廷应该是俄罗斯"强力五人集团"[1]的成员之一。其余几位是谁来着？穆索尔斯基，还有里姆斯基-科萨科夫……剩下的我就想不起来了。我一面整理着冰箱，一面努力去想他们的名字，可怎么也想不起来。虽然想不出来也不碍什么事。

五点半时，我走出家门。虽然白日里风和日暖，似乎昭示着春天注定到来，但是随着临近日暮，仿佛冬天又收复了失地一般，突然刮起了冷飕飕的风。我把双手插在大衣口袋里，走在通往车站的路上，脑袋里无缘无故地浮现出一面做着复杂的化学实验，一面演奏着优美旋律的鲍罗廷。

六点一过，便没有客人了，她开始动手收拾。她散开束在脑后的头发，脱去嘉顿格纹的围裙，变成了白色上衣加紧身蓝牛仔裤的装扮。那纤细、毫无赘肉的身材十分姣好，全身匀称，手脚动作轻灵柔韧。

"要我帮忙吗？"我问道。

"谢谢，不必啦。我已经习惯一个人干活儿了，而且费不了多少时间。你就坐在那里歇会儿吧。"

我依言在长台前的凳子上坐下，瞧着她干脆利落地干活儿的样子。看来，一套井然有序的作业工序已然得以确立。她把洗完的餐具擦干放

---

[1] 由俄罗斯进步青年作曲家于19世纪60年代组成，是俄罗斯民族音乐艺术创作队伍中的一支主力军。

进橱柜里,关掉各种机械的开关,统计好收银机的账目,最后放下了百叶窗。

关门后的店内异常地寂静。这份寂静,深得远超必要。小店看上去似乎变成了与白天开门时迥然不同的场所。做完全部活计之后,她用肥皂仔细地洗手,用毛巾将手指一根根地擦干,然后在我身旁的凳子上坐了下来。

"我吸根烟,要不要紧?"

"当然不要紧。不过,我不知道你还吸烟呢。"

"一天只吸一根。"她说,"闭店之后,就像这样坐在长台前,吸上一根。算是一个小小的仪式。"

"上次你没吸嘛。"

"因为不好意思呀。我怕你也许会讨厌。"

她从收银机里拿出一盒长款薄荷味香烟,衔在口中,擦着纸火柴,点燃。然后她眯起眼睛,似乎很惬意地吸了一口,吐出来。一看就是味儿很淡的香烟,只要不吸过量,大概不太会有害。

"要不要像上次那样,到我家来吃饭?"

她微微摇头:"不了,今天就算啦。我肚子不饿,待会儿也许会随便吃一小口,现在还用不着。如果可以的话,就在这里聊几句?"

"行呀。"我说道。

"威士忌喝不喝?"

"有时候喝,来了兴致时。"

"我这里有很好喝的单一麦芽威士忌,要不陪我来一杯?"

"当然。"我说。

她走到长台里面,从头上的橱柜里取出一瓶波摩12年威士忌,里面的酒已经少了一半。

"好酒。"我说。

"人家送的。"

"这也是你的仪式之一吗?"

"对啦。"她说,"这是我自己的小小秘密仪式——一天一根薄荷味香烟,一杯单一麦芽威士忌。不过,有时会是葡萄酒。"

"单身者需要这种小小的仪式,为了美满地送走一天。"

"你也有这样的仪式吗?"

"有几个。"

"比如说呢?"

"熨衣服,做汤料,练腹肌。"

她好像要对此发表什么意见,但结果什么也没说。

"威士忌呢,"她说道,"我喝的时候是不放冰块的,只加一点点水。你怎么喝?如果要冰块,就给你加进去。"

"跟你一样就行。"

她往玻璃杯里倒入约为双份的威士忌,再加入少量矿泉水,用调酒棒轻轻搅拌了一下,然后把两只玻璃杯放在长台上,回到我旁边的座位上。我们轻轻地碰杯,各自啜了一小口。

"味儿很香。"我说道。

"人家说,艾雷岛的威士忌有泥煤和海风的香味。"

"兴许是吧。不过泥煤香味是什么气味,我可不知道。"

她笑了:"我也不知道。"

"你一直都是这样喝吗?只加一点点水。"

"有时候也喝纯的,有时候也加冰块。不过像这样喝的时候恐怕最

405

多。这是蛮贵的威士忌，这么喝不至于糟蹋香味。"

"每次都是只喝一杯？"

"对，每次只喝一杯。有时候睡觉之前还会再喝一杯，但再多就不喝了。不然的话可能会没完没了啦。一个人过日子，我害怕出现这种情况。毕竟自己还是个新手嘛。"

沉默持续了片刻。肩膀上重重地感觉到了闭店后店内的寂静。我为了打破沉默，便问她道："我说，你知不知道俄罗斯的'强力五人集团'？"

她微微摇头，然后静静地将冒着烟的薄荷味香烟在烟灰缸里慢慢地按灭，说："不，我不知道。那跟政治有关系吗？比如无政府主义团体什么的。"

"不，跟政治没关系。那是活跃在十九世纪的俄罗斯的五位作曲家呀。"

她用怪异的眼神看着我的脸："所以呢？有什么不对头吗，那五个俄罗斯作曲家？"

"没什么不对头，我只是问问而已。五个人当中，有三个人我想得起来，还剩两个名字怎么也想不起来了。从前我可是全都记得的呀。这让我打中午过后就耿耿于怀。"

"俄罗斯的'强力五人集团'吗？"她说着，开心地笑了起来，"你这人真怪。"

"不是说有话要跟我说吗？好像你中午说过的。"

"哦，那件事吗？"她说，把威士忌酒杯送往唇边，呷了一口，"不过，拖了这么一拖之后，我自己也搞不清楚这话该不该跟你说了。"

我也呷了一口威士忌，一面品味着它沿着食道缓缓下行的感触，一面默默地等着她继续说下去。

"因为我担心,这话说出来后,你说不定会对我失望,再也不想见我了。"

"虽然我不知道那是什么话,"我说道,"不过,如果碰巧有机会说的话,恐怕还是果断地说出来为好。因为根据我迄今为止的浅薄经验,良机难得,一旦错过时机,事情往往反而会变得更加复杂。"

"可是,现在到底算不算良机呢?"

"这是在完成了一天的工作,点上一根细长的薄荷味香烟,喝了两口上等的单一麦芽威士忌之后嘛,称之为良机,大概也未始不可吧?"

她的嘴角浮现出淡淡的微笑,仿佛山头刚刚升起的明月,然后用手指撩开额头垂下的头发。那是形状美丽的纤长手指。

"听你这么一说,倒还真是这样呢!嗯,那我就尽力而为,说出来看看。你听了没准儿会大失所望,也可能根本就不会失望,倒是我自己无地自容,孤单单地被弃之不顾也说不定。"

孤单单地被弃之不顾?

可我对此未置一词,因为我知道她最终会把这话说出来的。

"这种话,我还从来都没有对任何人说过呢。"

天花板的一角,空调的恒温器发出响声,大得出乎意料。我仍旧沉默不语。

她说道:"可以问一个直接的问题吗?"

"当然。"

"你对我,怎么说呢,心里有没有那种对异性的关注?"

我点点头:"嗯,是啊。这么说的话,我想的确是有的。"

"并且其中包含性的要素?"

"多多少少。"

她微微皱眉:"多多少少?具体是有多少?如果可以的话,我想请你告诉我。"

"说得具体点儿……是啦,今天白天我在换床单,用手扯平褶皱时我就想,弄不好今天晚上,你就会躺在这里也说不定。虽然不过是弄不好而已,但那是非常美好的可能性。"

她转动着手中的威士忌酒杯,说道:"你能这么说,我说不定蛮高兴的。"

"我才是呢,能听到你说高兴,我说不定蛮高兴的。只不过,我怎么觉得,好像接下去你还有话要告诉我呢?'可是吧……'这类的话。"

"可是吧……"她说道,慢慢地斟酌字句,"可是遗憾得很,对于你所抱的期待,或者说是其中存在的可能性,我是不可能给予回应的。尽管我觉得,如果能够回应多好。"

"你另外有喜欢的人?"

她用力摇头:"不是,没有这样的人。不是这个缘故。"

我沉默着,等待她继续说下去。她还在缓缓地转动着手中的玻璃杯。

"问题在于做爱行为本身。"她轻轻地叹了口气,仿佛认命似的说道,"简单地说就是,我做不到顺利地面对做爱。我从来没有想要过,而且实际上也做不好。"

"结婚时也是这样?"

她点头:"说老实话,直到结婚为止,我从来没有做过爱。我也曾经交往过几位男朋友,但都没有到那一步。实际上,试倒是试过几次,但都没成功。就是说,因为实在太痛苦了。不过我还是很乐观,以为结了婚，稳定下来了，这种事情大概也就水到渠成了吧，一定会渐渐习惯的。但是遗憾得很，结了婚之后，事态也没有什么改观。我顺应丈夫的要求，定期地进行这种夫妻间的交合。唉，想过很多办法。不过，这样做给我带来的却只有痛苦。于是后来，这样的行为我大都拒绝。不用多说，这也是我们离婚的原因之一。"

"你能想到大概是什么原因吗？"

"不，我想不出来。也不是因为什么小时候受到过精神打击，导致精神重压，因为我并没有类似的经历。而且我觉得自己既没有同性恋倾向，对性方面也没有什么偏见。我在一个极其普通的家庭里，极其普通地长大成人，是个极其普通的女孩子。父母相亲相爱，而我自己也有要好的朋友，在学校的成绩也不算差。可以说是平平凡凡、极其普通的人生。可我就是不能够做爱，只有这一点不普通。"

我点点头。她举起酒杯，喝了一小口威士忌。

我问道："关于这个问题，这之前你有没有找专家咨询过？"

"找过。住在札幌时，应丈夫要求，我去心理科面谈过两次。一次是夫妻两人一起去的，还有一次是我一个人。不过没有用处。不如说，是没有效果。而且，把这种复杂的隐私问题告诉别人，老实说我十分痛苦。哪怕对方是个专家。"

我忽然想起了那位十六岁的少女。那个五月的早晨她说的话，我至今记忆犹新。那时候我十七岁。她的声音，她的呼吸，犹在耳畔，历历可闻。

"我想成为你的。"那位少女说道，"所有，全部。一切都成为你的。每一寸身子都想成为你的。想和你融为一体。真的。"

"你失望了?"她问我道。

我急忙厘清混浊的意识,好歹回到了眼前的现实里。

"是问我,关于你对男女之间性行为兴致索然一事,我是否失望了?"

"是的。"

"是啊,或许有一点点。"我诚实地答道,"不过你预先就对我坦诚相告,我觉得这样做很好。"

"那么,就算不做那事,以后你还会跟我见面吗?"

"当然。"我说道,"因为跟你见面,像这样亲切交谈,让我感到很快乐。能够做到这一点的,这座小镇上再也没有其他人啦。"

"这对我来说也一样。"她说道,"不过这样一来,我岂不是什么也不能为你做了吗?就是说,在那个方面。"

"那个方面的事情,让我们暂且努力,尽可能忘掉它吧。"

"我说,"她像坦白似的说道,"关于那件事,其实我也觉得非常遗憾。只怕远远超过你的想象。"

"不过别着急呀。现在我的心和身体之间有点儿距离,它们没待在同一个地方。所以你得再等些时间,等到一切准备就绪。明白吗?好多事情都是要花时间的。"

我闭上眼睛,思考起时间。时间这玩意儿曾经一度——比如说在我十七岁的时候——不折不扣地多得无穷无尽,如同蓄满水的巨大蓄水池。所以没有必要去思考时间。可是如今却不是这样。对,时间是有限的。而且随着年龄增长,对时间进行思考这件事益发拥有了重大意义。

因为时间毕竟是永不停息、奔逝不返的。

"我说,你在想什么?"她从邻座问我道。

"俄罗斯的'强力五人集团'。"我毫不犹疑,几乎是条件反射式地回答道,"为什么想不起来呢?从前我可是能把五个人的名字全部说出来的呀。在学校里的音乐课上学的。"

"怪人。"她说,"在这个时候、这个地方,你怎么会在乎那种事?"

"本来应该想得起来的东西却想不起来,所以我耿耿于怀。你不会这样吗?"

"我吧,也许更在意自己无法忘记那些不愿想起来的事。"

"人各不同啊。"我说。

"那个俄罗斯的'强力五人集团'里,有没有柴可夫斯基呢?"

"没有。他们当时就是为了反对柴可夫斯基写的西欧风格的音乐而结成团体的。"

我们沉默了一会儿,然后她打破了沉默。

"我心里好像压着块大石头。因为这个缘故,好多事都磕磕绊绊的,很不顺当。"

"也许是吧。不过,你是不会孤零零地被弃之不顾的。"

她就我的话思考了片刻,然后说道:"你以后还会跟我见面吗?"

"当然。"

"当然,这好像是你的口头禅哪?"

"也许是吧。"

在我搁在长台上的手上面,她将手叠了上去。五根滑润的手指,静

411

静地与我的手指相缠。种类迥异的时间在那里交混，重合为一。一种类似哀伤，然而又与哀伤成分不同的感情，仿佛繁茂的植物，将触手从我胸膛深处伸了过来。我怀念这种感触。在我的心里，还残留有一小部分我自己都未能充分理解的领域吧。那是连时间都无法涉足的领域。

"巴拉基列夫！"有人在我耳边低语道，就像从邻座将考题答案偷偷告诉我的密友。对，巴拉基列夫！这下四个人啦，五人团中的第四个人。还剩一个人了。

"巴拉基列夫！"我脱口说出声来，咬字清晰，就像要把文字书写在空中一般。然后我看了看邻座，可是她似乎没有听见这声音。她用双手严严实实地捂着脸，不出声地在哭泣。眼泪从她的手指间滴落了下来。

我静静地把手放在她的肩头，久久地搁在那里，直到她的泪水停止流淌。

## 59

那位青年递过来的名片上，印着他所供职的律师事务所的地址。事务所名称里排列着三个律师的名字，叫作"平尾·田久保·柳原法律事务所"。但其中不包含他的名字。

"说是律师，其实还只是个无名小卒。好比是见习吧，就像跑腿的、小伙计一类。"青年笔直地看着我的眼睛，笑容可掬地说明道。听上去是平日里说惯了的陈词老调，因此在我听来并没有谦虚的感觉。

我请那位青年，以及另一位青年在接待室的椅子上落座。他们蹑手蹑脚地在那上面坐了下来，简直就像是不信赖椅子的强度一般。

"旁边这个是我弟弟。"青年向我介绍另外一人，"在东京的大学里学医。马上就要开始实习了，这阵子忙得不可开交。"

"请多多关照。"弟弟礼貌地深深低头，说道。非常有教养。

相比之下，哥哥身材矮小些，弟弟反倒显得五大三粗。然而两人面孔长得十分相像，一眼就能看出是弟兄俩（二人特征明显的耳朵在形状上继承了父亲）。两人都五官端正，眉清目秀，一望便知家教甚佳，一身都市风的简练装扮。哥哥穿深藏青紧身型西服套装配白衬衣，系绿色与藏青条纹的领带，外罩黑色毛呢大衣；弟弟着合体的灰色高领毛衣及米黄色休闲长裤，外罩藏青色双排扣短大衣。两人的头发都剪得长短恰到好处，用发蜡梳理得十分自然。

咖啡店的女子称他们是"两个仪表堂堂的青年男子"，这的确是个精准的形容。不管哪一个，一见之下就觉得他清爽、聪颖，却又没有自命不凡之处，毫无疑问会给初次见面的对方以良好印象。二人站在一起，似乎直接就可以用作男子化妆水广告。

"M好像一直承蒙您多方照顾。"长兄首先开口说道。

"是啊，M君每天都到这里来，热心地看书。"我说道，"他突然失踪，在这里工作的我们大家都很担心。希望能尽早找到他。"

"我们全家人都在拼命寻找他。"长兄说道，"我们制作了传单，印上了他的照片，这几天在到处分发。不过到目前为止，还没找到任何线索。没有一个人看到过舍弟。这座小镇是个狭窄的盆地，四周都被大山围着，舍弟身上好像也几乎没带现金，应该是走不了多远的。可如果是离家出走的话，肯定会有人看到他身影才是。"

"的确是不可思议啊。"我同意道。

"家父说,简直就像是遭遇了神隐一样。"长兄说道。

"神隐?"我说。

"是的,听说在过去,这个地方常常会发生类似神隐的事件。主要是小孩子们,有一天会毫无理由地忽然消失无踪,并且再也不回来了。这类旧事有好些作为传说流传至今。家父说会不会就是这种情况。因为除了这样去想,实在也没办法解释清楚。"

"假定这次就是神隐的话,"我说,"是不是有什么对策,能把失踪的孩子们找回来呢?"

"家父请了一位相识的神社神官[1],拜托他每天做祷告,向神祈祷,求他让孩子回来。当然,我认为这种东西只是传说而已,但是家父他恐怕还是希望有个什么可以凭靠吧。因为除此之外也没有什么可以依赖了。名副其实的'拜佛求神'哇。"

"恐怕您也知道的,舍弟M,他不是一个所谓的普通的孩子。"学医的弟弟开口说道,"虽然在通常的社会生活能力上有所欠缺,但是,该说是对此的补偿吧,他天生就被赋予了特殊的能力。这是那种普通人无法想象的能力。或许不妨说那接近于神的领域。这也许意味着为神所眷爱,或者正相反,意味着可能会触犯神的某种禁忌也说不定。"

我说道:"你是说,M君与普通人相比,更接近于神异领域,是不是?"

"是的,我觉得说不定也可以这样去思考。"弟弟说道,"在这层意义上,家父所说的'神隐'可能也未必就离题太远。当然了,这种情

---

[1] 日本神社中负责管理的神职人员。

况实际上是否存在，则另作别论啦。"

哥哥瞟了弟弟一眼，但并未发表意见。看来关于这个问题，这哥儿俩在想法上有不小的差异。

哥哥说了："这些话作为假设固然很有意思，不过眼下在这里，我觉得我们还是有必要更现实一点儿。"

从在职律师的立场出发的话，大概理当如此。比如说在法庭上，是不可能把"神隐"这种见解和盘托出的。因为这类东西无法被逻辑井然地加以证明。

他继续说道："我们在寻找具体的线索，不管什么样的都行。我们希望找到某种启迪，帮助我们搞清楚这个根本无法解释的舍弟失踪事件之谜。时间过去得越久，搜寻工作恐怕就会越加困难。所以，我们希望能够听听您怎么说。虽然我们知道您是百忙之身，这样自顾自地闯上门来，会给您带来很大的不便。"

"时间的话，不论多少都可以奉陪啦。只要能够帮得上忙，什么事情我都愿意协助你们。"我说道。

哥哥连连点头，伸手摸了摸领带结，仿佛是要确认位置是否正确。然后他说道："听说，M好像跟您在个人关系上比较亲密。"

我微微歪了歪脑袋："我不知道那该不该叫亲密，因为我跟他并没有那么亲密地交谈过。这话我对令尊也说过，他差不多完全是通过笔谈加手势来传达他的意思。也就是这么一种程度啦。"

"不，不，哪怕就这么点儿，也已经是了不得的事了。"弟弟在一旁插嘴道，"M对我们——对在同一个屋顶下长大的兄弟——也几乎没有这么做过。我们跟他说话，他基本上连个囫囵话也不回上一句。他对家父也一样，跟家母之间，也只限于生活上最低限度的问答，别指望更多的对话。"

哥哥点头道:"的确如此。他基本上从来没有主动跟我们说过话,总是把自己紧紧关在自己一个人的世界里,就像海底的牡蛎。然而M却是主动找您说话的,是吧?"

"对,我觉得是这样的。"我说道,"是他找我说话的。"

"而且听说他看见了您的身影后,甚至还主动走进了站前商店街的咖啡店里。对舍弟这个人来说,这基本上是不可能的事。"

"好像是这样啊。"

哥儿俩一时闭口不言。我也沉默着,等待他们继续说下去。

哥哥开口了:"问您一句失礼的话,您究竟是哪儿,是您身上什么样的地方,如此吸引了M的兴趣呢?舍弟的确跟子易先生关系亲密,好像也经常交谈。然而子易先生是从M小时候就认识他的,对他很关照,很疼爱他。所以舍弟跟他亲,这我们可以理解,恐怕是在心情上彼此有相通之处吧。可是您是在子易先生过世之后,才从东京搬到这里来的,刚刚继任图书馆馆长没有多久。舍弟是被您的什么地方吸引住了呢?"

"前几天我跟令尊也说过,我对某个人谈起了一座虚拟的小城,而这话间接地被他听去了。"

"是的,大致情况我们已经听家父说过了。就是M对那座虚拟的小城有了强烈的兴趣,画出了一张那座小城的地图这件事吧?"

"对,你说得没错。"

弟弟问道:"就是说,那是在您的空想中诞生出来的小城喽?"

"没错。是我年轻时在想象中编造出来的,实际上并不存在那样的世界。"我答道。

"那张地图在您手上吗?"

"不在，现在不在这里。M君带走了。"这是谎言。那张地图收在我家里写字台的抽屉里，但是我没来由地不想给他们看那张地图。

哥儿俩对视了一眼。

"如果可以的话，能不能把那座虚拟小城的事也跟我们说说呢？"哥哥说道。

学医的弟弟在一旁插言道："我们也想了解一下，失踪之前的M对什么样的东西深感兴趣。"

我把高墙环围的小城的概要简洁地说给二人听了。他们在真诚地寻找弟弟的踪迹，我不应该拒绝他们。

我把那里的风景，那座小城的大致结构，完全当作空想的存在告诉了那哥儿俩（当然我并不是面面俱到、毫无保留地说出来。关于担任图书馆话事人的那位少女，我仅仅是简单地提了提。剥离影子、刺伤眼睛，还有那座恐怖的深潭，我都略去未提。因为我不想给那哥儿俩留下不吉利的印象）。哥儿俩沉默不言，热心地听着我讲述，中途还几次提问，提的都是简洁而贴切的问题。看来这哥儿俩都是直觉敏锐、思维灵活的角色，不像跟他们的父亲交谈时那样可以简单对付过去。

我讲完后，高密度的沉默持续了一小段时间。第一个开口的是弟弟："我想，M恐怕是自己希望到那座小城去的吧。听了您刚才的话，我有这样一种感觉。那孩子一旦对准了一个焦点，就会发挥出一般人难以想象的强烈的专注力。而他的心被您的小城强烈地吸引住了。"

沉默再度降临，是那种走投无路、沉重凝滞的沉默。我字斟句酌地对弟弟说道："不过再怎么说，那都是我在脑子里编织出来的虚拟小城，现实中并不存在。哪怕M君再怎么强烈盼望，也去不了那里。"

学医的弟弟说:"不过M确确实实是消失无踪了。在天寒地冻的冬夜,只穿了一身睡衣,几乎一分钱也没带。这样一种失踪方式太过于非现实,因此各种非现实的假设也会浮现在我的大脑里。当然仅仅是作为一种可能性。"

"警察是怎么说的呢?"我问道,为的是暂且转移话题。

做律师的哥哥说:"警察认为,M大概是在半夜里,趁着大家都睡着了,穿好了衣服,拿上一些现金,走出了家,找到了某种手段,比如说拦路搭便车,离开了镇子。他们认为这大概是常见于十几岁的男孩子的离家出走。虽然家母坚持认为,他的衣服一件也没少,身上肯定也不可能有现金。可是警察好像不太相信家母的话。因为家母现在,该怎么说呢,由于精神打击太大而处于一种稍稍有些歇斯底里的状态。"

弟弟说道:"警察还说,等到他手头现金花光了就会主动联系的,再不然,等过几天,大概他就会若无其事地飘然回家来的吧。"

"唉,这大概就是世间普通的想法吧。"哥哥叹了口气,说道。

"不过我不这么看。"弟弟说道,"家母是个一丝不苟的人,虽然是容易惊慌失措的性格,但是对于衣服的件数、现金的多少,涉及这类实际性的事情,她的记忆却非常准确,超出常人。哪怕头脑多少有些混乱,但像这种事情,她是不大可能弄错的。"

做律师的哥哥说道:"至于门窗都从家里面关好锁牢了这件事,警察也认为其中肯定有没关好的地方。如果按照所谓合理的解释,那就会这样去推测。而且镇上的人都知道M有点儿与众不同,不是那种普通的小孩。人家会认为,像他这种孩子很可能会做出难以预测的事情来。家父在镇上也是个知名人物,警察待他也算是很客气,但就是不肯更多帮一把忙。"

"要是能够若无其事地飘然归来,那可就再好不过啦。"我说。

哥哥说道:"是呀,家父家母也这样说。然而我们也不能什么事都不做,就在家里干坐枯等。他是个没有社会适应能力的孩子。一想到他如今不知道人在何处,境况如何,我们就忧心如焚。"

"咱们还是回到那座虚拟小城的话题。"弟弟插嘴道,"您觉得,舍弟对您那座小城的什么地方最感兴趣呢?"

我穷于作答。该如何回答才好呢?

"这个我也不明白。因为他从没说过这种事情,只顾埋头严肃地画着那座小城的地图。不过如果允许我说说个人感想的话,那我觉得M君之所以被那座小城深深吸引,大概就是因为那里不需要你们所说的那种社会适应能力吧。在那座小城里,他需要做的只有一件事,就是去图书馆阅读一种特殊的书籍。想想看,这其实跟他每天在这座图书馆里所做的事情基本相同。除此之外,对他没有任何要求。而且在那座小城里,阅读那种书籍这件事具有重要的意义。"

"特殊的书籍到底是什么样的东西呢?"做律师的哥哥问道。理所当然的疑问。"为什么阅读它对小城来说具有重要意义?"

我长叹一声,然后不知何故,脑袋里浮想起了缓步横穿过图书馆庭院的那只瘦母猫的身姿。随后我又浮想起了久久不倦地凝望着那只猫和五只小猫的"黄色潜水艇少年"的身姿,感觉那仿佛是发生在很久以前的事了。

我说道:"那是什么样的东西?阅读它们具有什么意义?我自己也无法解释清楚。我只能说,那是谜一样的书籍。"

弟弟问道:"不过这样的场景,全部都是您在想象中编造出来的,是不是?"

"是的，不错。"我说道，"我认为是这样。但是那里有许多事物，连我也无法逻辑井然地加以解释。因为那都是在很久以前，在我还只有十几岁的时候，可以说是自然而然、自说自话地浮现出来的。"

准确地说，那座小城是由十七岁的我和十六岁的少女，两个人齐心合力构建起来的东西。那不是我一个人鼓捣出来的东西。然而这话却不能在这里直言相告。

哥儿俩各自就我说的话沉思了片刻。

然后弟弟开口道："我可不可以谈一谈我个人的假设？"

"当然，请说。不管是什么话。"

"我觉得，环绕小城的高墙，恐怕就是制造出了您这个人的意识。正因为如此，那道墙才会与您的意志毫不相干，可以自由自在地变幻自己的姿态形状。人的意识就像一座冰山，露出水面的不过是其很小的一部分，大部分沉在水下，隐藏在眼睛看不到的暗处。"

我问道："你说你是学医的，你学的专业是什么？"

"我姑且打算当个外科医生，正在进行这方面的学习。可能的话，我想以脑外科为专业。不过与此同时，我对精神医学也很感兴趣，做了一些个人的研究。因为其中有一些跟脑外科重合的领域。"

"怪不得。"我说道，"你之所以打算以这方面为目标，是不是因为令弟M君的情况也有所影响呢？"

"对，是的。我觉得在某种程度上是有关系的。不过，这并不是全部理由。"

做律师的哥哥说道："其实本不必多言，我们并没有觉得舍弟当真就踏入了那座虚拟的小城。那种事情是科幻世界里的故事，在现实之中不可能发生。所以我们并不是在为了此事而责备您，也不是要追究您的责任。不过坦率地说,我还是忍不住会觉得,您对M说的那座虚拟的小城,很可能就成了他此次失踪的某种契机。"

"你说契机,比如说是怎样的契机呢?"

"比如说,说不定M满心以为找到了通往那座小城的通道,因为当时他正发着高烧。于是他从床铺上爬起来,离开家,奔着那条通道去了。至于他是怎么从门窗紧闭的家里跑出去的,具体的情况我们搞不清楚,不过总而言之,他是跑出去了,只穿着一身睡衣。可是当然,这种通道根本就是找不到的,而且那又是在天寒地冻的深夜里……"

弟弟接过话题说道:"于是就这样,他跑进了附近的山里面,在那里因为严寒而丧失了意识也说不定。这就是我们所想到的,最有可能性的假设。"

"那么,你们到山里去找过吗?"我问道。

"去找过。我们俩把能走到的地方都找了一遍,不过,我们当然不可能毫无遗漏地把每个角落都搜个遍。毕竟这座小镇四面围着的全都是山嘛。"弟弟说。

哥哥说道:"其实我们很希望能召集很多人,搞一个搜山之类。不过在现阶段看来,这很困难。"

做律师的哥哥又说:"接下来还有几天,我们打算留在镇上,继续搜寻舍弟的下落。尽力而为吧。不过,要继续留下不走可能比较困难。尽管心有不甘,但我们二人都必须回到东京,继续我们的工作和学业。"

我点点头。哪怕只是一个星期,离开东京来到这里,他们就已经付出相当大的、实实在在的牺牲了。人们都为各自的生活所迫而忙忙碌碌。弟弟掏出手账,在上面用圆珠笔写了些什么,把那一页撕下来,递给了我。

"这是我的手机号。再琐碎的小事也没关系,关于那座高墙环围的小城,如果您想起什么来的话,麻烦您联系我,好吗?"

"知道了,我会这么做的。"

他略一犹豫,似乎不知道该如何做,随后用严肃的声音仿佛坦白般地对我说道:"究竟是比喻性的、象征性的,还是暗示性的,这个我不知道,但是我禁不住会想,M找到了某种通道,进到那座小城里去了。说起来就是,他进到藏在水下深处的、无意识的黑暗领域里去了。"

我自然既不肯定也不否定,只是默默地望着他的脸。

"如果到了那里,说不定就能找到舍弟了。可是现实是,我们没有办法到那里去。"弟弟说。

就算在那里找到了他,"黄色潜水艇少年"只怕也不愿意回到这边的世界里来吧。不过,这话当然不能当着哥儿俩的面说出口来。

哥儿俩恭恭敬敬地向我道谢后,静静地走出了房间。当这两位谦谦有礼、一看便像是聪明人的青年出去之后,我步至窗边,久久眺望着空无一人的院落。鸟儿们落在叶片凋零的树枝上,在那里鸣啭片刻,又不知飞向何方,寻求什么去了。

"究竟是比喻性的、象征性的,还是暗示性的,这个我不知道。"学医的弟弟说过。

不对,那可不是比喻,也不是象征、暗示,说不定就是不可撼动的现实呢。我想象着现实存在的"黄色潜水艇少年",走在那座现实存在的小城街道上的情景。于是我也不禁憧憬了起来,憧憬那个少年,憧憬那座小城。

# 60

那天夜里，我做了一个很长的梦，或者说体验了一次类似做梦的经历。

我独自一人走在森林里的小道上。阴霾沉沉的冬日午后，洁白、坚硬的雪花飘飘洒洒飞舞在周围。我不知道此刻自己身处何地，只是茫无头绪地一路匆匆走去。我似乎是在寻找某样东西，却连自己也不明白究竟是要寻找什么。然而此事并未令我慌乱。因为就算不知道自己在寻找什么，可是一旦找到了那个东西，那时我肯定就知道自己是在寻找它了。

郁郁苍苍的森林深处，不论走到哪里，眼前都只能看见粗壮的树干。踏在枯叶上的鞋音低沉地回响在脚下。头上的高处，鸟儿们你呼我唤的啼鸣声不时传入耳帘。此外便再也听不到任何响动，连风都不再吹拂。

不一会儿，我从树木间穿过，行至一处豁然开朗的平地。那里有一座似乎被遗弃了的小建筑。可能曾经被用作山屋，供行人休憩借宿。然而看来是久未修葺了，木头屋顶已然倾欹，柱子被虫蛀得半已朽烂。我踏着摇摇欲倒的三级台阶跨上门廊，试着拉动已然褪色的房门，门扉发出吱呀声，开了。小屋里面昏暗，充满灰尘味，不像有人。

一眼看去，我便本能地明白了，此处就是我的目标所在。正是为了来到这座小屋，我才穿越深邃的森林，风尘仆仆赶赴此地的。我历尽劳苦地钻过丛林，不顾鸟儿们痛切的警告，渡过冰冻的小河，来到此地。

我静静地举足踏入屋内，环顾四周。玻璃窗上布满厚厚的尘埃，几乎看不清外边，然而却一块都没有破裂（相对于屋子的破旧程度，这让人觉得堪称奇迹），外部的光线从那里勉强射了进来。这是间只有一个房间的简陋山屋。这个地方被什么样的人，用于什么样的目的？我茫然不解。我站在房间正中央，仔仔细细地观察周围，让眼睛适应它的昏暗。

小屋内部名副其实地空空如也，没有摆放一件家具什物，也根本看不到任何装饰摆件。在某个时刻，人们搬离了这里，舍弃了这座建筑。我每迈出一步，木地板就会弯曲下去，发出夸张的响声，简直就像在对森林里的生物们发出严重警告一般。

我模模糊糊地对这间小屋的内部感到眼熟，就像以前曾经到访过这里似的……然而我想不起来那是在何时何处发生过的事。强烈的既视感，给我全身带来了一种朦朦胧胧的麻痹感，仿佛周身循环的血液里混进了肉眼看不见的异物。

后墙上只有一扇小木门，看似储物间或是壁橱。我决定把这扇门打开来看看。由于不知道里面会有什么东西，所以如果有可能，我本是不想打开它的，但又不得不打开它。因为我可是不辞迢迢远道赶来寻找某个东西的，总不能连关闭着的门都没打开来看看就打道回府。我尽可能地不弄出响声，慢慢地走到门前，站在那里做了好几次深呼吸。我调整好情绪，拿定了主意，抓住生锈的金属把手，慢慢地朝外拉开。

门扉发出干涩的嘎吱声，开了。果然如我所料，里面是个储物间。大概是为了收存各种用具而建造的空间，细长状，进深很深，深处由于光线射不到，很暗。看来是很久没有被打开过了，里面散发着凝滞的馊味。而放在里面的，是一具人偶。由于太暗，过了好一段时间我才辨认出那是木雕的人偶。那是一具相当大的人偶，身高超过一米。那具人偶被竖放在后墙边，手脚蜷曲，仿佛一个疲倦的人瘫坐在地板上，无力地靠着墙。我的眼睛在习惯了黑暗之后，辨认出那人偶穿着一件类似游艇夹克的衣服，而且那件绿色的夹克上画着黄色潜水艇图案。

我探出身去，看着人偶的脸。尽管涂料严重褪色，但那确实就是M的脸，用颜料画在木材上。但虽然是M的脸，这张脸却差不多被漫画化了，好似腹语表演使用的人偶一般滑稽的脸。那张脸上浮现出仿佛笑到一半又改了主意突然止住时，那种半途而废的表情。

于是这时我恍然大悟：这就是我在寻找的东西，毋庸置疑。我正是为了寻找这具人偶而翻过了险峻的陡坡，穿过了深邃的森林，逃过了乌黑的野兽们的视线，赶赴这里来的。我呆立在那里，屏气凝神，直勾勾地看着那具木制的人偶。

是的，这就是M的躯壳，对此我心里有数。M便是在这深山密林里抛弃了肉体，而被他抛弃的肉体就变成了这具陈旧褪色的木制人偶。而在摆脱了肉体这座不自由的牢狱之后，他的灵魂便转移去了那座被高墙环围的小城。这就是我想要确认的事实。

然而这具被遗弃在少年身后的木制人偶，这具少年的躯壳，我又该如何处置呢？应该带回小镇给那哥儿俩看看吗，还是原封不动放在这里呢，再不就是挖个坑将它埋葬？我不知所措。也许原封不动才是最正确的做法，因为说不定日后少年还会再用到它也未可知。

这时，我忽然注意到，那具人偶的嘴角似乎微微动了一动。由于周围一片昏暗，起初我还以为是错觉，心想我大概是目睹了并未实际发生的事。然而那不是错觉。我凝目关注，那具人偶的嘴巴微微地，然而毫无疑问地翕动了一下，仿佛是在说什么。好像只有嘴巴那部分做得可以上下翕动，就跟由腹语师操控的人偶一样。

我将意识集中到耳朵上，以便听清楚这具人偶要说什么。可是我听到的，只有仿佛坏损的旧风箱发出来的沙沙的风声。然而我又觉得，那风声似乎一点点地开始形成了语言的形状。

"更……"它仿佛在说。

"更……"它用虚弱、嘶哑的声音,又把同一个词语——抑或说是近乎词语的模糊声音——重复了一遍。

也许是我听错了。也许是别的词。然而在我的耳朵听来,那就是"更"。

"更什么?"我冲着木雕人偶——"黄色潜水艇少年"的残骸——出声问道。要我"更"什么?

"更……"它用同样的腔调重复道。

也许是要我更靠近过去。也许那里会有来自遥远世界的、重要而隐秘的讯息在等待着我。我果断地将耳朵凑向那谜一般的嘴边。

"更……"它再次重复道。声音比方才大了一点儿。

我把耳朵更加贴近那张嘴边。

就在这一瞬间,人偶迅猛惊人地将头伸向前来,疾如雷电般地咬住了我的耳朵。猛地一口,又狠又深,让我怀疑耳垂会不会被咬掉了。痛彻心扉。

我大声惊呼,被自己的叫声惊醒了。周围一片漆黑。过了好一会儿,我才明白那是一场梦,抑或是与梦相近的什么。我是在自己家里,躺在被窝中,做了一场又长又逼真的梦(一般的体验)。那不是发生在现实中的事件,可尽管如此,我的右耳垂上却不容置疑地残留着被狠狠咬过的疼痛。这不是什么错觉,我的耳垂真真切切地阵阵发痛。

我从床上起身,走到卫生间,开灯,照着镜子查看右耳。然而任凭我如何仔细检查,也没有发现被咬过的痕迹,只看见一如平日的光滑的耳垂。残留下来的,只有被咬过的疼痛感而已。不过那千真万确,就是真正的疼痛感。那具木雕人偶——抑或说是化作人偶形状的某个人——迅速地、狠狠地、深深地咬了我的耳垂。那究竟是在我的梦境之中发生的事情，还是在"意识的黑暗水面之下"发生的事情？

时钟指着深夜三点半。我脱掉被汗水濡湿而变重了的睡衣，团成一团扔进了更衣筐里，然后用玻璃杯一连喝了几杯冷水。我拿毛巾擦汗，从抽屉里取出新的内衣和睡衣穿上，于是情绪稍许平静了下来，但心脏仍旧发出铁锤敲击平板似的干涩的声音。浑身的肌肉由于包含着强烈惊愕的记忆而坚硬僵直。因为印象极其鲜明，以至于我所看到的每一个细节我都可以清清楚楚地回忆起来，而耳垂上残留的疼痛感不容置疑，是货真价实的疼痛。尽管已经过去了一段时间，这真切的感触却并不曾变得淡薄。

那个少年一定是为了传递某种讯息，才咬我耳朵的。为此，他才让我靠近他身旁——我只能如此认为。不过，通过咬我的耳朵，他究竟想要告诉我什么事情呢？那个讯息里包含着什么危险的内容吗？还是说他在咬我耳朵这个行为里，倾注了某种（唯他独有的）亲近感呢？我对此无从判断。

然而尽管如此，我一面感受到耳垂上的钻心剧痛，一面又在心底感觉到一种欣慰。我在远离人寰的密林深处，在坍毁在即的破旧山屋里，终于找到了它，找到了被"黄色潜水艇少年"弃置于身后的"肉体"，或者说他的躯壳。这肯定可以成为解释"黄色潜水艇少年"失踪（或曰神隐）这宗谜案的重要线索。

然而这件事，我却不能够原原本本地告诉他的两位哥哥。这样的故事一定只会令他俩困惑不已，让他们不知所措吧。因为不管怎么说，这

（恐怕）都不过是发生在梦中的事。但话虽如此，作为一条信息，他们应该是有权了解此事的。我拿出学医的弟弟写给我的手机号看了好几遍，犹疑不决，不知如何是好。不过，最终我没打电话。

这天午休时，我走到车站前，步入咖啡店。店里比平日拥挤。我坐在长台前的老位子上，点了清咖和麦芬。她一如往常，将头发整齐地束在脑后，立在长台里面麻利地干着活儿。

尽管耳垂上的疼痛感消退了许多，但我仍旧能够从那里感受到梦的余波。它和着我心脏的跳动，轻轻地，然而确确实实地隐隐作痛。

从店里的小音箱中流淌出盖瑞·穆里根[1]的独奏。很久以前，我曾经常常听这演奏。我一面喝着热乎乎的清咖，一面搜寻着记忆的深处，把这支曲子的标题给想了起来。*Walking Shoes*（《散步鞋》），应该就是它了，由无钢琴四重奏组[2]演奏，小号手是切特·贝克[3]。

过了一会儿，店内客人消停了下来，腾出手来之后，她来到我面前。她穿的是细腿牛仔裤配纯色白围裙。

"好像忙得不得了嘛。"我说。

"是啊。难得如此。"她微笑着说道，"你来了，我好开心。现在是午休时间吧？"

"嗯。所以时间比较紧。"我说，"有件事想拜托你。"

"什么事？"

---

[1] Gerry Mulligan，1927—1996，美国爵士乐史上著名的低音萨克斯管演奏家。——译者注
[2] 穆里根于1952年组建的爵士乐队。——译者注
[3] Chet Baker，1929—1988，美国爵士乐小号手，1952年加入无钢琴四重奏组。——译者注

我指了指右耳垂:"能帮我看看这个耳垂吗?上面有没有留下什么痕迹?我自己看不清楚。"

她将双肘撑在长台上,向前探出身子,从各种角度仔仔细细地看着我的耳垂,就像是在食品店里查看西蓝花的主妇。然后她恢复直立状态,说道:"好像没有任何痕迹留在上面呀。你说的到底是什么痕迹啊?"

"比如说被什么东西咬过的痕迹。"

她警惕地紧皱眉头:"被谁咬了吗?"

"不是啦。"我说着摇摇头,"也不是被谁咬了,就是早上起床后,感到耳垂上像是被咬过一样,痛痛的。也许是夜里被什么大虫子扎了一下,或是被咬了一下。"

"不是穿裙子的虫子吗?"

"不是的,不是那种情况。"

"那就好。"她微笑着说道。

"要是可以的话,能不能请你用手指碰一碰我的耳垂?"

"当然,乐意效劳。"她说,然后隔着长台伸过手来,用手指抓住我的右耳垂,温柔地摩挲了好几次。

"你的耳垂又大又软。"她感佩似的说道,"好羡慕啊!我的耳垂太小,还硬,显得寒酸相。"

"谢谢你。"我说道,"你帮我这么一揉,可就舒服多啦。"

这不是虚言。被她用指尖温柔地抚摸过后,我耳朵上的疼痛感——梦境的一点儿隐约的余韵——便消失得无影无踪了,就像朝阳照耀下的晨露一般。

"下次再一起吃饭,肯不肯啊?"

"当然肯。"她说道,"想约我时,随时告诉我。"

我步行回到图书馆,坐在馆长室的写字台前,一面处理日常工作,一面回忆着梦的来踪去迹。尽管我努力不去回想,却忍不住要回想。因为那段记忆牢牢地黏在我意识的墙壁之上,根本就不愿离去。

为什么"黄色潜水艇少年"非要那般使劲地猛咬我的耳朵呢?

我将意识集中于这一点,不停地思考。这一疑问自早晨开始就从不间断地一直摇撼着我的心,用锐利的针尖不停地刺着我的神经。为什么"黄色潜水艇少年"非得那般使劲地咬我耳朵呢?那肯定是某种信息,而他正是为了传递这一信息,才将我引导进密林深处去的。

或许那个少年是想将自己曾经存在于这个世界上这一事实,将其实实在在的痕迹,牢牢地镌刻在我的意识之中,以及我的肉体之上。伴随着物理性的疼痛,作为难以忘却的东西,仿佛按捺下印记一般。那疼痛便是如此剧烈。

然而这究竟是为了什么?其实他大可不必这么做。他曾经在这个世界上存在过这件事,不是早已被刻入了我的意识之中了吗?我绝不可能忘掉他的存在,纵使他从这里永远消失,无影无踪。

"这个世界。"我想道。

于是我抬起头,再度环视四周的风景。我在图书馆二楼的馆长室里。这里有我已然看惯的天花板、墙壁和地板。墙上有几扇竖窗,从那里,午后的阳光炫目地照射了进来。

这个世界。

然而随着目不转睛地凝视着这些东西,逐渐地,我明白了整体的比例与平常有所不同。是的,天花板太宽,地板则太窄。其结果,墙壁承受了压力而变得弯曲。而且仔细一瞧,整个房间仿佛脏器的内壁一般,滑溜溜的,在不停蠕动。窗框忽而伸,忽而缩;玻璃摇摇晃晃,波动起伏。

　　起先我还以为发生了大地震，然而那可不是什么地震，那是由我自己内部带来的震颤。不过是我的心旌动摇原原本本地反映到了外部世界而已。我双肘撑在写字台上，两手牢牢捂着脸，闭上了眼睛。然后我花上时间慢慢地在心里数数，耐心地等待错觉平息下去。

　　过了片刻——不是两分钟就是三分钟，差不离吧——我将双手从脸上拿开，睁开眼睛时，那种感觉已然不知所终了。房间又恢复了原状，突然静止下来，既不摇也不动，比例也准确无误。

　　可是细加观察，我便觉得房间的形状与以前似乎略有不同。我有一种印象，仿佛各个部分的尺寸都被微妙地改变了。就好比一度被搬到别处去的家具，再度被摆放回原先的位置。尽管被小心翼翼地按照原状放回原处，但是细节发生了微妙的变化。不算是什么大不了的变化，普通人恐怕不会注意到那些不同吧，然而我知道。

　　然而，也有可能是我神经过敏。也许是我变得过于感觉敏锐了。都怪昨夜做过的那个记忆鲜明的梦（一般的体验），我的神经也许不在正常状态。梦里与梦外的边界线肯定变得模糊不清了。

　　我用手指轻轻地碰了碰右耳垂。耳垂柔软而温暖，痛感已经消失不再。痛感仅仅尚存在我的意识之中。而且那痛感，那鲜明的残存记忆，也许再也不会从那里消逝。我有这种感觉。是的，它就像是具有明确热度的烙印一般，是可以超越一个世界与另一个世界之间边界的、伴随着具体痛苦的烙印。我恐怕会将它作为自己存在的一部分而保留下来，与其度过今后的人生吧。

# 61

那天下午稍晚一点儿时,我打电话到咖啡店,约她一起吃饭。

"耳朵已经没事了吗?"她问道。

"托你的福,耳朵好像没有问题。"

"当心别再被坏虫子咬了哟。"她说。

"要是可以的话,待会儿能不能见一面呀?"

"好的呀,我反正没事干。等我店里关门后,随便你什么时候到店里来,好吗?"

我挂断电话,在脑子里把冰箱里的东西理了份清单,构思能做些什么菜。看来做不出什么太讲究的东西来,不过做一顿快餐应该没有问题。蛤蜊汤已有备货,夏布利也正冰着呢。

在脑袋里一一思考做菜的步骤细节,渐渐地,我的心开始多少表现出了平静。不管怎样,在动脑思索这类具体实际的事情时,可以把除此之外的问题暂时忘在脑后,就和在思索盖瑞·穆里根四重奏组演奏的曲名时一样。

傍晚前与添田见面时,她告诉我,"黄色潜水艇少年"的两位哥哥预定明天一起返回东京。

"没能找到跟M君下落有关的线索,他们两人都很沮丧。可是毕竟都有工作和学业,两人不可能一直待在这里。"

"我很同情他们,不过这也是没办法的事。"我说,"警察方面的调查有什么进展没有?"

添田摇摇头:"我不至于说这里的警察无能,但是也不能说他们迄今为止起到过什么作用。在这个很少有人来往的小镇，要说闹出个什么事件来，也无非就是夫妻吵架呀，交通事故呀之类了。人手也不够，办什么事都不得要领。"

"这是我突然想到的，"我说道，"假定那孩子是离家出走，去了远方，可甭管是去了哪儿，他是肯定会把那件黄色潜水艇图案的游艇夹克穿去的。说起来，那就像是他的第二层皮肤一样啊。他是不会把那件衣服丢下来不带走的呀。"

"对的，我也是这么想的。如果他是要到什么远方去的话，他肯定是会把那件游艇夹克穿去的。因为好像穿上那件衣服，那孩子的情绪就能稳定下来。"

"但是，那件游艇夹克他并没有穿走。"

"是的，他母亲是这么说的。说黄色潜水艇图案的游艇夹克留下来没穿走。我对这件事也有点儿心存疑惑，所以确认过好几次，她说，他肯定没有把那件衣服穿走。"

结束了图书馆的工作，走到车站前的咖啡店时，时间刚过了六点半。漫长的冬季慢慢接近了尾声，天黑得明显比以前晚了，寒意也多少有所缓和。路边凝冻成块的冰雪，被白日的阳光融化，变得越来越小。而容纳了这些雪融水的河的水量则明显增加。

咖啡店的玻璃门上挂着一块写着"闭店"的牌子，百叶窗也已拉下。我推开店门，走入店内。只见她一个人坐在长台前的椅子上看书，看的不是文库本[1]，而是一册厚厚的单行本。她合起那本书，冲着我微微

---

[1] A6大小的小开本平装书。

一笑。夹在书里的书签,表明她已经读到了临近终了之处。

"在看什么书?"我脱下牛角扣大衣,挂到大衣架上,问道。

"《霍乱时期的爱情》。"她说。

"你喜欢加西亚·马尔克斯吗?"

"嗯,我觉得是喜欢的吧,因为他的作品我差不多都读过了。不过,我尤其喜欢这本书,这是我第二次读它了。你呢?"

"我以前看过。刚刚出版的时候。"我说道。

"我喜欢的是这样的片段。"她把夹着书签的那一页翻开,朗读起那一部分来。

> 费尔米娜·达萨和弗洛伦蒂诺·阿里萨在舰桥上一直待到吃午饭时。快到午饭时分,船驶过了卡拉马尔镇。这个就在几年之前还每天都像过节一样热闹的港口,如今道路上连个人影都没有,一派萧条荒凉。只见一个白衣女子挥舞着手绢,仿佛是在发送信号。费尔米娜·达萨正在想,那个女人神情那么悲伤,为什么不让她上船来呢?船长便解释道,那是溺死的女人的亡灵,她是要把过往的船只引诱到对岸危险的漩涡里去。轮船从那个女人近旁通过时,那个女人沐浴着阳光,费尔米娜·达萨连她身上的细微之处都能看得清清楚楚。她无疑不是此世之人,那张脸却似曾相识。[1]

"在他所讲的故事里,现实与非现实,生者与死者,都混在一起,

---

[1] 原文出自新潮社版《霍乱时期的爱情》,加夫列尔·加西亚·马尔克斯著,木村荣一译。书中选段皆为译者自此译本转译。

融为一体。"她说道,"这简直就像家常便饭一样理所当然。"

"很多人管这个叫魔幻现实主义。"我说。

"是呀,不过我想,这样的故事形态在批评标准这个层面上,也许会被看作魔幻现实主义,可是对加西亚·马尔克斯自己来说,这不就是极其普通的现实主义嘛。在他所处的世界里,大概现实与非现实就是极其日常地混为一体的,他不过是把眼中所见的情景如实地写了下来而已吧。"

我在她身旁的凳子上坐下,说道:"就是说,你觉得在他所处的世界里,现实与非现实基本上是比邻而居,等价地并存,加西亚·马尔克斯只不过是把它坦率地记录了下来?"

"对,我猜恐怕就是这样的。而我就喜欢他小说里的这种地方。"

她把工作时束在脑后的头发解开了来,它们笔直地垂在肩膀下方。她用手将头发撩起来时,可以看见她耳朵上戴着小小的银色耳环——工作时是摘下来的。她的耳垂看上去似乎的确又小又硬。

关于加西亚·马尔克斯小说的这番议论,让我想起了子易先生。如果是她遇见了子易先生的话,也许能够自然而然地接纳他是一个已死之人的事实。跟魔幻现实主义呀,后现代主义呀这类东西无关。

"你很喜欢看书吗?"我问道。

"对,我从小就经常看书。现在工作太忙,不可能大量阅读,不过只要一有空我就会读上一段。来到这里以后,没有人可以和我一起谈谈看过的书,总觉得很没劲。"

"我也许能够跟你谈谈书。"

她微微一笑:"毕竟是图书馆馆长嘛。"

"每天一根的香烟,还有每天一杯的单一麦芽威士忌呢?"我问道。

435

"香烟抽完啦。威士忌还有的,等着你来一起喝呢。"

"现在到我家去吃饭不?简单饭菜的话,我马上就能做好。"

她歪了歪脑袋,眯起眼睛就此思忖了片刻,然后说道:"要是你觉得可以的话,咱们就在这里点个比萨外卖,喝点儿啤酒如何?我今天很想这么来一下。"

"好的呀。比萨蛮不错的。"

"玛格丽特比萨行不行?"

"我都可以。点你喜欢吃的就行。"

她按了下记录在电话里的短号,熟门熟路地点好了比萨。配料是三种不同的蘑菇。

"三十分钟后送到。"她说道,然后看了一眼墙上的挂钟。

在等待比萨送到的三十分钟里,我和她并肩坐在长台前的座位上,一边谈论着自己最近读过的书,一边喝着单一麦芽威士忌。

"要不要来看看我住的房间?"吃完比萨后,她说道。

"就是在二楼的房间?"

"是啊。又小又矮,家具还都是便宜货,实在是惨不忍睹啦,不过,我暂且就在这里安居乐业呢。要是你不嫌弃的话。"

"我很想参观一下。"我说。

她收拾好装比萨的空纸盒与餐具,关掉店里的照明灯,然后走在前面,领着我登上厨房后面的窄楼梯。二楼的房间并不像她自己说的那样不堪,天花板的确低矮,但房间却经过精心拾掇,是个整洁的屋顶阁楼。有一个可兼做卧床用的沙发(现在是沙发状态),有玲珑的烹饪电器,靠窗边放着一套可供处理简单事务用的桌椅,桌上摆着一台笔记本电脑。有衣柜和壁橱，书籍排放在小书架上。看不到电视机，也看不到收音机。卫生间只有一间电话亭大小，倒也能够淋浴（恐怕得费些功夫琢磨如何转动身体才行）。

"几乎全部家具都是原来就有的东西，是前面的房客用过的。只有寝具当然全都换成了新的。所以差不多是什么也不必带，只身冲到这里就可以开始生活，这对我来说当然是值得庆幸的好事。洗衣做饭可以在楼下的店铺里解决，要想舒舒服服泡个澡的话，附近就有公共温泉。我对生活质量当然有所不满，但是考虑到现状，就不能太贪心不足啦。"

"而且不管怎么说，毕竟是职住一体嘛。"

"是呢，方便当然是很方便啦。买点儿小东西的话，网购就能解决问题，店里进货也差不多都是送货上门，日常生活上的必需品在这条商店街上左邻右舍的小店里就可以对付过去，所以也没有什么外出的必要。不过，一直生活在这样的地方，忍不住就会想起电影《安妮日记》来，想起她在阿姆斯特丹藏身的暗室，天花板很低，窗子很小……"

"你又不是被人穷追不舍的亡命之身，也没有过着隐姓埋名的隐遁生活。不过是从心所愿，过着一种积极向上的人生而已。"

"但是，住在这种狭窄的蜗居里，过着仅仅往来于一楼和二楼之间的生活，不知不觉地就会这样去想的。好像是叫被跟踪妄想症吧，总觉得自己在被什么人，被什么东西穷追不舍，危险就迫在咫尺，我是在东躲西藏。"

她从小型冰箱里取出两罐冰啤酒，倒进杯子里。我们并肩坐在沙发上喝啤酒。虽然不能说是感觉很舒服的沙发，不过比这更糟糕的沙发，我也曾坐过好多回。

437

"要是有点儿音乐就好了,可惜我这里没有这种东西。"她说道。

"没关系。静静的就很好。"我说。

我搂住她亲吻便是自然而然的走向。她对此并未抵抗,倒是将身体自然地依偎了过来。但是她并没有寻求更进一步的举动,而我对此也心照不宣。我仅仅是搂着她的身体,同她双唇交叠而已。然而细想起来,跟别人接吻可是许久未有的事了。她的嘴唇又柔软又温暖,稍许有些湿润。真实地感受到人体拥有确切的暖意,而且这暖意可以传递给对方,也是许久未有了。

我们久久地在沙发上保持着同一姿势相拥在一起。恐怕是在各想各的心思。我的手抚摩着她的后背,她的手抚摩着我的后背。

然而如此一来,我当然就不会不注意到了——她那纤秀的身体从上到下,几乎是不自然地被某种东西紧密地束缚着。尤其是胸前的两团隆起,被无懈可击地保护在圆润的人工物质之下。这个碗形"物质"虽与金属不同,但要称之为衣服,那材质似乎稍显硬质了些。它有弹力,但那弹力所具备的强度足以利索地将对方震开。

我果断地问道:"我怎么觉得你的身体这么硬呢?就像穿了一套特制的贴身铠甲一样。"

她笑着答道:"这个嘛,是因为我穿了一套特别的内衣,把身体绑得不露一丝缝儿。"

"我不知道那是什么东西,不过,你不觉得难受吗?"

"当然不是一点儿都不觉得难受,不过也许是因为身体已经有点儿习惯了,也不大感觉得到。"

"就是说,你已经习以为常,一直像这样用这套特殊的内衣绑得紧紧的喽?"

"是啊,很结实的上下一体型内衣。想放松的时候啦,还有睡觉的时候,当然是脱掉的,但是出去见人时,我总是要穿在身上的。"

"你已经足够瘦啦,体形又好看,我倒是觉得你没有必要勉为其难,非绑不可嘛。"

"那倒也是,也许没有必要。又不是郝思嘉[1]时代。不过,这东西一绑上身,我就会感到心情平静,好像自己得到了周全的保护,或者说是防御吧。"

"防御……比如说防我?"

她笑了:"不是的啦。这么说有点儿那个——不过我对你倒没怎么担心。因为我觉得你不会强人所难,霸王硬上弓。我之所以要保护自己,是为了防备更为总体性的东西啦。"

"更为总体性的东西?"

"怎么说呢?更为假说性的东西。"

"'假说性的东西'对'特殊的内衣'。"

她笑了,在我臂弯里微微耸了耸肩。

"说得更加浅显易懂的话就是,要脱掉它,可不是一件容易做到的事,对吧?"我问道。

"大概是吧。还没有人实际尝试过,不过恐怕不是那么容易的吧。"

"你穿着特殊的铠甲,严防着假说性的东西。"

"是这么回事。"

沉默持续了片刻。其间,我的意识不容分说地被拽回了年方十七

---

[1] 长篇小说《飘》的女主角,又译作斯嘉丽·奥哈拉,小说背景为19世纪60年代的美国。

的当年，宛似被强大的潮水冲走的漂流者。周遭的情景在我的内心发生转变。

我转而思考你的身体。我思考你胸前的那对隆起，思考你的裙子下面。我想象那里面的东西。不过，就在这么胡思乱想中，我身体的某一部位悄无声息地硬了起来。它就像是用大理石做成的丑陋的摆件。在紧身牛仔裤里，我那勃起的性器官很令人难堪。如不赶快让它恢复常态，只怕连起身离席都难乎其难。

然而它一旦硬起来，便会与意志背道而驰，怎么也不肯恢复原状。就像一头任人怎么拼命死拽狗绳，也不听从指挥，力大无比的大型犬。

"喂，你在想什么？"她在我耳边低语道。

我的意识被拉回了此时此地的现实。这里是咖啡店的二楼，她那间小小的蜗居。我们俩在沙发上相拥而坐。她的身躯被紧紧地绑在贴身内衣下，毫不怠懈地防御着"假说性的东西"。

"什么也不能为你做，我心里很过意不去。"她说道，"我喜欢你，所以很想为你做点儿什么。真心的。可就是心有余而身体跟不上。"

在继之而来的沉默中，我就此思索再三，然后又对从中诞生的自己的思考，做了一番自己的检验。

"我等你，可不可以？"我说道。

"等我……你是说，等我在那个领域变得积极主动起来吗？"

"不积极主动也不要紧。"

"那就是说，变得相对能够接纳那事，是吗？"

我点点头。她认真地思考了一会儿这个提案，然后抬起头来，说道:"你能这么说,我很高兴。不过这说不定需要很长时间。或者说,不管是积极主动也好,还是被动接纳也好,也许我永远也不会变成那样也说不定。因为我这边好像还有一些不得不解决的问题。"

"我已经习惯于等待了。"

她又考虑了一会儿,然后说道:"我到底有没有那种价值,值得你这样苦苦等待啊?"

"谁知道呢?"我说道,"不过,这种愿意长期等待的心情里面,大概也自有其价值所在吧。"

她一言不发,将嘴唇交叠在我的嘴唇上。她的嘴唇仍旧温暖又柔软,而且不同于身体其他部分,没有布下坚固的防御。

我回忆着她身上的柔软部分与严密防御的部分各自不同的感触,走上了回家的路。月色美丽的夜晚,威士忌和啤酒的醉意还隐约残留在体内。

"我习惯于等待。"我对她说。不过,当真如此吗?我追问自己。呼出去的白气变作坚硬的白色问号,飘浮在空中。

其实并不是我习惯于等待,而是除却等待以外,我不曾有过任何其他选择。难道不仅仅是这么回事吗?

而且,我直到今日,到底在苦苦等待着什么?我有没有准确把握住自己究竟是在等待着什么?难道我不仅仅是在苦苦等待着"自己等待的是什么"这一问题水落石出、真相大白而已吗?一只木匣里藏着一只小木匣,小木匣里又藏着一只更小的木匣。无穷无尽、层层相套的套匣。匣子越变越小——连同理应藏在其中心的东西。这岂不就是我此前四十余年人生的真实状态吗?

到底哪里是出发点？而堪称终点的东西又存在于何处？它存不存在？越想我越觉得无从判断。不对，是无所适从，这恐怕才是正确的表达。清冷澄澈的月光，照耀在汇聚了雪融水、哗哗作响的河面上。世界上有着各种各样的水，而所有这些水都是从高处流向低处，不言自明，没有丝毫的犹疑。

或许我就是在等待着她。

这个念头忽地浮上脑际。独自一人打理着没有名字的咖啡店，周身严严实实地紧裹在没有一丝缝隙的特殊内衣里，防御着（似乎）潜伏在周围的假说性的东西，不知何故无法接纳性行为的，三十五岁左右的女性。

我对她心怀好感，她也对我心存好意。此事确切无误。在这座群山环绕的小镇里，我们（恐怕是在）互相追求着对方。然而尽管如此，我们之间却被某种东西阻隔开来——被内蕴坚硬实质的某种东西。对，比如说就像高大的砖墙那样的东西。

我等待至今，就是为了等待这样的对象出现在自己的面前吗？这就是给予我的新木匣吗？

不待多言，我追求她的心情，与我十七岁那年追求那位少女时的心情，并不同质。当年那种压倒性的、聚焦一点、燃尽一切的强烈感情，恐怕再也不会重新回归体内了（就算重新归来，恐怕如今的我也已经承受不了那般热量了）。我对那位咖啡店的女子所怀的心情，所波及的范围更广，包裹在更为稳妥柔软的外衣之下，受到相应的智慧与经验的抑制。并且其应当在更长的时间之中得到掌控。

另外还有一个重大的事实——我所追求的，并非她的一切。她的一切，恐怕是如今我手中所持的小木匣收纳不下的。我已经不再是十七岁的少年。那时候的我，手中握有全世界所有的时间。然而如今却大不一样。我手上的时间，其可能的用途，受到了相当大的限制。如今的我所追求的，是她穿在身上的那层"防御墙"下面沉稳的暖意，还有那层特殊材质制成的圆形杯罩后面心脏货真价实的搏动。

时至今日我再来追求，这些会不会太过微不足道，抑或太过大而无当？

我不由得怀念起子易先生来。如果子易先生此刻身在此地的话，我就可以与他促膝长谈，可以向他移樽就教了。对此，他肯定会给我有益的忠告，给我与失去了肉体的灵魂极其相称的、多重意义的神秘忠告。而且毫无疑问，我会十分珍惜地久久品味他的忠告，就像将得来的骨头含在口中吮舐的瘦狗。

其实想一想，我只认识作为已死之身的子易先生。然而尽管是一个已经命丧黄泉的人，子易先生却极富生命力，我可以栩栩如生地回顾他的存在、他的人品。子易先生现在怎么样了，是仍旧在某个地方——我无法想象那是个什么样的地方——继续存在呢，还是彻底地化归于无了呢？

> 费尔米娜·达萨正在想，那个女人神情那么悲伤，为什么不让她上船来呢？船长便解释道，那是溺死的女人的亡灵，她是要把过往的船只引诱到对岸危险的漩涡里去。

加西亚·马尔克斯是不需要生者与死者之间那道区隔的哥伦比亚小说家。

什么才是现实？什么不是现实？不，在这个世界上，区隔现实与非现实的那道墙究竟存在不存在？

墙也许是存在的，我想。不对，它确凿无误，肯定存在。不过，那是一道时时刻刻变幻不定的墙。它根据场合不同、对手不同而改变其强度，变幻其形状。宛似活物一般。

## 62

那天夜里，我好像越过了那道变幻不定的墙。还是应该说穿过了呢？我就像半是游泳般地钻过了稠糊糊的凝胶状物质。

待我回过神来时，人已经在墙的对面了。或者在说墙的这一面。

那可不是什么梦。那里的情景自始至终，都是逻辑井然的，连绵不断的，首尾一贯的。一个个的细节，我都能够一览无遗，都可以清晰地辨认。我站在那个世界里，用尽了我所能够想到的所有办法，一次又一次地确认这不是梦（而在梦境里，人大抵是不会这么做的）。没错，那不是梦。如果硬要定义它的话，也许应该说，那是存在于现实最边缘处的观念。

季节是夏天，阳光强烈，喧闹的蝉鸣声充斥着四面八方。正当盛夏，恐怕是八月份吧。我走在河水中，将裤腿卷至膝盖，脱下白色运动鞋拎在手中，两脚浸在水里。从山上直流而下的水冰凉冰凉的，清冽可鉴。能够感觉到河水流过脚踝。河流很浅，尽管处处会有些较深的地方，但只消避开那里，就可以在小河里一直走下去。水深处，可以看到银色的小鱼结伴成群。时不时地，会有低飞的鸢鸟的黑影疾速地掠过河面。周围漫溢着夏草强烈的气味。

这条河流很眼熟，是我孩提时经常玩耍的地方。有时是捉鱼，有时是玩水。不过，走在河中的我已经不是孩子了，而是迎来四十四五岁的现在的我。我一个人走在河水里，没戴帽子，强烈的阳光将脖颈晒得生疼，却一滴汗也不流，喉咙也不觉得干渴。我小心翼翼地注视着脚下，稳扎稳打地迈步向前，以防踏上长满青苔的石头而滑倒。无须急不择路。风滑掠过河面。靠近远方地平线处，可以看见白色云朵，而头顶上的蓝天却无遮无拦，一望无际。

我向着上游，步行溯河而上。如此前行不止，似乎本身并无特别的目的，也并非朝着某个特定的场所前进。只是想赤足走在水中，观赏周围令人怀念的风光，才这么信步闲荡的。不妨说，行走这一行为本身就是我此时此刻的目的。

然而随着这么闲步向前，我忽然发现了一个事情。那就是，在朝着上游溯行途中，我自己似乎正在一点一滴地发生着变化。不是意识的变化、认识和视点的转换那样一种感觉上的、抽象的变化，而是肉眼可见、触手可及的具体的变化，是物理性的，恐怕是肉体上的，变化。

我正在发生肉体上的变化。

一步一步，每一次迈步向前，我都在不停地变化。这不是错觉，也不是误判。我全身都可以真实感受到那千真万确的变化的律动。

那是一种什么样的变化？起初我不明所以。然而当我用手摸了摸脸，便注意到那变化已经明白无误地得以遂行。脸上的皮肤不同以往地变得光滑，下巴上松弛的赘肉也消失不见，整张面孔似乎变得轮廓紧致了起来。我将视线转向手足，便知道皮肤恢复了健康的弹力。皱纹也变

445

得少多了。身上的几处伤痕，也差不多消失得无影无踪。

没有弄错，与以前相比——说是以前，也不过就是数小时之前——我的皮肤明显地返老还童了。并且身体宛如卸去了重负一般，变轻了。肩胛骨里面疼痛多年的顽固僵块完全消失无踪，肩膀重又变得轻快，活动自如了。就连吸入肺里的空气，也感觉更为新鲜，充满了活力。传入耳帘的大自然形形色色的声音，也变得更为生动、更为鲜明了。

要是有面镜子就好了，我心忖。如果有镜子的话，肯定就能够具体地看到自己脸上的变化了。镜子里映出的我的脸，大概已经回到年轻时的模样了吧，恐怕是我不到三十岁时的面容。头发也比现在浓密，下巴更纤细，脸颊更瘦削。健康，没有蒙上阴影，而且（在现在看来）大概显得傻乎乎的（只怕实际上的确是傻乎乎的）。但是我身上没带镜子。

自己的身上究竟在发生什么？理所当然地，我的理解力跟不上事态的进展。要说姑且浮上脑际的假说，好像就是，越是顺着这条河溯流而上，自己就越是会渐渐地返老还童——仅此而已。

不待言，这当然是荒诞不经的假说。然而除了如此作想，就无法说明此刻在我身上发生的事态。我环顾周围的风景，仰望万里无云的蓝天，俯视脚下清澄的流水。在那里，看不到任何异样的东西、异质的东西。有的无非是随处可见的盛夏午后的风景，普普通通，平淡无奇。然而虽然看似平淡无奇，这却可能是一条具有特殊意义的河流也未可知。我很可能是在不知不觉中踏入了这样一条河流也未可知。

我决定朝着上游继续前行。假如这么做能够让我进一步返老还童的话，那就能够证明我的假说是正确的。

不过，在那之后又将会如何呢？随意在某处向右转，掉头往回走的话，也就是说顺流而下的话，我还会不会再一次回到本来的年龄？还是说，这是一条不允许走回头路的河流呢？我茫然不知。不过总而言之，眼下我只能向着上游继续前行。是好奇心在推动着我的双腿继续向前。

我从架在河上的几座桥梁下钻过，沿着水浅之处继续步行。其间不曾遇到过任何人。途中我看到的，就只有几只小青蛙和一只呆立在石头上一动不动的白鹭。那只鸟儿单腿独立，纹丝不动，毫不懈怠地监视着河面。

步行走过桥面的人，我看到了几个，但他们为数不多，而且没有一人驻足俯瞰我。人们撑着阳伞，帽子戴得低到眼部，抵御着下午强烈的阳光。他们身上穿着的衣服、头上戴着的帽子，看上去显得有些古老、奇妙，不过那也可能是我的心理作用。因为我只是在炫目的阳光里，远远地抬头望去而已。

只有一次，有个小男孩从水泥栏杆上探出身子，冲着走在下面的我，大张着嘴巴在呼喊什么，但是我没听清楚他在说什么。看样子他有可能是在向我传达什么重要的事情，可是他的声音仅仅依约传过来微微一缕。很快地，一位看来是母亲的胖女子出现在他背后，仿佛强行剥离似的从栏杆边将那个呼喊不已的男孩拽走了。她连看都没朝我这边看一眼，仿佛我的存在根本就没进入她的眼帘一般。除了这个小男孩，再没有人注意赤足行走在河水里的我。

我时不时地停下脚步，仔细检查自己此时此刻的状态，在河水里继续行走。没有弄错，我的肉体随着溯河而上正在点点滴滴地，然而实实在在地返老还童。我慢慢地返回了二十多岁，接近了二十岁这一分歧点。我试着搓了搓手臂，皮肤光溜溜地变得更加滑润了。因为长年阅读而劳损的视力，仿佛迷雾散尽般地变得清晰，浑身到处长着的赘肉一点点地被削落了去。于是我痛感到，尽管平素对体重的增加已经相当警惕了,可是在连自己都没有察觉的情况下,身上各处还是会长出多余的肉来。我伸手摸摸脑袋,头发明显变粗变密了。而且,我的腰腿现在充满了健康的活力,不管走了多少路,我都没有觉得疲倦。

随着向上游继续行进,四周的风景也显而易见地发生了变化。我似乎从平地来到了靠近山间的地方。桥梁的数目变少,周围的绿色则变得远为浓郁了。已经看不到人影。河的倾斜度也比之前大了许多,处处可见拦沙坝形成的小瀑布,我得翻越过去。

于是我继续朝着上游前行,恐怕是越过了二十岁这个年龄点(回想起来,我二十岁前后的岁月绝不算幸福),踏足进入了十多岁年龄段。随着前行,身体变得更加纤细,下颌线条变成了锐角。腰围缩小,变得紧致,我不得不把皮带重新系紧。我伸手摸脸,觉得那已经不是自己的脸了,倒像是别人的脸。说不定实际上,我曾经就是某个"别人"也未可知。

然而,因为这样逆时间而行所导致的变化,似乎只限于我的肉体。而我所拥有的意识与记忆,确切无误,都是现在的我的东西。我保持着四十中期的心灵与记忆的积累,唯独身体却回到了十几岁的青年,或者说是少年。

前方看见了沙洲。美丽的沙洲。其由白沙构成,夏草葳蕤繁茂。而且她就在那里。她仍旧是十六岁。而我则再度回到了十七岁。

你肩背黄色塑料挎包,两脚随意踹在红色低跟凉鞋里,先我不远,不停地从一片沙洲走向另一片沙洲,湿漉漉的小腿上粘着湿漉漉的草叶,成了漂亮的绿色标点。

她领头走在我的前面,仿佛深信不疑我就在身后,一次也不曾扭头回顾,在河流中迈步前行,似乎将全副心神只贯注于这一点上。她一边走,一边不时地小声哼着什么歌(那是一支耳熟的歌),歌声时断时续。

我们俩赤裸着的年轻的双足,静静地蹚开从山里流下来的冰凉清澄的水。我跟在她背后,一边走,一边眯着眼睛注视着她那笔直的黑发仿佛钟摆一般在肩头左右摇摆——就像凝望着光灿炫目的工艺精品。宛如中了催眠术一般,我无法将视线从那生动美丽的细微摆动中移开。

不一会儿,她仿佛想起了什么似的,突兀地停住脚步,环顾四周,接着从河水中走出来,赤足走在白色的沙洲上。然后她把淡绿色连衣裙的裙摆细心地折叠起,在夏草环绕中的开阔地上坐了下来。我也同样默默地在她身旁坐下。一只绿色的蚱蜢,从近旁的草丛中慌慌张张地飞起来,发出尖锐的振翅声,猛地飞向别处去了。一时间,我们俩凝目追逐着它的行踪。

对,就这样,我们俩驻足于此地,停留在十七岁与十六岁的世界里,在被河流围绕着的白色沙洲上的绿色夏草中。我们已经不会由此更向前去了。我也罢,她也罢,都不需要再进一步回溯时间。

我的记忆与我的现实在那里交叠重合,连在一起混为一体。我凝目追逐着那番情景。

你坐在夏草丛里,一言不发,仰望天空。两只小鸟敏捷地比翼横飞过上空。我在你身旁坐下,不知何故便有点儿神思恍惚。就像有几千根肉眼看不见的丝线,将你的身体和我的心仔细地缠缚在了一起。

我想对你说些什么，可是却说不出话来。仿佛舌头被马蜂蜇了，肿胀麻痹。身处这个现实边缘的世界里，我的身体与心灵尚未结合为一体。

不过我心里明白。我可以就像这样，永远地停留在这里。既不从这里向前走，也不从这里向后退。时钟的指针停止不动，或者指针本身消失了，时间在此戛然止步。我的舌头终归将恢复正常，灵巧如初，将正确的词语一个又一个地寻觅出来吧。

我闭起眼睛，在这中立性的黑暗中逗留了片刻，然后再度静静地、小心翼翼地睁开双眼，以预防失手损坏了什么，继而再次环顾四周，确认这个世界尚未消失。清凉的流水声传入耳帘，周遭散发着强烈的夏草气味。无数的蝉，纵声向世界呼吁着什么。你红色的凉鞋和我白色的运动鞋并排放在沙上，仿佛悄然休憩的小动物。我们俩的双脚，自踝骨以下沾满了细细的白沙。天空的颜色告诉我们，夏日的黄昏正渐渐靠近。

我伸出手去，触摸在我身旁的你的手，然后握住那只手。你也回握我的手。我们俩连为一体。我年轻的心脏在胸膛深处发出干涩的响声。我的思绪变成了具有鲜明锐角的楔子，被木槌牢牢地钉进确当的缝隙里。

于是在这时，我注意到一个事实。不知何时，我的影子消失不见了。西斜的夏日阳光将一切事物的影子在地表上拉得又长又分明，然而任我怎么看来看去，其中都没有我的影子。我究竟是在什么时候丧失影子的？它去了什么地方？

然而奇怪的是，我并未就此事感到什么不安，也没有感到恐惧与困惑。恐怕是我的影子按照自己的意志将自己的身姿从这里抹去的吧，再不就是因为某种情况而暂时迁徙去了别处。不过，它肯定还会回到我身边来的，因为我们是一个整体。

• • • •

风儿静静地掠过河面。她那纤细的手指，向我的手指诉说着什么，诉说着某件重要的、不能诉诸语言的事。

在这种时候，你也罢，我也罢，都没有名字。十七岁与十六岁的夏日黄昏，河畔青草上五彩缤纷的思绪——有的，仅此而已。星星大概很快就要开始在我们的头顶上闪烁了，然而星星也没有名字。

你用一双无比严肃的眼睛笔直地看着我的脸，宛似凝视着深邃清澄的泉底一般，然后告白似的低语道——我们的手仍旧紧紧相握在一起："哎，你知道吗，我们两个人都只不过是别人的影子呢？"

于是我猛然醒来，或者说是被拉回到货真价实的现实平台。她的声音依然鲜明地回响在我的耳朵里。

哎，你知道吗，我们两个人都只不过是别人的影子呢？

# 第三部

## 63

黄昏时分，在一如平日地步行前往图书馆的途中，我看到了一个奇怪的少年。

他一个人孤零零地站在桥对面。河面上淡淡地弥漫着一层夕雾。初春时节经常会像这样弥漫着雾气，原因是水温与气温之间产生了温度差。由于起雾，我看不清楚少年的身影，不过他身上穿的衣服却极具特色，吸引了我的目光。少年身穿一件像是游艇夹克的绿色上衣，胸前画着黄色的图案。这时刮来一阵风，一瞬间部分雾气消散，图样变得清晰可见。那图案是一艘圆乎乎的潜水艇。

《黄色潜水艇》——披头士主演的动画电影里出现的黄色潜水艇。

对这座街上来来往往的人们悉数（话虽如此，其实为数并不多）身穿色彩灰暗的旧衣物的小城来说，就算你并无此心，色彩鲜亮的游艇夹克也注定引人注目。而且，这是我第一次看到这个少年，如果以前看到过的话，哪怕是只有一次，毫无疑问我肯定会牢记不忘的。

而那个少年也同样，似乎在直勾勾地望着我。不过我无法断言。他站立之处是在隔着一条河的桥对面，而风静之后河面上雾气又弥漫了起来。加之我的眼睛在进入小城之际所受的伤尚未痊愈。我只是凭借直觉感受到了那种形迹——被人直勾勾地盯视着的形迹——而已。说不定那个少年是想向我传达什么。说不定我应当过桥走到对岸去，跟他谈上一谈，问问他是不是想跟我说什么。

然而我这是在前往图书馆上班的途中，我不想在并无具体明了理由的情况下，变更习以为常的路线。于是我还是沿着此岸的河边道路，继续朝着上游走去。

河心洲上，零零散散地化作了白色团块的残雪，随着春天的接近而开始融化。而由于融雪，河流的水量比平时有所增加。独角兽们本能地感觉到了春天已近，用梦游般的眼神环顾四周，苦苦等待着植物冒出绿色的新芽。在漫长严酷的寒冬里，他们丧失了许多生命。其中大半是年老体弱的独角兽和身小力弱的幼兽。而好歹存活下来的，也因为慢性饥饿而变得瘦骨嶙峋，体毛也失去了秋天时黄金一般鲜艳的光辉。

我将双手插在大衣口袋里，沿着河滨道路继续前行。一如既往的步调，一丝不乱，四平八稳。然而我的心却罕见地忐忑不宁，因为身穿黄色潜水艇图案游艇夹克的少年的身影不明何故萦绕在我脑际，不肯离去。

有几个疑问浮上了我的脑海。在这座色彩灰暗的小城里，为什么独有那个少年却穿着一身如此鲜艳夺目的服装呢？而且他为什么直勾勾地盯着我看？这座小城的人们个个都颔首低眉，仿佛是要躲避某种危险的生物——比如说高高盘旋在头顶上的、色调昏暗的巨大食肉鸟——的视线一般，三步并作两步，匆匆赶路。不会有人特意驻足停留，盯着某个人的脸目不转睛地看。

在来到这座高墙环围的小城之前，也就是说在那边那个世界里，我曾经看过那部动画片——《黄色潜水艇》。所以那幅画我很熟悉，音乐也还记得，然而电影的内容却根本想不起来。我们大家都生活在黄色潜水艇里……个中大有深意，同时又毫无意义。

少年大概是在某处——我不知道那是何处——作为二手货偶然得到那件游艇夹克的吧。至于上面画着的图案意味着什么，只怕他并不理解。因为在这座高墙环围的小城里，没有任何人能听到披头士的音乐。不对，不限于披头士，他们什么音乐都听不了。而且"潜水艇"是怎么回事，他们肯定也一无所知。

我若有若无地思考着这些，走在黄昏的街道上。于是我走过了大钟楼前。每次走过时，我都习惯性地抬头看钟。时钟一如既往，没有指针。那不是告诉人们时间的时钟，而是告诉人们时间没有意义的时钟。时间并没有停止，但是失去了意义。

在这座小城里，除此之外便不存在时钟了。清晨到来时太阳东升，到了黄昏时太阳西沉。比这更详细的时间分割，到底会有谁需要呢？某一天与下一天之间的差异——假定其间存在差异的话——又会有谁想知道？

而我也是这种不需要测算时间的居民之一。黄昏临近时换好衣服走出家门，跟平时一样地走过跟平时一样的街道，前往我的工作单位——图书馆。就连步数，每天也都相差无几。然后在图书馆深处的书库里解读"旧梦"，直到指尖与眼睛感到疲劳、无法再读下去为止。

在这里，时间没有意义。如同季节周而复始一样，时间也周而复始。一圈又一圈，循环往复。绕着同一个地方？这我不知道。时间也许是按照它自己的方式一点点地向前推进亦未可知。不过说实在话，我只能将之表达为"一圈又一圈，循环往复"，其余的就只能交给时间了。

然而在这个黄昏，由于看见了河对岸身穿黄色潜水艇图案游艇夹克的少年的身影，对我来说的时间，其通常状态或多或少被扰乱了。踏在路石上的我的脚步声，听上去似乎与平常稍有不同。生长在河心洲上的柳枝的摇摆，也让人觉得似乎与平常有着细微的不同。

图书馆里一如既往，少女在等着我。她提前来到这里，为我做好准备。如果是寒冷的季节，她就给炉子生好火，面对服务台调制药草茶。那是为我疗治眼伤的特别的茶。药草茶虽然不能完全治愈我的眼，却能缓和它带来的疼痛。我作为"读梦人"，必须维持一双受伤的眼睛。

而且，只要我是"读梦人"，我就能每天与这位少女见面，共同度过几个小时。她十六岁，对她来说时间就静止在这里。

"刚才我看到河对岸有一个男孩。"我对她说道，"穿了一件黄色潜水艇图案的游艇夹克，年龄跟你差不多。你认识那孩子吗？"

"游艇夹克？潜水艇？"

我简单解释了游艇夹克是什么，还有什么是潜水艇。不知道她理解了多少，但我还是成功地把大致的外观告诉了她。

"我想我没见过那样的男孩。"少女说道，"如果见到过，我肯定会记得的。"

"说不定是最近刚刚来到小城的新人。"

她摇摇头："最近没有人来这里。"

"确定吗？"

她一面用擂杵将绿色的叶子捣碎，一面用力点头："是的，在你之后就没有人进入过这座小城。连一个也没有。"

小城的人们好像认识所有生活在这座小城里的人，无一遗漏。如果有除此以外的人出现在小城里，不可能不引起注意。而小城的唯一出入口，由一个五大三粗又精明强干的守门人牢牢地守卫着。

我莫名其妙。因为我确确实实看到了那个"黄色潜水艇少年"的身影。不可能是看错或错觉。然而我决定暂且不去多想那个诡秘的少年。我还有工作要做。

我把她为我准备好的黏糊糊的药草茶一滴不剩地全部喝干，然后移身来到后面的书库，用双手开始静静地解读她从架子上挑选的"旧梦"。

"你的耳朵怎么了？"少女突然问我道，"右边的那个耳垂。"

我伸手摸向自己的右耳垂，陡然之间便感觉到了实实在在的疼痛。我因为那疼痛而微微扭歪面孔。

"那块儿变成了红黑色，就像被什么东西咬了一口似的。"

"我不记得有过这种事。"我说。

我真的不记得有过这种事。直到被她指出为止，我甚至都没有感觉到疼。然而此刻我的耳垂却和着心脏的搏动而真真切切地作痛。仿佛经她指出后，耳朵便顿然想起了曾被咬过一般。

她走近我的身旁，从各种角度仔细观察我的耳垂，用手指轻轻碰了碰那个部分。能如此与她相互接触，我心里很高兴。哪怕只是指尖与耳垂之间的区区小事。

"好像还是涂点儿什么药为好。我去配制药膏，你稍等一会儿。"于是她快步走出书库去了。

我闭起眼睛，静静地等待她回来。我的心脏坚实而极有规律地跳动着，心跳声仿佛树林中啄木鸟发出的敲树声。我的耳垂上究竟发生了什么？我茫然不解。我当真是被什么东西咬过一口吗？不对，如果咬得强烈到留下伤痕，那么被咬时无论如何我也应当有所感觉的。

然而，被咬一口？被什么咬的？动物吗，还是虫子？可是我在这座小城里从未看到过任何动物与虫子（唯一例外是独角兽，不过很难想象它们半夜三更偷偷地跑来咬我的耳垂）。莫名其妙。

不一会儿，少女端着一个小陶钵走了回来。钵口缺了一小块，是一件外观朴素的陶器。钵子里面盛着黏糊糊的芥末色软膏。

"临时凑合着做出来的，也许没什么太大的效果，不过总比什么都不涂好。"

她这么说着，用手指刮了点软膏，温柔地涂在了我的耳垂上。有一种凉丝丝的感触。

"是你做的吗？"我问道。

"嗯，是的呀。我从后院的药草园里找了些好像会有效的药草。"

"你很博学多识嘛。"

她谦虚地摇摇头："这种程度的事情，这座小城里的人基本上个个都会的。这里没有卖药的药店，只能自己想办法啦。"

涂好软膏后没一会儿，耳垂上的疼痛感多少缓解了下来。冰凉凉的感触依然残存，似乎是它压制了痛感。听我这么说，她高兴地面露微笑。

"太好啦！"她说，"等到工作结束时，再涂一次。"

我重新坐在写字台边，集中意识，开始解读"旧梦"。放在台面上的菜籽油灯的火焰微微摇曳。然而我们的影子不会投影在墙上。

在这座小城里，任何人都没有影子。当然，我也一样。

# 64

第二天，我也看到了少年的身影。身穿黄色潜水艇图案游艇夹克的瘦小少年，戴着金属边圆形眼镜，头发长及耳际，手脚纤细，身体瘦弱，令人担心他饮食是否正常。少年如同昨日一样立在桥的对面，直愣愣地盯着我看，仿佛有所诉求一般。看不到其他人的身影。

那天河上没有起雾，他的身姿比前一天看得更为清晰明了。少年的外貌果然是我从未见过的。其实应该说，在这座小城里，我迄今为止从未见到过十几岁的男孩子。除了在图书馆工作的少女，我在小城街道上看到的全都是从中年到老年的成人男女（我觉得恐怕是这样的。因为人们个个都低着头，将脸庞遮掩起来走过街头，所以我只能通过穿着打扮和体型体态去推测年龄）。

一瞬间，我差点儿被冲动（比昨日更强烈）所驱使，想走过桥去跟他说话，但转念一想又作罢了。在这座小城里，除非是有特别重大的事情，人们是不会与陌生人交谈的，尤其是在路上。他们甚至不会互相对视。这在此地似乎是一个重要的礼节。随着在这座小城里生活日久，我自然而然地也被熏染上了这种意识。街道是用来走路的，而且应当尽可能简洁地快步走路。

因此那个少年站在桥对面，哪儿也不去，只顾笔直地紧盯着我看，这可是异乎寻常的事情。并且不是一次，而是连续两天。他是一直站在那里等待着我路过的吗？可是，这又是为了什么？我想不出任何缘故。匪夷所思地，我心旌摇曳。

然而我依然没有驻足，继续沿着河滨道路向图书馆走去。

在图书馆做完那晚的读梦工作后，我像平常一样将少女送回她的住处（我们并肩走过河滨的石板路，仿佛和着对方鞋音的节奏一般，几乎没有交谈）。然而我回到自己的住所之后，那个"黄色潜水艇少年"的身影仍然缠绕在脑际不去。在记忆的残像中，他一直在盯着这边看。我上床就寝之后，他也出现在了梦境里。在梦中，他仍旧隔着一条河站在桥的对面，凝视着我。不过除此之外什么事也没发生。他只是站在那里盯着我看而已，一动也不动。

整个夜间，右耳垂一直伴着心脏的跳动隐隐作痛。看到那个诡异的少年站在河对岸与耳垂作痛，几乎是在同时发生的，我不禁觉得这两个事件之间会不会存在某种关联性。不论哪一个，都是无法解释的奇异事件。而这二者，不知何故几乎是在同时发生的。

那一夜，我醒来了好多次。这很罕见。自打在这座小城生活以来，我基本上从没有在半夜里醒来过。一旦钻进被窝，我的心便不为任何事物所乱，身心都能够得到充分的休息。然而那一夜，由于那个少年在梦里出现，以及耳垂生疼，我未能睡好。而那些时断时续的睡眠，也绝不是让人心安的东西。我不得不多次调整枕头的位置，理平弄乱的盖被，用毛巾擦拭身上的汗水。辗转反侧，我在蒙眬浅睡中迎来了天明。

难不成是要发生什么变故吗？

我不希望发生变故。我所需要的，是什么都不发生，是目前这种状态遥无尽头，永远持续下去。然而一旦变化业已发生——不论那是何种变化——只怕就再也无法阻挡了。我有这样一种预感。

第二天，在同一时刻——我猜是同一时刻，在不存在时钟的这座小城里，我不清楚准确的时间——我从桥前走过。然而这一天，我却没见到"黄色潜水艇少年"的身影。而他的缺场更深地扰乱了我的心。

为什么今天，他没在那里呢？

这是自相矛盾的情感。我并不盼望他登场露面，可尽管如此，却又对他的缺席困惑不已。这是怎么回事？不过，还是别想那少年的事情吧，我心忖道。我尽可能地将大脑清空，继续朝着图书馆走去。然而我没能够像平时一样彻底地清空大脑。那个身穿黄色潜水艇图案游艇夹克的瘦小少年，在记忆的残像中始终紧盯着我看。

在熊熊燃烧的火炉前，少女眼神不安地看着我的面孔，然后凑到我身旁仔细地审视我右边的耳垂，用指尖轻轻碰了碰它，然后说道："我怎么觉得，好像比昨天肿得更厉害了呢？"

"疼了整整一夜呢。害得我觉都没睡好。"

"觉没睡好？"她抬起头，紧皱双眉，说道。在这座小城里，这恐怕是不能容忍的事态。

"是呀，夜里醒来好多次。"

她摇摇头："我向周围的人打听了这种耳垂红肿的事，可好像从没有人看见过这种症状。所以，病因和疗法，目前都还不清楚。不过我带来了另外一种软膏，今天给你涂涂看。"

她打开没贴商标的小瓶盖子，用指尖刮取一点儿黏糊糊的浓褐色软膏，像搓揉一般涂抹在我的耳垂上。有一种火辣辣的感触，与她起初配制的软膏大不相同。

"先这样看看情况。要是有效就好了。"

她脸上浮现出不安的表情，我觉得这还是头一回。因为少女平时总是神态自若，不慌不乱，淡然文静地处理着图书馆的日常事务。而她那忧心忡忡的神情，更进一步加深了我心中隐约朦胧的不安。没准儿我耳垂的红肿不是单纯的虫咬所致，而是某种恶性疾病的症状也不一定。

可能就是这个缘故吧，那天晚上，我无法顺利地解读"旧梦"。"旧梦"们没有像平常那样顺顺当当地将身子交托给我的手掌。它们从睡眠中醒来，露出身姿，来到了这边，却在我近前踌躇止步，然后便消失不见了，恐怕是回到原先的硬壳里去了吧。

"今天不知怎么的，好像进展不顺。"尝试了几次之后，我对少女这么说道。

她点点头："大概是耳垂红肿的缘故吧。所以您没法儿集中注意力。先得把红肿治好了才行。"

"可是，没人知道红肿的原因，也找不到治疗方法。"

她再次点点头。脸上淡淡地浮现出忧郁表情的她，看上去似乎比平素大了几岁，不像是个少女，倒像是个大人。而这件事让我感到不小的困惑，因为比之于过往，她些微改变了给我的印象。

我们比平日更早一点儿关闭了图书馆，因为我们在那里暂时无事可做了。于是我打算像平时一样送她回家，然而她拒绝了。

"今天我想一个人走回家。"

听到此话，我心头陡地一阵抽搐，变得无法正常呼吸了。从第一次来到图书馆的几天之后开始，我都会在下班后送她回家，一日不缺。二人并肩沿着河滨道路，一直走到位于职工地区的老住宅楼。而这对我而言，已经成了最具有重要意义的日常的一个部分。这种安定的日常，今天第一次被打乱了，就好似梯子被抽去了一级。

我问她道："这是因为我没能解读'旧梦'，还是因为我耳垂红肿呢？"

她没有回答这个问题，而是说："因为我有些事情需要思考。"

从她的声音里，我听出了一种宣告终结的意味——她不愿接受更多的追问。于是我们就此告别，没有更多的对话。她朝着河的上游走去，我则向着下游，向着自己居住的宿舍走去。她的脚步声渐渐远去，很快便听不见了。传入耳帘的，只有河流的潺潺水声。夜间的河流无比孤独。

我怀着走投无路的暗淡心情，沿着深夜的街道独自一人踏上归途。以这种不同于平日的方式与她告别，让我的孤独无依格外地刻骨铭心。而仿佛与之相呼应一般，右耳垂更加剧烈地开始作痛。

我必须想方设法恢复原来的生活，回归应有的日常。为此，必须先把耳伤治好，还得把"黄色潜水艇少年"的身影从脑袋里赶出去。

可是，该怎么办，才能做到这样呢？

我回到家里换了衣服，吹灭了灯，钻进被窝，并且努力清空大脑。然而耳垂上的疼痛感却依然如故、无休无止，而"黄色潜水艇少年"的身影也不肯离开视野。这两桩我无法理解的事件，作为一对形影不离的存在，仿佛在我的心里落地生根了。

## 65

那一夜的睡眠仍然极不安稳。

而且猛然从睡梦中惊醒时,我发现枕畔有一个人。那人不言不语,似乎在直勾勾地俯视着我的脸。我感到他那直愣愣的视线刺得我的皮肤火辣辣地痛。当然,我不知道那时是几时几分。不过总之是夜最深沉的时刻,深得不可能再深了。

我躺在床上没动,微微睁开眼睛,想认清那人是谁。然而费时很久,眼睛才适应了房间里的黑暗。从百叶窗缝隙里射入室内的一缕微弱的月光,就是唯一的光源。为了不让对方察觉,我用鼻子静静地呼吸,慢慢地花时间让眼睛适应黑暗。

然而在这样一个黑暗的房间内,在毫无防备的状态下,面对一个来历不明的角色,我却没有感到丝毫的不安与恐惧。心脏的跳动也大体保持着平静。是这安定的心跳声,让我泰然自若。

这是怎么回事?我心生疑惑。半夜三更醒来睁眼一看,枕畔竟坐了个素不相识的陌生人,正低头盯着我的脸看。我应该更加心慌意乱才是,应该更加惶恐不安才是。那不才是普通的、正常的反应吗?然而我却不可思议地如此保持着平静。这是为什么?

那个素不相识的陌生人仿佛径直读出了我心里的念头。

"您的生日是星期三。"那个人说道。那是年轻男子的声音,稍许有点儿尖厉。可能是刚过了变声期不久。

我的生日是星期三?

"您是在星期三出生的。"那个人说道。

我试着从床上起身,却浑身使不出力气,仿佛中了定身咒一般,手脚都没有感觉。耳垂上的疼痛也已经感觉不到了，也许是神经突发了某种异变。我无计可施，只好躺在床上不动。

生于星期三这一事实，莫非对我来说具有什么特别意义吗？

"不，那只不过是一个单纯的事实。星期三只是一个星期里的一天而已。"那个年轻男子说道。就像解释毫无变通余地的数学定理一般，简洁，不带入感情。

虽然在黑暗之中看不清对方的容貌，但坐在那里的，大概就是那个身穿黄色潜水艇图案游艇夹克的少年吧。我想不出还有别的可能性。他在夜最深沉的时刻，来此与我相见，拿着我是星期三出生这一"单纯的事实"作为伴手礼，代替寒暄。

"请不要害怕我。"少年说道，"我不会伤害您。"

我微微点头，仅仅是略动了动下巴，因为就算想说话我也无法张口。

"深更半夜突然出现在枕边，想必您很吃惊。可是除了这么做，我没有机会和您单独交谈。"

我连续眨眼。眨眼可以做得到，下巴也可以略微动一动。然而除此之外的身体其余部分却不听指挥。

"我有事求您。"少年说道，"就是为了这个，我才到这里来的——穿过高墙。"

就是说未经守门人许可喽？

"对的，就是那样。"少年读出了我的念头，回答道。这个少年有这个本事。

"我没被守门人察觉，眼睛也没有受伤，就钻进这座小城里来了。我待在这座小城里，并没有获得正式认可。所以为了避人耳目，我才在这种时刻到您这里来。"

你有影子吗？我问道。有影子的人是不能够进入这座小城的。

"不，我没有影子。我把自己的躯壳扔在那边的世界里了。那大概就是被叫作我的影子的东西吧。也有可能正好相反，没准儿现在这个我才是影子，而那边那个是本体。不管怎样，总之我是把那具躯壳藏在谁也找不到的密林深处了。就是为了进入这座小城。"

而且他有求于我。

"是的。我有事求您。我必须成为'读梦人'。做解读'旧梦'的工作，这就是我的唯一心愿。然而我不是这座小城的居民，没办法正式就任这个职务。所以我想跟您合为一体。如果跟您合成一体的话，我就能作为您而一直待在这里，每天解读'旧梦'。"

跟我合为一体？

"对，是的。您也许会觉得这是无稽之谈，但其实绝对不是那样的。不如说这——跟您合为一体这件事——是非常自然的情况。因为我本来就是您，您本来就是我。"

我自然是大惑不解。本来我就是他，他就是我？

"对的，就是这样。我恳求您相信我，我们本来就是一体。不过由于一些原因，我们像现在这样一分为二，变成了独立的个体。然而在这座小城里，我们可以再次合为一体。那样我就可以变成您的一部分，成为'读梦人'，继续解读'旧梦'。"

由他来解读"旧梦"……那是不是意味着我已经不必解读"旧梦"了？

少年说道："不对，不是那么回事。您还和现在一样，继续在那家图书馆深处解读'旧梦'。因为我就是您，您就是我啊。我的力量就会变成您自己的力量。就好比水和水混合在一起一样。您跟我合为一体之后，您的人格和日常绝不会发生变化。您的自由也不会受到束缚。"

我尝试着对脑子做了一番整理，然后在心里问他：你为何那么想解读"旧梦"？

"那是因为，解读'旧梦'，那就是我的天职。我就是为了成为'读梦人'才出生在这个世界上的。然而成为'读梦人'的方法，在我所属的世界里无论如何也找不到。可尽管如此，我还是终于这样与您相逢了。我恳求您相信我的话，请您跟我合为一体。请让我能够在这座小城里生活下去。我可以作为'读梦人'来帮助您。假如您希望如此的话，您就可以一直这样，每天晚上都到那座图书馆去，继续和那位少女相见。"

假如我希望如此的话。

然而，具体该如何做，才能和你"一体化"呢？

"非常简单。请让我在您的左耳耳垂上咬一口。这样一来，我们就可以成为一体了。"

如此说来，就是你在某个地方咬过我的右耳垂喽？

"对，那是我咬的。我是在那边那个世界里咬了您的右耳耳垂，才能够这样进入这座小城的。然后再在这边这个世界里咬您的左耳耳垂，我就能和您一体化了。"

判断此话的是与非需要时间。我必须把困惑的脑袋整理一下，必须把麻痹的身体恢复至正常状态。是否要与"黄色潜水艇少年"成为一体，对我来说无疑应是一个重大决断。这，或许将给我这个人的存在状态带来巨大的变化。我可以听信这个素昧平生的陌生人所说的这些话吗？我有没有看漏掉什么重要的东西？

"实在对不起,我们没有太多的时间去考虑。我在这座小城里是个非法入境者,如果守门人知道了我的存在,就会引起极大的麻烦。可能有人在街上看到过我,已经向守门人举报了也不一定。如果是那样,他恐怕马上就会来抓我。他有这个力量。所以,我需要尽快和您一体化。"

我还是莫名其妙。为什么这个少年就是我,我就是这个少年呢?这到底意味着什么?

然而不明何故,这个素昧平生的陌生少年镇定自若地说出来的话,我虽然并不明白其逻辑脉络,但心里开始觉得不妨全盘接受。

"是的,请您相信我说的话。跟我合成一体后,您就能变为更加自然、更加本色的您自己。我绝不会让您后悔的。而且等到离去的时机成熟,您就能够离去了。对,就像空中的飞鸟一样,自由地离去。"

就像空中的飞鸟一样,自由地离去?

然而任凭我绞尽脑汁,思绪却怎么也无法归纳为一。意识渐次模糊,我很快便丧失了思考能力,我好像又要昏昏入睡了。

"请您不要睡着了。"少年语气尖锐地在我耳边说道,"请您再坚持一会儿,把认证给我,同意让我咬您的左耳耳垂。只有现在这么一次机会了。而我无论如何,都必须得到这个认证才行。"

我困极了,寻思索性破罐破摔,随它去得啦。我一心只想赶快睡去,沉溺到惬意的休憩世界里去,不受任何人搅扰。

"行呀,没关系。"我在半睡半醒中喃喃道,"既然你那么想咬,那就咬吧。"

少年迫不及待地咬住了我的左耳垂,十分用力,几乎要留下齿痕来。

于是我就此坠入了深邃的睡眠世界。

# 66

第二天早上,我很晚才醒来,与平常无异,依然故我。昨夜那种全身的麻痹感已经退去,手脚活动自如。白昼的阳光从百叶窗隙缝里射入室内,四周阒寂无声,与平常的早晨一样。

一睁眼我就想起了昨夜那个"黄色潜水艇少年",第一件事就是用手指摸了摸耳垂。右耳垂,然后是左耳垂。然而哪个耳垂都不肿,也感觉不到痛。它们就是一对与平素无异的柔软健康的耳垂。

少年昨夜曾经那么用力地咬了一口我的左耳垂。那么用力,那么深,好像会留下齿痕来。那番痛感我还记忆犹新,可是现在,耳垂上居然毫无痛感,而且好像也没有留下齿痕。委实不可思议。

我一句句地回想着自己在深夜的黑暗中与"黄色潜水艇少年"之间的交谈。我能够逐字逐句准确地回忆起那些对话,宛如白纸黑字地记录了下来一般。

他在得到我的认证之后,使劲咬了一口我的左耳,通过这个行为(恐怕)遂行了与我的一体化。可尽管这样,我对自己的身体与意识却没有感到丝毫的违和。我紧紧地闭上眼睛,在这片黑暗中尽可能深入地探寻自己的意识。我大口地呼吸,猛力伸展双臂和双腿,动作剧烈到关节都发出了悲鸣。我用玻璃杯连喝几杯水,撒了一泡长长的尿。然而不论从哪方面看,今晨的我与昨日的我都没有丝毫不同之处。那个少年真的和我化作一体了吗?会不会我只是做了一个栩栩如生的梦而已呢?

不对,这不可能。被他咬住左耳时的剧烈疼痛,我还记得清清楚楚(尽管那么痛,我还是立刻便沉入了睡眠),与他之间的对话,我可以从始至终、一字一句详详细细地予以再现。那不可能是梦。如此清晰明了的梦，任如何考虑，都不可能存在。

然而，我心忖，现实只怕并非只有一个。所谓现实，就是自己从几个选项中不得不挑选的那个东西。

冬季也已临近尾声，这是阳光明媚的一天。整个下午直至黄昏，我放下百叶窗，待在昏暗的房间里闭门不出，在悠悠忽忽地就自己这一存在的沉思默想中度过。

假如"黄色潜水艇少年"真的与我"一体化"了的话，那么在我这个人的身上——感受与思考的方式、状态——肯定可以看出某些变化。因为毕竟有另外一个新的人格进入了我的内部。然而无论我如何仔细地、聚精会神地反复查看，都没有在自己内部找到变化的蛛丝马迹，也没有类似违和感的东西。在那里的我，还是依然如故的我。我是作为自己一贯认知，理解的我自己。

不过我也不认为少年是在信口开河，说话全无根据。他在我的枕边告诉我的应该是货真价实的真话。他不遗余力地试图说服我，眼睛里的光芒是真挚的。他声称，咬了我的左耳，自己就能与我一体化，并且实施了这一行为。我给了他认证，允许他这么做。而且他那咬法真可谓专心致志。他所说的"一体化"至此应该是得以完成了。我找不到怀疑它的理由。

是的，就这样，在深邃黑暗的夜里，在睡梦之中，我与"黄色潜水艇少年"混合交融，成为一体。就像水与水交融一般。或者换个说法，我们被"还原"为原初的模样。

是不是必须经过一定的时间之后，身体才能够感觉到一体化所带来的变化呢？是不是我只能静静地被动等待这种变化显现出来呢？抑或是

"一体化"这东西，全然不让作为其结果而形成的新主体（此时此刻的我）感知内在的变化呢？因为总而言之，对我这个新主体来说，新我自身的每一个角落，都是理所当然的存在。

少年断言，我就是他，他就是我。还说我们合为一体是无比自然的事情，如果这么做的话，我就可以变成更为本色的我。

我有没有变成更为本色的我呢？这——此时此刻的这个我——就是本色的我吗？然而自己究竟是不是本色的自己，到底又有谁能够判断呢？打算即刻混合交融的主体与客体，又该如何严加区别两者呢？我越想越搞不懂自己了。

黄昏将临，我换好衣服，走出住所，步行前往图书馆。我沿着薄暮的河滨道路走到广场，在那里停下脚步，举头看了看没有指针的大钟楼，确认了一下并不存在的时间。桥对面不见一个人影，连独角兽也不见。除了风中摇曳的河柳，没有东西在动。我闭起眼睛，自己问自己，问理应在我内部的"黄色潜水艇少年"："你在那里吗？"

然而没有回应，只有深深的沉默。我再次问道："如果你在那里的话，请你说句话。只要发出个声音就行。"

仍然没有回应。我只得作罢，再度沿着河滨道路向图书馆迈步走去。

恐怕我们是完全一体化了吧，或者说"还原为一体"了吧。就是说，我只是在向我自己发问罢了。倘是如此，则不可能会有回应。即使有所回应，那也只会是回声。

图书馆少女一看到我的脸，立刻走近了来，一言不发，先检查我的耳朵。她仔细观察我曾经红肿的右耳耳垂，用指头轻轻地捏住，抚摩，然后慎重起见，她同样检查了我的左耳耳垂，接着又检查了一次右耳耳垂，仿佛那是具有重大意义的事项。随后她微微歪了歪脑袋：

"好奇怪呀。昨天的肿完全消退了，颜色也恢复正常了。就像什么事都没发生过。昨天肿得那么吓人，连颜色都变了呢。痛得怎样了？还在痛吗？"

"既不肿也不痛。"我回答说。

"就是说，睡了一夜，红肿和疼痛就完全消失了？"

"说不定是昨晚你给涂的新药膏起作用了呢。"

"也许是吧。"她说道，可听上去她似乎并不太相信。

然而我不能告诉她那个"黄色潜水艇少年"昨夜到我家里来过。也不能告诉她，因为他咬了一口我的左耳垂，于是我们俩化作一体。少年并未获得进入这座小城的许可。或许如今因为与我化作一体，这种"非法滞留"状态可能已然消解，然而他对这座小城来说依然是"异物"，万一他的存在被发现，很可能就会被虎背熊腰的守门人无情地排除。而这样一来，已与他化为一体的我也可能同时遭到排除——不，毫无疑问，我肯定会遭到排除。因此昨夜发生的事情，是不能告诉别人的。

于是事态就变成，我对这位少女隐瞒了一个秘密，而且是具有重大意义的秘密。迄今为止，我可是没有对她隐瞒过任何事情啊……这件事令我大为不安。

她如同往常一样，为我调制绿色的热药草茶。我慢慢地喝完这杯茶，让心情稍稍稳定了下来。我望着默默地在房间里走来走去、干脆利索地干着活儿的她那优美的动作，与平日一样愉快地品味着可以与她单独度过的这短暂的二人时光。其中并没有一丝一毫的改变。那种安稳的宁静、温暖的恬逸……今天完全就是昨天的重复,明天大概也会是今天的再现吧。

这件事多少让我如释重负。我周围的那些东西,一眼看上去也未发生丝毫变化。周边的空气也是与平素相同的空气,光也是与平素相同的光。水壶里的水开始沸腾的声音,地板轻微的嘎吱声,菜籽油的气味。一切物品都准确安放在应该在的地方,没有东西破坏这和谐。

喝完药草茶后,我和少女如同平时一样无言地走到后面的书库里,着手解读"旧梦"。我坐在旧桌子前,两只手掌覆盖在她搬过来的一个"旧梦"上,温柔而细心地将那个梦引导出来。我长期从事这项作业,已经是轻车熟路,能够巧妙地消解它们的戒备心。梦主动地悄然钻出了硬壳之外,发着微光,我的手掌可以感受到它的热度。

我能够感觉到它们正处于放松、愉快的状态。它们安心地、信赖地委身于我的手掌,开始讲述它们自己的故事,在漫长的岁月里——那究竟有多漫长呢?——被封闭在硬壳之中的故事。

然而奇怪的是,不明何故,那天我未能听到"旧梦"们讲述的故事,未能直接听到它们的声音。我只是通过手掌,感知到它们在讲述自己时所产生的极富特征的微妙颤动而已。它们的确是在讲述,然而我却听不到声音。

在读取这些梦的,恐怕是那个少年,我推测到。我将那些梦唤醒,让它们讲述自己。然而真正在听取它们声音的,却是那个"黄色潜水艇少年"。也就是说,我们对读梦作业进行了分工。不对,并非如此。我与少年已然一体化,成了同一个存在,所以称之为"分工"也许并不正确。也许我只是对自己身体的几个部分,分别运用与之相匹配的方法予以区别使用罢了。

　　老实说,我本来就未能充分理解"旧梦"们所讲述的故事。它们声音低,语速又快,很多情况下我难以听清,顺序也颠来倒去,说出口的话语大半是我理解不了的东西。所以我大抵对它们的话是左耳进,右耳出。我已经觉得,作为"读梦人"的我的职务,就是让它们敞开心扉,自由地讲述自己,而不是正确地读取其内容。即便理解不了它们的讲述,也不会因此而产生问题,而我也不会因此而感到遗憾。所以假如少年能够理解它们讲述的内容,这倒是值得欢迎的事情。少年恐怕会正确地听取它们讲述的故事,直至细节,并顺利地将它存储在自己的心里吧。我则只是用手掌温柔地温暖"旧梦",将它们引导出硬壳之外而已。

　　于是一个梦很快地讲完了自己的全部故事,平平安安地获得了解放。它隐隐约约地浮在空中,然后无声无息地消失了。我的手中只剩下空空如也的梦壳。

　　"今天您的工作进展好快啊!"少女从对面的座位上注视着我的眼睛,说道,似乎充满钦佩之情。

　　我只是点点头,口中没有说出话来。

　　"'读梦人'这个活儿,您已经做得很熟练了吧。"少女说道,温柔地微微一笑,"这真是可喜可贺的事情。不管是对这座小城,对您自己,还是对我来说。"

　　"那就好。"我说道。那就好,我内部的"黄色潜水艇少年"也嗫嚅道。至少我依约觉得听到了这声嗫嚅,宛似洞窟深处的回声。

　　我们那天晚上总共解读了五个"旧梦"。而迄今为止,我只能够解读两个,至多也只有三个,因而这对我来说堪称巨大的进步,而这件事似乎让少女感到幸福。而这位少女爽朗的笑脸，不必说又让我感到十分幸福。

关上图书馆门后，我如同以前一样送少女步行回家。可能是心理作用吧，她那敲击在河滨道路路石上的鞋声，听来似乎比平日轻快欢乐。我与她比肩同行却言语无多，只顾如痴如醉地听着那鞋声。

"'读梦人'可不是一桩容易的工作。"少女诚恳地对我说道，"并不是人人都可以胜任的。可是知道了您很称职，我特别高兴。"

目送她被住处的门洞吸噬进去之后，我独自一人走在河滨道路上，冲着"黄色潜水艇少年"，也就是自己的内部试着探问了一声：喂，你在那里吗？

可是没有回应。连个回声都没有。

# 67

那天夜里，"黄色潜水艇少年"出现在了我的睡梦里。

场所是个正方形的房间，四面被平板的墙壁围着，窗户连一扇也没有。一张小小的旧木桌放在房间正中，少年和我隔着木桌相对而坐。桌子上有一支放在小碟子里的又小又细的蜡烛，随着我们俩的呼吸，光焰微微摇曳。

"这里是什么地方？"我环顾四周，问他道。

"是在您内部的房间。""黄色潜水艇少年"说道，"在意识底层的深处。尽管很难说这是个有排场的地方，不过我和您暂时就只有在这里才能说上话了。"

"除了这里,就不能在别处见到你了吗?"

"是的。我们已经变成了一体,所以不能够随随便便地分隔开来。这里是唯一一个我们可以分开变成两个人的地方。"

"不过总而言之,到这里来就能见到你。"

"是的。您到这个特别的地方来,我们就能像这样见面交谈。在这支小蜡烛燃尽之前的这段时间内。"

我点点头,然后说道:"那很好。因为我正想着得跟你谈一谈呢。"

"是的呀。我们之间有几件事情必须谈一谈。虽然说到底,语言只是语言而已。"

我看了一眼蜡烛,确认其长度,歇了一口气,然后说道:"就是说……你今天在那个图书馆,代我读了'旧梦'来着。一共读了五个梦。"

少年直勾勾地盯视着我的眼睛,然后说道:"对,是这样。我代您读了'旧梦'。好像是擅自抢了您的日常工作,要是没惹您生气的话就好了。"

我连连摇头:"哪里,怎么会惹我生气呢?我高兴还来不及呢。我一直都是把'旧梦'们喊出来,让它们从我身上贯穿而过。它们说的话,我只能理解一部分。就像在听外国话一样。"

"黄色潜水艇少年"沉默不响,注视着我的眼睛。

"不过,你能够理解它们所说的内容,对吧?"

"是的,我能够很好地理解它们说的话。它们的话里所包含的意义,一字一句清清楚楚地从我的心里穿过,就像书籍上的铅字一样明白。然而另一方面,我现在还不能把它们从硬壳里面巧妙地引导出来。

这,眼下只有您才能做到。"

"只有我才能做到？"

"是的。您的手掌能够给它们安宁,给它们的体温加热,温柔而自然地将它们引导到外边来。就像从蛹羽化,变成蝴蝶一样。"

"结果就是,你和我互相弥补了彼此的不足之处。是不是这样呢？"

少年用力点点头:"因为我和您化成了一体,这样就互相弥补和完善了彼此欠缺的部分、不足的部分。"

"我用手掌给'旧梦'加温,把它们从硬壳里引导出来,再由你来听取它们讲的故事。我们俩今后就好比是一个共同体,一起做这份工作。"

"是的。我就是为了使之成为可能,而来到这座小城的。我们俩化为一体,就能够完成它。"

小蜡烛在小碟子上变短,马上就要燃尽了。

"黄色潜水艇少年"说道:"阅读是我与生俱来的使命。而这里积累的'旧梦',恐怕是只有我才能解读的特殊书籍。所以我必须来读它们,这是我被赋予的职责。对我来说,这也是无比自然的行为。"

"这件事,也就是说我们俩的共同作业,要持续到什么时候？"

"到什么时候？"少年用缺乏抑扬顿挫的声音反问道,"这是个毫无意义的问题。因为,在这座小城里,时钟是没有指针的。"

"在这里,时间是静止不动的。"

"完全正确。在这里,时间停止在同一个位置上。"

我就此略作思索,然后说道:"没有时间的话,也就没有积累？"

"对,没有时间的地方也就没有积累。看似积累,其实不过是'现在'投射出的短暂的幻影。请您想象一下翻动书页时的情景。页面变新,但是页码不变。新的一页与前面一页之间并没有脉络的维系。周围的风景千变万化,我们却始终停留在同一个位置上。"

"始终只有现在?"

"完全正确。这座小城里只存在'现在'这一个时间,没有积累。一切都被重写,被更新。而如今,这就是我们所归属的世界。"

我还在就他所说的这番话是什么意思而左思右想,蜡烛的光焰猛烈地摇晃了一下,然后熄灭了。完全的黑暗降临在房间里,与之同步,时间也消失了。

# 68

冬去春来。时间虽然静止不动,季节却循环轮回。即便我们眼中所见的一切无非就是"现在"所投映出的短暂幻影,即便将书页翻来翻去,那页码也不会改变,可是日子却照样流逝不息。

地表上随处可见的坚硬雪堆渐渐融化,河流汇集了雪融水而水量激增。落叶凋零的树木上长出了嫩绿的新芽,独角兽的毛色也一天天地恢复了原来的鲜亮。不久之后它们就将迎来繁殖期,雄兽们将用它们那锐利的兽角剧烈地伤害对方,鲜血横流,滋润黑土,是它们的血浇灌出千千万万姹紫嫣红的花朵。

我被从铠甲般沉重的大衣下解放了出来,改而穿上毛质上衣去图书馆上班。这是一件不知何人穿过多年的旧上衣,而尺寸却匪夷所思地仿佛是为我量身定制的一般。

我感谢春天的到来。漫长惨淡的冬季总算告终,这是一个长得异样的冬季。当然生活在这座时间阙如的小城里，何为长，何为短应该是模糊难测的，但至少我个人感觉，这是一个极其漫长的冬季，甚至让人怀疑这座小城是不是此外便没有其他的季节。所以在我而言，对春天的实际到来不能够不怀抱感谢之念。

而且这时候，我对和"黄色潜水艇少年"化为一体这件事，已经习以为常了，没有丝毫的违和感。我们俩作为一个密切的——借用少年的话就是"没有区别的"——存在而展开行动。恐怕图书馆的少女也没有察觉到这一变化。

一到黄昏时分，我们俩便走过河滨道路前往图书馆。然后我在书库的台子上用双手给"旧梦"加温，将它们引导出硬壳，而少年则孜孜不懈地忙于解读。这是化为一体的我们俩所作的——彼此意识到对方存在的——唯一的"分工"，但这项共同作业无比畅滑地无缝连接，没有丝毫的滞涩。

我们现在一个晚上可以解读六到七个"旧梦"了。这种令人瞠目的作业进度让少女心悦诚服，欢喜极了。作为报酬——应该就是报酬吧——她为我做了好几次苹果点心。我们美滋滋地吃了下去。

"您看没看过《破天而降的文明人》这本书？"

"黄色潜水艇少年"如此问我道。在地下深处的小房间里，我和他中间隔着蜡烛光焰，相向而坐。

我答道："年轻时看过。但那是很久以前的事了，具体细节已经想不起来了。我记得内容好像是萨摩亚哪座岛上的酋长在二十世纪初到欧洲去旅行，回国以后对乡人讲述他的旅行体验。"

"您说得没错。不过现在已经判明，这本书是那个德国作者假借酋长讲述的形式杜撰出来的纯虚构作品,也就是所谓的伪书。然而这本书在当时拥有大量的读者,大家都以为它是真材实料的手记。这也难怪,因为这本书写得非常巧妙,同时又是对现代文明充满幽默和睿智的批判。"

"我也以为是真的呢。"我说道。

"真书也罢,伪书也罢,这一点已经无所谓了。事实和真实完全是两码事。不过这个姑且不论,这本书里有好多次谈到椰子树。在这位酋长居住的岛上,椰子树在岛上居民的生活中具有重大的意义,一说到什么就用椰子树来做比喻。因为它就是身边的日常,通俗易懂。

"书里面有这样一段记述。酋长对着集聚一堂的大家说,'人人都用脚爬椰子树,可是至今还没有一个人能爬得比椰子树还高'。这段发言恐怕是在讽刺欧洲人在城市里建造高楼,越造越高。'人人都用脚爬椰子树,可是至今还没有一个人能爬得比椰子树还高',这是非常具体、通俗易懂的表达,是谁都能听懂的比喻,而且意味深长,寓意深刻。听了酋长的这番话,只怕周围的听众——当然我是假定周围真有听众的话——肯定都会点头称是吧。因为不管多么会爬树的人,都不可能爬得比椰子树还高。"

我沉默不语,等着他继续说下去,就像等待接受新知识的萨摩亚岛上的居民。

"然而,这话听上去有点儿像跟酋长对着干,我们试着这样去想想如何?就是说,并不是完全没有爬得比椰子树还要高的人。比如说在这里的我和您,恰好不就是这样的人吗?"

我试着想象那番光景。我爬上了长在萨摩亚某个岛上的最高的椰子树的树顶(相当于五层楼高),并且打算从那里往更高处爬。然而树当然是到此为止，再往前就只有南国碧蓝的天空了，或者说只有"无"延绵不尽。蓝天可以看到，"无"却没法儿看到。因为说到底，"无"只不过是一个概念。

"就是说，我们离开了树，身在虚空之中喽？不存在任何抓手可以借力。"

少年轻轻地然而坚定地点头："您说得对。我们说起来其实就是浮游在虚空之中。那里没有任何抓手可以借力。然而我们还没有坠落下去。要开始坠落，就需要有时间的流动。如果时间静止不动的话，我们就将永远持续浮悬在虚空之中的状态。"

"而且这座小城里不存在时间。"

少年摇摇头："这座小城里也存在时间。只不过它不拥有意义。虽然从结果来说其实是一样的。"

"就是说，如果我们留在这座小城里，就可以永浮悬在虚空之中？"

"在理论上是这样的。"

我说道："话虽如此，万一出了个岔子，时间再次动起来的话，我们就会从高处坠落下去，而且那很可能是致命的坠落。"

"恐怕是。""黄色潜水艇少年"淡淡地说道。

"就是说，我们要想保住自己的存在，就不能离开小城。是不是这样？"

"防止坠落的方法，恐怕是找不到的吧。"少年说道，"不过，让它不至于致命的方法，倒也不是没有。"

"比如说什么样的？"

"那就是，信任。"

"信任什么？"

483

"信任地面上有人会接住您。从心底信任它,毫无保留,毫无条件。"

我在脑海里浮想起那番情景。有着强壮双臂的某个人等在椰子树下,稳稳地接住坠落下来的我。不过那人到底是谁?我看不见他的脸。恐怕是在任何地方都不存在的虚拟的人物吧。

我问少年道:"你有没有这样一个人,来接住你的人?"

少年干脆地摇摇头:"没有,我没有这样的人。至少在活在世上的人里面,还一个也没有。所以我大概会永远留在这座时间静止不动的小城里。"

说完,少年将嘴巴紧闭成一条线。

我试着思考他说的话。将从那个高度坠落下来的我牢牢接住的人(假定有)到底会是谁呢?就在我徒劳地苦思冥想之际,蜡烛的光焰忽地熄灭了。于是无边的黑暗笼罩了四周。

# 69

在同"黄色潜水艇少年"相对而坐,谈论那个椰子树的话题之后,过了不久,我便不由自主地觉察到自己内部正在发生某种微妙的变化。我的身体中萌生出一种难以说明的违和感。喉咙深处有一个又小又硬的气块似的东西,无论怎么做,我都无法把它赶走。每当吞咽东西时,它就会让我感到轻微的焦躁,还会有轻微的耳鸣。其结果就是,此前我可以极其自然、顺利地完成的日常行为,全都变得磕磕绊绊起来。

这种我以前从未见过的现象,究竟是由季节变换带来的呢,还是起因于我与"黄色潜水艇少年"的一体化,抑或是别的什么原因造成的?我无从判断。

这种违和感,到底该如何形容才好呢?勉为其难硬说一说的话,那就是我强烈地感觉到自己的心似乎在自作主张,与自己的意志背道而驰,渐行渐远。我的心与我的意志相背而行,仿佛年轻的兔子第一次来到春天的原野上,跃跃欲试,就想撒撒野,发发疯。而我却无法控制那种出于本能的我行我素。不过为什么那只素不相识的兔子会突然在我的内部横空出世?它到底意味着什么?我无法理解,也不明白我的意志与我的心何以竟会那般针锋相对。

然而,我所送走的每个日子,表面上看来却是极其平稳、一丝不乱的。

在前往图书馆之前的下午这段自由的时间,我就阅读"黄色潜水艇少年"在外边那个世界里积储下来的数量庞大的书籍。这是只供我使用的个人图书馆。为了我,少年完全开放了他内部的图书馆。

那又高又长的书架上排满了古今东西的书籍,一眼望不到头,门类齐全,无所不包。虽然我受伤的双眼尚未痊愈,但阅读积储在意识内部的书籍,我不会感到任何不便。因为我能够不用眼睛,而是用心灵阅读这些书。从农业年鉴到《荷马史诗》,从谷崎到伊万·弗莱明[1]。在一本书也不存在的这座小城,可以自由地、不受任何人谴责地阅读这些无形的、因而是肉眼看不见的书,这为我带来无穷无尽的欢乐。

他向我开放自己内部的图书馆,在我阅读这些书期间,少年似乎陷入了深深的睡眠,或者说他仿佛暂时关闭了意识的开关。总而言之,逗

---

[1] Ian Fleming,1908—1964,英国小说家,主要作品有《007》詹姆斯·邦德系列。——译者注

留在那里的只有我单独一人,存在于那里的只有我一个人的时间。在午后读书的那段时间,"我们"变成了"我"。

虽然如此,我内心那只春日原野上的兔子,却依旧欢蹦乱跳,片刻也不曾停止。似乎它那不知疲倦的生命力根本不需要休息。有时它还会粗暴地妨碍我聚精会神地读书,用强壮有力的后脚猛蹬我的神经,而且每夜都让我辗转难眠。

好像我的内部发生了非同小可的事。然而这件"非同小可的事"究竟意味着什么?我浑然不知,只能束手无策。

我和"黄色潜水艇少年"一有机会就在我意识底处的正方形小房间里见面,中间隔着一根小蜡烛,低声细语地谈论各种事情,在一片漆黑的深夜时分。然而这样相见的次数渐渐变得越来越少。恐怕这是因为我们俩的结合随着时间的流逝而变得极其自然,我们无须再特意通过语言进行交流了吧。

然而那一天,"黄色潜水艇少年"以从未有过的严肃目光,笔直地注视着我。他薄薄的嘴唇抿成了"一"字,金属边圆形眼镜反射着蜡烛的光焰,忽闪忽闪地。

我正在就近来自己心里的违和感与少年商量。在我身上到底发生了什么?

"看来,那个时刻好像快要到来了。"少年打破了持续片时的沉默,对我说道。

我没理解他在说什么。

"那个时刻?"

少年摊开两只手掌,朝向天花板,仿佛要接住从天花板上掉落下来的正确语句一般，然后说道："就是您将离开这里的时刻。"

"我将离开这里？"

"对的。您肯定也在心里感觉到了这一点。"穿着黄色潜水艇图案游艇夹克的瘦小少年说道。

这是不是与我心里那只蠢蠢欲动的兔子有关？

"对的，正是。那就是您心里的那只兔子要亲自告知您的事情。"少年读懂了我心里的活动，说道。

"告诉我我将离开这座小城？"

"对的，正是。您的心要求离开这座小城。或者说，它需要离开这里。不久前我已经隐隐约约有所察觉了，并且一直在注意观察您的心的动静。"

我按照自己的方式咀嚼着少年说的话。

"但是我自己还未能理解这种骚动的意义，是不是这个意思？"

少年轻轻点头："是的。因为心与意识是待在不同的地方的。"

我沉默着，看着少年的脸。

"我将要离开这座小城？"我问道。

少年点点头："对的，正是。您曾经帮您的影子逃离到墙外去，是不是？而这次，您将要把我留在这里，自己离开这座小城。而且您离开我后，将与您在墙外的影子再一次合二为一。"

我需要时间厘清头绪。

我问少年道："但是，再一次跟自己的影子合二为一，这种事情难道真的有可能吗？"

"有可能，只要您打心底盼望的话。"

"可是我根本就没办法搞清楚，我的影子现在在哪里，在干什么。首先,他跟我分开之后,孤身一个在外边的世界里有没有好好活下去呢?"

隔着小小的蜡烛光焰,少年静静地告诉我:"不要紧,您无须担心。您的影子在外边的世界里安然无恙,活得好好的,而且在非常出色地代你行事。"

我一时哑口无言,沉默地直盯着少年的脸。然后我终于说道:"那你是在外边的世界里,遇到过我的影子喽?"

"好多次。"少年简短地点头说道。

少年的发言令我震惊,困惑。他在外边的世界里多次遇到过我的影子?

"对的。您的影子在那边活得很好。"

我说:"而我是在寻求再次与影子合二为一?"

"是的。您的心在追求新的变动,它需要新的变动。但是您的意识还没有充分把握住这一点。人的心,不是那么容易把握的。"

简直就像春日原野上年轻的兔子,我忖道。

"对的,您说得是。"少年读懂了我的心,说道,"就像春日原野上年轻的兔子一样,凭着意识那慢条斯理的手,是很难抓住它的。"

"我的影子从这里逃出去之后,在外边的世界里天衣无缝地代我行事——你是这么说的吧?"

"是的,完全正确。他在代您行事,做得完美无缺。"

"假使是那样的话,说不定我们已经完成了相互的角色替换。就是说,如今他作为我的本体在完美地发挥着功能,而我则就像是他的影子,说来也就是从属性的存在。我觉得完全可以这样去想。你怎么看?本体和影子是不是可以这样角色互换呢?"

少年就此思考了片刻，然后说道："这一点我也说不准。因为说到底，这是您自身的问题。不过就我而言，我觉得哪一种局面都无所谓，不管自己是自己的本体也好，还是自己的影子也好。不管是哪一种，此时此刻身在此地的我，我所把控的我，那就是我了。再多，我就不懂了。您或许也应该同样这么去考虑。"

"你是说，不管哪个是本体，哪个是影子，都不是什么大不了的问题？"

"对的，是这样。影子和本体，只怕有时是会互换角色的，还会互换使命。不过本体也罢，影子也罢，不管是哪一个，终究都是你。这一点确凿无疑。与其琢磨哪个是本体，哪个是影子，不如认定他们都是彼此宝贵的分身，这恐怕才是正确的做法。"

我宛如要确认什么似的，久久地盯着自己的手背看，仿佛是要重新确认其作为肉体的实质。然后我诚恳地坦白道："我没有自信。不知道再次重归外边的世界后，自己能不能应付自如。我很久以来一直都住在这座小城里，已经完全习惯了这里的生活了。"

"您不必担心，诚实地听从自己的内心就行。只要您没有看丢内心的动静，各种事情肯定都会一帆风顺的。而且您宝贵的分身肯定会有力地支援您的重归。"

当真是这样的吗？事情就是如此简单的吗？我仍旧没有自信。

我问他道："可是，如果我离开了这座小城，就只有你一个人留在这里了吧？"

"对的，正是这样。我会继续留在这座小城里。哪怕您不在这里了，我想我也能够做好'读梦人'的工作。我已经有了心理准备，知道您总有一天会离开这里，并为此一点点地做好了安排。现在，硬壳里的

'旧梦'们在某种程度上已经对我敞开了心怀。我正在慢慢学习'共感'这东西。这对我来说并不容易,但是我也在一点点地进步。我从您身上学到了很多东西。"

"而且你将成为我的后继者。"

"是的,我会继承您的位置成为'读梦人'。请您不要为我担心。以前我也跟您说过,解读'旧梦',就是我被赋予的天职。除了这里,我在别的世界里活不下去。这是不可动摇的事实。"

少年的声音里充满了确信。

"可是有一天,'读梦人'突然由我变成了你,小城会处之淡然地接受吗?毕竟,你还没有获得在这座小城里居留的资格呀。"

"没关系,您不必担心。就像我需要这座小城一样,小城也需要我。因为如果没有'读梦人',这座小城就无法维持。他们不可能把我赶走。小城,还有那道墙,都会配合我而微妙地改变其形状的吧。"

"你对此坚信不疑?"

少年坚定地点点头。

我说道:"可是,姑且就算我希望离开这里,具体又该怎么做,才能让此事成为可能呢?要从这座被高墙包围得密不透风的小城逃出去,绝不是一件简单的事。"

"您只要在心里想望就行了。"少年语气平静地告诉我,"在这个房间里的这截蜡烛熄灭之前,您在心里想望,同时一口气将光焰吹灭就行了。使劲,一口气。这样一来,下一瞬间您就转移到外边的世界里去了。简单得很。您的心就像空中的飞鸟,高墙也无法阻碍您心的翅膀。您也无须像上次那样,特地跑到那座深潭去,纵身跳进水里。您只要打心底相信,您的分身会在外边的世界里牢牢地接住您这勇敢的一跳,就万事大吉了。"

我静静地摇摇头,然后又大大地做了几次深呼吸。该说什么?怎么说才好?我说不出话来。对于自己此刻所处的状况,我尚未充分领悟。

我的意识与我的心之间隔着一条深深的鸿沟。我的心有时候就是来到春日原野上的年轻兔子,有时候又会变成自由地飞越长空的鸟儿。而我尚不能把控自己的心。是的,心是难以捉摸的东西,难以捉摸的东西就是心。

"我需要一些考虑的时间。"我总算说出了这么一句。

"那当然,请您考虑。"少年直勾勾地盯视着我的眼睛,说道,"请您好好考虑考虑。您知道的,在这里有的是考虑的时间。这话听上去像是悖论——正因为时间不存在,所以时间无穷无尽。"

这时,蜡烛的光焰突然摇晃了一下,熄灭了。于是深邃的黑暗降临了。

# 70

将那位少女送到家门前,告别时,我总是会说一声"明天见"。其实想一想,这是一句没有意义的话。因为在这座小城里,并不存在正确意义上的明天。然而尽管心里明白这一点,我还是每天晚上都不能不这么说。

"明天见!"

她听到此话,总是微微一笑,不过什么话也不说。有时她会微微张开嘴唇,仿佛要说什么,可结果却没有说出来。然后她翩然转过身去,裙裾翻飞，仿佛被贫穷的集体住宅入口吸噬进去了一般，消失了。

于是我回忆着与她之间有过的沉默（是的，唯有沉默才是我们俩并肩走过夜晚的河滨道路时密切共有的东西），在喉咙深处暗暗品味着其滋养，孤身一人踏上归途。就这样，于我而言的小城一日便告结束了。

"明天见！"我常常会沿着河滨道路走着，冲着自己如此呼喊。尽管我明明知道，那里并不存在明天。

不过在这最后一夜，我没能把这句话说出口来。因为无论在什么意义层面上，那里都已经不存在"明天"了。

取代这句话，我说出口来的是一句"再见"。听我这么说，少女宛似有生以来第一次听到这个词一般，脸上浮现出诧异的神情，直勾勾地看着我。不同于平素的告别语，似乎让她感到了困惑。

我也直勾勾地正面注视着她的脸。

于是我察觉到——不可能不察觉——她的面容，在整体上显现出了细微的变化。虽然我无法具体指出何处发生了何种变化，但是可以确凿无误地看出几处细部的改变。五官的轮廓与深度宛如波浪在轻微地涌动一般，相比于之前，开始一点点地改变形状。就像由于振动，导致描摹的画像与原画相比，出现了微妙的错位一般。虽然那只是极其细微的、普通人大概会看漏的改变。

也许正是我的这句"再见"——不同于平素的道别语——给她的相貌带来了这样的变化。不对，不是这样，正在发生变化的，正在接受微妙改变的，也许不是她的五官，而是我自己。也许是我这个人的心正在完成蜕变。

"再见！"我又一次对她说道。

"再见！"她也说道，宛如把从未见过的食物头一回放入口中的人，专心致志地、小心翼翼地说道。然后，她的嘴角浮现出一如既往的浅浅微笑。然而这微笑也是与迄今为止的微笑迥然不同的东西，至少令我如此感觉。

到了明天，等她知道了我已经不在这座小城里时，她的感受究竟将会如何呢？不，我想到，一旦我从这里消失不见了，这位少女说不定也会从这里消踪匿影。也许她是小城专为我一人准备的存在亦未可知。所以如果我从这里消失了，她也会随之消失——这种情况也有可能。于是又会有另外一个人前来协助"黄色潜水艇少年"读梦。一想到这里，我不由得黯然神伤，感觉自己的半个身体似乎变成了透明狀态。某种重要的东西正渐渐离我远去。我正在慢慢地永远失去它。

然而尽管如此，我的决心却没有动摇。我还是必须离开这座小城，迈入下一个阶段。这是已然定下的流程。事到如今，我已经明白了这一点。这座小城已经不再是我的家园，这里已经没有了可以容纳我的空间，在种种意义上。

不一会儿，少女停止了继续注视我的脸，然后像平时一样翩然转身，裙裾翻飞，消失在了公共住宅的门口，就像隐入黑暗之中的夜间飞鸟，准确，迅捷，没有多余的动作。

我独自一人停留在那里，久久地凝视着她在身后留下的存在的残影。直到那优美的残像徐徐淡去，彻底消失，"无"填埋了剩下的空白。

当我独自步行在通往自家的河滨道路上，夜啼鸟唱起了孤独的夜歌，河心洲上的河柳伴着它微微地摇曳着树枝。河流的水声比平时更大了。春天到来了。

那天夜里很晚的时候，我和"黄色潜水艇少年"在我意识最底层昏暗的小房间里见面了。我们隔着小桌相向而坐，桌子上同以往一样，点着一根小蜡烛。我们俩沉默不语，盯着那根小蜡烛看了一会儿。和着我们俩无声的呼吸，光焰微微摇曳。

"那么，您已经充分考虑好喽？"

我点点头。

"没有疑虑喽？"

"我觉得没有。"我说道。我觉得没有。

少年说："那么，我就要在这里跟您分别了。"

"我再也见不到你了吧？"

"也许吧。也许我们再也不会见面了。不过，我搞不清楚。谁又能断言呢？"

我再次端详着身着画着黄色潜水艇图案游艇夹克的少年。少年取下眼镜，用指尖轻轻按了按眼睑，然后又戴上眼镜。他每重新戴一次眼镜，我便觉得他似乎变得与先前有所不同。换言之就是，他每时每刻都在成长亦未可知。

"十分对不起，我这个人感觉不到悲伤这种情感。"他坦白道，"我这是天生的。不过，假如不是这样，假如我是一个普通人的话，我想我一定会对与您分别这件事感到悲伤的。当然，说到底，这只不过是我的想象罢了，其实我根本就没有办法搞清楚悲伤是怎么一回事。"

"谢谢你。"我说道，"你这么说，我就已经很高兴了。"

"黄色潜水艇少年"接着沉默了片刻，然后又说道："恐怕，我们也许再也不会见面了。"

"也许。"我说道。

"请相信您的分身是存在的。""黄色潜水艇少年"这么说道。

"那是我的救命稻草。"

"是的,他会接住您的。请您相信这一点。信任您的分身,就等于信任您自己。"

"我差不多该走啦。"我说道,"在这根蜡烛熄灭之前。"

少年用力点点头。

我深深地把一口气吸入胸中,稍稍停了一下。就在这几秒钟之间,各种情景源源不绝地浮现在我的脑海里。所有的情景。我珍惜守护着的一切情景,也包括寥廓的大海上潇潇落雨的情景在内。可我已经不再犹疑。恐怕我毫无疑虑。

我闭起眼睛,把浑身的力气汇集为一,一口气吹灭了蜡烛的火苗。

黑暗降临了。那是极度深邃、无比柔软的黑暗。

# 后　记

虽然我从来不喜欢给自己的小说写什么后记之类（我总觉得这种东西在很多场合都或多或少有些像辩白），不过关于这部作品，恐怕我还是需要做个某种程度的说明。

这部小说《小城与不确定性的墙》（『街とその不確かな壁』）的核心部分，是我在一九八〇年发表于文艺杂志《文学界》上的中篇小说（或者说是篇幅稍长的短篇小说）《小城，及其不确定的墙》（『街と、その不確かな壁』）。那篇小说六万字不到。尽管在杂志上发表了，但我对内容很不满意（感觉是前前后后种种缘故，把个半生不熟的东西给抛出去了），所以就没有出书。我写的小说几乎没有没出书的，唯独这部作品，不论是在日本还是在其他国家，都从未出版过。

然而我从最初开始就始终觉得，这部作品里包含着一些对我自己来说非常重要的要素。只是十分遗憾，那时候的我尚不具备足以把它完美写出来的笔力。原因应该是，我作为小说家刚出道不久，对于自己写得了什么、写不了什么，还缺乏自知之明。虽然后悔发表，但事情既已发生，也就没有办法了。我心想等到合适的时机降临，再慢慢着手修改吧，于是便将其深藏起来，不再示人了。

在写这部作品的时候，我还在东京经营爵士小店。一身兼二职，一天天过得忙忙碌碌，根本无法集中精力于写作。经营小店固然也很快乐（因为我很喜欢音乐，而小店也算得上生意兴隆），但是在写了几篇小说之后，想凭着一支秃笔混饭吃的念头慢慢地变得强烈起来，我便关门歇业，成了专业作家。

于是乎心无旁骛地，我写出了第一部正式的长篇小说《寻羊冒险记》。那是一九八二年的事。然后我就想接着对《小城，及其不确定的墙》进行大幅改写。然而单靠这个故事，要写成长篇小说颇有点儿勉强，于是我便想到，再加上一个色彩迥异的故事，搞成一个"双管齐下"的叙事作品来。

两个故事齐头并进，交互叙事，到最后再并二做一，合为一体——这就是我的计划，或者说大致的构想。然而这二者将如何合为一体，写着写着，连我这个作者都稀里糊涂了起来。因为我预先根本未曾拟定个大纲，而是兴之所至，自由发挥……

想想实在是瞎胡闹，可我居然始终没有失去"呵呵，总会有办法的吧"式的乐观（或者说胆大妄为）的心态。我有一种自信，觉得最终会万事大吉。结果如我所料，快到收尾时，两个故事总算如愿结合在了一起。就像从两边同时开挖的漫长隧道，在中间点准确地对接，幸运地完成贯通一般。

对我来说，写作《世界尽头与冷酷仙境》是一项惊心动魄的作业，同时也是一次非常愉快的体验。写完这部小说，出版单行本，是一九八五年的事，当时我三十六岁。那是一个无须你过问，各种事物也会自己向前推进的时代。

然而随着岁月流逝，写作经验不断积累，年龄不断增长，我渐渐觉得单凭这些尚未足以给《小城，及其不确定的墙》这部未完成的作品——或者说作品的不成熟性——一个完美结局。我开始想到，《世界尽头与冷酷仙境》自然不失为一种应对方法，但是不也应该还有别的应对方式吗？不是"覆写"，而是坚持并立不悖，可能的话相互补充，相互完善。

可是，这"另一种应对方式"可以采取何种形态？我却怎么也定不下一个视野来。

到了前年（二〇二〇年）年初（现在是二〇二二年十二月），我才总算有了感觉，觉得自己或许能够再度对《小城，及其不确定的墙》进行一次彻底性的改写。从最初发表时算起，正好过去了四十年。在这期间，我从三十一岁长到了七十一岁。一个身兼二职、初出茅庐的作家，和一个也算是曾经沧桑的专业作家（说来当之有愧）之间，在种种意义上有着泾渭之别。然而，说到对"写小说"这一行为的天然爱，却应该是没有太大差异的。

若要再添上一句的话那便是，二〇二〇年乃是"新冠之年"。我恰好于新冠病毒开始在日本正式"大发淫威"的三月份起笔开始写这部作品，花了近三年时间写完。这期间，我几乎不曾外出，也没有做过长期旅行，在云谲波诡、剑拔弩张的环境下，日复一日（虽然中间夹着相当长的中断，即冷却期）孜孜不懈地写着这本小说（宛似"读梦人"在图书馆里解读"旧梦"一般）。这种状况也许意味着什么东西，也许什么东西也不意味。不过，它应该还是意味着什么的。对此，我有着切身感受。

起先，在完成第一部之后，我以为大致已经完成了目标，但是慎重起见，写完之后我把书稿放了半年多没动。这期间，我又觉得"这样还是不行。这个故事还应该继续下去"，于是动笔写第二部、第三部。因此，我出乎意料地花了很长时间，才完成全部写作。

然而，能够再一次这样将《小城，及其不确定的墙》这部作品改写为新的形态（或者说使之得以完成），老实说，我是如释重负的。因为这部作品对我来说，如鲠在喉，始终是令我耿耿于怀的存在。

这对我来说（对我这个作家来说，对我这个人来说），是具有重要意义的鱼鲠。这番时隔四十多年的重新改写，让我又一次回到那座小城，又一次痛感到这一事实。

正如豪尔赫·路易斯·博尔赫斯所说，一个作家一辈子能够真诚地讲述的故事，基本上是为数有限的。我们不过是把为数有限的这些主题，千方百计地改头换面，改写成种种不同的形态而已——也许不妨如此直言相告。

总而言之，真实并不存在于一种一成不变的静止之中，而是存在于不断的演变和推移之中。这难道不正是叙事作品的真髓吗？反正我是如此考虑的。

村上春树

二〇二二年十二月

# 参考文献

加夫列尔·加西亚·马尔克斯. 霍乱时期的爱情（『コレラの時代の愛』）. 木村荣一, 译. 新潮社.

读客®
# 彩条文库
外国文学读彩条,大师经典任你挑。